Wo Wölfe heulen

Helmut Wirfler
WO WÖLFE HEULEN
Zehn Jahre in der Wildnis des Yukon

Bibliografische Information der Deutschen Nationalbibliothek:
Die Deutsche Nationalbibliothek verzeichnet diese Publikation in der Deutschen
Nationalbibliografie;
detaillierte bibliografische Daten sind im Internet über
http://dnb.d-nb.de abrufbar.

© 2009 Helmut Wirfler
Webseite: www.wirfler.com
www.yukon-newsletter.com
http://yukonnewsletter.blogspot.com
E-Mail: helmut@northwestel.net
Umschlaggestaltung, Satz, Herstellung und Verlag:
Books on Demand GmbH, Norderstedt
ISBN: 978-3-8370-3984-9

Inhaltsverzeichnis

Danksagung		6
1.	Nur ein Urlaub	7
2.	Mayo Lake	14
3.	Mein Traum – ein Blockhaus in Kanada	44
4.	Stamm auf Stamm	62
5.	Yukon	91
6.	Gold	96
7.	Der erste Winter	103
8.	Unterwegs mit einem Trapper	119
9.	Lebensraum der Bären	133
10.	Auf Gold gebaut	142
11.	Sammler, Jäger und Indianersommer	167
12.	Tara und Odo	184
13.	Lange Winter am Mayo Lake	197
14.	Frühling	227
15.	Do-Nothing Day	245
16.	Sommer	248
17.	Einkäufe	263
18.	Die alten und die neuen Goldgräber	269
19.	Besucher	284
20.	Funktelefon und Radio	289
21.	First Nation	295
22.	Buschfeuer	307
23.	Ein anderes Leben – und Abschied nehmen	311
Epilog		321

Danksagung

Allen, die mir bei diesem Buch geholfen haben: Vielen Dank.
Inge aus Wien
Monika Seja, Heiligenhaus
Martin Soltau, Hamburg
Danke auch an Elli Radinger, Chefredakteurin des Wolf Magazins, und eine langjährige Freundin
Ganz besonderen Dank an Daniela aus Rauenthal, die mir immer mit Rat und Tat zur Seite stand
Der größte Dank an meine Frau Gaby, ohne die weder das Abenteuer noch das Buch möglich geworden wäre

1. Nur ein Urlaub

Erdfetzen flogen. Steine kullerten und hüpften abwärts. Der Bär war riesig. Sein Fell schimmerte wie die Farbe von Zimt und auf dem grauen Nacken wölbte sich ein Buckel, der mit jeder ruckhaften Bewegung zu tanzen schien. Die gewaltigen Krallen an seinen Pranken wirkten wie stählerne Klauen. Sie zerrten, rissen, wühlten und die mächtigen Vorderpranken hatten schon eine kleine Kraterlandschaft auf dem Hang geschaffen, der wie eine Alm aussah. Waren es die ersten saftigen Wurzeln, nach denen er suchte? Oder schaufelte er nach einem Murmeltier, das sich vielleicht ängstlich tief unter der Erde in seinen Bau drückte?

Die schneebedeckten Gipfel des Felsengebirges glühten fleischfarben in der späten Frühlingssonne. Sie wirkten erhaben, bedächtig, eindrucksvoll – doch auch kalt. Länger werdende Schatten tasteten tiefer in die zerklüfteten Grate, hoben die scharfen Zacken hervor und tauchten den verwitterten Fels in ein eintöniges Grau.

Vor mir sah ich meinen ersten Grizzly in Freiheit. Mit dem Fernglas betrachtete ich ehrfürchtig den uneingeschränkten Herrscher der Berge. Dafür war ich gekommen! Davon hatte ich jahrelang gefiebert! Es war eine neue und atemberaubende Welt, die mich umschloss. Nach wenigen Tagen kam mir alles natürlich vor, als sei es immer so gewesen: Schwarzbären überquerten in einem schnellen Trott die Gebirgsstraßen; Elche standen in klaren Tümpeln, tauchten ihre Köpfe in das Nass, streckten die wuchtigen Hälse und zermalmten gleichmäßig die hervorgezerrten Pflanzenbündel, von denen noch das Wasser tropfte; Bergschafe verharrten bewegungslos auf handbreiten Leisten, sprangen und turnten meisterhaft über die Hänge der Rocky Mountains.

Viele Jahre war Skandinavien für mich ein besonderes Reiseland gewesen. Doch mit der Zeit ließ meine Begeisterung etwas nach. Langsam, doch gleichmäßig, wurden die Staus an den Fährschiffen größer und die Abfallberge der Touristen schlimmer. Ich wollte mehr von dem wilden, ursprünglichen Land des Nordens sehen und erleben. Einmal vom Nordland gepackt, konnte und wollte ich diesem Griff nicht mehr entkommen. Seit Jahren saß eine Idee wie eine Klette in meinem Kopf fest. Es war ein Traum, der mich mit fieberhaftem Verlangen quälte: Einmal im Leben nach Kanada!

Hunderte von Kilometern waren wir nach Norden gefahren und es war erst Frühsommer, als ich mit meinem Freund Claus die Grenze zum Yukon überquerte. Das Eis an den Flussrändern türmte sich noch zu kristallklaren Wällen. Die wenigen Fahrzeuge schleuderten Staubwolken in das Blau des Himmels – nach einem Regenschauer war die Straße eine gefährliche Schlammpiste. Die faszinierende Bergwelt von British Columbia noch vor meinem geistigen Auge, kam mir die Landschaft des Yukon reizlos vor: endlose Wälder und Berge wie unscheinbare Hügel.

Und doch gab es etwas, was uns berührte, aufwühlte, ja sogar begeisterte: Die Geschichte des Yukon! Wir zogen durch die Straßen der kastenförmig angelegten Stadt Whitehorse, als hätten wir den Goldrausch selbst miterlebt. So vieles erschien uns neu, fremd, ungewöhnlich und aufregend.

Der breite, mächtige Yukon Fluss kam uns vor wie ein reißender Gebirgsbach – ein klarer, grün schimmernder, eisiger Strom. Reines Trinkwasser! Aufquellende Wirbel, saugende, schlürfende Strudel. Die Strömung so unglaublich schnell! Der Schaufelraddampfer an seinem Ufer ist ein erhaltenes Stück Geschichte. Denn diese ist nicht tot, begraben und vergessen. Im Gegenteil! Die Vergangenheit lebt, erscheint greifbar, ja sogar aufgeblüht. Reiseandenken in jedem Schaufenster. Die Geschäfte gefüllt mit Wimpeln, Goldpfannen, prächtigem Goldschmuck und die Buchläden bieten Dutzende Tier- und Abenteuergeschichten des Nordens an.

Was lag da näher, als selbst auf den Spuren der Goldsucher wandeln zu wollen? Für einige Tage rannten wir umher, besorgten uns topographische Karten, kauften Lebensmittel und Ausrüstung. In den Geschäften fragten wir nach jedem Krümel an Information – bis wir genug geplant hatten und vorbereitet waren. Noch verkehrte die Bahn der »White Pass & Yukon Route« und so saßen wir bald in einem der alten Passagierwagen, angekoppelt an eine endlose Reihe erzbeladener Waggons. Wir betrachteten die Landschaft durch die großen Panoramafenster, spürten die ratternden Räder unter unseren Füßen – während uns zwei schnaufende Diesellocks hinaufzogen auf die kahle Anhöhe des White Pass. Von dort schaukelten wir abwärts, rollten langsam an steilen Schluchten entlang, zaghaft weiter, eng an glatte Felswände gedrückt, bis wir nach 170 Kilometern an unserem vorläufigen Ziel waren: Skagway, Alaska. Hier, wo die Wellen des Pazifik an die zerklüfteten Ufer schlagen, begann die Legende des »Trail of '98« – ein Symbol für den größten Goldrausch, den die Welt je erlebte und erleben wird.

Ein tausendfach ausgetretener Pfad führte uns durch eine üppige Dschungelvegetation. Wir stiefelten an gewaltigen Baumriesen vorbei, überquerten schäumende, tosende Bäche auf schmalen Stegen, keuchten unter der Last der schweren Rucksäcke, wenn der Weg steil anstieg. Im lockeren Staub der ausgetretenen Spur wälzten sich unbekannte Waldhühner, die nur auf den nächsten Baum flatterten, wenn wir ihnen zu nahe kamen.

Bäume und Büsche blieben hinter uns zurück, wurden durch Felsgärten abgelöst, dessen flechten- und moosbewachsene Brocken uns weit überragten. An einem klaren, plätschernden Bach legten wir eine Pause ein, streckten uns erschöpft auf den feuchten Fels. Eisblaue Gletscher schillerten auf uns herab, von Wolkenfetzen umhüllt, die noch mehr Nässe und glitschige Felspfade versprachen.

Lilafarbenes Leibkraut wucherte in üppigen, dichten Polstern zwischen den Resten der Vergangenheit: Balken, Bretter, Metallteile, ausgetretene Schuhe, Kochgeschirr und sonstige zurückgelassene oder weggeworfene Ausrüstung. Wir erreichten den Fuß des Summit, über uns den Sattel des Berges, schauten den steilen Anstieg hinauf, der zum Pass führte. Mit keuchenden Lungen, quälend langsam, mit wehklagenden Oberschenkeln, die vor Anstrengung zitterten, mühten wir uns aufwärts.

Wir standen auf dem höchsten Punkt des Chilkoot Pass. Die Gurte der Rucksäcke schnitten stärker in unsere Schultern. Der Wind fauchte. Böen zerrten an der Kleidung, strichen eisig über die schweißnasse Stirn. Ein Steinsockel markierte die Grenze zwischen Alaska und Kanada. Wilde Wolken zogen schnell über atemberaubende Gipfel ins Weite, und ich fühlte plötzlich mein Wesen mit der großen Bewegung der Natur verschmelzen.

Hinter uns lag der gewundene Korridor, durch den wir aufgestiegen waren. Von der Küste hatte uns dieser V-förmige, zerklüftete Einschnitt über fast 1300 Höhenmeter bis zu diesem Punkt geführt. Wir schauten noch einmal zurück und betrachteten den lastenden, grauen, eintönigen Himmel. Was vor uns lag, erschien wie eine Verheißung. Leuchtende Kumuluswolken strahlten vor einem blauen Himmel. Schneefelder funkelten im Sonnenlicht. Tief unten erspähten wir einen smaragdfarbenen Gletschersee. Wir waren verschwitzt und erschöpft, doch nun stiefelten wir mit neuen Kräften abwärts, flohen vor dem eisigen Wind, der um die Felsen strich. Die Sonne brannte auf den Schnee und oft versackten wir in der weichen Masse bis zu den Oberschenkeln. Mühsam stapften wir voran. Aber es ging abwärts, das Wetter war eine einzige Pracht und mit jedem Meter wurde unser Weg leichter. Nackte Steine zeigten sich. Bald waren nur noch verstreute, kleine Schneefelder zu überqueren, und zwischen graubraunen Felsen bestaunten wir die ersten Beerenblüten.

Ausgestreckt ruhte ich auf einer flechtenbewachsenen, angewärmten Felsplatte. Faul lag ich auf dem Rücken, schaute träumend in den weißblauen Himmel. Die Finger meiner ausgestreckten Hand berührten spielerisch rosafarbene, glockenförmige Blüten. Für einen Augenblick war ich von allen Pflichten befreit – ungewohnt frei. Die Natur verknüpfte mich in ihren Teppich aus frischer, würziger Luft, duftigen Blumen und Kräutern, berauschender Stille.

Nach drei unvergesslichen Tagen lagen die letzten Kilometer in Sonnenlicht getaucht. Leichtfüßig schritten wir nun voran. Die schweren Rucksäcke waren auf einmal kaum noch zu spüren. Kiefern säumten den breiten Pfad und die verstreuten, hellbraunen Zapfen wurden von den Stiefeln in den lockeren Sand gedrückt. Eine verwitterte Holzkirche schob sich heran, ruhte wie ein Wächter verlassen auf einem Hügel. Am Fuße der sanft abfallenden Kuppe streckte sich ein Bergsee; eingerahmt von massigem Fels, überall scharfe Grate, steile Wände und Gipfel, bald hoch genug, um sich am All zu kratzen. Überwältigt blieben wir stehen, nahmen das Panorama in uns auf. Nach 50 Kilometern hatten wir ein weiteres Ziel erreicht: den Bennett Lake, der sich vor dem alten Bahnhofsgebäude, entlang des glitzernden Schienenstrangs, ausdehnte.

In Whitehorse hatten wir ein viereinhalb Meter langes rotes Kanu gekauft. Wie geplant, lag es nun für uns bereit und wir holten es bei der Station ab. Gemeinsam schleppten wir es zum See. Dort stellten wir auch unsere Zelte auf. Nach einigen Tagen der Ruhe und Erholung verstauten wir unsere Ausrüstung in das Boot und legten von dem sandigen Uferstreifen ab. Vor uns lag der 900 Kilometer lange Wasserweg nach Dawson City.

In den folgenden Tagen paddelten wir über klare, eisige Bergseen, kämpften mit dem Mut der Unerfahrenheit gegen aufbrausende, stürmische Winde. Wir schaukelten auf rollenden Wogen, schaumgeschmückten Wellen, die uns mit einem einzigen Schwall umwerfen konnten. Bedrohliche Brecher spielten mit uns und dem Boot und mehr als einmal wurden wir nass und verfroren an steinige Ufer geschleudert. Dann kauerten wir uns an einen Felsen, nur unzureichend vor dem pfeifenden Wind geschützt, unterhielten ein wild flackerndes Feuer zu unseren Füßen, das uns nicht genügend erwärmen konnte. Wie viele Goldsucher waren vor uns diesen Weg gezogen? Wie viele Boote und Hoffnungen waren an den felsigen Ufern zerschellt? Was den Unglücklichen des Goldrausches blieb, war nur der Kampf um das nackte Überleben.

An den Abenden, wenn die Sonne goldgelb in den bergigen Horizont tauchte, das Lagerfeuer flackernde Schatten warf, das Holz munter knisterte und Funken versprühte, waren die Mühen des Tages schnell vergessen. Elche liefen in unser Lager. Gänse und Enten waren so zahlreich wie die neuen Blätter der Birken und Pappeln. Tage wurden zu Wochen. Wir trieben geruhsam mit dem Yukon Fluss und die Überreste der Goldrauschzeit erwarteten uns: verrottete Blockhäuser, Bootsgerippe, gestrandete Schaufelraddampfer, alte Flaschen und Dosen, Schaufeln und Spitzhacken mit abgefaulten Stielen, ja sogar gewaltige, verrostete Bagger – alles der Wildnis überlassen.

Nach einem moskitofreien Lager auf einer sandigen Insel lag sie dann endlich vor uns: die Goldgräberstadt Dawson City. Noch einmal zogen wir mit aller Kraft die Paddel durch, schossen auf den flachen Uferstreifen vor der Stadt zu. Wir sprangen aus dem Kanu und jubelten vor Begeisterung.

Den Yukon wollte ich nie mehr verlassen. Es war das Land meiner Träume. Tief in mir spürte ich den verlockenden Ruf von Freiheit und Wildnis. Hier zu leben musste ein einziges Abenteuer sein. Noch bevor ich das Land nach vier Monaten verlassen musste, hatte ich Freunde gefunden und mir war klar: Ich komme wieder!

2. Mayo Lake

Das Sonnenlicht brannte grell über die Hügelkette und drückte schmerzhaft gegen die zusammengekniffenen Augen. Die Haut fühlte sich an, als würde man zu nahe an einem Lagerfeuer stehen. Geblendet zog ich meine rote Schirmmütze tiefer ins Gesicht. Sogar die Moskitos hatten an schattigen Plätzen Schutz gesucht und warteten auf die Kühle des Abends. Die Luft war eine Last aus drückender Hitze, und ein unruhiges Flimmern über dem See war die einzige Bewegung, die ich wahrnehmen konnte.

Mit Claus und einem kanadischen Begleiter stand ich am Ufer des Mayo Lake. Der See vermittelte das Gefühl von Kühle. Der Anblick der großen Wasserfläche war wohltuend wie das tiefe Einatmen. Am Südufer des Bergsees falteten sich Höhen auf, deren Kuppen nur mit schwachen, kümmerlichen Fichten bedeckt waren. Gegenüber klebten grüne Baumteppiche an den Flanken von Bergriesen, um dann doch geschlagen die Herrschaft an Zwerggestrüpp zu verlieren. Unbeeindruckt schauten die Gipfel grau, kahl und mächtig in die Höhe. Kein Dunst lag über der glitzernden Wasserfläche. Nur das Blau des Himmels wölbte sich makellos über die Wildnis. Die reine Luft rückte die Berge zum Greifen nahe und es war nicht möglich, die Weite richtig einzuschätzen.

Der See erstreckt sich in seiner Y-Form über vierzig Kilometer nach Osten. Ein Seitenarm zweigt nach Südosten ab, doch durch eine bewaldete Landzunge konnten wir davon nichts erkennen. Nur grünbraune Hügelkuppen, Felsbuckel und gezackte Grate – dort wollten wir hin.

Der Kanadier schleppte einen roten Benzintank zu dem Boot, das am schmalen, sandigen Uferstreifen lag und mit einem gelben Perlonseil an einem alten Holzsteg angebunden war. Wir hatten den Mann mit den leicht grauen Haaren im Jahr zuvor in Whitehorse kennen gelernt. Als wir ihn vor wenigen Tagen wieder trafen, machte er uns einen verlockenden Vorschlag. Er wollte einen Bekannten besuchen – er nannte ihn »Oldtimer« –, der alleine in der Wildnis lebt, im Busch, und in den Sommermonaten emsig damit beschäftigt ist, Gold zu schürfen. Wenn wir wollten, Zeit und Interesse hätten, könnten wir mitfahren. Begeistert hatten wir zugestimmt.

Yukoner bezeichnen die großen, straßenlosen Gebiete einfach als »the bush«. Die interessantesten Bewohner des Yukon kann man dort finden. Leute, die im Busch leben, sollten gewöhnlich unabhängig, vorsichtig, umsichtig und erfahren sein – sonst würden sie nicht lange überleben. Wir wollten den Buschläufer kennen lernen.

Am folgenden Tag – der Juni neigte sich dem Ende zu – verließen wir in einem rotbraunen Pick-up-Truck, einem kleinen Lieferwagen, die Hauptstadt des Yukon-Territoriums und fuhren auf dem Klondike Highway nach Norden. Nach viereinhalb Stunden erreichten wir Mayo. In den kleinen Ort brauchten wir nicht hinein, denn die Straße biegt vor der Niederlassung in einem rechten Winkel ab. Nach wenigen Metern betrachteten wir verwundert ein Schild: No Gas Beyond This Point. Keine Tankstelle mehr? War dies ein Zeichen für die wirkliche Wildnis?

Nach ungefähr fünfzehn weiteren Kilometern zeigt ein Hinweisschild zum Mayo Lake. Die Hauptstraße führt in einer geraden Linie weiter, wie mit einer Schnur gezogen, windet sich dann durch eine Berglandschaft bis zu dem kleinen Ort Elsa und endet als Sackgasse in Keno City.

Die Seitenfenster des Autos waren weit geöffnet. Der eindringende, pfeifende Wind brachte kaum Kühlung und die engen Kurven der schmalen Schotterstraße erlaubten kein schnelles Fahren. Staubwirbel quollen hinter dem Fahrzeug auf, streckten sich und hingen als undurchsichtige, braune Wolke fast regungslos in der Luft. Sommerhitze brütete über dem flimmernden Busch.

Schlaglöcher schüttelten uns kräftig. Steine wurden von den Reifen hochgeschleudert, spritzten gegen Metallteile des Wagens und es klang wie helle, trockene Schüsse.

Der Fahrer steuerte durch eine enge Kehre, als könnte es auf dieser Nebenstraße keinen Gegenverkehr geben. Für einen Augenblick öffnete sich die grüne Wand auf der rechten Seite und zwischen einigen Fichten schimmerte weit unten im Tal der Mayo River. Schon schloss sich der Wald wieder. Pappeln, Birken und Weiden säumten den Weg und es war, als donnerten wir durch einen schattigen Tunnel.

Steigungen, Gefälle, Kurven, hier und da eine kaum auszumachende Abzweigung – wir hatten schon jedes Gefühl für die Richtung verloren. Das Auto ächzte und holperte durch breite, ausgewaschene Querrinnen. In einer Kurve zitterte das Fahrzeug in flatternden Sprüngen über die Wellen eines Waschbrettmusters. Irgendwo hinter dem Führerhaus hämmerten dumpfe, harte Schläge – als wollte die Ladefläche abbrechen, um uns zügig zu überholen. Dann kippte ein schmaler Seitenweg steil ab. Mit der Hand stützte ich mich auf die staubbedeckten Armaturen, um nicht gegen die Frontscheibe zu fallen. Und dann war es, als würde ein Theatervorhang vor uns geöffnet: der Mayo Lake!

Der Fahrer ließ das Fahrzeug ausrollen und hielt zwischen zwei Gebäuden, die nahe am abgebrochenen und ausgewaschenen Ufer des Sees standen. Ein Blockhaus, zusammengefügt aus ungeschälten

Baumstämmen, daneben ein verwitterter Geräteschuppen. Öl- und Benzinfässer lagen wahllos umher, eine alte Autokarosserie verstärkte den trostlosen Eindruck des Anwesens.

Wir stiegen aus. Es war eine lange Fahrt gewesen. Nun dehnte und streckte ich mich. Mein Blick hing an dem See. Für einige Minuten war ich auf eine seltsame Weise gebannt. Dann schaute ich mir meine Umgebung näher an. Umgedrehte Holzboote mit abgeblätterter Farbe lagen wie Strandgut verstreut am Ufer. Zwei Aluminiumboote waren weit auf den sandigen Uferstreifen gezogen, mit dünnen Seilen angebunden. Entlang des weitgestreckten Ufers entdeckte ich einige Hütten oder Schuppen, halb verdeckt von Bäumen und Büschen.

Taschen, Rucksäcke und einige Kartons mit Lebensmitteln waren schnell im Boot verstaut. Während sich unser Führer mit dem Motor beschäftigte, stieg ich ein. Claus schob das Boot vom Ufer ab, sprang hinein.

Der 35-PS-Außenbordmotor dröhnte in die Stille. Wir tuckerten aus dem schmalen Wasserarm. Die Wasserfarbe schimmerte nun tief und dunkel, fast schwarz. Das Aluminiumboot schoss nach vorn und der Motor übertönte die rauschende Bugwelle. Der See zeigte nur ein leicht gekräuseltes Gesicht. Er sah so gewaltig, so groß aus. Claus und ich saßen auf der mittleren Bank, die Gesichter dem frischen, angenehmen Fahrtwind entgegengestreckt.

»Der Main Lake«, rief hinter uns der Kanadier, wobei er seinen Arm in einem weiten Bogen schwenkte. Wir hielten uns nahe am Südufer, tuckerten an schmalen Sandflecken und ausgeblichenem Treibholz vorbei. Am Nordufer ragte die wuchtige Bergkette in den Himmel. Fünf Kilometer bis zu diesem Ufer. Auch aus dieser Entfernung sahen die 2000 Meter hohen Gipfel gewaltig aus.

Ein kleiner grüner Fleck schälte sich aus dem See, drängte sich deutlicher in unser Blickfeld und wurde zu einer langgestreckten Insel. Einige Dutzend Meter Sandstrand verliefen sich an braunen schieferartigen Felsplatten, die senkrecht in die Tiefe abzufallen schienen. Möwen flatterten von ihren Ruheplätzen hoch, wirbelten aufgestört umher, kreischten und krächzten verärgert. Andere plusterten sich auf, schüttelten sich, trippelten unruhig mit ihren rosaroten oder gelben Platschfüßen. Einige blieben unbeeindruckt hocken, weiße Punkte auf den Spitzen von Nadelbäumen.

Nach etwas mehr als einer halben Stunde war die Luft nun zu kühl geworden. Wir zogen unsere geöffneten Jacken zusammen, schlossen sie bis zum Hals. Erst die Hälfte der Überfahrt war geschafft. Doch am Fuß einer sanft auslaufenden Landzunge konnten wir schon die Abzweigung des Y erkennen.

In einem weiten Bogen glitten wir in den südöstlichen Seitenarm hinein. Der See wurde zu einem Flaschenhals, zusammengedrückt von abfließenden Hügeln und einer weiteren Insel. Danach weitete sich vor uns ein langes, glitzerndes Band. Es kam uns vor, als wäre dies ein vollkommen anderer See – ein schlanker Wasserarm mit geraden Uferlinien, die sich wie Schienenstränge zum fernen Horizont streckten. Die zusammengerückten Hügel wirkten durch ihre Nähe wie Berge.

Ein zerklüfteter Grat wölbte sich aus einer verdeckten Hochebene mit seinen messerscharfen Konturen dem See entgegen. Sein Fuß wurde breiter, verlor sich in einer Ansammlung aus bewaldeten, unscheinbaren Hügeln. Dort lag unser Ziel. Ein schmaler Bach, der sich an den Hängen von einem Plateau bildet, sich durch eine enge Schlucht drängt, steil abwärts springt, seine tosende Kraft in einer Landzunge verliert, bevor er in den See mündet: Ledge Creek.

Wir befestigten die Bootsleine an einem abgestorbenen Baum, der nahe am Ufer stand. Unser Gepäck ließen wir im Boot liegen. Kaum hatten wir den kühlen See verlassen, fiel die Hitze gnadenlos über uns her. Für zehn Minuten folgten wir einem staubigen, ansteigenden Weg, der uns zu einer Ansammlung von Gebäuden führte. Zuerst fiel mir eine kleine Hütte aus rotbraunen entrindeten Stämmen auf. Das Dach war mit Erde gedeckt. Auf grünbraunen Mooslappen häufte sich altes Laub und dünne Birkenstämmchen streckten sich daraus empor. Ein schmaler, ausgetretener Pfad schwenkte an einer dicken Fichte vorbei, dessen weit ausladende Äste wohltuenden Schatten spendete. Wir trotteten hintereinander durch einen verwilderten Garten, bis zu einem ausgebleichten Blockhaus. Die Blechabdeckung auf dem Dach flimmerte im Sonnenlicht neben alter, tiefschwarzer, verrotteter Dachpappe. Ein lautes »Come in!« schallte uns entgegen. Der Kanadier drückte gegen die grobe Brettertür, die widerwillig nachgab und noch einige Rillen mehr in den Bretterfußboden kratzte. Unser Begleiter stellte uns vor und wir begrüßten den Einsiedler und Goldgräber Bert. Noch wusste ich nicht, dass ich diesen Ort erst drei Monate später, im ersten Schneetreiben, wieder verlassen würde.

Als ich den Westen Kanadas, die Provinzen Alberta und British Columbia durchquert hatte, war es mir vorgekommen, als würde ich die Wildnis im Nordwesten sehen und erleben. Doch das war ein Vorbeirauschen, ein Fressen von Kilometern gewesen, ohne festen Halt – obwohl überwältigt und berauscht von den vielen Eindrücken.

Mit den zwei Kanadiern stiegen Claus und ich von einer Blockhütte, in die wir eingezogen waren, zehn Minuten die Anhöhe hinauf. Wir schauten von einem Hügel hinab auf eine Goldmine, von der ich nichts verstand. Eine alte gelbe Planierraupe, die aus einem Museum stammen konnte. Gespannte Drahtseile, herumliegende Ketten, eine alte Badewanne. Wie eine Schlange – mit einem halben Meter Durchmesser – sahen die rostbraunen Rohre aus, die aus einer felsigen Falte im Gebirge zu einem Metallkasten führten und einen klaren Wasserschwall ausspuckten. Nach einigen Tagen hielt ich mein erstes Gold in den Händen, feinen, glitzernden Staub und kleine, schimmernde Nuggets – aus der Erde hervorgezaubert, wie es schien. Ich war begeistert.

Mich überkam beim Anblick der Goldkörner kein Goldrausch, kein unstillbares Verlangen, das edle Metall wie ein Wahnsinniger zu suchen. Das am allerwenigsten. Aber die Blockhütten waren ein Teil der Geschichte, die ich jetzt und hier erlebte. Für mich war alles ein gewaltiges Abenteuer – so ungewohnt weit weg von der Zivilisation. Der Ort hatte mich in seinen Bann gezogen. Wenn ich wollte, ging ich zum See, warf die Angel aus und ließ die noch ungewohnte Stille auf mich einwirken. Noch nicht einmal das Tuckern von Berts alter Planierraupe, mit der dieser den Boden aufwühlte, tagein, tagaus, war zu hören. Das Suchen nach Gold war für ihn mehr als eine Herausforderung, mehr als eine Notwendigkeit zum Lebensunterhalt: Es war eine Besessenheit, ein Wahn geworden.

Auch wenn rostige Benzinfässer und alte, unbrauchbare Motorschlitten herumstanden – hier spürte ich die Wildnis. Mir brauchte nicht erst ein Bär oder Luchs zu begegnen. Schwirrende Enten an einem nahen Tümpel, ein dahintrottendes Stachelschwein, zeternde Hörnchen auf einer Fichte – es genügte mir, um befreit durchatmen zu können.

Stunden und Tage füllten sich mit einem Reichtum an Neuem und Unbekanntem. An den Abenden, wenn die Sonne noch ungewohnt hoch über dem Horizont stand, hörten wir gefesselt den abenteuerlichen Erzählungen von Bert zu. Lautlose Schwarzbären, mächtige Grizzlys und hungrige Wolfsrudel ließen uns erschaudern. Eine neue Welt entstand vor unseren Augen.

Es war eine unbeschwerte Zeit, in der mich die neuen Eindrücke manchmal zu überwältigen drohten. Bis in die kleinsten Einzelheiten beobachtete ich das faszinierende und interessante Handwerk, das für mich noch unverständlich und fremd war: die Suche nach Gold. Wo kam es her? Wo und wie konnte man es finden? Stundenlang übte ich das spannungsgeladene, verheißungsvolle Spiel mit der Goldpfanne. Es waren für mich keine Erwartungen daran geknüpft und trotzdem empfand ich die Begeisterung eines wirklichen Goldgräbers, wenn sich eine feine Spur von Goldstaub am Boden der Pfanne zeigte.

Oft schulterte ich leichtes Gepäck, streifte durch den moskitoverseuchten Busch, folgte verschwiegenen, manchmal unheimlichen Tierpfaden, ließ mich für eine Pause an einem kleinen plätschernden Bach nieder, schöpfte das erfrischende Wasser mit der hohlen Hand. Das Gewehr war nie aus meiner Reichweite, denn ich war unerfahren und unsicher. Mehr und mehr erforschte ich meine Umgebung und an prächtigen Sommertagen hielt ich nach neuen Horizonten Ausschau.

Die gespreizten Seitenarme des Mayo Lake werden von einer Vielzahl von kleineren und größeren Bächen gespeist. Sie gluckern sanft aus dem Gebirge oder rauschen wild dem See entgegen. Wir waren an dem südöstlichen Arm und an seinem Anfang strömt verzweigt und müde der Nelson Fluss in sein verwirrendes Delta. So wird dieser Teil des Sees Nelson Arm genannt.

Für mich war der See nichts anderes als eine große, ruhige Wasserfläche. Was wusste ich schon von meterhohen Wellen, starken Winden, die in Minuten die Oberfläche in einen gefährlichen, brodelnden Hexenkessel verwandeln konnten?

Unbeschwert und unbelastet von diesen Gedanken und den damit verbundenen Gefahren, paddelte ich mit dem Kanu stundenlang an den Ufern entlang. War ich nicht ein Wanderer in der Wildnis, ein Abenteurer? Jeder kräftige Paddelschlag brachte mich näher zu unerforschten Buchten, einladenden Landzungen mit Sandstränden. Von meinem Wasserpfad schlüpfte ich auf Elchpfaden entlang, erkundete braune Moore, schilfgesäumte Nistplätze der Wasservögel. Für Stunden fühlte ich mich wie ein Entdecker in meiner eigenen kleinen Welt.

Spürte ich nagenden Hunger, wurde ich müde oder zogen dunkle Regenwolken auf, kehrte ich zu meiner bescheidenen Unterkunft am Ledge Creek zurück.

*

Es folgten Jahre, in denen ich dort die Farben des Herbstes reifen sah, das Nahen des Winters erlebte, den kurzen Frühling und die Hitze des Sommers. Ungefähr sechs Monate des Jahres lebte ich nun in den Wäldern. Mit dem Kanu wurde ich zu einem Wanderer in der Wildnis. Zu meiner üblichen Ausrüstung packte ich noch ungewohntes Handwerkszeug: Schaufel und Goldpfanne.

Während sich der Winter über die nordische Wildnis legte, arbeitete ich in Deutschland – nur mit dem Ziel, genug Geld zu verdienen, um im Frühjahr wieder in den Yukon zurückkehren zu können. Meine Welt, so wie ich sie bisher gekannt hatte, begann sich zu verändern. Auch in mir ging eine Veränderung vor, so langsam und gleichmäßig, dass ich zuerst kaum etwas davon bemerkte. Vielleicht war diese Entwicklung natürlich, denn nun lebte ich in zwei unterschiedlichen Welten mit einem gegensätzlichen Maßstab, wie er kaum größer sein konnte.

Als ich in meinem ersten Jahr im Yukon von Whitehorse der Straße nach Norden folgte, war diese eine raue, kiesbedeckte Schotterpiste.

Gewaltige Staubwolken wurden dem Fahrzeug von entgegenkommenden Autos und Lastwagen entgegengeschleudert und das Prasseln der aufgewirbelten Steine ließ mich mit der Vorahnung von Glasschäden die Luft anhalten. Gesplitterte Windschutzscheiben oder eine zertrümmerte Lampe waren keine Seltenheit. Aber nach und nach gab es in jedem Sommer gewaltigere Baustellen. Hügel wurden abgetragen, Kurven begradigt. Bis zum späten Herbst, als ich wieder nach Süden fuhr, erkannte ich einige Abschnitte kaum wieder. Dutzende von Kilometern waren mit einer neuen Asphaltschicht bedeckt.

Es blieb nicht aus, dass sich auch das urwüchsige und vertraute Bild am Ledge Creek veränderte. Drei Sattelschlepper transportierten Metallblöcke an den See, die aussahen wie Teile aus einem Spielzeugkasten – nur gewaltiger. Es war ein Bausatz, der direkt am Ufer zusammengeschweißt wurde. Das Ergebnis war eine antriebslose Barge, ein Ponton, von neun mal achtzehn Metern.

Schon die ersten Entdecker und Goldsucher waren gezwungen, Lebensmittel, Werkzeuge und die vielen Kleinigkeiten des täglichen Lebens über den oft gefürchteten See zu bringen. Wenn im Frühjahr die Tage schon lange hell waren, das Eis noch fest, spannten sich die Männer und Frauen als freiwillige Zugtiere vor einfache Schlitten, schleppten das Material über das trügerische Eis, um nach einem langen Tag ihr Ziel zu erreichen.

Der Antrieb für die Boote wechselte von Muskelkraft zu Außenbordmotoren. Jeder Transport über den See wurde damit leichter. Aber erst mit einer hölzernen, zehn Meter langen, zusammengezimmerten Barge, die aussah wie eine übergroße Badewanne mit einem Deckel, konnten die ersten kleinen Maschinen in die Abgeschiedenheit gebracht werden. Die Menschen waren unabhängig, nur auf sich selbst und ihre Fähigkeiten angewiesen und sie brauchten Motoren für eine Sägemühle, Generatoren für Strom, kleine Planierraupen und Schweißgeräte.

Einige lebten in kleinen Blockhäusern, die sich an die Ufer von Flüssen oder Bächen drängten, hier und da hausten Goldsucher in grauweißen Leinenzelten, die schnell aufgestellt waren. Diese Unterkünfte benutzte man nur in den Sommermonaten und wichtig blieb nur eines: in der kurzen Saison viel kostbares Edelmetall aus der Erde zu holen. Waren die Fundorte nicht ergiebig genug oder bald ausgebeutet, verschwanden die Menschen. Die Hütten blieben zurück, dem Verfall preisgegeben.

Heute versuchen die Behörden durch Vorschriften zu verhindern, dass die unberührte Natur eines Tages mit verwahrlosten und verwilderten Anwesen gesprenkelt ist. Wohnwagen werden in die Wildnis gebracht. Auch für die Besitzer ist das einfacher. Ein Wohnwagen ist leicht aufgestellt und kann auch wieder mitgenommen werden.

Große, langgestreckte Wohnwagen kamen auch an den Ledge Creek. Sie wurden mit der Barge über den See gebracht. Am Heck des Lastkahns waren zwei 90-PS-Außenbordmotoren befestigt. Die Barge war zu einem schwerfälligen Schiff geworden.

Die Aluminiumgehäuse werden Trailer genannt und sind komplett ausgestattete Wohnungen. Die Küche ist mit Kühlschrank, Waschmaschine und Gasherd ausgestattet. Von einem schmalen Flur führen enge Türen zu kleinen Schlafkabinen. In großen Trailern gibt es reichlich ausgestattete Wohnzimmer mit Teppichboden.

Der Goldsucher Bert schloss mit Einzelpersonen oder kleinen Firmen Verträge ab, die es diesen erlaubten, am Ledge Creek zu arbeiten. Neue Gesichter tauchten auf, verschwanden, wurden durch andere ersetzt. Nur wenige blieben für Jahre, denn auch große Maschinen und einige Helfer sind keine Garantie dafür, dass man immer genug Gold findet.

Der Ledge Creek wurde für mich zu einem Ort, an dem ich mein Zelt, mein Kanu, meine Ausrüstung lagern konnte. Aber es war mehr als nur ein Aufbewahrungsort für meine Habe. Ich hatte einen Platz in der Wildnis gefunden, zu dem ich jedes Jahr wieder kommen konnte. Mit Bert hatte ich eine Vereinbarung getroffen, die es mir ermöglichte, eine der vielen Unterkünfte zu benutzen.

*

Die Wände des Trailers waren so heiß, man hätte darauf Spiegeleier zubereiten können. Der Morgen war kühl und frisch gewesen, doch nun hatte er sich zu einem Sommertag mit drückender Hitze gewandelt. Ich war eifrig in der Küche beschäftigt und bereitete das Abendessen vor. Hundert Meter entfernt keuchte und hustete der alte Dieselgenerator und ich konnte elektrische Küchengeräte benutzen. Durch die offenstehende Tür vernahm ich Stimmen. Eine davon war mir fremd. Wenig später stellte mir Bert den Besucher George vor.

Der Fremde trug ein leicht schmuddeliges schwarzes Hemd, eine schwarze speckige Hose und ausgetretene Turnschuhe. Ein mehrere Tage alter Bart legte sich wie ein Schatten über sein hageres Gesicht. Um seine schmale Hüfte trug er einen dunkelbraunen breiten Ledergürtel, daran ein Halfter mit einem Revolver. Wildwest am Ledge Creek, dachte ich, stellte einen erfrischenden, kühlen Saft auf den Tisch, während George den Revolvergurt abnahm und an den Kleiderhaken neben der Tür hängte.

Erschrocken zuckte ich zurück. Ein mittelgroßer Hund mit grauweißem dichtem Fell stürzte in den Trailer, rutschte von seinem kräftigen Schwung über den glatten Fußboden und schlug fest gegen die Metallbeine eines Stuhles. So lernte ich Susi kennen, die einjährige Hündin von George, dem Trapper.

George setzte sich an den Tisch. Nach einigen belanglosen Fragen von mir begann er zu erzählen. Das Gebiet, in dem er seine Fallen stellen darf, schließt den größten Teil des Sees und viele Quadratkilometer der angrenzenden Wälder ein.

Fast ehrfürchtig betrachtete ich mein Gegenüber. Hier saß ein Mann, der die eisigen Winter des Yukon kannte, der sie immer wieder erlebte und bisher überlebt hatte. Eine Gestalt aus Abenteuerbüchern, der als Fallensteller seinen Lebensunterhalt verdiente. Für ihn mussten Luchs, Bär oder Wolf so alltäglich sein wie für mich Rind, Kuh oder Schwein auf dem Bauernhof meines Onkels.

Der Redefluss des Trappers nahm kein Ende. Auch nicht, als die kleine Gruppe von Arbeitern zum Essen kam. George aß wie selbstverständlich mit. Susi kaute und nagte an einem Knochen. Wir waren alle in den Hintergrund gedrängte Zuhörer. Woher sollte ich wissen, dass der Trapper stundenlang ohne Unterbrechung erzählen konnte?

Es war spät geworden. Der Trailer hatte sich geleert und einige der Männer waren bereits wieder an der Arbeit. Als George aufstand und nach seinem Revolver griff, fragte ich ihn, ob ich mir einmal seine Waffe ansehen dürfte.

»Klar«, erwiderte er. »Ich hoffe, du kannst damit umgehen.«

Vorsichtig zog ich die Waffe aus dem glatten Lederhalfter. Schwer lag sie in meiner Hand. Ich öffnete die Trommel. Sechs Patronen steckten in den Kammern, 9 mm, Kaliber 357 Magnum. Das Korn der Visiereinrichtung zeigte einen dicken roten Punkt.

»Wofür ist die Leuchtfarbe?«, wollte ich von George wissen. Ein Grinsen überzog sein Gesicht, als wollte er sagen: Du weißt doch noch nicht alles. »Die Markierung habe ich gemacht, damit ich auch im Dämmerlicht besser zielen kann.«

George besitzt am Mayo Lake mehrere Hütten. Sie stehen fast gleichmäßig verteilt an seiner Fallenstrecke. Einige sind so klein, dass sie wirklich nur für eine Übernachtung in einer Notsituation zu gebrauchen sind. In den Sommermonaten gibt es dort immer etwas zu tun, doch es ist die ruhige Zeit, wo er stundenlang fischen kann – oder Leute besuchen.

Der Trapper war ein Gast, der oft vorbeikam. In mir hatte er den richtigen Gesprächspartner gefunden: einen der zuhörte, Geschichten erfahren wollte, neugierig war und nur selten unterbrach. Und ich war begeistert, ließ ihn reden, nickte gelegentlich, stimmte ihm zu.

»George, wie soll ich mich verhalten, wenn mich ein Bär angreift?« Das interessierte mich verständlicherweise besonders, denn ich war unsicher und konnte das mulmige Gefühl nicht abschütteln, wenn ich alleine durch den Busch streifte. Zwar war ich noch keinem Bär zu nahe gekommen, doch die Möglichkeit bestand immer.

»Nun«, meinte er, »zuerst einmal eine der wichtigsten Regeln. Keine Panik! Ein Bär, ob Grizzly oder Schwarzbär, wird auf verschiedene Arten versuchen, dich zu beeindrucken – und du wirst beeindruckt sein. Er kann ein Wuff von sich geben – was sich übrigens wie ein Hund anhört –, mit den Zähnen klappern, was auch eine Drohung ist, oder sogar auf dich zurennen. Aber alles, was er will, ist, dich vertreiben. Laufe nie fort. Do not run! Never!! Bewege dich langsam von ihm weg.«

In einem kleinen Heftchen, das ich im Touristenbüro in Whitehorse bekommen hatte, konnte ich das richtige Verhalten bei einer unerwarteten Bärenbegegnung nachlesen. Doch ich war nicht zufrieden mit der Antwort. Wie würde sich ein Trapper, ein Buschmann, verhalten, wenn es zum wirklichen Angriff kommen würde? Daher erwiderte ich: »Ich habe gelesen, man sollte sich einfach tot stellen. Auf den Bauch legen, zusammenrollen wie ein Ball, Hände hinter dem Nacken verschränken, um diesen und den Kopf zu schützen, und so ruhig wie möglich bleiben. Wenn der Bär einmal interessiert an dir schnüffelt, stelle dich tot! Fühlt der Bär sich nicht belästigt, bedroht oder angegriffen, wird er dich unbehelligt lassen.«

Nun lächelte George leicht, ein verhaltenes Schmunzeln, das ich schon mehrmals bemerkt hatte, wenn er etwas vergnüglich fand. Leicht verneinend schüttelte er den Kopf. »Ja, einige Leute empfehlen es. Wissenschaftler, die alles besser wissen. Ich würde es nicht tun. Stehen bleiben, keine Furcht zeigen. Auch ohne Revolver oder Gewehr. Nimm deine Chance wahr, auch wenn du nichts anderes als ein Messer hast. Wehre dich!«

Diese Antwort gab mir einiges zu überlegen.

Um George richtig kennen zu lernen war mehr erforderlich, als einige Besuche oder zufällige Begegnungen auf dem See. Aber die Gespräche zwischen uns wurden lockerer, vertrauter. Mit gezielten Fragen konnte ich die Themen – wenn auch recht einseitig – in die gewünschte Richtung lenken. Ich war erstaunt, wie genau George die Wildnis kannte. Kein Tier war ihm fremd. Er schien jeden Biberdamm zu kennen, jeden kleinen Tümpel, jeden Bach. Gierig nahm ich seine Geschichten auf, besonders, wenn er von den Wintern erzählte, in denen er alleine in der weißen Wildnis lebte.

*

Zufrieden stand ich in der Nähe des aufgeschütteten Landungsstegs am See und angelte. Der Gebirgsbach gurgelte und plätscherte im Hintergrund. Ein weiches abendliches Sonnenlicht warf lange Schatten. Die Ruhe wurde von einem tiefen Tuckern unterbrochen. »Goldfinger« rollte auf seinem Dreirad heran. Die dicken Ballonreifen des kleinen Honda-Fahrzeugs rutschten zu einem Halt auf dem Schotter. Horst ist einer der vielen Deutsch-Kanadier, die einmal in den Silberminen von Elsa und Keno gearbeitet haben. Einige Jahre zuvor lernte ich ihn und seine Frau Shelley als einen entfernten Nachbarn am Mayo Lake kennen. Zusammen arbeiteten sie an einem kleinen Bach, der in den heißen Sommertagen schnell zu einem erbärmlichen Rinnsal werden konnte. Ohne ausreichendes Wasser lässt sich keine Goldmine betreiben, doch dieser kleine sprudelnde Quell verbarg in seinem Bett eine Besonderheit: Gold mit einem Reinheitsgrad von 93 bis 94 Prozent – wahrscheinlich das reinste Gold, das je im Yukon gefunden wurde. Horst erhielt so seinen Namen: »Goldfinger«.

Dieser stämmige Mann mit dem kurzen Haarschnitt eines Fremdenlegionärs war seit einigen Jahren »Pächter« am Ledge Creek. Er besitzt alle Eigenschaften, die ein Goldsucher heute benötigt, wenn er erfolgreich sein will. Er fährt eine Planierraupe so gefühlvoll, als säße er am Steuer eines kleinen PKWs; er kann einen Motor auseinandernehmen und reparieren, einen Reifen mit einem Gewicht von einer Tonne bei einem Lader alleine wechseln, perfekte Nähte schweißen und umsichtig in der Wildnis arbeiten.

Horst und Shelley arbeiteten täglich zwölf Stunden – sechs Tage in

der Woche. Gold suchen ist eine schwere Arbeit. Doch oft traf ich »Goldfinger« in den späten Abendstunden am See. Wieder standen wir nebeneinander an der Bachmündung, warfen die Blinker aus.
»Warst du schon einmal an der Wilson Cabin?«
»Nein«, antwortete ich. »Von dieser Hütte habe ich noch nichts gehört.«
»Es ist ein altes Blockhaus und es steht an den Roop Seen«, erzählte er. Der Roop, das wusste ich mittlerweile, ist der zuführende Fluss zu dem anderen Seitenarm des Mayo Lake. »Dort befindet sich ein Irrgarten aus Tümpeln, Seen, Wasserarmen und Inseln. Im Winter soll die Hütte noch manchmal von einem Trapper benutzt werden. Es gibt nur wenige, die sich im Sommer dort hineinwagen. Fremde haben sich dort schon verirrt und den Weg nicht hinausgefunden. Selbst war ich noch nie dort, habe nie die Zeit dazu gefunden. Aber es soll eine schöne und interessante Gegend sein. Eines Tages werde ich einmal hinkommen.« Während sein Blinker durch die Luft zischte, fügte er hinzu: »Vielleicht im Herbst zur Elchjagd.«

Horst lebte seit vielen Jahren in der Wildnis, war erfahren und kannte sich im Busch aus. Er brachte mir unzählige Kleinigkeiten bei, von denen ich wenig oder nichts verstand. Eine Bemerkung zum Außenbordmotor, ein Hinweis zum See, zu den gewaltigen Wellen und überraschenden Stürmen. Soweit wie möglich schien er immer auf alles vorbereitet zu sein. Wenn er den See überquerte, lag immer seine Spezialtasche im Boot. Darin befand sich Werkzeug, eine Kleinigkeit zum Essen, Signalpatronen, Moskitomittel und ein Revolver, Kaliber 44.

Noch dachte ich nicht daran, mich einmal hier niederzulassen. Für mich gab es an diesem Bach keine Zukunft. Was sollte ich tun? Arbeiten durfte ich nicht, denn das verstieß gegen das Gesetz, und ich besaß keine Arbeitsgenehmigung. Ich war nichts anderes als ein Tourist, auch wenn ich länger blieb als die vielen Besucher, die jährlich in den

Yukon strömen. War ich zu lange an einem Ort, wurde ich unruhig. Mich lockte die Größe des Landes, die endlos erscheinende Weite. Es gab so viel, was ich noch nicht gesehen und entdeckt hatte.

Durch Freunde und Bekannte lernte ich Gleichgesinnte kennen: Abenteurer, Wildnisliebhaber, Kanu- und Kajakfanatiker. Gemeinsame Interessen verbanden uns schnell miteinander. In gewissem Sinne war ich frei, konnte meine Zeit einteilen, wie ich wollte. So verließ ich immer wieder im Sommer für Wochen den Mayo Lake, ließ mich mit dem Wasserflugzeug oder dem Auto in entlegenen Gebieten absetzen. Mit den Jahren legte ich Tausende Kilometer mit dem Kanu zurück.

So hatte ich schon oft mit Freunden Flüsse befahren. Bestimmt empfindet jeder die Wildnis anders. Jeden locken unterschiedliche Vorstellungen und Ziele. Vielleicht ist es die erfrischende, wohltuende Freiheit während der Reise, zusammen mit Partnern, Freunden und flussbegeisterten Gleichgesinnten. Und in der Not reicht man sich hilfreich die Hand.

Wie würde es nun ohne Partner, ohne Freunde, sein? Niemanden, den man in schwierigen Situationen um Rat und Hilfe fragen konnte. Kein Gesprächspartner bei schönen oder schlechten Erlebnissen – bei Tag oder Nacht.

Ich sehnte mich danach, etwas mehr Zeit in meinem Leben dort zu verbringen, wo nichts auf die Existenz von Menschen hindeutete. Mein Selbstvertrauen war gestiegen. Gehe nie alleine – eine der wichtigsten Regeln für die Wildnis. Aber gerade das hatte ich vor.

Die Idee einer Alleintour war geboren und ließ mich nicht mehr los. Was veranlasste mich dazu, diese Alleinfahrt zu wagen? War es übertriebene Tollkühnheit, falscher Ehrgeiz, Unvernunft, gefährliche Abenteuerlust? Oder war es eine Herausforderung an die Natur? Bestimmt war es eine Herausforderung an mich selbst. Wie konnte ich mit dem Alleinsein fertig werden? Die Gefahren der Wildnis kannte ich. Die Wildnis selbst konnte ich nicht bezwingen, lediglich versuchen, mich anzupassen, mit ihr zu harmonieren. Das Risiko hatte ich mehrmals überdacht – und mich entschieden.

Neben dem knisternden Lagerfeuer hockte ich auf einem Stück Treibholz, schaute über den ruhigen Bonnet Plume Lake. An dem klaren Gebirgssee wurde mir erschreckend klar, dass ich nun wirklich alleine war. Für mich gab es nur einen Weg, um aus dieser Wildnis wieder herauszukommen. Das Flugzeug, das mich dorthin gebracht hatte, war schon vor Stunden wieder davongeflogen. In der Theorie, den Plänen am Schreibtisch, war mir alles so einfach erschienen. Wie würde sich nun die Wirklichkeit zeigen? Konnte ich mich schon jetzt darauf vorbereiten, dass mein »innerer Schweinehund« mir irgendwann Probleme machen würde? Die Einsamkeit, das totale Alleinsein würde mich packen, mich beuteln und schütteln. Aber war das nicht nur eine zu erwartende Randerscheinung? Bestimmt würde mich diese Reise verändern – falls ich sie überstand. Entweder würde ich zorniger oder sanfter, härter oder mitfühlender, bitterer oder zärtlicher, verschlossener oder gesprächsbereiter. Doch nichts würde mehr so sein wie früher.

Zweieinhalb Monate war ich alleine unterwegs, traf in dieser Zeit nur wenige Menschen. Doch eine Nacht, tief in der Wildnis, wird mir immer in Erinnerung bleiben. Im fahlen Dämmerlicht des Zeltes befielen mich wirre Gedanken. Bilder einer gereizten Phantasie wuchsen zu mächtigen Grizzlybären heran, die sich als Untiere aus dem Dunkel aufrichteten. Aufgerissene, zahnbewehrte, stinkende Rachen: auf der Suche nach einem Opfer. Das Kanu in schäumendem, tosendem Wildwasser. Felsblöcke, die mir den Weg versperrten. Hilflos, inmitten der tosenden Naturgewalten, trieb ich darauf zu.

Im Laufe der Zeit lernte ich mich und meine Ängste besser kennen.

Aber mit den Jahren trat langsam eine Wandlung ein. Müde vom Lagerleben, das war ich geworden. Bei Regen, Kälte und Hitze auf den Flüssen unterwegs, schlafen auf hartem, oft steinigem Boden – ich hatte einen Punkt erreicht, wo ich nur noch ein eigenes Heim wollte.

Noch deutlich erinnerte ich mich an das Gespräch, das ich einst mit »Goldfinger« hatte, den Erzählungen von George, von den fast unberührten, flimmernden Seen am Roop Fluss, den zerklüfteten Bergen. Der Weg zur »Wilson-Cabin« war mir vertraut, so genau und in allen Einzelheiten hatte ihn mir George beschrieben. Außerdem besaß ich eine gute Karte. Konnte ich dort einen Platz für mich finden?

Seit einigen Tagen schob der Wind Wellen über den See, wechselte seine Richtung und das unruhige Wasser folgte. Nur wenn ein anhaltender Regen auf die Wasserfläche hämmerte, wurden die Wogen sanft, fast glatt. Doch heute war der Himmel nur von feinen, zerrissenen Wölkchen bedeckt und der Tag sollte trocken bleiben.

Es war früh am Morgen. Die Sonne hatte sich kaum über die Hügel erhoben und ich sah noch einmal auf zu dem zarten Blau. Dann schob ich das Kanu von den runden Steinen am Landungssteg, klemmte mich zwischen Sitz und Ausrüstung, kniete nieder. Vor mir hatte ich alles verstaut, was ich für zwei Wochen benötigte. Kraftvoll tauchte ich das Paddel ein. Der lockere Tanz meiner Muskeln war wie der Ausdruck meiner Freude: unterwegs zu den Roop Seen, auf der Suche nach einem Platz für mein Blockhaus.

Noch war ich keine Stunde unterwegs, als sich eine Brise zu einem kräftigen Wind entwickelte. Unerbittlich blies er mir ins Gesicht. Die

Kraft meiner Arme übertrug sich noch locker und gleichmäßig auf das Paddel. Jetzt umkehren, zurück zum Ledge Creek, wollte ich nicht. Bald verwünschte ich die Wellen. Zur Sicherheit hielt ich mich nahe am Ufer. Jede einzelne der wachsenden Wogen konnte mich mühelos umwerfen. Kleine Buchten schenkten mir etwas Windschatten, doch es waren nur immer kurze Erleichterungen. Meinen Blick fixierte ich auf einen festen Punkt vor mir, um festzustellen, wie langsam ich vorankam.

Mein Zeitgefühl wurde mit den Wellen davongetragen. Nur paddeln! Arme und Schultern stöhnten mir etwas von Anstrengung vor. Nur vorwärts! Als ich in den Roop-Arm einschwenkte und die rollenden Wasserberge mich nur noch seitlich packten, zeigten meine Hände die ersten Anzeichen von Blasen. Sieben Stunden war ich ohne Unterbrechung gepaddelt. Auf einer kleinen felsigen Insel übernachtete ich.

Am frühen Morgen des nächsten Tages überquerte ich die letzten 15 Kilometer des Sees. Im Flussdelta begrüßten mich abgestorbene Bäume wie stumme, ewige Wächter. Sie bewachten die Stille, die nur gelegentlich von einer quakenden Ente oder einem lachenden Eistaucher unterbrochen wurde. Langsam paddelte ich zwischen den aschgrauen, bleichen Stämmen hindurch. Auf einer abgebrochenen Fichte, mit weitgestreckten, kräftigen Aststümpfen, türmte sich ein gewaltiger Adlerhorst. Aber wo war der Fluss?

Lange suchte ich auf den glatten, glitzernden Wasserflächen nach meinem Weg. Dann stieß ich tiefer und tiefer in den richtigen Arm hinein. Wie ein Geist schob ich mich durch braunes Schilfgras, das meinen Weg säumte. Die langen Halme reckten sich so hoch, dass ich manchmal nicht darüber hinwegsehen konnte. Ein Gewirr aus schmalen und breiten Kanälen schloss mich ein. Leise, kaum wahrnehmbar, plätscherte das Paddel, wenn ich es eintauchte. Lauschte ich bewegungslos, mit erhobenem Paddel, in die Wildnis, tropfte es von dem breiten Blatt. Sonst hörte ich nichts.

Armdicke Holzstangen ragten wie eingerammte Speere aus dem Wasser, schienen mir den Zugang in den Dschungel verwehren zu wollen. Oft war ich froh, wenn ich mit dem Kanu – Kopf gesenkt und Oberkörper fast auf den Boden gedrückt – durch ein Schlupfloch gleiten konnte. Äste schabten am Boot entlang. Es war eine unwirkliche Welt, die mich umgab. Gegen umgestürzte Bäume ging ich mit Axt und Säge vor. Das war mir lieber, als mein Gepäck über sumpfiges Land zu schleppen. Nur langsam kam ich voran. Aber ich hatte alle Zeit der Welt. Niemand hetzte mich, niemand trieb mich an.

Mein Wasserweg führte an moorigen Tümpeln vorbei, stieß in weite, klare Seen und schloss sich wieder zu schmalen Gräben. Auf einem trockenen, schmalen Landstreifen stieg ich aus. Wenig Unterholz machte es leicht, einen brauchbaren Platz für mein Zelt zu finden. Das verwirrende, unübersichtliche Flussdelta lag nun bereits einige Kilometer zurück. Vor und hinter mir erstreckten sich lange, flache Seen. Für Stunden sah ich herumschwimmenden Bibern zu und verwünschte die Moskitos.

Es folgten sonnige Tage. Manchmal waren sie mit düsteren Wolken durchwachsen, die sich zu schwarzen Haufen aufbauschten. Schwemmte ein Regenschauer auf mich herab, störte es mich wenig. Ich versteckte mich für einige Zeit unter meiner Regenkleidung.

Noch war das weite, ausgewaschene Flussbecken flach und die ausgedehnten Wälder, die sich zwischen den Tümpeln, Seen und Wasserarmen emporreckten, stießen erst nach einigen Kilometern gegen aufquellende Felsmassive. Gemütlich folgte ich dem geruhsamen Fluss auf seinen schlangenförmigen Linien. Unfreiwillig trieb ich Entenfamilien vor mir her, scheuchte Kanadagänse auf und staunte über die vielen Elche. Kein störender Motorenlärm zog mir voraus und so konnte ich zahlreiche Elchkühe überraschen. Sie standen mit einem oder zwei Kälbern in seichten Tümpeln. Den jungen Tieren reichte das Wasser bis an den Bauch, die Erwachsenen warfen ihre Köpfe auf und formten die Ohren zu herumspielenden Trichtern, während sie versuchten, die Ursache für ein kleines alarmierendes Geräusch zu erkennen. Einige staksten langsam durch Moor und Gras davon, andere ruckten hoch, setzten die massigen Körper unglaublich schnell in Bewegung, grunzten verärgert oder erschreckt, wirbelten die langen Beine, keuchten wild, platschten durch das Nass und flüchteten durch brechende Äste aus meinem Blick.

Im Einklang mit der Natur zog ich weiter. Lockte mich ein Platz für eine nähere Erkundung, dann stieg ich aus, stöberte durch den Busch, kletterte auf einen Fels. Beeindruckt von der Landschaft, weiter auf der Suche nach einem Fleckchen, auf das ich vielleicht ein Blockhaus stellen konnte.

Auf dem Gepäck faltete ich meine Karte aus, mit deren Hilfe ich mich durch die Wasserwildnis bewegte. Die »Wilson-Cabin« war als kleiner Punkt eingezeichnet und musste sich in der Nähe befinden. Mit diesem vorläufigen Ziel paddelte ich weiter.

Nach der nächsten Biegung musste ein Biberdamm kommen. Da war er! Vielleicht vier, fünf Meter breit, ein meisterhaft aus Ästen und Zweigen zusammengestecktes Hindernis für mein Kanu. Ein Wasserschwall rauschte darüber hinweg. Ich warf mein Gepäck ans Ufer und zog das leere Boot um das Bauwerk. Unwillkürlich musste ich dabei lachen. Ich dachte an George. Es war genau so, wie es mir der Trapper beschrieben hatte.

Hinter einem dichten Wald aus hohem Schilfgras fand ich die gesuchte Trapperhütte. Ein kastenförmiges, unansehnliches, altes Blockhaus mit verschlossener Tür und zugenagelten Fenstern. Nahe der Rückwand ein Müllberg aus leeren Flaschen und verrosteten Dosen. Es war zwar schon spät am Tage, doch hier wollte ich mein Lager nicht aufschlagen.

Nach langem Suchen fand ich ein trockenes Fleckchen Erde am schilfgesäumten, sumpfigen Ufer eines kleinen Sees. Es gab nicht viel Platz und eine der Spannleinen des Zeltes streckte sich bis zur Wasserlinie. Dichter Busch schirmte mich an einer Seite ab, während gegenüber die Schneise eines Windbruchs verlief. Nur vereinzelte Bäume standen dort zwischen niedrigem Kraut und buschigen Sträuchern.

Das kleine Feuer flackerte. An einem festgekeilten Stock hing der Wasserkessel über den Flammen. Auf einem mitgebrachten Stück Sperrholz, das mir als Küchenbrett diente, schnitt ich ein Stück Dörrfleisch in kleine Würfel. Aus den Augenwinkeln vernahm ich eine Bewegung: Whiskey Jack, der kanadische Häher, oder Eichhörnchen? Überrascht richtete ich mich auf.

Weniger als einhundert Meter entfernt war ein Grizzly aus dem Wald getreten – lautlos. Das zottige braune Fell war an Schulter und Brust fast schwarz. In einem gemächlichen Gang, der mir wie ein behagliches Wandern erschien, überquerte er die offene Schneise. Er drehte mir den Kopf zu und zeigte seine Breitseite. War das eine Drohung? Gestört schien er sich nicht zu fühlen – wenigstens konnte ich dafür keine Anzeichen erkennen. In seinem rollenden Trott, der die Muskelpakete umso deutlicher zeigte, erschien er mir stark, selbstbewusst und sicher. Kam er meinem Lagerplatz nicht schon näher? Ein Blick zu meinem Gewehr – griffbereit. Doch so gemütlich wie der Bär aufgetaucht war, verschwand er im dichten Wald.

Mit einem Löffel klopfte ich gegen die Bratpfanne, klapperte mit dem Geschirr, machte einen Lärm, als sei ich damit beschäftigt, in Eile für zehn Personen zu kochen. Einen solchen Besucher wollte ich nicht. So weit ging keine Gastfreundschaft. Aber den Speck anbraten und einen verlockenden, köstlichen Duft durch den Wald ziehen lassen? Mein Kopf drehte sich wie eine wachsame Eule. Feuer schüren, Holzstücke nachlegen, eine Handvoll Moos darüberstreuen – was ein herrlicher Anblick von lodernden Flammen und dickem Qualm, der wie Nebel in den Bäumen hing. Aber war ich beruhigt? Kurz entschlossen kratzte ich die Speckwürfel zusammen, packte sie mit dem bereitgestellten Reis wieder ein. Zum Abendessen kochte ich mir Nudeln. Sorgfältig spülte ich das benutzte Geschirr.

An einigen Laubbäumen war schon der erste Hauch von Herbstfarben zu ahnen. Die Luft war kühl und nur in der Nähe des Feuers war es angenehm – und beruhigend. Das Lager war aufgeräumt, genügend Feuerholz lag griffbereit. Die Flammen leckten gierig an dem knisternden Holz. Funken sprühten in die Dämmerung. Gemütlich saß ich auf einem herangeschleppten Stamm, stopfte mir eine Pfeife. Mit einem brennenden Zweig zündete ich sie mir an. Geräuschlos paddelte ein Bisam vorbei, zog einen Silberpfeil hinter sich her. Ein Zwitschervogel unterbrach die Stille. Weit draußen klatschte irgendwo ein Biber.

In den vergangenen Tagen hatte ich einige wilde, schöne Plätze für ein Blockhaus gesehen. Alles, was ich benötigte, war reichlich vorhanden: Bäume, Bäche, Seen und jede Menge Fische. Aber wollte ich mich wirklich so weit von allem zurückziehen? Kein Nachbar in unmittelbarer Nähe. Und wie sollte ich das Werkzeug, das notwendige Baumaterial in dieses abgelegene Gebiet schaffen? Das Kanu war zu klein und ein Motorboot wohl kaum zu benutzen. Sollte ich Einsiedler werden und mich in dieses abgelegene Gebiet vergraben – das konnte und wollte ich nicht.

Die Flammen des Feuers warfen einen flackernden Lichterkreis um mein kleines Lager. Funken wirbelten auf, verglühten. Der See lag schwarz, nur wenige schimmernde Meter erhellt. Der Nachthimmel zeigte noch nicht den kleinsten Lichterpunkt. Die Silhouetten der Höhen und Gipfel, die mich umgaben, wirkten nicht bedrohlich und einengend, vielmehr nahe und beschützend. Die Stille verstärkte das Gefühl der Verbundenheit, das ich für diese Natur empfand.

Nach dem letzten Tee kroch ich ins Zelt, streckte mich in den aufgebauschten Schlafsack. Meine Gedanken hüpften vom Blockhaus zum Grizzly. War der Bär noch in der Nähe? Meine Hand tastete zur griffbereiten Schrotflinte. Kaum lag ich auf der Seite, schlief ich auch schon fest.

Noch hielt ich meine Augen fest geschlossen, doch ich war hellwach. Etwas hatte mich geweckt. Angespannt horchte ich. Ein ungewohntes Geräusch? Ja! Nun riss ich meine Augen auf. Der Morgen lag schon für den neuen Tag ausgebreitet, kein Schatten ruhte mehr im Zelt. Da! Ein lautes Platsch, Platsch, Platsch. Der Bär! – schoss es durch meinen Kopf. Hastig schlüpfte ich aus dem halb geschlossenen Schlafsack, öffnete mit einem grässlichen Geräusch, das mir viel zu laut vorkam, den Reißverschluss vom Innenzelt. Waren das nicht trommelnde, ja galoppierende Tatzen? Wasser spritzte auf! Der Griff um das Gewehr wurde fester. Ersatzpatronen hatte ich am Abend schon in die Tasche der Trainingsjacke gesteckt. Nur heraus aus dem Zelt. Unsinnigerweise fragte ich mich, ob mir die dünne Hülle ausreichenden Schutz bieten würde? Schnell entscheiden! Etwas stürmte heran. Durch das kleine runde Moskitonetz sah ich den flimmernden See – und dann dunkle braune Haare. Eingeengt im Vorzelt, ruckte ich den Reißverschluss auf, kniete auf dem taugesättigten Boden, die Waffe feuerbereit vor mir – und sah einer Elchkuh hinterher, die auf trampelnden Hufen am Lager vorbeistürmte.

Der letzte Tag unterwegs. Fünf Uhr. So fröstelnd früh. Tiefe Nachtschatten klebten noch an den Bergen. Eilig packte ich mein Lager zusammen, wollte die windstillen Stunden nutzen, nahm mir keine Zeit zu einem ausgiebigen Frühstück. Morgendunst verweilte noch dort, wo sich der Adlerhorst befand. Zügig huschte ich auf den See hinaus. Nicht die kleinste Unruhe war auf der Wasserfläche zu erkennen.

Hinter mir blieben nicht nur Berge und Seen zurück, sondern auch ein klein wenig die Teile eines Traumes. Bruchstücke von einem Leben in der Abgeschiedenheit, vom Alleinsein, das ich dann doch nicht wollte. Aber wie sich diese Idee verflüchtigte, so verstärkte und vertiefte sie doch gleichzeitig meinen Wunsch, der zur Gewissheit wurde: Ich würde mein Blockhaus bauen.

Über dem Schattenriss der Berge wölbte sich ein Morgenrot empor. Mit jeder Minute wurden die Farben kräftiger. Eine paddelnde Maschine war ich geworden, während der See sich zu einer roten, blutigen Bahn verfärbte, zum Spiegel des flammenden Himmels. Paddeln, paddeln, paddeln! Kräftiges Purpurrot umspülte mich. Der Himmel war eine Feuerwand, die sich zu einem fahlen Rosé, zu einem dunklen Orange, einem blassen Gelb wandelte. Mit den ersten lanzenförmigen Strahlen, die hinter dem Gebirgshorizont aufblitzten und in den Morgen stachen, löste sich die tiefe Farbe vom See und ein goldenes Flimmern umgab mich.

Meine Arme und Schultern beklagten sich, als ich den Roop-Arm verließ. Doch der prachtvolle Morgen gab mir Kraft und Stärke. Wieder tauchten gewaltige, rollende Wellen auf, denen ich mich diesmal bedenkenlos anvertraute. Der Wind schob mich, drückte das Boot vor sich her und ich ritt schwankend mit den aufgebauschten Wogen. Nach zwei Stunden, und keinem ermüdenden Paddelschlag, schaukelte ich um die bekannte Bachmündung. Mir war unterdessen klar, dass ich hier irgendwo mein Blockhaus bauen wollte.

Was machte ich nur noch immer hier? Mit dem Herbst, der seine bunte Farbenpracht ausgebreitet hatte, waren die ersten Nachtfröste gekommen. Zeit, so dachte ich, den See zu überqueren. Kein Mensch befand sich mehr am Mayo Lake. Nur Bert und ich. Immerhin mussten wir noch das Boot benutzen. Würde der See nicht bald gefroren sein?

Doch Bert hatte keine Eile. Er war noch jeden Tag mit Vorbereitungen für den Winter beschäftigt. Seine Goldmine war geschlossen. Bei ihm bedeutete es, alles stehen und liegen lassen bis zum Sommer. Gelegentlich hörte ich seine Motorsäge kreischen. Feuerholz würde er viel brauchen.

Doch nun war es schon spät im Oktober. Die Morgentemperatur für mich erschreckend kalt. Vor wenigen Tagen stand das Thermometer auf minus 15 Grad C und es hatte aus grauen Wolken geschneit. Der Schnee ruhte auf den Bäumen und das sperrige Labradorkraut war unter einer weißen Decke verborgen.

Kritisch betrachtete ich mein Gegenüber. Etwas plump, der eiförmige Kopf etwas schräg, ein rotes Signalband um den Hals und zu beiden Seiten Schneeschuhe angelehnt. Nicht schlecht, für meinen ersten Schneemann, den ich im Yukon gebaut hatte.

Schon immer wollte ich einmal Schneeschuhe ausprobieren. Begeistert schnallte ich mir die übergroßen Tennisschläger an die Stiefel. Bestimmt war es nicht notwendig, war nichts anderes als eine Spielerei, doch es machte Spaß, so durch den Busch zu laufen.

Es war ein neues Erlebnis, mit leicht gespreizten Beinen zu gehen und immer darauf bedacht sein, nicht das Gleichgewicht zu verlieren. Doch mit jedem Schritt wurde es leichter und langsam erreichte ich eine kleine Anhöhe, von der ich weit hinabsehen konnte. Der Schnee flimmerte und blinkte im Sonnenlicht, und weit unten sah ich den langgestreckten Arm des Sees, der aus dieser Entfernung ruhig und harmlos wirkte. Der blaue Himmel zeigte nur einige aufgebauschte Wölkchen und die Stille erfüllte die prickelnde Luft. Würde ich jemals einen Winter im Yukon verbringen?

Mein Atem ging schwer, doch das kam nicht von dem leichten Anstieg. Wieder musste ich daran denken, was mich nun schon seit Wochen beschäftigte. Tief in mir spürte ich Zweifel. Konnte ich mir erlauben, in den nächsten Jahren wie bisher wieder in den Yukon zu kommen? Für acht lange Jahre hatte ich es so gemacht. Wollte ich das wirklich? Was war mit meiner Idee, ein eigenes Blockhaus zu bauen? Je intensiver ich mich mit diesem Traum beschäftigte, umso deutlicher musste ich mir eingestehen – finanziell konnte ich es mir nicht erlauben. Dafür hatte ich einfach nicht genug Geld. Ein Haus bauen – und dann? Nur von der Idee, dem Traum, konnte ich nicht leben. War ich nicht ein Fremder in einem fremden Land – auch wenn ich es schon besser kannte?

An einem klaren Morgen stand das Thermometer auf minus 20 Grad. Nun meinte sogar Bert, dass es angebracht sei, sich auf die Überfahrt vorzubereiten. Er würde mich bis nach Whitehorse mitnehmen, seine Einkäufe für den langen Winter erledigen und dann über den See zurückkehren.

Dick vermummt stand ich neben ihm. Mir war kalt, doch er arbeitete unbeeindruckt an seinem Motorschlitten. »Dringende Reparaturen«, meinte er, »dann können wir unser Gepäck zum See fahren.« Mit einem Schraubenzieher tüftelte er an dem Motor und trug noch nicht einmal Handschuhe.

Mir blieb nichts anderes übrig, als zu warten und zu hoffen, dass der Außenbordmotor nicht versagte oder der See zu wild sein würde.

Mein grüner Rucksack stand gegen ein Benzinfass gelehnt, ein erfreulicher Farbfleck in dem schmuddeligen Weiß am Steg. Daneben stand meine Schrotflinte in der schützenden Hülle. Die Waffe wollte ich nicht zurücklassen. Vielleicht war das ein Eingeständnis mir selbst gegenüber. Noch konnte ich mich nicht mit dem Gedanken vertraut machen, der in meinem Kopf hämmerte. Würde ich bald wieder an den Mayo Lake kommen können?

Einige Büsche hatten sich noch einmal vom Schnee frei geschüttelt. Eine tiefe Wolkendecke stülpte sich weit über die Hügel. In mir lastete eine Wolkendecke, die viel gewaltiger war.

Viele Menschen meinen, Geld spiele in der Wildnis keine große Rolle. Doch gerade im Busch wurde ich mir mehr denn je darüber klar, wie sehr ich von meinen geringen Ersparnissen abhängig war. Es gab für mich keine Möglichkeit, irgendwo eine Arbeitsstelle anzunehmen und mir die dringend benötigten Dollars zu verdienen. Nicht in der Wildnis und in der Stadt erst recht nicht. Um als Ausländer für eine Firma zu arbeiten, benötigte ich die entsprechenden Arbeitspapiere. Und diese besaß ich nicht. Aber die Vorstellung von einem eigenen Blockhaus konnte ich nicht verdrängen. Mir wurde klar, dass ich Werkzeug benötigte, und notwendiges Baumaterial würde viel Geld kosten. Doch das hatte ich nicht. Betrachtete ich meine Vorstellungen einmal realistisch, so musste ich mir eingestehen, ich hatte keine Möglichkeit, den Wunsch in die Tat umzusetzen.

Abschied vom Mayo Lake? Ich war es leid, Jahr um Jahr hin- und zurückzureisen, ohne Aussicht auf einen Arbeitsplatz, ohne die Möglichkeit, hier Geld zu verdienen.

In den Jahren im Yukon hatte ich viel gelernt. Besonders am Mayo Lake. Noch konnte ich nicht ahnen, dass mir dieses Wissen später noch sehr helfen würde. Doch viel später, als ich damals auch nur vermuten konnte.

3. Mein Traum – ein Blockhaus in Kanada

Die silbergraue Rinde der Weißfichte sah schön aus. Der Baum war in dem Dickicht kerzengerade in die Höhe gewachsen. Stattliche Rottannen umgaben ihn, als wollten sie den fremden Nachbarn beschützen. Doch ich hatte die Fichte gefällt, entastet und auf die gewünschte Länge von sechs Metern zurechtgeschnitten. Die aufgebrochenen Knospen der Pappeln und Birken zeigten schon ein frisches Grün, aber zwischen den Zweigen blinkte mir noch das Weiß des gefrorenen Sees entgegen, über den ich mit dem Motorschlitten gekommen war.

Der erste gefällte Baum für mein Blockhaus. Während ich den Stamm betrachtete, streifte ich mir die dicken Lederhandschuhe über, die mir fast bis zu den Ellbogen reichten. Sie sollten meine Unterarme vor der rauen Rinde schützen. Das ungefähr 25 Zentimeter dicke Ende packte ich wie eine Klammer, drückte den Rücken durch und versuchte, aus der Hocke heraus, mit der Kraft der Beine, den Stamm anzuheben. Er bewegte sich kaum. Nur mein Rücken ächzte und meine Beine wurden schwach. Mit dem Fuß drückte ich kräftig gegen den Stamm, rollte ihn hin und her. Er hatte sich nicht verhakt, lag wie ein unschuldig gefällter Riese vor mir. Langsam verstand ich: Der mit Lebenssaft gefällte Stamm war einfach zu schwer. Enttäuschung stieg in mir auf. Hatte ich mir alles zu einfach vorgestellt? Sollte mein Traum von einem eigenen Blockhaus schon beendet sein, bevor er richtig begonnen hatte?

Hinter mir lagen über 900 Tage, die ich in Deutschland verbracht hatte. Über 900 Tage war ich nicht im Yukon gewesen. Manchmal hatte ich Freiheit und Stille vermisst. Doch was sollte ich noch dort?

Ohne regelmäßigen Urlaub hatte ich fast jeden Tag in der Woche gearbeitet, kannte kaum ein freies Wochenende. Meine Fingernägel zeigten keine schwarzen Ränder. Die Hände waren nicht rau und rissig von der Arbeit. Auch brauchte ich nicht Benzin und Öl für einige Maschinen zu mischen – der Geruch hatte mir noch nie gefallen. Und für Bert eine aufgeladene Batterie zwei Kilometer durch den Busch schleppen – wenn sein Auto wieder einmal nicht starten wollte – war noch nie eine angenehme Beschäftigung gewesen. In Deutschland hatte ich meine Arbeit, es gab keine Geldsorgen für mich. Doch war das genug?

Zwei Jahre und sechs Monate später gab es nur noch einen Gedanken: Ich will wieder heim. Zurück in den Yukon. Einmal entschlossen, kaufte ich mir ein Flugticket und flog nach Edmonton. Beim Anflug zur Landung schaute ich auf graubraunes, kastenförmig angelegtes Farmland herab. Mir kam alles vertraut vor. Schon einmal hatte ich so fasziniert nach unten geschaut, als ich zum ersten Mal nach Kanada geflogen war. Es lag zehn Jahre zurück. Nun hatten wir das Jahr 1989.

Edmonton war mir nicht fremd. Ich kannte mich aus. Nach einigen Tagen hatte ich mir einen Pick-up-Truck gekauft und verließ die hektische, emsige und laute Stadt in heftigem Schneetreiben. Nach drei Tagen erreichte ich bei herrlichem Aprilwetter Whitehorse.

Auf dem Weg zum Mayo Lake lagen nicht nur Ausrüstung und Lebensmittel auf der Ladefläche, sondern auch ein neuer Außenbordmotor, eine Motorsäge, gefüllte Benzinkanister und Werkzeuge. Meine Ersparnisse hatten abgenommen, doch das beunruhigte mich nicht. Wichtig waren mir nur die Papiere in der Brieftasche. Durch die kanadische Botschaft hatte ich eine begrenzte Aufenthalts- und Arbeitsgenehmigung erhalten. (Wie das? Mein Zauberwort war Gold und es eröffnete mir diese Möglichkeit. Mehr darüber im 6. Kapitel, Gold.)

Nicht vollständig entmutigt, doch ernüchtert und mit gedämpftem Eifer, betrachtete ich den vor mir liegenden Baumstamm. Zuerst noch unsicher, begann ich mit der Suche nach einer Lösung. Die Arbeit mit dem Flaschenzug stellte sich als zu umständlich heraus. Da er die Stämme waagerecht ziehen sollte, verwirrten sich die Ketten, blieben im Unterholz hängen, zerrten Äste in die Rollen, bis sich nichts mehr bewegte. Nach weiteren umständlichen und erfolglosen Versuchen fand ich heraus, dass ich mit einem breiten Packriemen, den ich um den Stamm wickelte, und einer langen Eisenstange als Hebel, doch in der Lage war, die Stämme zu bewegen. Bäume mit einem Durchmesser von 20 bis 30 Zentimetern konnte ich gerade noch bewältigen. Doch nicht nur das. Ich schleppte sie quälend langsam zu verschiedenen Lagerplätzen, wo ich sie längs und quer in mehreren Schichten stapelte, damit sie trocknen konnten.

Die Motorsäge fraß sich in das Holz der gesunden Fichte. Der Baum neigte sich zur Seite, knackte, und ich zog schnell das Sägeblatt aus der Schnittstelle. Langsam bewegte er sich in die gewünschte Fallrichtung. Zur Sicherheit trat ich einige Schritte zur Seite. Der Stamm zitterte, fiel schneller und schneller, krachte dumpf zwischen wild peitschende Erlenbüsche.

Für einige Wochen fällte ich Nadelbäume. Reihenweise fielen prächtige Tannen und Fichten unter dem zerstörenden Biss der Motorsäge. Sie donnerten mit uriger Gewalt der Erde entgegen, schlugen durch wirres Geäst, drehten sich im sperrigen Unterholz in eine unerwünschte Richtung oder blieben standhaft an dem Nachbarn hängen. Wenn die Erde unter dem peitschenden Schlag eines Baumes erbebte, schwirrten aufgeschleuderte Moskitos in einer dichten Wolke umher. Die widerliche Plage des Nordens. Blutrünstige Biester! Nur wenn die Motorsäge sich gefräßig in das Holz schob und Lärmschutz meine Ohren verschloss, konnte ich das nervenaufreibende Summen nicht hören. Schweiß tröpfelte von meiner Stirn, brannte in den Augen. Das zerfetzte Hemd zeigte kaum noch einen trockenen Flecken. Mit den dicken Lederstiefeln brach ich durch blühendes Heidekraut. Die wilden Rosen erreichten fast Hüfthöhe und die Dornen zerrten an meiner Hose. Vielleicht 50 Schritt bis zum kühlen See. Am Wasser bückte ich mich, kühlte Gesicht, Nacken, Arme, platschte mir den Oberkörper nass und trank in gierigen Zügen.

Ein schweifender Blick über den glitzernden See. Meine Augen suchten am Ufer entlang: nichts Besonderes. Das war meine Pause. Verkrampft und verspannt streckte ich mich. Der Rücken schmerzte, die Gelenke knackten, doch unermüdlich trieb ich mich selbst voran. Die gefällten Bäume riefen. Mit der Axt wurde ich immer besser. Voller Stolz trennte ich durch gezielte, kraftvolle Schläge die Äste dicht am Stamm ab.

Oft hatte ich die mächtigen Fichten und Tannen bestaunt, die verstreut, wie kleine Goldklümpchen, zwischen den überwiegend schwachwüchsigen Vertretern der grünen Wildnis wuchsen. In der Nähe des Baches, am Seeufer und in tiefen Bodenfalten gab es genug brauchbares Bauholz für ein Blockhaus. Bald türmten sich ansehnliche Stapel entlang des Seeufers, des Baches und in der Nähe des staubigen Fahrweges.

Die Stämme sollten zuerst einmal trocknen. Um diesen Prozess zu unterstützen, schälte ich bei einigen zwei Rindenstreifen, parallel zueinander, an den Seiten ab. Später stellte ich dann fest, dass diese Streifen sich fast schwarz verfärbt hatten. Das war also kein guter Rat gewesen.

An die Bäume stellte ich keine besonderen Anforderungen. Die Rinde war manchmal bleifarben mit zartem Grün, dann rostrot, mit zerfurchter Rinde oder glatt. Mir war alles recht. Nur gerade gewachsen sollten die Stämme sein und wenn möglich, ungefähr die gleiche mittlere Stärke haben. So wählte ich die Bäume mit Bedacht und sehr sorgfältig aus. Doch es ließ sich nicht vermeiden, dass sich später doch noch die eine oder andere Krümmung zeigte.

Bei meiner Arbeit machte ich eine Entdeckung, die meine Einstellung zum Bauholz grundlegend änderte und mich mit Freude erfüllte. Es war ein abgestorbener Baum, an dem ich fast achtlos vorüberging. Gedankenverloren schlug ich mit dem Rücken der Axt dagegen und blieb überrascht stehen. Das hatte dumpf, hohl, doch auch fest geklungen. Dieser Stamm war schon viele Jahre Wind und Wetter ausgesetzt, dem Verfall preisgegeben. Die Rinde blätterte bereits ab. Das Holz sah rotbraun aus, war verrottet und krank. Kleine und große Insekten hatten ein wirres Muster aus feinen Gängen geschaffen. Größere Baumschädlinge waren die Verursacher der Löcher, die tief in das Holz führten. Doch unter der zerstörten Oberfläche entdeckte ich festes, gelblich weißes Holz.

Es gab viele abgestorbene Bäume. Mit ihrem braunen Nadelkleid im dichten Grün leicht zu erkennen. Bisher hatte ich sie kaum beachtet, ihnen wenig Aufmerksamkeit geschenkt. Das war nun anders. Begeistert fällte ich nun nur noch diese Bäume. Das Holz überzeugte mich mit seiner hervorragenden Qualität. Dazu waren sie noch ungefähr ein Drittel leichter als ihre grünen Artgenossen und einfacher zu bewegen.

Die Stämme sägte ich auf eine Länge von sechs Metern zurecht. Das war die Stammlänge, die ich nach meiner Planung für das Haus benötigte. In dieser Länge ließen sie sich auch noch einigermaßen handhaben. Beim Bauen musste ich mich dann mit jedem der Stämme wieder beschäftigen, da ich sie entrindete und schälte. Dabei war ich erstaunt, als ich merkte, wie bekannt sie mir noch immer waren. Schwache Hinweise, wie die Farbe der Rinde, die borkige Oberfläche, die Form, die Dicke, verrieten mir oft, wo der betreffende Baum gestanden und wann ich ihn gefällt hatte.

Von einer kleinen Anhöhe betrachtete ich die Landschaft, die sich zu meinen Füßen ausbreitete. Noch hatte ich mich nicht entschieden, wo ich das Blockhaus bauen sollte. Am Bach oder am See? In der Nähe der Wohntrailer und der alten Hütte von Bert, an dem der Bach vorbeiplätscherte, war vieles einfach – so schien es. Dort hatte ich Strom, konnte elektrisches Werkzeug benutzen, ja sogar eine Maschine für die besonders schweren Arbeiten einsetzen.

Am Bachufer hatten Bert und ich aufwärts einige hundert Meter Schlauch verlegt und im Sommer floss das klare Gebirgswasser mit ausreichendem Druck in Bad und Küche. Nur im Frühjahr, wenn die Schneeschmelze einsetzte und die Flut aus dem Gebirge schoss, war für Wochen das Braun von Sumpf, Moor und Wildnis in der Leitung. Wenn die Blätter der Laubbäume sich goldgelb färbten, wenn sich die ersten Nachtfröste auf das Land senkten, füllte ich an den Abenden Eimer und Kanister, da am Morgen kein Tropfen aus der Leitung kommen wollte. Erst am späten Nachmittag würde es aus dem geöffneten Wasserhahn spucken und husten: klares Nass strömte wieder für einige Stunden.

Aber wie war es im Winter? Schon im Herbst verwandelte sich der wilde, rauschende Bach zu einem friedvollen Gesellen: Er flüsterte, murmelte und überspülte nicht mehr die abgerundeten Steine. Würde er bei eisigen Temperaturen bis zum Grund erstarren? Wenn ich einmal den Winter hier verbringen sollte, war ich dann gezwungen, für Monate Schnee und Eis zu schmelzen, um Wasser zu erhalten?

Stundenlang war ich ausgetretenen Elchpfaden gefolgt, die sich als braune Linien durch die Wildnis zogen. Zunächst erkundete ich noch die Nähe des Baches, denn ich hatte den Gedanken an eine Wasserleitung noch nicht ganz verdrängt. Irgendwo musste er sein, der eine, richtige Ort. In Senken verwandelte sich der Boden in sumpfigen Morast, von Elchen zu einem braunen Brei aus Moos, Flechten und Kräutern zertrampelt. Dichte Pappelgruppen standen auf kleinen Anhöhen und lockten mich mit einem weit schweifenden Blick über den See. Aber dann war ich zu weit vom Wasser entfernt, und nur die prächtige Aussicht genügte nicht. War der Boden eben und trocken, dann gab es keine schattenspendenden Bäume.

Auch zu diesem Platz, an dem ich hockte, konnte ich eine Wasserleitung verlegen. Der Blick auf den zwei Kilometer entfernten See hinab war atemberaubend. Doch durch eine Gruppe Pappeln konnte ich die Halden des Minengeländes sehen. Das entsprach nicht meiner Vorstellung von einem schönen Platz in der Wildnis.

Meine Entscheidung fiel auf den See. Das Wasser war besonders im Frühjahr klar, frisch und belebend. Aber der größte Vorteil: Ich konnte ohne Straße auskommen, brauchte keine zu bauen, benötigte kein Auto. Der See war Wasserstraße genug. Auf ihm konnte ich leicht mein Baumaterial befördern und später die notwendigen Dinge des täglichen Lebens. Niemand lebte am See. Im Sommer waren Nachbarn in erreichbarer Nähe, doch gleichzeitig weit genug entfernt.

Es war ein besonderer Platz, auf dem ich stand – ich spürte es. Verfilztes Unterholz wucherte neben schlanken, jungen Fichten. Gewaltige Bäume, mit einem halben Meter Durchmesser, standen neben sahnig-weißen Birkenstämmchen. Zitternde Pappelblätter filterten das Licht, goldene Strahlen stießen hindurch und tanzten auf grünbraunem Moos. Von der abgeflachten Kuppe sah ich hinab auf den vielleicht 50 Meter entfernten glitzernden See.

In Gedanken stellte ich mein Haus auf die leichte Neigung der Anhöhe. Hier musste ein Busch, dort eine Baumgruppe entfernt werden. Die leichten Wellen plätscherten und murmelten ihre Zustimmung zu meinem Entschluss. Harmonie umspielte Bäume, Berge, den flüsternden See; der wispernde Wind war Harfenmusik.

Einige Verfasser von Abenteuer- und Wildnisbüchern vermitteln den Eindruck, es sei einfach, sich in der Wildnis niederzulassen. Man sucht einen geeigneten Platz, stellt sein Haus darauf und lebt vom Lande. Ein Blockhaus irgendwo in der Weite zu bauen, ohne Genehmigung, ist auch im Yukon unmöglich geworden. Behörden und Minengesellschaften kommen mit Hubschrauber und Flugzeug überallhin: Eine Hütte kann nicht lange verborgen bleiben. Oft sind illegal errichtete Gebäude nach einem Räumungsbescheid der Behörden niedergebrannt worden.

Noch gehörte dieses Stück unberührte Wildnis dem Staat, der Englischen Krone; mit einem kraftvollen Schlag trieb ich meine Axt in eine Fichte. Bald sollte das Land mir sein!

Langsam stieg ich zum Ufer hinab und setzte mich auf ein Stück ausgebleichtes Treibholz. Hier fühlte ich mich von jeder fordernden, drängenden Zeit verbannt. In meiner Vorstellung war das Heim schon fertig. Ein schmaler Einschnitt, wo vor Urzeiten einmal ein Bach gesprudelt sein musste, würde einen guten Anlegeplatz für das Boot abgeben. Von dort konnte ich einen Pfad den Hang hinauf anlegen. Fünfzig Meter nach Südosten, auf dem erhöhten, ausgewaschenen Ufer, sollte eine Bank stehen. Auf der Kuppe erhob sich das stattliche Haus. Schon sah ich mich auf der Veranda sitzen, mit ausgestreckten Beinen. Mit einer Kopfdrehung konnte ich den Verlauf des Sees über mehrere Kilometer verfolgen. Die Gipfel der Berge leuchteten schneeweiß in den Sommer hinein. Wenn die Sonne an den kurzen Wintertagen nur für wenige Stunden im Süden erschien, konnte ich mich an den Strahlenbündeln erfreuen, die durch die großen Fenster des Wohnzimmers griffen.

Zum Schutz vor den Herbst- und Winterstürmen sollte ich den vorhandenen lockeren Baumgürtel auf dem Hang zum See stehen lassen. Aber hinter dem Haus würde ich den dichten, kleinwüchsigen Fichtenstreifen beseitigen, die Birken dort aus ihrer braungrünen Umklammerung befreien und da und dort eine oder mehrere Pappeln pflanzen.

Blockhäuser wurden aufgegeben und verrotten in der Wildnis, weil die Menschen nicht richtig auf die Probleme vorbereitet waren. Vielleicht stellten sie sich das Leben in der Natur zu romantisch vor, wurden der Einsamkeit bald überdrüssig. Oder sie planten nicht sorgfältig, beachteten nicht, wie schwierig und weit der Weg zu ihrem Heim war, bauten zu groß, zu klein, verstießen gegen die notwendigen Grundregeln beim Bauen und waren gezwungen, ihr Haus zu verlassen.

War ich auf alles vorbereitet? Natürlich war es für mich einfach, ein gutes Wildnislager aufzubauen, für die Jagd, zum Fischen – oder ein einfaches Nachtlager, wie ich es bei mehreren tausend Kilometern, die ich mit dem Kanu durch die Wildnis reiste, getan hatte. Doch es gibt einen großen Unterschied zwischen einem Wildniscamp im Sommer und einem Haus, in dem man das ganze Jahr leben will. Besonders, wenn die Temperaturen so extrem sind wie im Yukon.

Ein Blockhaus hatte ich noch nie gebaut. War ich ein Handwerker? Nein! Konnte ich meinen Traum alleine verwirklichen? Jeden Schritt musste ich mir genau überlegen, mir alles Wissen über das Bauen aneignen. Sollte es ein kastenförmiges Gebäude werden? Ein Winkelbau? Mit einem steilen oder flachen Dach? Für mich gab es bei allen Überlegungen Vor- und Nachteile und lange war ich mir nicht sicher.

Eine Vorstellung entwickelte sich, doch ich durfte nicht vergessen, dass ich weder Maschinen noch Hilfe hatte.

Besessen von der Idee, angetrieben von dem Gedanken, endlich beginnen zu wollen, unterhielt ich mich mit Trappern, Holzarbeitern, Geschäftsleuten und Goldsuchern. Einige Gespräche waren lehrreich und bald hatte ich wenigstens eine Ahnung von den erforderlichen Voraussetzungen. Jede sich bietende Gelegenheit nutzte ich, um mir alte und neue Gebäude anzusehen. Blockhütten von Trappern und teure Holzkonstruktionen im Blockhausstil, die mehrere hunderttausend Dollar gekostet hatten. Dabei zeichnete ich mir Skizzen, machte Pläne, vermerkte mir die entdeckten Vor- und Nachteile. Aber der größte Schritt vorwärts waren Bücher: Fachbücher über das Bauen mit Holz, von Blockhausspezialisten geschrieben. Die angebotenen Bücher in deutscher Sprache waren kaum zu gebrauchen. War ich für alles genügend vorbereitet?

Mit großer Anstrengung ruckte, zerrte und schob ich die schweren Stämme bis zum Wasser, drückte sie weit hinaus, wobei das stumpfe Ende eine Wellenbahn pflügte. Noch ein kräftiger Stoß und die unhandlichen Walzen tanzten wie Korken. Sechs bis acht Stämme schaffte ich von den aufgetürmten Stapeln in den See, ließ die Enden schwach auf dem Ufer sitzen. Mit dem Rücken der Axt schlug ich unterarmlange Metallklammern hinein. Hell und durchdringend schallten die Schläge von Metall auf Metall. Waren zwei Stämme miteinander verbunden, begab ich mich zu den nächsten. An alle Klammern knüpfte ich ein Seil, das bereits am Boot angebunden war. Dann schob ich das Boot ab, sprang hinein, paddelte einige Meter, bis die Tiefe es erlaubte, den Außenbordmotor abzusenken. Mit dem Paddel hielt ich die Leine weit genug vom Motor weg, bevor ich ihn anwarf. Dann legte ich den Gang ein. Der erste Ruck wälzte die Stämme schwerfällig um ihre eigene Achse, doch dann folgten sie mir wie Entenjunge ihrer Mutter. Mit etwas mehr Gas wallte eine schäumende Wasserwand vor den stumpfen Enden. Mühelos rauschte die Last in nur zehn Minuten zu meinem ausgewählten Land.

Die Stämme von mehreren Fahrten lagen säuberlich gereiht am Ufer vor dem Bauplatz. Ein Ende ruhte fest auf dem feinen Sand, während der größte Teil der Stämme scheinbar schwerelos im Wasser schwebte. Nun musste ich sie aus dem Wasser und über die brüchige, unterspülte Uferkante ziehen.

Mit etwas Glück hatte ich eine billige, aber starke Handwinde erhalten. Sie war an einen schweren, A-förmigen Rahmen geschweißt und diesen hatte ich auf der Anhöhe an einen Baum gekettet. Als zusätzliche Hilfe benutzte ich zwei astlose lange Treibholzstämme. Nebeneinander gelegt und zusammengenagelt bildeten sie eine Rinne. Diese ragte vom Wasser bis auf die Böschung und auf ihnen konnte ich das Bauholz über das steile Ufer ziehen. Das dünne Drahtseil der Winde befestigte ich an einem schweren oder zwei leichten Stämmen, stieg den Hang zur Winde hinauf und drehte langsam die Kurbel.

Das Holz ruckte und rutschte leicht über meine einfache Rinne. Wenn die Stämme ungefähr zwei Meter über die Böschung schauten, legte ich dünne Holzstangen quer davor. Noch etwas kurbeln und das Holz kippte nach vorn, senkte sich auf die Knüppel, auf die ich als Rollen nicht verzichten konnte. Die Last kroch langsam mit der Kurbelgeschwindigkeit den Hügel hoch – bis sich die Spitze eines Stammes in den unebenen Boden bohrte. Von der Winde konnte ich durch den leicht gewölbten Hang nicht bis zu dem Bauholz, weit unten am Ufer, sehen. Wühlte sich dann ein Stamm beim ersten Drittel des Weges in den Boden, oder hing an einer freigelegten Wurzel fest, bemerkte ich es erst, wenn der Zug am Drahtseil zu fest wurde. Dann löste ich die Sicherheitssperre an der Seilrolle und ließ das straff gespannte Kabel durchhängen. In Turnschuhen rannte ich den Hang hinab, hebelte den Stamm vom Hindernis weg, wuchtete ihn auf eine Rolle, ging wieder zur Winde. Dreißigmal, vierzigmal und oft noch mehr, lief ich an einem Tag den Hügel auf und ab.

Das wuchernde Moos am Hang war schnell unter dem Gewicht der Stämme zerrieben. Staub wirbelte bei jedem Schritt hoch, als hätte ich auf einen Kartoffelbovist getreten. Meine Füße brannten. Schweiß vermischte sich mit Staub. Trotz vieler Stunden konnte ich an einem Tag nicht mehr als zehn bis fünfzehn Stämme auf die Anhöhe schaffen. Zwei neun Meter lange trockene Stämme hatte ich mir – in meiner Unerfahrenheit – als Firstbalken ausgewählt: mit ihnen quälte ich mich für mehrere Stunden ab.

Mein Atem ging schwer. Gerade hatte ich wieder einen verkeilten Stamm befreit. Ich stand am Fuß des Hanges, schaute in den blauen Himmel, an dem einige verrückt geformte Wolken nach Westen segelten. Mein Blick folgte den Spurrillen der geschleppten Stämme, schweifte den Hang hinauf und ich hatte das Gefühl, die ganze Erde müsste in den Himmel ragen. Mir war, als könnte ich den gewölbten, makellosen Zenit packen und herunterholen.

Ich war verschwitzt, dreckig, von summenden Moskitos umlagert, spürte mehrere Hautabschürfungen, den aufgeplatzten, klopfenden Daumen, der zwischen zwei Stämme geraten war – aber fühlte mich prächtig: stark und zuversichtlich. Bald würde ich das Blockhaus auf dem Hügel stehen haben. Nichts konnte mich mehr von meinem Ziel abhalten – dachte ich!

*

Gaby und ich saßen auf einem Baumstamm, sahen über den See zu dem dort aufsteigenden Höhenzug. Die sonnenüberfluteten Kräuterteppiche glänzten wie Gold zwischen den lichten Nadelbäumen, die aus über einem Kilometer Entfernung wie Streichhölzer aussahen. Meine Freundin war ungezwungen durch den Busch gekommen, ohne Furcht vor der Möglichkeit, einem Bären zu begegnen. Bei meinem letzten Aufenthalt in Deutschland hatte ich sie kennen gelernt. Damals hatten wir noch nicht gewusst, dass wir uns schon nach wenigen Monaten hier wieder treffen würden. Am Mayo Lake hatte ich Zuflucht gefunden vor dem Lärm und dem Trubel der Welt. Kurz entschlossen war sie mir in ihrem Urlaub gefolgt.

Mein verschwitzter, nackter Oberkörper prickelte kühl, was ich als angenehm empfand. Der See war ein glitzerndes Muster, schimmerte in Grünblau, dann Silberweiß, verwandelte sich kurz zu flüssigem Blei. Zarte Federwolken zogen Streifen am Himmel. Der Atem der Natur, manchmal heftig und stoßweise, berstend vor Ungeduld, war verstummt. Wir erlebten einen der wenigen Augenblicke, die im Spätsommer so selten sind.

»Was hörst du?«, fragte ich, obwohl ich die Antwort bereits ahnte. Aber ich war gespannt auf die Erwiderung und es machte mir Spaß, ihre Reaktion zu beobachten.

»Nichts«, erwiderte meine Freundin. Sie bewegte den Kopf leicht hin und her, lauschte angespannt. »Absolut nichts!«

»Genau das habe ich gemeint. Kein Lärm! Kein Motor! Keine Menschen! Nichts!«

Eine Brise säuselte und führte aus der Ferne das Murmeln des Baches heran. Zweige und Blätter flüsterten. Der natürliche Atem der Natur schloss uns wieder ein.

»Die Ruhe«, stellte ich fest, »ist schon etwas Besonderes. Aber die Stille kann auch bedrückend werden, wie eine schwere Last. Lange habe ich dazu gebraucht, bis ich sie ertragen konnte. Nun empfinde ich sie als wohltuend.«

Die Sonne hing noch als blendende Scheibe weit über den Hügeln. Meine Schritte waren kurz. Schwerfällig setzte ich die Füße auf. Gaby folgte mir durch den hitzeflimmernden Busch, wo die Luft stickig und abgestanden erschien. Wir gingen zu dem reparaturbedürftigen Blockhaus von Bert und erfrischten uns. Es war unsere bescheidene Unterkunft geworden.

Berts Trailer stand auf einem eingeebneten Hang. Er war annähernd 20 Meter lang und fast 4 Meter breit. Wir rutschten in der kleinen Küche auf die Eckbank, wenige Minuten später trampelte die Mannschaft hinein, die am Ledge Creek arbeitete. Das eingeschaltete Funktelefon tutete überlaut aus dem Wohnzimmer. Wie so oft waren wir eine lustige Gruppe beim Abendessen. Scherze wurden gemacht, Arbeitsprobleme besprochen – ein lockeres, erfrischendes Gespräch sprudelte lebhaft über den Tisch. Es war ein langer Arbeitstag für die Männer gewesen, doch für mich war er noch nicht beendet.

Nach der folgenden, viel zu kurzen Pause, in der ich meine Pfeife stopfte und den würzigen Geschmack des Tabaks genoss – Borkum Riff mit Bourbon Whiskey –, stiefelte ich wieder zum See. Die Luft war leicht abgekühlt und angenehm. Es war fast Mitternacht und die Sonne hatte sich bereits hinter den aufleuchtenden Horizont geschoben, als ich die Arbeit mit den kreuzbrechenden Stämmen beendete. Für mich und Tausende Moskitos bedeutete es eine Pause bis zum folgenden Morgen.

*

Noch immer tuckerte ich mit dem Boot am Ufer entlang, die letzten Bündel Bauholz im Schlepp. Die warmen Sommertage waren gegangen – so wie Gaby, die ihren Urlaub beendet hatte und sich bereits wieder in Deutschland befand. Das erste zarte Gelb streifte sich über Pappeln und Birken. Nachtfröste kräuselten die feinen, schmalen Weidenblättchen zu einem abgestumpften Braun. Hier und da wirbelte ein buntes Blatt mit dem Wind davon. Nur die Erlen behaupteten noch ihr dunkles, schweres Grün. Die höchsten Berge krönten bereits eine Schneekappe. Es konnten nur noch Tage sein, bis ich mit der Arbeit aufhören musste. Dann würden die rutschigen, feuchten, vielleicht frostigen Stämme zu gefährlich sein. Langsam bereitete ich mich darauf vor, den See zu überqueren. Die Baustelle würde bis zum nächsten Jahr auf mich warten.

Für mich hieß es wieder einmal Abschied nehmen von diesem Ort, der mir mittlerweile so viel bedeutete. Im Frühjahr würde ich mit dem Blockhaus beginnen und ich wusste: Ich komme wieder.

*

Zitterte ich vor Erschöpfung? Oder war es die Erleichterung, die letzte Fahrt überstanden zu haben? Sturmgepeitschte Wolkenfinger hasteten nach Westen. Der See war unruhig und weit draußen, unter dem Schatten der Nacht, brodelte und kochte es. Die Baustelle hatte ich verlassen, war durch die eisige, nasse Hölle gefahren.

So weit wie möglich zog ich das Boot auf den Strand, band es fest. Morgen würde ich es ausräumen, umdrehen und winterfest lagern. Müde packte ich den Rucksack, wuchtete ihn auf die Schultern. Im tanzenden Schein der Taschenlampe stampfte ich am Ufer entlang, strebte der kleinen Blockhütte zu, in der ich die nächsten Wochen wohnen wollte.

Für einen kurzen Augenblick schweiften meine Gedanken um einige Jahre zurück. Bei meinem ersten Besuch am Mayo Lake war es mir nicht ungewöhnlich erschienen, wie sich vom See ein schmaler Arm, der aussah wie ein Pfannenstiel, in die Wildnis schob. Was ich damals als See betrachtete, war in Wirklichkeit nur eine Verbreiterung des Flusses. In den 50er Jahren hatte man diesen Ablauf mit einem Damm verschlossen, den Wasserstand um rund sechs Meter angehoben und damit ein riesiges Auffangbecken für ein Wasserkraftwerk vor Mayo geschaffen. Noch immer ragten aus dem Bodenschlamm Baumstümpfe auf, die leicht die Schraube eines Motors zerstören konnten. Erleichtert atmete ich tief durch. Nichts passiert! Glück gehabt oder Können?

Seit einigen Tagen hatte ich keinen Menschen mehr gesehen. Ruhe war am See eingekehrt. Die letzten Nachzügler hatten ihre Boote abgeholt oder nur aufs Ufer gezerrt und für den Winter umgedreht. Das einzige Geräusch war meine knatternde Motorsäge. Feuerholz lag verstreut umher, bildete einen unregelmäßigen, halbkreisförmigen Wall zu meinen Füßen. Die Sonne badete die Fichtenspitzen auf der nahen Hügelkuppe in ein orangegelbes Geflimmer, tauchte die kahlen Äste der Pappeln in ein warmes Gold. Die Luft war frostig, strömte frisch in meine Lungen. Auch ohne Jacke fühlte ich mich in meinem schwarzrot karierten Hemd warm genug. Der erste Schnee puderte bereits den Boden.

Mein Atem dampfte. Mit dem Daumen legte ich einen Schalter um und stellte die Motorsäge ab. Der unregelmäßige Wall aus zurechtgeschnittenem Feuerholz reichte mir nun bis an die Hüften. Neben einem Holzstück reckte sich ein Wiesel zu einer kleinen Säule auf. Vergnügt trippelte es auf mich zu, stellte sich auf die Hinterbeine, schnüffelte und hüpfte in federleichten Sprüngen zum See. Sein braunweißes Fell sah aus wie ein alter Leinensack.

Das Wiesel war neugierig – und immer hungrig. In den folgenden Tagen gelang es mir, mit Geduld, Fettresten und Speck seine angeborene Wachsamkeit zu besänftigen. Wenn es vorsichtig mit seinen spitzen Zähnen das Futter zwischen meinen Fingern packte, fauchte es – was mir am Anfang einen großen Schreck einjagte und ich war versucht, die Finger schnell wegzuziehen. Vielleicht wollte es sich auch nur bedanken. Oder wollte es sagen: Gerne nehme ich das Bröckchen, aber wage es nicht, mich anzufassen?

Nach einiger Zeit huschte es nicht mehr mit seiner Beute eilig davon. Überraschend stellte es seine winzige behaarte Pfote auf meine Hand und leckte die letzten Fettspuren von den Fingern. Ich spürte die kleinen Krallen auf der Haut, fühlte die Wärme des Tiers – und war ein klein wenig glücklich.

Noch bevor es sein Winterkleid aus reinem Weiß anlegte, fraß es mir ungezwungen aus der Hand. Plötzlich erschien mir das Alleinsein nicht mehr so bedrückend. Meinen kleinen Freund nannte ich Rascal, denn er war ein richtiger Gauner und Spitzbube. So verrückt es auch schien – ich unterhielt mich mit ihm, erzählte kleine Geschichten und er schenkte mir ein totales Vertrauen.

Es war spät in der Nacht, als Töpfe und Geschirr im Küchenschrank klirrten und klapperten. Herausgerissen aus dem Schlaf, saß ich aufrecht im Bett – eine Hand zum Gewehr ausgestreckt, die andere umklammerte die Taschenlampe. Im Lichtkegel war nichts Ungewöhnliches zu erkennen. Müde erhob ich mich, ging zum Schrank, öffnete vorsichtig die Tür – darauf vorbereitet, von einer Kreatur angesprungen zu werden. Das Wiesel sah mich mit seinen funkelnden schwarzen Äuglein furchtlos an. Verschlafen schlurfte ich zur Tür, öffnete sie weit und jagte den Besucher hinaus. Noch war ich nicht eingeschlafen, da hatte er wieder das Schlupfloch benutzt. Im Schein der Taschenlampe beobachtete ich den winzigen Kerl, wie er über Möbel turnte, in jedem Winkel schnüffelte. Später verbrachte ich Stunden damit, ihn mit einem Stückchen Speck aus der Blockhütte zu locken.

Ich war zufrieden, auch wenn ich alleine war – oder gerade darum. Mit jedem Tag wurden mir die Stunden kostbarer, denn ich wusste: Bald würde auch ich gehen müssen.

Die Nächte wurden für mich ungewöhnlich kalt: minus 20 Grad Celsius. Der Schnee türmte sich auf. Bei 30 Zentimetern bekam ich Bedenken, ob ich noch die steil ansteigende Straße mit dem Auto hochfahren konnte. Mit zusätzlichen Schneeketten ging es. Dann fuhr ich mit dem Allrad nach Süden.

4. Stamm auf Stamm

Der Rucksack war nur ungefähr 15 Kilogramm schwer. Vom reinen Blau des Himmels blickte eine grelle Sonne auf mich herab. Ich war verschwitzt und die Sonnenbrille rutschte mir immer wieder auf der Nase herab. Für einen Moment blieb ich stehen. Wieder einmal steckte ich fest. Gierig zog ich die frische Luft ein. Mein Atem ging keuchend. Die Beine waren müde. Fühlte sich so ein Elch nach den langen Wintermonaten?

Der weiche, pappige Schnee reichte mir bis an die Oberschenkel. Nur noch wenige hundert Meter. Durch eine lichte Fichtengruppe konnte ich schon das Dach der Hütte erkennen. Verbissen wühlte ich mich weiter durch den tiefen Schnee, der mein Gewicht nicht tragen konnte.

Auf der schmalen Veranda klopfte ich mir den Schnee von den Beinen. Mit leicht zitternden Fingern holte ich den Schlüsselbund hervor, öffnete die zwei Schlösser an der Haustür. Der erste Blick in das Innere zeigte mir, dass ich lediglich Besuch von einigen Mäusen gehabt hatte. Zuerst griff ich nach einer alten Zeitung, bereitliegenden Spänchen, zündete ein Feuer im Ofen an. Während ich mir die feuchten Stiefel, die nasse Hose und das verschwitzte Hemd auszog, strahlte er eine verhaltene, doch ausreichende und angenehme Wärme ab. Mit nacktem Oberkörper ging ich hinaus, füllte einen Topf mit Schnee und stellte ihn auf die Herdplatte. Kaum war das Wasser warm, warf ich Teebeutel hinein.

Vor viereinhalb Monaten hatte ich diese rechteckige, aus Vierkantstämmen zusammengebaute Blockhütte verlassen. Sie sah noch immer schäbig, kahl und verkommen aus, war aber wenigstens warm und trocken. Nachdem ich etwas getrunken hatte, schnallte ich mir die bereitliegenden Schneeschuhe an. Die Tür der Hütte blieb auf. Der staubige, muffige Geruch ließ sich auch durch die sich ausbreitende Wärme nicht so schnell verdrängen.

Mit den Schneeschuhen war das Gehen angenehm und zügig marschierte ich zurück zu meinem Truck, der ungefähr eineinhalb Kilometer entfernt auf der Straße stand, die zum Damm führt. Die Straße zum See wurde nicht gepflügt und ich musste noch jede Menge Lebensmittel in die geschützte Hütte bringen.

Nach drei Stunden waren meine Beine schwer wie Blei. Jeder kleine Windhauch ließ mich erschaudern. Endlich war die Quälerei vorbei. Die Ausrüstung konnte ich unbesorgt einen weiteren Tag auf der Ladefläche liegen lassen.

Ausgetrocknet schlürfte ich den letzten Tee, während die Sonne sich wie ein brennender Keil in die westliche Hügelkette drückte. Der Horizont warf seinen alles umfassenden Schatten aus und der See erschien plötzlich grau.

Schon eine Woche hauste ich in dem kleinen Blockhaus. Die Zergliederung in einzelne Wochentage war für mich hier draußen am Mayo Lake unwichtig und ohne große Bedeutung. In Whitehorse war das noch anders gewesen. Ich musste auf die Geschäftszeiten achten und wollte meine notwendigen Einkäufe so schnell wie möglich erledigen. Mein abgestelltes Auto hatte ich von einer dicken Schneedecke befreit, bevor ich damit durch die Stadt rollte, die sich noch im Winterschlaf befand. Noch einmal türmten sich nasse, schwere Schneefälle auf den vereisten Bürgersteigen, aber die sonnigen Stunden versuchten, frühlingshafte Stimmungen zu verbreiten.

Unterwegs nach Norden. Die ersten 200 Kilometer auf der trockenen Asphaltstraße versetzten mich in eine erwartete Hochstimmung. Aber mit jedem Kilometer zeigte sich noch stärker der Winter. Schnee, so fein wie Pulver, wirbelte über die Asphaltdecke, tanzte hinter dem Heck wie eine sommerliche Staubwolke. Verwehungen streckten sich in die Straße und von ihren Zungen krochen dunkle, fließende Streifen und breite Bänder. Die Reifen jagten durch die Nässe und für einen Augenblick war das monotone, rollende Fahrgeräusch ein sprühendes Zischen, ein wirbelndes Prasseln. An Mayo vorbei, glitt ich die letzten 50 Kilometer zum See durch eine Winterlandschaft. Meterhohe Schneewülste säumten die Ränder der gepflügten, glatten Fahrbahn.

In der trockenen, gemütlichen Hütte konnte ich mir Zeit lassen. Für die nächsten Tage lag mein Programm schon fest. In Mayo konnte ich mir bei George, dem Trapper, einen Motorschlitten und einen Schlitten ausleihen. Damit würde ich Ausrüstung, Lebensmittel und erstes Baumaterial über den See zur Baustelle bringen.

Eine unverhoffte Freude bereitete mir Rascal. Das Wiesel war wieder da – unbekümmert, frech und so vertraut wie zuvor.

Die heiße Tasse fühlte sich angenehm an und der morgendliche Kaffee war so belebend wie der Blick aus dem Sprossenfenster. Das blendende Weiß des zugefrorenen Sees ließ mich für einen Moment die Augen von dem gleißenden Licht abwenden. In der schattigen Hütte lagen und standen überall Kartons, Behälter und Verpackungssäcke. Der große Ofen strahlte warm. Freude und Zuversicht empfand ich, wenn ich an die vor mir liegenden Wochen dachte. Doch vor mir lag ein Abenteuer, dem ich mit gemischten Gefühlen entgegensah.

Im Schein der Taschenlampe leuchtete die Anzeigeflüssigkeit des Thermometers wie ein roter Faden auf: 15 Grad unter null. Der Morgen war wie mit blauschwarzem Samt überzogen. Nur im Osten, unter einem grauen Gewölbe, zeigte sich ein gelber Faden.

Oh, wie liebe ich diese Abgeschiedenheit, diese Sonnenaufgänge. In zwei Stunden wird sich über dem Gebirge der Himmel zu dunklem Orange aufblähen, die Berge werden zu einem Schattenriss vor den Fluten der Helligkeit. Orange wandelt sich zu einem brennenden Rot, bis urplötzlich die Strahlen der Sonne hervorbrechen und mit langen goldenen Fingern zu den Kristallen des tiefen Schnees greifen. Eine Sinfonie aus Licht und glitzernden Farben des Spektrums.

Dann beginnt die Veränderung. Mit steigender Sonnenkraft werden sich die Flocken dichter zusammenschließen: der Schnee wird pappig und schwer. Vorher musste ich den See mit der schweren Schlittenladung verlassen haben.

Schatten streckten sich als letzte Nachtboten an der Hütte entlang. Sterne funkelten über mir. Der Motorschlitten war mit Reif bedeckt, vollgetankt und fertig zur Abfahrt.

Direkt hinter dem Sitz der Maschine war eine Gepäckablage angeschweißt. Darauf klemmte ich eine Kiste mit Lebensmitteln und zurrte sie fest. Unterhalb des Metallrahmens war mit einem Bolzen und einer kurzen Kette der Toboggan angehängt – ein Indianerschlitten, dessen Front wie das Horn eines Wildschafes nach oben und zurück gebogen ist. Ein Toboggan besitzt keine Kufen, sondern ist aus einem Stück gefertigt und liegt in seiner gesamten Breite auf.

Mit zwei schwungvollen, faltigen Würfen entfernte ich von ihm die knisternde, raschelnde Schutzplane. Am Abend hatte ich bereits drei Sack Zement aufgewuchtet. Nun packte ich zwei Kartons dazu, zerrte Packriemen fest, spannte Gummizüge straff darüber.

Mit dem Motorschlitten den See überqueren.

Eine Weide blüht – doch noch liegt Schnee.

Mit einem kraftvollen Ruck zog ich an der Startleine. Nichts! Beim dritten Versuch hustete der Motor kalt, stotterte, knatterte durch die Morgenstille. Für eine Minute oder mehr spielte ich am Gashebel, bis die Maschine warm und gleichmäßig tuckerte. Eine Dunstwolke aus Abgasen und warmer Luft hüllte mich ein. Ich trat einige Schritte zur Seite und streifte meine Gesichtsmaske über: eine Wollmütze, die bis zum Hals reicht und nur die Augenpartie freilässt. Darüber zog ich eine weitere Mütze, bevor ich die Kapuze meines dicken einteiligen Winteranzuges überstreifte und festband.

Unter meinen Fingerhandschuhen aus Wolle trug ich dünne Seidenhandschuhe. Darüber zerrte ich nun dicke Fäustlinge. Schwerfällig, wie ein alter Grizzly, tapste ich zur Maschine, kniete mich seitlich auf die Sitzbank und fuhr los. Der Indianerschlitten, mit der angeschraubten Teflonbeschichtung, glitt leicht hinter mir her.

Es war nicht meine erste Fahrt in diesem Frühjahr. Auch wenn bisher alles sehr gut verlaufen war, so wusste ich doch, dass jeder einzelne der über 35 Kilometer auf dem See eine unangenehme Überraschung bereithalten konnte. Darum folgte ich genau meiner alten Spur, die sich im hüpfenden, tanzenden Lichtkegel des Scheinwerfers abzeichnete.

Große Erfahrungen hatte ich mit Motorschlitten nicht – ich habe sie nie besonders leiden können. Für mich zerstören sie schmerzhaft die Stille. Sie verbrauchen viel Benzin, sind laut und unzuverlässig. Der Ski-doo – wie der Motorschlitten genannt wird – kann eine große, unschätzbare Hilfe sein, auf die man nicht mehr verzichten will. Ist man aber von ihm abhängig, stellt man fest, wie viele Probleme er verursachen kann. Bisher hatte ich es noch nicht notwendig gehabt, eine dieser teuren Maschinen zu kaufen.

Eisig stach die Luft in meine Augen, drückte fliehende Tränen aus meinen Augenwinkeln. Ich beugte meinen Oberkörper vor, duckte mich hinter die kleine schützende Plexiglasscheibe.

Der knatternde Motor hämmerte mit seinem Lärm dumpf gegen meine Ohren. Die alte Fahrspur wandelte sich mit den heller werdenden Schatten. Kilometer um Kilometer fanden meine zusammengekniffenen Augen nichts Greifbares, tasteten, suchten, prüften, spähten voraus in die Leere.

Eine ausgedehnte dunkle Fläche durchbrach die Monotonie. Die Gewalt eines Sturmes hatte blankes Eis freigelegt. Risse sahen aus wie gezackte helle Adern. Kratzspuren von meinen vorausgegangenen Fahrten wie auf nassem Asphalt. Die Eisdecke war hart, sehr hart und konnte die hüpfenden, flatternden Metallski mit Leichtigkeit brechen. Doch ich drückte den Gashebel bis zum Anschlag, hörte das hochtourige Jammern des Motors – nur schneller, schneller. Der Rausch der Geschwindigkeit packte mich. Den harten Untergrund spürte ich bis in meine Fingerspitzen. Das schwarze Eis war sicher – doch hatte es mir einen großen Schreck bereitet.

Das Eis musste im Winter einmal aufgebrochen sein. Bei meiner ersten Fahrt sah ich die hindernisfreie Strecke, sauste gedankenlos darauf zu, rauschte darüber und ein eisiger Schauer war durch meinen Körper gejagt wie ein Blitz: Für einen Moment hatte ich geglaubt, auf treibende Schollen gefahren zu sein.

Mein Daumen, mit dem ich den Gashebel drückte, wurde gefühllos. Ich verringerte die Geschwindigkeit. Massige Schneewehen, gepackt und fest, sprenkelten das Eis wie eine Flotte Segelschiffe. Schneehügel drängten sich zusammen, als wären sie eine schutzsuchende Schafherde. Für einen Augenblick richtete ich mich auf, stand auf den Trittbrettern. Dann kniete ich mich auf den Sitz. Etwas erhöht konnte ich das Schneewirrwarr besser überblicken. Doch lange konnte ich so nicht fahren, plumpste wieder auf den Sitz, folgte dem wilden Kurs mit dem geringsten Widerstand.

Wenn ich zu schnell über unvermeidbare Schneebretter und -hügel schoss, hüpfte der Ski-doo wie von einer Schanze. Der Schlitten ruckte, zerrte an der Kette, folgte, stieg an und krachte herab. Unvernünftig – schimpfte ich mich, fuhr einige Minuten langsamer, verdrängte die nagenden Gedanken von einer ausgerissenen Deichsel, einem gebrochenen Ski – bis der nächste Hupfer den Ski-doo aufknallen ließ und mich durchrüttelte.

Nach nicht ganz eineinhalb Stunden fuhr ich am Ledge Creek vorbei, drehte einen kreisförmigen Bogen und hielt vor meinem Platz. Den wasserdicht verpackten Zement schleppte ich vom Schlitten zum erhöhten Ufer. Zehn Säcke lagen nun dort aufgestapelt und ich spürte meine Ungeduld, während ich auf die Packen starrte. Wann konnte ich mit meiner Arbeit beginnen?

Schwungvoll raste ich mit dem leichteren Schlitten die Straße hinauf. Eine Spur ließ mich anhalten. Ein Elch war über den Weg gezogen und die großen, tiefen Löcher waren noch nicht wieder zugeweht. Irgendwo in der Nähe konnte er noch sein. Ob ich ihn einmal sehen würde?

Die tief verschneite Blockhütte und die zwei Schuppen streifte ich nur mit einem kurzen Blick. Noch einmal Gas geben und mit Schwung den kleinen Hang hinauf. Mit steifen Beinen und verkrampften Armen stieg ich vor dem verschneiten Trailer von Bert ab. Die Finger der rechten Hand waren von der starren Haltung am Gasgriff taub geworden.

Der Aluminiumrahmen knarrte, als ich die unverschlossene Tür öffnete. Der Goldsucher lebte in den Wintermonaten nicht mehr hier, doch die Tür war immer offen. Sollte im Winter jemand in eine Notlage geraten, so konnte er in der Unterkunft Zuflucht finden. Ein kurzer Blick genügte, um festzustellen, dass ein Besucher eingedrungen war. In der Küche lagen Plastikbehälter, Dosen und Gewürze am Boden. Das Geschirr stand einmal abgewaschen neben der Spüle. Auf dem Küchentisch lagen neben Ketschupflasche, Senf und Marmelade Zangen, Schrauben, Draht und anderes Werkzeug.

Verstreute Zeitschriften auf dem Teppichboden im Wohnzimmer konnten auch von Bert sein. Aber ich sah dort wenigstens keinen auseinandergebauten Motor, wie ich es schon erlebt hatte. Im Bad fand ich die Visitenkarte des Besuchers. Der Marder hatte ein Häufchen hinterlassen.

Noch bevor ich den Schlitten abräumte, füllte ich einen Topf mit Schnee und stellte ihn auf den Gasherd. Während das Teewasser warm wurde, setzte ich die Lebensmittel in ein Regal. Eine halbe Stunde später steuerte ich die Schneemaschine zu einem Benzinfass und füllte mit einer Handpumpe den Tank. Der Tag drückte schon seine breiten Schatten auf die Anhöhe und die Sonnenstrahlen flossen über den glitzernden See. Es war Zeit, die Rückfahrt anzutreten.

Ich drückte die Tür des Trailers ins Schloss. Über der Winterlandschaft lastete eine durchdringende Stille. Für einen Augenblick hatte ich das Gefühl, alleine in der Welt zu sein. Dass sich wahrscheinlich kein Mensch im Umkreis von 50 Kilometern oder mehr befand, störte mich nicht. Im Gegenteil.

Der Motor startete sofort. Nun setzte ich meine Gletscherbrille auf. Sie verwandelte das grelle, reflektierende Licht in ein angenehmes Grün. Der leere Schlitten hüpfte hinter mir über die wellige Spur. Vier Stunden nach meiner frühen Abfahrt saß ich am Fenster der Blockhütte und schaute auf das sonnenüberflutete Eis. Vor mir dampfte ein Kaffee. Genussvoll und zufrieden zog ich an meiner Pfeife. Mit den Gedanken war ich schon bei der nächsten Fahrt.

Die letzten Tage waren unmerklich dahingeeilt. Es war Mitte April geworden. Ein unerwarteter Frühlingswind drückte eine warme Luftströmung in das Zentrum des Yukon. Die sonnigen Stunden schienen endlos und nur selten wirbelte aus grauweißen Haufenwolken ein nasser Frühlingsschnee. Die Nächte waren mild, die Temperaturen blieben über dem Gefrierpunkt und ich konnte kaum erwarten, meine letzte Fahrt zu machen. Seit zwei Tagen saß ich untätig herum, hoffte auf einen einzigen durchdringenden Nachtfrost. Eine angenehme Abwechslung war wieder Rascal.

Über lockeren Sand, braune Erde und hervorschauende Steine stiefelte ich zum Fuß einer Klippe am Rande des Sees. Beunruhigt sah ich nach vorne. Wasserlachen glitzerten auf der blaugrünen Eisfläche. Nasse, schwere und zusammengesunkene Schneehaufen streckten sich aus einem kleinen Ozean. Sie wirkten wie verlorene, dahintreibende Eisberge.

Eine Fahrt bei Tauwetter war nie einfach, doch ich konnte und wollte nicht länger warten. Für die kommenden Wochen hatte ich ausreichend Lebensmittel auf der anderen Seite. Über dreihundert Kilometer war ich mit dem Motorschlitten gefahren und nur noch einmal musste ich jetzt den See überqueren. Es sollte möglich sein.

War ich erst einmal drüben, konnte das Eis schmelzen. Darauf war ich vorbereitet. Ich würde erst mit dem Boot zurückkehren. Natürlich konnte ich mir jetzt einen Hubschrauber kommen lassen und es würde nur Minuten dauern, mein Ziel zu erreichen. Aber für den kleinen Hupfer müsste ich mehrere hundert Dollar bezahlen!

In den ersten Stunden der Nacht schlief ich fest. Einmal wurde ich wach und im Halbschlaf meinte ich, einen Motor zu hören. Ich öffnete die Augen. Es war noch dunkel. Ein Ski-doo? Die Geräusche schwankten, wurden leiser. Ich war mir nicht mehr sicher. Bald war ich wieder eingeschlafen.

Am frühen Morgen stand ich mehrmals auf, schlurfte müde vor die Hütte und betrachtete nervös das Thermometer. Nur minus zwei Grad Celsius. Ein starker Frost war für die nächsten Tage nicht zu erwarten. Nun wollte ich fahren. Auf dem Ablauf des Sees tummelten sich seit Tagen Enten und Schwäne – nun schimmerte er wie Blei im fahlen Morgenlicht. Ich hatte mich entschieden.

Die offene Wasserfläche verursachte ein unangenehmes Gefühl in meiner Magengegend und ich steuerte nahe an der steilen Uferbank entlang. Der Ski-doo schaukelte und kletterte über gebrochene, aufgewölbte Eisplatten. Mürbes Eis sackte unter der Maschine zusammen. Die Federbeine der Ski schlugen hart auf, als ich einen Eisgraben überquerte, den sich das Schmelzwasser schon geschaffen hatte. Die Erschütterung setzte sich bis in meine Wirbelsäule fort. Zuversichtlich gab ich Gas, beschleunigte, rauschte eine entstandene Eisrutsche hinab, donnerte hinaus auf den See.

Es war sinnlos geworden, der alten Spur folgen zu wollen. Das Eis war krank. Die einst makellose Fläche zeigte graublaue, graugrüne und schwarze Flecken. Wasser, nur mit einem Hauch von Eis bedeckt. Die weiße krustige Schneeschicht war nur noch selten zu sehen. Meine Entscheidung musste ich nun schnell treffen. Weiterfahren oder umkehren? Weiter – ich musste es schaffen.

Ein kurzer Blick und ich steuerte nach rechts, pendelte nach links, immer in der Nähe der alten Spur. Ein leicht erkennbarer Pfad, den ich mir mit meinen Fahrten geschaffen hatte und an dem ich mich nun orientieren konnte. Nur nicht stehen bleiben! Noch gab ich die Hoffnung nicht auf. Weiter draußen könnte es besser werden. Wenn ich über die Schulter zurückblickte, um nach dem Schlitten zu sehen, überlief mich ein unangenehmer Schauer: Die eingepressten Spurenmuster der Maschine füllten sich mit Wasser.

Vor mir entdeckte ich neue Spuren. Also hatte ich in der Nacht doch richtig gehört. Irgendjemand war vor mir. Nach einigen Kilometern sah ich in der Ferne leuchtende Punkte, die sich zu bewegen schienen. Scheinwerfer?

Zwei Motorschlitten näherten sich. Die angehängten Schlitten waren schwer beladen. Bei einem war ein Kanu auf dem Ausrüstungsberg festgebunden. Wir blieben stehen. Sofort merkte ich, wie sich mein Ski-doo einige Zentimeter in Schneematsch und Wasser absenkte.

Von einem der Maschinen stieg ein Mann ab, kam mir entgegen.
»Hi! Wie geht's?«
Ich erwiderte den Gruß, während der Fremde den Blick über meinen Motorschlitten und den Toboggan gleiten ließ.
»Ausrüstung von George?«
»Ja«, bestätigte ich. »Wie sieht's auf dem See aus?«

Wir standen im Dämmerlicht des Tages wie zwei verirrte Segelschiffe auf der Weite des Ozeans, die sich zufällig getroffen hatten. Drei kräftige Huskys trotteten heran, legten sich zu dem anderen Ski-doo in den nassen Schnee. Sie hechelten und sahen erschöpft aus.

Der Mann war Trapper und wollte zu seiner Fallenstrecke an den Roop Seen. Doch nun kam er mit seiner Frau zurück. Der Trapper schüttelte immer wieder ungläubig und niedergeschlagen den Kopf.

Seine Hütte konnte er nur über den See erreichen. In der Nacht war er schon losgefahren, um die kühleren Temperaturen auszunutzen. Aber es war zwecklos gewesen. Denn er war nicht viel weiter als über den Main Lake gekommen. Der Schnee war zu weich. Zu viel Wasser auf dem Eis. Auch mit gegenseitiger Hilfe konnten sie es nicht schaffen und mussten umkehren.

War es für mich nicht einfacher? Es war meine letzte Fahrt und der Schlitten war nicht schwer beladen. Wenn ich manchmal meine eingefahrene Spur benutzen konnte, sollte der gepackte Schnee dort wie ein fester Steg sein. Vielleicht war es auf dem Nelson Arm leichter?

Wir wünschten uns gegenseitig Glück. Zuerst schoben wir das Gespann von seiner Frau an. Als sie dann langsam losfuhr, half ich ihm, stemmte mich gegen seinen Schlitten, drückte, bis auch seine Maschine langsam durch den Matsch kroch. Seine Hand hob sich noch einmal zum Gruß.

Nach ungefähr zehn Kilometern steckte ich im »Overflow« fest. Diese tückische Wintergefahr ist ein Gemisch aus Eis, Schnee und Wasser und wird hervorgerufen durch den gewaltigen Druck, unter der die Eisdecke steht. Risse brechen auf, Wasser quillt daraus hervor und überflutet kleine und große Flächen. Die Kälte bildet schnell eine Eiskruste, doch schon der nächste Schneefall legt sich darauf, isoliert gut und lässt das Eis nicht dicker werden. Unter der gleichmäßigen Schneedecke oder dem dünnen Eis ist das stehende Wasser nicht zu erkennen. Auch bei minus 30 Grad Celsius oder kälter ist es möglich, in diese Wasserflächen einzubrechen.

In einem Moment fuhr ich noch zuversichtlich über eine griffige Schneefläche, im nächsten Augenblick sackte die Maschine ab. Mit Vollgas schaffte ich noch fünf, vielleicht zehn Meter, kämpfte für Sekunden wie durch einen zähflüssigen, klebrigen Brei. Es war zu spät. Das Laufband des Ski-doo drehte sich antriebslos im Matsch. Es blieb mir keine Zeit, große Überlegungen anzustellen. Noch einmal atmete ich tief durch, dann stieg ich von der Maschine. Die eisige Brühe schwappte über den Rand der dicken Stiefel.

Alleine stand ich mitten auf dem See. Nur ich selbst konnte mir helfen. An einen Rückmarsch war nicht zu denken. Auch wollte ich nichts zurücklassen. Wenn ich die Maschine mit dem Schlitten aufgeben müsste, würde ich sie später nur noch als Eisklotz wiederfinden.

Der Motorschlitten war bis zur Hälfte versunken, aber er tuckerte noch. Ich zog die Handschuhe aus. Es gab keinen Grund, sie nass werden zu lassen. Mit bloßen Händen fummelte ich an der Deichsel des Schlittens, bis ich die vereiste Halteschraube gelöst hatte. Ich zerrte den Toboggan aus dem Wasser, bis ich festen Untergrund erreichte. Dann platschte ich ungefähr 20 Meter zur Maschine zurück. Die Hände tauchten ins Eiswasser, als ich die Ski packte und den Ski-doo vorwärts zerrte, ruckte, Stück für Stück, langsam. Das Ding war schwer. Oh! Diese Kälte, diese Nässe. Hände und Füße waren eisig – doch der Oberkörper dampfte.

Da ich es schaffen musste, gelang es auch. Nachdem ich die Maschine auf die Seite gekippt und das Laufband von Eis und Schneematsch befreit hatte, fühlte ich mich besser. Mein Puls raste, als ich den Schlitten wieder an die Maschine koppelte. Dünne Rinnen Blut vermischten sich mit dem Eiswasser, da ich mir die Knöchel aufgeschlagen hatte. Doch es ging weiter.

Die Kilometer streckten sich endlos vor mir. Immer wieder brach ich ein. Bald war es mir gleichgültig. Ich kam voran. Wenn nur die Kälte nicht wäre. Alles, was ich tun konnte, war Gas geben, die Geschwindigkeit beibehalten. Der Motor kämpfte im Vollgas – dabei quälte sich die Maschine im Schneckentempo durch den schweren Schnee.

Meine innere Spannung ließ nach. Bekannte Buchten und vertraute Baumgruppen blieben hinter mir zurück. Mein Ziel konnte ich schon erkennen, es kam näher und näher. Dreieinhalb Stunden nach meiner Abfahrt erreichte ich festen Boden: ausgelaugt und zerschlagen, erleichtert und froh.

*

Der Frühling kommt in den Norden wie eine entzückende Wiedergeburt, eine Raserei der Natur. Das Land scheint müde von der Monotonie in Weiß und die nordischen Wälder schütteln den Winter mit einigen heißen Tagen ab.

Die Anspannung der letzten Wochen war von mir abgefallen. Ich hatte es geschafft, war dort, wo ich sein wollte. Keinen knatternden Motorschlitten mehr, keine bangen Minuten auf dem Eis. Das war vorbei. Alles, was ich brauchte, war vorhanden, mühevoll hatte ich es über den See gebracht. Meine Energie schien mit jeder Minute, mit jeder Stunde anzusteigen. Ich wusste, jeden Funken davon würde ich brauchen. Was vor mir lag war das größte Abenteuer, das ich je unternommen, das größte Projekt, das ich je geplant hatte.

Es ist schon ein verrücktes Land, ging es durch meinen Kopf, als ich zwischen dem Grün des Waldes hindurchwatete. Schweiß bildete sich auf meiner Stirn. Über dem Hemd trug ich nur eine ärmellose Daunenjacke, doch an den Füßen Schneeschuhe.

Der Schnee sackte in großen Platten unter mir zusammen. Die trockenen, eisigen Kristalle des Winters waren von einer feuchten

Schwere, die jeden Schritt erschwerten. Für einen Moment blieb ich stehen. Mein Blick verweilte bei einigen Fichten, an deren Spitzen rotbraune, buschige Klumpen hingen. Es waren dicke Zapfenbündel, deren Überfluss mich kurz verleitete zu glauben, die Bäume würden absterben. Aber das konnte nicht sein – zu gut kannte ich jeden Stamm, jede Stange – sonst hätte ich sie schon lange als Bau- oder Feuerholz geholt.

Auf den letzten Metern zu der Baustelle steigerte sich meine freudige Anspannung. Wie würde ich alles vorfinden? Drei aufgeschichtete Stapel Bauholz begrüßten mich dort, wo das Haus entstehen sollte. Der Schnee ruhte über einen Meter hoch auf den gelagerten Baumstämmen, die ich im Jahr zuvor gefällt und dort gelagert hatte. Nun schaufelte ich sie frei. Die Sonne schien lang und kräftig und in einigen Tagen sollten die Stämme abgetröpfelt und außen trocken sein. Stolz betrachtete ich die 140 Baumstämme und dachte, genügend Bauholz zu haben. Doch das war nicht so. Bis sich das Dach über die Wände wölbte, hatte ich noch weitere 60 Stämme herangeschleppt und verarbeitet. Und was ich zum Glück nicht wusste: Bis dahin sollten noch weitere zwei Jahre vergehen.

In einigen Tagen konnte ich schon einmal damit beginnen, die ersten Stämme zu entrinden und zu schälen. Die belebende Natur erfüllte mich mit Ungeduld. Die aufkeimende Freude bestätigte mir: Es war Zeit für einen neuen Anfang.

Die frischen, sonnenüberfluteten Tage fanden mich bei der harten Arbeit. Zu dieser Zeit ging ich jeden Morgen von meiner Unterkunft auf der Straße zum See, wanderte dann über das Eis zur Baustelle. Der Schnee im Busch war noch tief und es war leichter, auf der festen Spur des Motorschlittens und auf dem Eis zu gehen.

Zu beiden Seiten des Weges reckten sich schlanke Weiden, von biegsamen Stängeln bis zu aufschießenden Stämmen. Aufmunternd gluckerte und murmelte es vom nahen Bach. Die kraftvolle Sonne schaffte kleine trichterartige Vertiefungen um Äste und rutenförmige Zweige und es sah aus, als würden die Triebe und Sträucher aus Schneekratern hervorbrechen.

Die Weiden sind immer die ersten Frühlingsblüten mit der überraschenden Vielfalt an eiförmigen, zylindrischen oder kugeligen Kätzchen. Innerhalb weniger Stunden scheinen die aufquellenden Knospen dichter und zottiger zu werden. Nach dem Winter befreien sich glänzende Silberpelze, andere färben sich von Gelb zu Goldgelb, von Grau zu Rot, schimmern Zartgrün. In wenigen Tagen wird der Wechsel der Jahreszeit verkündet.

Die Tage schienen nur aus endloser Helligkeit zu bestehen. Es rauschte, tropfte und gluckerte. Nur noch vereinzelte Schneefelder duckten sich an schattigen Stellen. Am Morgen war mein Weg noch ein frostiger, knirschender Pfad. Wenn ich müde von der Arbeit zurückkam, grüßten mich braune Rinnsale, schmatzender Schlamm und blinkende Tümpel. Aber der Weg war nun leicht begehbar, und auch wenn meine Stiefel sich in den Matsch saugten, die Abdrücke sich schnell mit Wasser füllten: Es war ein gutes Gefühl, wieder Erde unter den Füßen zu spüren.

Die gitterförmig gelagerten Stämme ruhten wie lockere Biberburgen auf meinem Platz. Nun musste ich den Bauplatz von allen Bäumen und Büschen befreien. Weiträumig ließ ich die Motorsäge ihre Arbeit tun, zersägte brauchbare Stämme zu Bauholz, stapelte Reststücke zu Feuerholz, beseitigte widerspenstige Erlen- und Weidenbüsche. Der freie Raum für das Haus zeichnete sich ab. Baumstümpfe mit gelblich weißen Schnittstellen leuchteten aus dem braungrünen Bodenbewuchs und aus Birkenstümpfen quoll der aufsteigende Frühlingssaft. Um die Stümpfe, Wurzelstöcke, das verfilzte Moos und die Sträucher zu beseitigen, benötigte ich vier Tage. Jede sich festklammernde Wurzel riss ich aus der Erde, schuftete mit Spitzhacke und Schaufel, bis ich den grauen und gelbbraunen Sand des Bodens freigelegt hatte.

Ruhe gönnte ich mir keine. Nur am Morgen und am Abend nahm ich mir Zeit, eine Pfeife zu rauchen. Die Tage waren lang und sonnig. Prasselte ein Regenschauer nieder, wartete ich das Ende unter einer Schutzplane ab. Erfrischte ich mich am See, schöpfte ich das kalte und klare Wasser aus dem kleinen Loch, das ich ins Eis geschlagen hatte. Ein Schluck schmeckte besser als jedes andere köstliche Getränk. Für Minuten streckte ich mich ans Ufer, holte mir neue Energie durch die Ruhe, die Stille, die Weite. Mit einem Sack Zement auf der Schulter stieg ich zur Baustelle zurück. Als sie alle unter einer Schutzplane aufgesetzt waren, brachte ich nach jeder Pause zwei Eimer feinen gewaschenen Sand und Kies vom schneefreien Ufer die Böschung hoch.

Für mich gab es keine Hilfe, keine Erleichterung durch eine Maschine oder Strom. Jeden Handgriff, auch die winzigste Kleinigkeit, musste ich alleine machen. Darum hatte ich lange überlegt, wie ich das Blockhaus bauen sollte. Neben meinen eigenen Notizen benötigte ich keine Zeichnung, keine Statikberechnung, keinen Architekten. Die Baugenehmigung erteilte ich mir selbst. Eine Hütte im Trapper-Stil sollte es nicht werden. In den wilden Bergen und an den endlosen Flüssen habe ich während meiner Reisen viele dieser Hütten gesehen. Die Menschen von heute finden sie noch genauso praktisch, wie die Oldtimer es getan haben. Jäger, Trapper und Goldsucher haben ihre Hütten nach dem gleichen Prinzip gebaut und benutzen sie noch immer. Nur, und das ist der große Unterschied, sie benutzen sie nicht als ganzjährige Wohnung.

Die einsamen Trapper lebten ein ärmliches Leben und ihre Hütten zeigen es. Es waren die alten Pelzhändler, die diesen Stil der Hütten erfunden haben – zum Überleben gebaut, für Wärme, als Schutz vor den Elementen. Kleine Fenster sind normal. Oft stehen sie am dichten Wald, ducken sich schutzsuchend vor eisigem Wind und bis zum Feuerholz ist es nicht weit.

Eine Trapperhütte besteht aus einem einzigen Raum, hat ein schräges, flaches Dach, niedrige Wände und einen Überhang für eine Frontveranda. Das Dach ist normalerweise von fünf Stämmen unterstützt: dem Firstbalken, den zwei Mittel- und den Randbalken. Wenn keine dicken Bäume vorhanden waren, benutzte man zwei dünne Stämmchen als Firstbalken. Diese Konstruktion sollte leicht eine schwere Schneeladung aushalten können. Die Grundidee war aus der Notwendigkeit heraus geboren, die keinen Raum für Überflüssiges hatte. Man baute mit dem Material, das vorhanden war.

Die Pioniere der Wildnis kochten und heizten ausschließlich mit Holz – und das in einem Klima, wo die Temperatur im Winter immer unter minus 40 Grad Celsius und tiefer sinkt. Eine Hütte musste warm sein und wenig Feuerholz benötigen. Sie war selten gemütlich.

Für das Dach benutzten die Oldtimer kleine dünne Tannenstämmchen, die sie eng nebeneinander legten, vom Firstbalken bis zur Wand. So ein Dach wurde mit Rasensoden oder lockerer Erde bedeckt. Das enorme Gewicht konnte diese Konstruktion nach wenigen Jahren zum Einsturz bringen. Noch wusste ich nicht, wie ich es machen sollte. Aber diese Methode war zeitaufwändig, anfällig und kam nicht in Frage.

Der Trapper-Stil ist von der Zeit getestet und hat sich als gutes Produkt gezeigt. Auf diese Erfahrung, gepaart mit dem Wissen und der

Technik der heutigen Zeit, versuchte ich aufzubauen. Nach meinen Plänen erhielt das Haus die Form eines Kreuzes. Ein Nachteil waren die vielen Ecken, doch durch diese Bauweise konnte ich kurze Stämme für ein großes Gebäude verarbeiten. So legte ich den Grundriss fest: zehn mal dreizehn Meter.

Noch bevor ich am Morgen an der Baustelle mein Werkzeug unter einem einfachen Schutzdach hervorkramte, begrüßte mich ein Robin: die amerikanische Wanderdrossel. Das Männchen streckte seine fuchsrote Brust heraus und schmetterte seinen wohltönenden Gesang in den Frühlingshimmel. Das Weibchen war weniger prächtig, zeigte ein blasses braunrotes Gefieder und keine Scheu auf der Suche nach Futter. Gemeinsam scharrte das Paar in der Baumrinde, die vom Schälen meiner ersten Stämme in dicker Schicht den Boden bedeckte. Sie pickten die hässlichen, dicken Larven der Holzschädlinge, stocherten in den feinen Spänen, die bei der Arbeit mit dem Ziehmesser anfielen. Gelegentlich stand ein Vogel bewegungslos, wie erstarrt, den Kopf leicht zur Seite geneigt – als wollte er hören, wo sich ein Opfer rührte. Dann stürzte er voran – hüpf, hüpf, hüpf –, verharrte noch einmal, wie um sicher zu sein, bevor er flink zu einem Käfer, einer Raupe oder einer Mücke rannte. Die Robin fanden bei mir nach ihrer langen Reise aus dem Süden einen reichlich gedeckten Tisch.

Es verging kaum ein Tag, an dem nicht ein wilder Besucher vorbeikam. Noch bevor das Eis zu einer weichen Masse aus feinen Stäbchen geworden war, zogen Schwäne in anmutigem Flug dicht darüber hinweg. Ihre großen Schwingen schlugen kraftvoll, doch gleichzeitig wirkten die Vögel wie müde Reisende. Wie lautlose Geister strebten sie zum Südostufer des Sees.

Wie ein erstarrter Robin stand ich zwischen den Stämmen. Ein jubelndes, wildes Geschrei erfüllte die Luft: Schnatternde Gänse flatterten

Robin – die Wanderdrossel

Die Umrisse vom Blockhaus zeichnen sich ab. Die ersten Stämme liegen.

in einer lockeren Eins-Formation heran, rauschten über mich hinweg. Das tiefe, wohlklingende »Ahong« sprang wie ein belebender Funke zwischen ihnen hin und her. Fünfzig, sechzig vorantreibende Flügelpaare, bereits abgesondert von der tausendfachen Schar.

Es tschilpte und zwitscherte aus Büschen und Bäumen, es trillerte und pfiff, als seien alle Vögel zu einem Wettbewerb angetreten. Die Eichhörnchen hatten die letzte Schläfrigkeit des Winters überwunden. Übermütig rannten sie die Baumstämme herab, verharrten mit zuckendem Schwanz, sausten wieder in die Äste hinauf, von denen sie auf den ungewohnten Zuschauer schimpften. Neugierde und Übermut verlockte sie zu einem neuen Vorstoß; sie hasteten drei Schritte vor und zwei zurück, keckerten ärgerlich, verschwanden und begannen mit dem Spiel erneut. Dann verfolgten sie sich mit zeterndem Geschrei, jagten sich tollkühn von Baum zu Baum – wild gewordene Pelzknäuel, an keinem Beobachter mehr interessiert.

Das Tuckern aus dem Busch hörte sich an wie ein schlecht startender, alter Traktor. Jahre zuvor hatte ich es in British Columbia zum ersten Mal gehört und gedacht, es sei eine alte Landmaschine von einer mir verborgenen Farm. Nun legte ich mein Ziehmesser zur Seite, ging langsam dem Hügel entgegen, der sich hinter der Baustelle erhob. Es war ein Grouse: das Waldhuhn des Nordens, das normalerweise verborgen in den Wäldern lebt. Bekommt man es zu Gesicht, bleibt es ruhig auf einem Ast sitzen, während es die näher kommende Person mit vorgestrecktem Hals anguckt. Das Raufußhuhn erscheint unvorsichtig, ungewöhnlich dumm – und ich fragte mich oft, wie es doch überleben kann. Fühlt es sich bedroht, so flattert es nur wenige Meter davon.

Der Hahn hockte auf einem Baumstumpf und stieß seinen abgehackten Balzruf aus. Er war prächtig: mit seinen tiefroten Streifen über den

Augen und seinem aufgefächerten Schwanz. Für mich interessierte er sich nicht – nur für die glucksenden, gurrenden Hühner. Er benahm sich, als hätte er keine Feinde.

Regen! Hämmernder Mairegen, der das Eis zertrümmert, die letzten treibenden Schollen dem Untergang näher bringt. Der graue Himmel streckte sich flach und trostlos, versprach weitere Schauer und die Temperatur schien sich noch einmal dem Winter entgegenzusehen. Missmutig stolperte ich über die nassen Ufersteine am See entlang. Eine Bewegung riss mich aus meinen trüben Gedanken.

Ein dunkles Etwas verzerrte die glatte Wasserfläche. Mit einer kleinen Bugwelle, die sich zu einem glitzernden Silberpfeil ausbreitete, näherte sich ein nasses stupsnasiges Welpengesicht. Aus dunkelbraunem Pelz starrten mich die Knopfaugen eines Bibers furchtlos an. Neugierig kreiste er um seine eigene Achse. Verspielt klatschte der breite Schwanz auf das Wasser und mit dem tiefen Plumps, der über den See schallte, war der schlank wirkende Körper verschwunden. Meine Augen suchten die Oberfläche ab. Schon dachte ich, nichts mehr entdecken zu können, da tauchte der Kopf vielleicht 50 Meter entfernt wieder empor. Der Biber paddelte weiter am Ufer entlang, einem mir unbekannten Ziel entgegen.

Es gibt viele Möglichkeiten, wie man ein Fundament anlegt, die Auflage für die Stämme gestalten kann. Ein festes Mauerwerk kam für mich nicht in Frage. Dafür musste ich zu viel Material heranschleppen. Doch die Stämme durften auf keinen Fall die Erde berühren. Der Feuchtigkeit ausgesetzt, würde das Blockhaus schon vom Beginn dem schnellen Verfall preisgegeben sein. Mein Haus wollte ich auf Pfähle stellen. Dadurch schaffte ich eine zusätzliche Luftisolation und brauchte die Unebenheiten des Bodens nicht vollkommen zu beseitigen. Mit Sockeln in unterschiedlicher Höhe konnte ich die vorhandene

Schräge ausgleichen. Der Fußboden würde sich ungefähr 40 bis 100 Zentimeter über dem Grund befinden. Die Pfosten sollten alle frostsicher bis zu einer Tiefe von 150 bis 180 Zentimeter reichen.

Das Graben der erforderlichen Löcher war Schwerstarbeit. Wenn der Rücken nur noch ein einziger gekrümmter Schmerz war, legte ich Spitzhacke und Schaufel zur Seite. Dann zerrte ich mir einen Stamm auf zwei Holzböcke, nahm das Ziehmesser und schälte. Das waren meine Erholungspausen. Mein Körper fand erst Ruhe, wenn ich am Abend wohlig ausgestreckt auf dem Bett lag. Die Unterarme waren steif und verkrampft. Ich konnte noch nicht einmal einen vorbeischwirrenden Moskito erschlagen. Manchmal spürte ich ein fremdes, unangenehmes Ziehen in der Seite, was sich mit dem ächzenden Rücken zu einem dumpfen Schmerz verband. Trotzdem – ich freute mich auf den kommenden Morgen.

Die Motorsäge schwieg. Hammer und Beitel waren zur Seite gelegt, aber in meinem Kopf wälzten sich die Gedanken unermüdlich weiter. Schon richtete ich die Wände auf, sägte Öffnungen für Tür und Fenster, entwarf das Dach – bis mich der wohltuende Schlaf überkam. Doch auch in meinen Träumen schuftete ich auf der Baustelle.

Zwölf eisenverstärkte Betonsockel ragten aus dem Boden, wo die Ecken des Hauses sein würden. Dort kreuzten sich die Stämme und es waren die am schwersten belasteten Teile. Als Verschalung hatte ich alte Eimer aus Metall und Plastik und kleine Fässer benutzt. Zu der gewünschten Länge mit Draht zusammengedreht, bildeten sie lange, praktische Röhren.

Zwölf Pfeiler zwischen den Betonröhren waren dicke, imprägnierte Holzstämme. Diese 24 Sockel bildeten das Fundament. Sie streckten sich wie verwirrende Fremdkörper aus dem zerwühlten Boden.

Die erste Runde der Stämme konnte gelegt werden. Dazu musste ich sechs Stämme mit den Betonsockeln verankern. Mit einem Handbohrer bohrte ich jeweils ein Loch in die untere Stirnfläche des betreffenden Stammes. In die Betonsockel hatte ich Rundeisen eingelassen, die ungefähr zehn Zentimeter herausragten. Nun legte ich die säuberlich geschälten Stämme zurecht und stülpte das Loch über die Eisenstange. Eine weitere Befestigung benötigte ich nicht. Die nächsten sechs Stämme, welche die erste Runde beendeten, brauchten nicht verankert zu werden. Durch die Kerben konnten sie sich nicht bewegen. Alle anderen Stämme, wie auch die Wände, würden sich selbst unverrückbar durch die Bauweise halten, ohne einen einzigen Nagel.

Kritisch betrachtete ich mein Werk. Zwölf wuchtige Stämme lagen an ihrem Platz. Der Umriss des Hauses zeichnete sich vor mir ab. Es erfüllte mich mit tiefer Freude. Mein langjähriger Traum nahm Gestalt an.

Es gibt viele verschiedene Eckverbindungen, die sich in den Jahrhunderten entwickelt haben. Einige davon sind einfach, andere wiederum kompliziert. Es war mir nicht allzu schwer gefallen, mich für die Rundkerbe zu entscheiden. Die Vorteile überzeugten mich schnell. Die Auskerbung des Stammes befindet sich nur an der Unterseite und Wasser kann so leicht ablaufen. Es dringt nicht in die Ecken ein, wie es bei einigen anderen Verbindungen passieren kann. Außerdem ist bei dieser Eckverbindung kein Nageln erforderlich. Die Ecken und Wände halten durch die besondere Konstruktion von selbst.

Die Rundkerbe ist bestimmt keine schwere Methode und leicht zu lernen – dachte ich. Das Einzige, was man benötigt, ist ein Reißzirkel mit Wasserwaage und Stift, Motorsäge, Hammer, Stemmeisen oder Beitel, sowie etwas Geduld. (Das notwendige Selbstvertrauen muss vorhanden sein, sonst würde man ja wohl kaum mit einem so großen

Projekt beginnen.) Außerdem stimmte diese Methode mit der Vorstellung überein, wie ich die Wände errichten wollte.

Da saß ich nun in der Frühlingssonne vor meiner ersten Rundkerbe. Die lästigen Moskitos umschwirrten mich, die Temperatur kletterte über 20 Grad Celsius im Schatten und der 50 Meter entfernte See zeigte noch sein dickes Eis, auch wenn es schon grau und mürbe geworden war. Wie ich das Problem auch anpackte, irgendwie wollte mir die Kerbe nicht gelingen. Dabei hatte es so leicht ausgesehen, als mir mein Freund Werner in Whitehorse zeigte und erklärte, wie ich die Eckverbindung herstellen konnte. Auch auf einem Bild sah die Rundkerbe so gleichmäßig, fast wohlgeformt, aus.

Mit der Motorsäge setzte ich vorsichtig die erforderlichen Schnitte, bearbeitete das herauszunehmende Holz mit Hammer und Beitel. Die Späne flogen umher. Das Ergebnis meiner Arbeit war eine grobe, unregelmäßige Kerbe. So einfach, wie es anfänglich aussah, war es wohl doch nicht.

Es ist nicht notwendig, eine besondere Kunstfertigkeit für das Bauen mit Holz zu besitzen. Aber wer mit dieser Arbeit – und den besonderen Methoden – nicht vertraut ist, sollte zuerst etwas üben, bevor er mit dem eigentlichen Haus anfängt. Das betrifft nicht nur die Rundkerben, sondern alle schwierigen Bauabschnitte. Etwas Übung oder ein kleines Modell kann sich als sehr nützlich und hilfreich erweisen.

Bevor ich mich an das Haus wagte, baute ich mir ein »Outhouse« – ein »stilles Örtchen«. Dazu benutzte ich die gleiche Bauweise, wie ich sie später für das Blockhaus anwenden wollte. Erst jetzt lernte ich, besser mit der Motorsäge umzugehen. Es ist ein gewaltiger Unterschied, ob man damit nur Bäume fällt, oder auf den Millimeter genau arbeiten muss. Ich stellte fest, was die Motorsäge leisten kann – wie ich nur mit der Spitze des Blattes arbeiten konnte und wann die Maschine gefährlich zurückschlug, wenn ich den Schnitt falsch ansetzte. Mit dem Stemmeisen lernte ich das perfekte »Schneiden«, konnte bald die »Schnittstellen« nach innen oder außen führen, wie ich es brauchte und haben wollte. Den Hammer hielt ich bald nur noch quer, wenn ich mit ihm auf das Stemmeisen klopfte, und schlug mir danach auch nicht mehr auf Hand oder Finger. Es war eine gute Lehrzeit und ich konnte mich mit dem Handwerkzeug noch vertrauter machen.

Erst als ich 40 bis 50 Rundkerben gemacht hatte und sie immer besser wurden, fühlte ich mich sicher genug, um mit der Arbeit am Haus weiterzumachen.

Acht Wochen waren vergangen, in denen ich alleine an der Baustelle arbeitete. Der See hatte sein klares Sommerkleid übergestreift. Mit dem Boot fuhr ich zur anderen Seite, schwang mich in mein Auto und eilte Whitehorse entgegen – fast 500 Kilometer entfernt. Neben Lebensmitteln, einigen Werkzeugen und notwendigem Benzin holte ich einen Besucher vom Flughafen ab: Gaby! Sie hatte sich entschieden, Arbeit, Wohnung und Sicherheit aufzugeben und war mir in den Yukon gefolgt.

Der Flughafen. Noch einige hastige Züge an der Pfeife, bevor ich in das Gebäude ging. Erwartungsvoll und ein klein wenig unsicher wartete ich auf den besonderen Passagier. Meine Gedanken wanderten zurück. Begeistert hatte ich ihr vom Yukon und meinen Plänen erzählt. Von den Schwierigkeiten, die zu erwarten waren. Von der Abgeschiedenheit, dem Alleinsein und dem Wunsch, in der Wildnis zu leben. Es gab so viele Dinge zu bedenken. Ideen keimten auf, wurden wieder verworfen, Zweifel zur Seite geschoben. Nur langsam formten sich unsere Vorstellungen. Zusammen hatten wir geplant, aber die Entscheidung hatte ich ihr überlassen.

Es gibt Leute, die ihren Lebensabend in der Südsee oder in der nordischen Wildnis verbringen. Oft ist genug Geld vorhanden. Entweder als großes Vermögen oder in Form eines gesicherten Einkommens, auch als Rente. Im Yukon gibt es einige Deutsche, die den Ausstieg aus dem Berufsleben geschafft haben. Wir hatten nur wenig Ersparnisse und besaßen nur, was wir uns mit eigenen Händen erarbeiten konnten. Für uns war es wichtig, in der ersten Zeit unabhängig zu sein, um uns auf das Bauen konzentrieren zu können.

»Wir ziehen in die Wildnis«, sagten wir unseren Freunden. Durch Briefe und Gespräche stellten wir überraschend fest, dass einige den gleichen Wunsch hatten. Dem Alltag entfliehen! Der Hektik, dem zermürbenden Trott, der Unzufriedenheit. Aber so einfach, wie es zunächst scheint, ist es nicht. Eine Familie kann nicht so einfach die Wurzeln herausziehen, in ein fremdes Land gehen, in die Wälder wandern. Ausreden sind willkommen. Sicherheit ist gefragt. Und wir hatten nur zeitlich begrenzte Arbeits- und Aufenthaltsgenehmigungen. Kann man die Sicherheit gegen die Ungewissheit einer noch so schönen und reizvollen Idee austauschen?

*

Der See peitschte sich mit Schaumkronen. Die Wellen rauschten, schlugen grollend an die Ufer, verjagten die letzten, verspäteten Reisenden nach Süden. Die Enten waren schon lange verschwunden, hatten sich weise für ein wärmeres Klima entschieden. Nur die neugierigen, manchmal aufdringlichen Häher und die anmutigen Meisen hüpften weiter durch die Äste, merkten kaum, dass sie viele der Sommergäste verloren hatten.

Zusammen gaben wir alle unsere Kraft, Zeit und Mühe an unser Vorhaben. Dabei veränderten wir die Grundidee, probierten neue Einfälle aus, waren mit dem Ergebnis zufrieden. Wir legten Stamm auf Stamm, stellten jedoch erschrocken fest, wie langsam die Wände nur höher wurden.

Als sich der Schnee mit einem breiten Band auf die Stämme der Hauswände legte, wusste ich, dass wir mit dem Bauen aufhören mussten. Die Arbeit mit den nassen, rutschigen Rundhölzern war zu gefährlich.

Der Herbst hatte jede Farbenpracht abgeschüttelt, war blass und farblos geworden. Wir verließen unsere Sommerunterkunft. Noch einmal schauten wir fröstelnd zu unserem Haus, mit dem wir nicht fertig geworden waren. Dann schäumte die Bugwelle vor unserem Motorboot auf und wir begannen die Fahrt über den See. Wir verließen ihn jedoch nicht, sondern wollten in eine Hütte im Trapper-Stil ziehen, um dort unseren ersten Winter im Yukon zu verbringen.

5. Yukon

Das Territorium ist ein großes Land. Was sagt schon die Zahl: 482 000 Quadratkilometer? Man muss es gesehen, erlebt, gefühlt haben – und auch dann ist die Weite noch immer nicht leicht zu verstehen. Der Yukon Fluss entspringt im Küstengebirge des Pazifischen Ozeans und nach 3200 Kilometern mündet er im Beringmeer.

Es leben nur sehr wenige Menschen hier – nicht genug, um ein Fußballstadion zu füllen. Abgesehen davon, dass hier kaum Fußball gespielt wird. Es gibt zu viel endlos erscheinenden Raum, um überall einmal hinzukommen – und das Land tut auch nichts, sitzt und liegt nur da, leer. Es gibt keine U-Bahn, keine Eisenbahn, keine Vergnügungsparks, keine endlosen Verkehrsstaus.

Im Sommer kann man nicht schlafen, da es einfach zu hell ist. Im Winter kann man nicht schlafen, weil am Himmel das Nordlicht auflodert. Außerdem ist es sowieso unmöglich zu schlafen, weil es einfach zu ruhig ist. Die Aussicht und die Weite genießen ist auch (fast) unmöglich – es stehen zu viele Berge im Weg.

Viele Leute im Yukon sind komisch. Sie laufen nicht mit griesgrämigen Gesichtern umher, sondern sie lachen zu viel. Einige arbeiten nicht von acht bis fünf abends, sondern von Sonnenauf- bis Sonnenuntergang. Daher sind im Juli und August viele sehr müde, da die Sonne schon um vier Uhr morgens aufgeht und fast bis Mitternacht zu sehen ist.

Die Jahreszeiten werden nicht eingehalten. Das Frühjahr dauert oft nur drei bis fünf Tage. Der Sommer besteht aus Buschfeuer, Fluten und Insekten. Die einzigen Sterne, die man dann sehen kann, sind die

Yukon-Sterne: die gesplitterten Einschläge von Schotter und Kies an den Windschutzscheiben der Autos. Eigentlich sollten wir noch eine fünfte Jahreszeit einführen: die Jahreszeit der Moskitos.

Straßen gibt es trotz der Weite und dem vielen Platz nicht genug. Oft sind sie noch nicht einmal begradigt. Auch führen sie nicht immer dorthin, wohin man will – oder sie hören plötzlich einfach auf. Manchmal lässt ein Elch oder Bär einen nicht zügig vorankommen – oder ein Büffel liegt auf dem Alaska Highway, sonnt sich, verzögert die Weiterfahrt. Es kann auch passieren, dass eine Straße komplett weggespült ist – dann kann es Stunden oder Tage dauern, bis sie repariert wird. So ist es am besten, ab November den Motorschlitten oder Schneeschuhe oder Ski zu benutzen – wenn dafür der Schnee nicht gerade zu hoch ist. Natürlich kann man auch mit dem Flugzeug reisen: je nach Jahreszeit mit Rädern, Schwimmern oder Ski ausgestattet.

Wildblumen und Bäume wachsen im Yukon einfach dort, wo es ihnen passt. Wölfe, Bären und Luchse benehmen sich, als würde alles ihnen gehören. Manchmal kann man nicht richtig durchatmen: Die Weite ist beklemmend, Seen atemberaubend, die Stille bedrückend – die Luft zu klar, zu rein, zu frisch.

Im Yukon kann man Stunden, Tage oder Wochen herumlaufen, ohne einen Menschen zu treffen. Wohin man auch gehen möchte, muss ein See umgangen, ein Fluss oder Bach durchquert werden. Zum Schwimmen ist das Wasser meistens zu kalt, auch im Juli und August. Darum wird lieber mit dem Kanu gefahren.

*

Dem ungeübten Betrachter mag die graugrüne Wildnis recht leer erscheinen. Doch besonders in den Sommermonaten wimmelt es dort nur so von Leben.

Wenn Flüsse und Seen sich von ihrem Eis befreien, treffen die Sommergäste ein. Stern- und Prachttaucher, Eis- und Rothalstaucher. Zehntausende Gänse, Kraniche und Schwäne kommen aus dem Süden. An jedem See, jedem Tümpel, jedem Bach und Fluss lassen sich Enten nieder. Die bunte Kragenente liebt schnell fließende, gluckernde Gewässer. Da gibt es Stockenten, Krickenten, Spießenten, Spatelenten. Schellenten suchen sich verlassene Spechthöhlen zum Brüten. Die Pfeifente baut sich ihr Nest irgendwo im tiefen Busch und wenn die Jungen geschlüpft sind, haben sie einen langen, gefährlichen Weg bis zum Wasser vor sich. Wenn sie Glück haben, begegnen sie nur einem gackernden Waldhuhn.

Singvögel bereichern den Norden. Meisen und Specht, Kreuzschnabel, der purpurfarbene Gimpel, Drossel, Elster und Häher, Schneeammer und Zeisig, der farbenprächtige Eisvogel. Möwen scheinen den ganzen Sommer zu schreien. Sie teilen sich die Wassergebiete mit Gänsesägern, Schnepfen, schillernden Schwalben. Überall trippeln rot- und gelbbeinige Strandläufer.

Uhus und Eulen ernähren sich an der großen Zahl von Mäusen. Mit etwas Glück kann man auch einmal eine Fledermaus entdecken. Adler sind noch keine Seltenheit geworden. Kleinere Greifvögel wie Habicht oder Falke teilen sich die Jagdgebiete. Wiesel, Marder und Mink durchstreifen die Wälder, in denen sich putzige Streifenhörnchen tummeln, zusammen mit roten und grauen Eichhörnchen. Das langsame, verfressene Stachelschwein hat nur wenig Feinde. Den im Sommer braungrauen Schneeschuhhasen sieht man selten. Der gefürchtete Vielfraß hat einen irreführenden Namen. Er frisst nicht mehr als andere Marder und zieht im Sommer über die Bergflanken und

-wiesen, wo in Kolonien die Murmeltiere leben. Manchmal lassen sich dort Schneehühner wie eine große weiße Wolke nieder. Noch höher hinauf ziehen Bergschafe und -ziegen in den Felsregionen umher.

An Seen und weiten Flüssen lebt der Otter. Ein verspielter Geselle, der sich im Winter Rutschbahnen anlegt und mit Begeisterung Hänge hinabschlittert. Bisam und Biber sind seine Nachbarn. Karibus ziehen bei ihren Wanderungen im Frühjahr und Herbst zu Tausenden umher, erinnern an die großen Tierherden in Afrika. Das majestätischste Tier ist der gewaltige, prachtvolle Elch, das größte Wild des Nordens. Wölfe, Kojoten, Luchse und Bären kann man überall sehen. Im Süden auch den eingewanderten Puma.

Die Plage des Nordens: Milliarden von Moskitos. Endloser Raum für Insekten. Bienen, Wespen und Hummeln. Kleine, winzige Fliegen und dicke Schmeißfliegen mit schillerndem Leib. Große Schnaken, kleine Stechmücken, flirrende Libellen. Ameisen, rostrot, braun, schwarz; Ameisen mit Flügeln, die in Bäumen leben, diese wie einen Käse durchlöchern und dadurch abtöten. Unzählige Spinnen. Es wimmelt von Käfern: bunte, gemusterte, hässliche, groß wie ein Zeigefinger, mit besonders langen Fühlern. Tanzende Schmetterlinge und Falter in Rotbraun, Blau, Weiß, Honiggelb.

In den reinen, klaren Gewässern, aus denen man größtenteils noch bedenkenlos trinken kann, tummeln sich die Fische. Wer träumt nicht davon, einmal die Lachsschwärme zu sehen. In den Seen und Flüssen gibt es Seeforellen, Regenbogenforellen, Rot- und Lachsforellen in Rekordgröße, gierige Hechte, friedliche Äschen und Weißfische.

Die Pflanzenpracht prägt den nordischen Sommer mit üppiger Fülle. Blumen in allen Farben, in allen Schattierungen: in Rispen, Dolden, Kronen; Sternen und Kelche; kleine Polster und prachtvolle Teppiche.

Blühende Kräuter und Büsche, wippende Glöckchen. Rotbraunes und goldenes Moos, scharlachrote Flechten.

Winterparadies: die lange Jahreszeit. In dieser Zeit bekommen wir unseren Sonnenschein zwischen Mittag und 14 Uhr. Temperaturen, bei denen man das Haus nicht verlassen sollte. Bei jedem Schritt nach draußen besteht die Gefahr von Erfrierungen. Ohne Notausrüstung sollte man nie unterwegs sein; besonders nicht mit dem Auto – falls es überhaupt anspringt. Benzin gefriert in den Leitungen, Motorblöcke können zerspringen. Straßen sind von Schneestürmen zugeweht oder werden einfach geschlossen.

Wer hier leben will, muss verrückt sein. Aber wer hier wieder weg will, ist bestimmt noch verrückter.

6. Gold

Der schmale Bach gluckerte munter durch sein tief eingegrabenes Bett, polterte lustig über Steine, schoss übermütig kleine, gurgelnde Wasserfälle herab. Da stand ich nun im eisigen Gebirgswasser: Es schwappte um meine Gummistiefel und die Kälte drang schon lange zu meinen Füßen durch. Die wenigen Fichten, die sich in dem sumpfigen, morastigen Grund behaupteten, pressten ihre kurzen Äste wie schutzsuchend an die Stämme, unbeeindruckt von der köstlichen Sommerluft.

Du wirst einmal Goldgräber sein und in der kanadischen Wildnis leben! Hätte mir das einmal jemand gesagt, so wäre mir wahrscheinlich nur ein ungläubiges Staunen geblieben. Vielleicht hätte ich nur kurz geantwortet: »Unmöglich!« Berechtigte Zweifel könnten zu der Frage geführt haben: »Gibt es denn so etwas noch?«

Der Ruf »Gold! Gold!« war um die halbe Erde gehallt und mit seiner Verheißung von Reichtum, Glück, Zufriedenheit, vermischt mit Gier und Habsucht, hatte er die Menschen angelockt – Abenteurer und Glücksritter, Taugenichtse und Geschäftsleute, Familienväter und gescheiterte Existenzen. In den Bächen und auf den Sandbänken sollte es herumliegen, das gelbe, kostbare Metall. Tausende quälten sich durch das schroffe, wilde Land, schafften Leidenswege aus Mühsal, Tränen und Verzweiflung. Dann wühlten sie die unberührte Erdkruste auf, wuchteten Felsbrocken aus dem Weg, schaufelten Schächte in Schotter und Kies, um später das feine Geröll in einfachen Waschanlagen zu säubern. Wie eine unaufhaltsame Lawine strömten sie in das Land, das Yukon genannt wurde.

Das Land der Indianer wurde von den Weißen überflutet, bis die

Goldfelder gesättigt schienen. Aus dem entfachten Feuer sprühten menschliche Funken, verloren sich in der Weite der Wildnis. Mit einfachen Ausrüstungen zogen einsame Goldsucher für Monate und Jahre hinaus in das Unbekannte – und fanden nicht nur Gold, sondern auch Silber, Kupfer und andere wertvolle Metalle.

Die fast unberührte Wildnis des Yukon wurde von diesen Pionieren geprägt. Es sind gerade einmal 110 Jahre vergangen seit die Welt von den Reichtümern am Klondike erfuhr. Tausende von Wagemutigen nahmen den Kampf gegen Moskitos und eisige Winter auf, widerstanden den Gefahren oder versagten. Die meisten verschwanden so schnell, wie sie gekommen waren. Doch einige blieben.

Es gibt sie noch, die Goldsucher, die mit Spitzhacke und Schaufel arbeiten. Aber sie sind selten geworden. Heute herrscht der Fortschritt – oder was man dafür hält – über das Land. Die Ausbeutung schreitet mit technischen Riesenschritten voran. Minengesellschaften beginnen ihre Arbeit mit Probebohrungen. Wenn diese vielversprechend sind, fallen ihnen weite Gebiete der Wildnis zum Opfer. Straßen werden durch den Busch gewalzt. Kleine Ortschaften aus aluminiumverkleideten Wohnanlagen entstehen. In ihrer Nähe verklingt in den Sommermonaten kaum das Brummen der Hubschrauber und Flugzeuge.

Die Abenteuer eines Goldsuchers! War es ein verborgener Jugendtraum, der mich an das Land fesselte? Konnte ich hier leben? Den Yukon als Tourist besuchen war einfach, länger bleiben zu dürfen, schwer. Damit ich dies tun konnte, brauchte ich eine Arbeits- und Aufenthaltsgenehmigung.

Gold verschaffte mir die Möglichkeit. Ich steckte einige Claims, bezahlte die notwendigen Gebühren und war damit Besitzer von mehreren tausend Quadratmetern Wildnis. Ein Goldclaim abstecken heißt nach dem Gesetz nichts anderes, als das Anrecht auf ein Stück Land zu erwerben.

Unabhängig von der Staatsbürgerschaft erlaubt das Gesetz im Yukon jedem, nach den alten Bestimmungen der Goldgräber Land zu erwerben. Um dieses Land, die Claims, nach den Minenbestimmungen behalten zu können, muss der Claimbesitzer eine jährliche Arbeitsleistung darauf erbringen. Was als Arbeit angerechnet wird, ist festgelegt, wird genau in Dollar ausgerechnet. Die Vorschriften sind unbedingt zu erfüllen. Sonst verfällt jedes Anrecht auf das erworbene Land nach spätestens einem Jahr. Nur zu diesem Zweck erhielt ich von der kanadischen Botschaft die erforderlichen Papiere. Solange ich diese Genehmigung bekam und die gesetzlichen Bestimmungen erfüllte, konnte mir das zugesprochene Land nicht wieder genommen werden.

Ein Claim ist im Normalfall ein urwüchsiges Stück Wildnis von rund 150 Metern Länge und 600 Metern Breite. Er wird vorwiegend an einem Bach gesteckt, was aber nicht sein muss. Nimmt man dort das Land in Besitz, so setzt man am Anfang einen Pfosten auf eine gedachte gerade Linie, die von der Mündung zum Quell führt. Die Mittellinie verläuft ungefähr wie der Wasserlauf. Schleifen und Biegungen werden kaum beachtet. Annähernd 150 Meter weiter, genau 500 Fuß, errichtet man den Pfosten Nr. 2. Der Claimpfosten wird oben an den Seiten abgeflacht, damit ein Vierkantholz entsteht. Auf der Seite, die nach innen zeigt, schreibt man mit einem Filzstift seinen Namen, das Datum, den Namen des Baches. Einzelheiten sind in dem Minengesetz geregelt. Eine erkennbare Schneise soll zwischen diesen beiden Pfosten geschlagen sein.

Gold gibt es in lockerer Form als feinen Staub oder als größere Stückchen, den Nuggets. Es kann in Adern den Fels durchziehen, mit Gestein wie Quarz verbunden. Jahrhunderte an Erdgeschichte und die

Goldkörner und Goldstaub – viel Arbeit steckt dahinter

Selten zu finden – große Nuggets

stetige Kraft des Wassers haben es ausgewaschen. Was nicht hinweggespült wurde, sank immer tiefer in das Erdreich, bis es zur Ruhe kam. Irgendwo, tief in der Erde, auf dem unbeweglichen Fels, kann es liegen. Es wartet nur darauf, hervorgeholt zu werden.

Meine kleine Waschanlage besteht aus Aluminium. Der Rahmen bildet ein langgezogenes Rechteck: 1,5 Meter lang und 40 Zentimeter breit. Die Wände des nach oben offenen Metallkastens sind 13 Zentimeter hoch. Die Anlage stand dicht am Ufer des Baches und das notwendige Wasser führte ich durch einen dicken Schlauch heran. Der Kasten wird leicht schräg aufgesetzt und an der abfallenden Rutsche beginnen Querrippen, die zwischen den Wänden wie eingesetzte, zusammengerückte Sprossen einer Leiter aussehen. Um auch den feinsten Goldstaub aufzufangen, sind zusätzliche Plastikmatten mit faserähnlicher, rauer Oberfläche unter die Metallrippen geschoben. Das schwere Gold, besonders die größeren Stückchen, setzen sich zwischen den Verstrebungen fest.

Zum Arbeiten benötigte ich nicht viel mehr als die Waschanlage, eine Spitzhacke und eine Schaufel. Schotter, Geröll, jeder Krümel Erde, jeder verdreckte Stein – falls er nicht zu schwer ist – wird im oberen Teil der Anlage unter dem heranschießenden Strahl Wasser gewaschen. Der Dreck wird über die Querverstrebungen geschwemmt, kleine Steine rollen und kullern mit dem abfließenden Wasser die Rutsche hinab.

Sand, feines Gestein, grauer Schiefer, alles, was sich in den Querrippen absetzt, wird nachher herausgenommen. Dieses Material wird in einem zweiten Arbeitsgang durch ein Sieb gerüttelt. Was übrig bleibt ist nicht mehr als einige Kilogramm Dreck, in dem sich jedes schwere Körnchen befindet: schimmernder Quarz, metallhaltiges Gestein, braune und honigfarbene Granatsteinchen und – wenn man Glück hat – das begehrte Gold.

Der letzte Schritt der Arbeit ist spannend und aufregend. Ich verrichtete sie wie die Männer vor knapp über einhundert Jahren am Klondike: mit gebeugtem Rücken und der Goldpfanne. Die Metallpfanne sieht aus wie eine Küchenschüssel und ist 40 Zentimeter im Durchmesser. Mir gefällt sie besser, als die neuen aus Plastik. Bis zur Hälfte füllte ich sie mit dem vorgewaschenen Dreck, Sand und Kies.

Mit der Goldpfanne zwischen den Händen beugte ich mich zu einer natürlichen Felsstufe, über die das Wasser sprudelte, schöpfte einen Schwall. Mit fließender, kreisender Bewegung schwenkte ich die Pfanne. Dreck und Kies schabten und kratzten über das Metall, bevor es mit dem Wasser über den Rand geschwemmt wurde. Kleine Steinchen pickte ich mit den Fingern heraus. Nach mehrmaligem Schöpfen, Kreisen und Ausspülen verblieb nur noch eine dunkle Sandspur an der Bodenkante. Mit einer hundertfach durchgeführten leichten Bewegung aus dem Handgelenk ließ ich das Wasser den schwarzen Sand zur Seite spülen. Hatte ich etwas Gold gefunden?

Bei strömendem Regen und brennender Sonne arbeitete ich, mit schmerzendem Rücken und verkrampften Armen. Schwere Gesteinsbrocken wuchtete ich mit einer Eisenstange zur Seite. Nach einem langen Arbeitstag, wenn das Wasser abgestellt und nur noch das Murmeln und Rauschen des Baches zu hören war, suchte ich zwischen den Querrippen, stocherte mit der Klinge meines Taschenmessers im Dreck. Viel zu selten konnte ich einen Goldkrümel entdecken. Aber wenn es passierte, steckte ich das Klümpchen behutsam in ein kleines Glas, schraubte den Drehverschluss zu. Kostbares Metall, der Erde entrissen – herausgewaschene Dollar!

Erst wenn man seine Mühe und die endlosen Stunden der kurzen Sommersaison mit der oft spärlichen Ausbeute vergleicht, weiß man, ob es sich gelohnt hat. Jeder Kubikmeter gewaschene Erde kann zwei Dollar, manchmal auch fünf oder zehn Dollar an Goldwert hervorbringen. Wenn man Glück hat, sind es sogar noch mehr. Unser Nachbar, der mit gewaltigen Maschinen arbeitet, fand an seinem Geburtstag Gold im Wert von rund 25 000 Dollar. Dann schuftete er wieder Wochen, ohne auch nur etwas zu finden. Doch es gibt noch viel unentdecktes Gold in den Flüssen und Bächen des Yukon.

Wenn die ersten Herbstfröste sich einstellen, der Bach sich mit Eiszapfen schmückt, der Boden unter den Schritten hohl und dumpf klingt, das Land sich zum Indianersommer schmückt und diesen abstreift, ist die Zeit der Goldsuche wieder vorbei. Fünf Monate anstrengende Arbeit in einem guten Jahr: dann erstarrt das Land unter Schnee und Kälte.

7. Der erste Winter

Gleichmäßig drehte ich am Griff des Außenbordmotors das Gas zurück. Die aufgeworfene hohe Bugwelle fiel in sich zusammen. Vor uns prallte das blauschwarze, tiefe Wasser des Sees gegen eine trübe, braune Linie, die den Beginn des Mayo Flusses anzeigte. Die Überfahrt hatte uns ausgekühlt. Meine Handschuhe waren nass. Behutsam tuckerten wir in den flachen, schlauchähnlichen Ablauf des Sees. Kleine Wellen rollten vor uns her und das aufgewühlte Wasser mit seiner sandig braunen Farbe war noch nicht zur Ruhe gekommen.

Wir glitten an den hingeduckten Schuppen und Gebäuden entlang, rauschten bis fast an das Ende des Wasserarms. An einem Steg aus Brettern, Balken und leeren Benzinfässern legten wir an. Hinter einem schmalen Gürtel aus buschigen Zwergbirken stand unsere Unterkunft für den Winter.

Das Blockhaus, in dem wir überwintern wollten, schmiegte sich an einen kleinen Hügel, der mit seinen dichten, düsteren Fichten jeden winterlichen Nordwestwind abhalten sollte. Die Hütte war ungefähr 25 Quadratmeter groß. Sie war von »Goldfinger« gebaut worden, als Sommerunterkunft gedacht, nie für den Winter geplant. Die sechs Meter lange Ostseite hatte zwei Fenster, aus denen man über die Büsche hinweg auf den See blicken konnte. Vor der Wand wucherte üppiges braunes Gras. Nichts hatte es zertrampelt und es streckte sich locker und aufgeplustert. Verblühte schmalblättrige Weideröschen lehnten sich müde an die sonnengebleichten Vierkantstämme, die Stängel schon kahl bis auf die Büschel von auffällig langen Samenhaaren, die wie Spinnengewebe aussahen.

Die einzige Tür war durch eine schmale Veranda von der Witterung geschützt und ihr gegenüber hing windschief ein grauer Schuppen mit einem scheunengroßen Tor. Mit zwei Schlüsseln öffnete ich die Tür. Die abgestandene Luft warf sich uns entgegen. Von einigen Staubflocken abgesehen zeigte sich uns der Raum aufgeräumt und sauber. Keine Maus war eingedrungen, kein größeres Tier, obwohl wir die Hütte in den letzten Monaten kaum benutzt hatten. Licht fiel ein, als Gaby die kleinen Gardinen zurückschob. Dann kniete sie sich neben den Ofen und nach wenigen Handgriffen flackerte schon ein Feuer.

Mit einem Holzkeil klemmte ich die Tür fest, weit offen, um etwas frische Luft in das Innere zu lassen. Dann schob ich mich durch die Birkensträucher zum Boot zurück und begann es zu entladen. Wir hatten nicht zu viel mitgebracht, denn alles, was dringend notwendig war, mussten wir im Frühjahr wieder über das Eis zu unserer Baustelle zurückbringen.

Wolken senkten sich wie eine Dunstglocke auf die Hügel. Ein feiner Nieselregen setzte ein und ich war froh, das Gepäck schon unter dem Vordach gestapelt zu haben. Regentropfen glitzerten am Dachrand, perlten in einer langen Kette an der Kante entlang, bevor sie in die Tiefe stürzten.

Das 20 Jahre alte Blockhaus war heruntergekommen gewesen, da es niemand mehr benutzte. So hatte ich es mir hergerichtet: das Dach neu mit Dachpappe gedeckt, erkennbare Schäden ausgebessert. Zwei Fenster musste ich erneuern, Glasscherben und Blut beseitigen, nachdem ein Bär durch das größte Fenster eingedrungen war. Viel Mühe hatte ich hineingesteckt. Es war ein angenehmes Heim geworden. Alle Vorzüge waren in einem Raum versammelt: es war Küche, Schlafzimmer, Wohnstube, Bad, Abstellraum, Vorratskeller und Dachstube.

In den folgenden Tagen rollte ich suchend mit unserem Pick-up-Truck auf der Straße entlang. Jeden abgestorbenen Baum, den ich leicht erreichen konnte, fällte ich. Nach und nach brachte ich mehrere Ladungen Feuerholz zur Hütte. Der erste Schnee, der auch das Ufer färbte, fiel am 3. Oktober. Die Sonne schob sich nur noch flach am Horizont entlang, war aber gegen Mittag noch kräftig genug, die weiße Pracht noch einmal verschwinden zu lassen. Mir blieb genug Zeit, den herangefahrenen Berg Holz zu zersägen. Mehrere Tage arbeitete ich mit knatternder Motorsäge, zerteilte die Stämme in armlange Stücke, spaltete die besonders dicken Klötze, um dann den Holzvorrat in den Schuppen zu setzen. Die Tage des Spätherbstes waren von angenehmer Frische. Locker verstreute Pappeln und einige Birken reckten die kahlen Äste und nur vereinzelte Blätter zupften an den wippenden Zweigen. Die Temperatur bewegte sich um null Grad und oft war der Himmel makellos und belebend blau.

Zu schnell jagten die ersten Stürme heran. Sie kamen aus dem Osten, drückten, schoben, peitschten Wellen vor sich her, die größer und größer wurden. Der See wurde zu einer Masse aus weißem, wildem Schaum. Wellenkämme stürzten übereinander, erinnerten eindrucksvoll an die schneebedeckten Berggipfel. Die Wellen streckten sich in den Fluss hinein, der nun braun, dreckig, mörderisch aussah. Eine schäumende, ungebändigte Kraft ging von ihnen aus. Je näher sie an das seichte Wasser reichten, desto steiler und höher wurden sie. Ihre Rücken bekamen einen pelzgeschmückten Buckel. Nach hinten fielen sie ab, bereits von einer anderen Welle verfolgt, während die Front sich mehr und mehr halbmondförmig aushöhlte. Die Kuppe der Welle rauschte gierig heran, während der Fuß, je näher er dem sandigen Boden kam, sich windend sträubte. Für einen atemberaubenden Augenblick schien die Welle in der sprühwassergesättigten Luft zu hängen, bevor sie mit einem ohrenbetäubenden Schlag, der den Strand zu erschüttern schien, zerbrach.

Der brausende, tobende Wind fegte durch Büsche und Bäume. Schneewalzen wirbelten umher, wurden auf und ab geschleudert. Die Welt um unsere Hütte schien verrückt zu tanzen, zu rollen, zu fauchen. Der Sturm pfiff und jaulte um unsere Unterkunft, drückte feinste Schneekristalle durch winzige Ritze, die wir vorher noch nicht einmal bemerkt hatten. Das Ofenrohr wackelte und ratterte zwei Tage und Nächte lang.

Wir hatten uns auf den Winter vorbereitet, waren darauf eingestellt, so gut wir konnten. Doch was wussten wir schon von der Kälte, die wir zu erwarten hatten? Viel gelesen hatten wir darüber. Aber was für ein Unterschied, wenn man bei gemütlicher Wärme die Zeilen eines Buches in sich aufnimmt, oder die beißenden Temperaturen spürt, wenn man nur kurz vor die Hütte geht.

Bevor der Schnee zu hoch und es zu kalt war, starteten wir das Auto und fuhren nach Mayo. Wir plauderten mit Freunden und Bekannten und wussten nicht, ob wir sie in diesem Jahr noch einmal sehen würden. In unserem Schließfach lag noch Post für uns. Dann kauften wir Lebensmittel ein. Besonders frisches Gemüse. Mit gemischten Gefühlen kehrten wir zum See zurück.

Wir hatten die Zivilisation verlassen – oder wenigstens die Entfernung zwischen Mayo und uns dazwischen geschoben. Für Stunden war ich damit beschäftigt, jeden nur möglichen Spalt an den Wänden der Hütte abzudichten. Eine endlose Aufgabe, wie mir schien. Meine Finger waren schon jetzt eisig, obwohl wir es am Tage noch nicht richtig kalt hatten.

Beunruhigt dachte ich an die Geschichte von Jack London: »To Built a Fire«. Ein Mann stapft in grausamer Kälte durch die Wildnis, nur von seinem Hund begleitet. Er spuckt aus. Der Speichel knistert und knackt in der Luft, trifft bereits als Eisklumpen den Schnee. War so etwas möglich? Der Anfänger bezahlte seine Fehler mit dem Erfrierungstod. Wir waren auch Anfänger.

Uns konnte das nicht passieren – oder? Was würden wir für Fehler machen? Das Dach war nicht isoliert, und ich nagelte einige aluminiumbeschichtete Fiberglasmatten von innen gegen die dünnen Dachbretter. Dabei fiel mir die Geschichte einer Winternacht ein, die ich einmal gelesen hatte: Eng zusammengerollt liegen Männer in einer Hütte, möglichst nahe am glühenden Ofen. Im flackernden Licht des Feuers glitzern die Eiskristalle an den Wänden. So schlimm konnte es für uns wohl nicht werden. Doch in meinem Inneren wünschte ich mir – trotz meiner Zweifel – einmal die magische Temperatur von minus 40 Grad Celsius erleben zu dürfen. Unvorstellbare Kälte, die Quecksilber erstarren lässt.

Eine Schneedecke lastete schon auf dem Land, die Erde darunter war erstarrt bis zum Frühjahr, da tobte der Wind noch über den See. Die Wellen schäumten ihr monotones Lied. Treibholz am Seeufer überzog sich mit einer Eisschicht, die mit jedem Tag dicker wurde. Die Temperatur sank unter die 20-Grad-Marke, doch der See gab sich noch nicht vor dem Winter geschlagen.

In den Morgenstunden kämpfte sich die Sonne zu einem Himmel aus klarstem Blau empor. Nur die Bergspitzen badeten im Sonnenlicht, während der Atem aus Nässe und Kälte bewegungslos und eisig über der Wasserfläche ruhte. Am späten Morgen und am frühen Nachmittag färbten die flach einfallenden Strahlen der Wintersonne die Berge von rosé bis purpurrot. Wohin wir auch sahen, alles war vom Schnee eingepackt. Für die nächsten Monate würde es kein Entkommen geben.

Aus sternenklaren Nächten drang die nordische Kälte und nach einer Woche mit 30 bis 40 Grad unter dem Gefrierpunkt erstarrte auch der See. An einem strahlenden Sonnentag verschwand der letzte Eisnebel und ließ die glitzernde, weite Fläche wie ein unschuldiges, neugeborenes Lebewesen erscheinen. Der Winter hatte gesiegt und seine letzte große Schlacht gewonnen.

Für uns wurde das Leben in dieser neuen, fremden Umwelt zu einem Ort des Lernens – später würden wir es Erfahrung nennen. Als Gefriertruhe benutzten wir einen alten, funktionsunfähigen Kühlschrank, den wir auf der Veranda stehen hatten. Anfang Oktober tauten uns Würstchen auf und Gaby war gezwungen, rund 30 Stück anzubraten. Zwei Wochen später erfroren uns in der Hütte Kartoffeln und Zwiebeln, obwohl wir sie auf einer erhöhten Ablage aufbewahrten.

Auch in der Unterkunft liefen wir mit Winterstiefeln umher, denn aus den Ritzen des grob verlegten Bretterfußbodens zog ein eisiger Luftzug hoch. Um zusätzliche Isolation gegen die Kälte zu schaffen, schaufelte ich bis unter die Fenster Schnee gegen die Außenwände. Doch das half nur wenig. Der Boden der Hütte blieb kalt. An der Tür war die Kälte deutlich zu spüren, denn entlang des Rahmens blies es immer hinein. Zum Schutz vor dem eisigen Luftzug hängten wir eine dicke Decke gegen die Tür. Am Messingtürknopf bildeten sich innen glitzernde, frostige Kristalle.

Sterne blinkten und flimmerten. Die Nachtkälte senkte sich herab. Ich heizte wie noch nie zuvor in meinem Leben. Die Seiten des Ofens glühten dunkelrot. Mit einem Thermometer lief ich umher und stellte die verschiedenen Temperaturen fest. An der Türschwelle innen: minus 6 Grad; am Fenster, ungefähr einen Meter hoch: 15 Grad; unterm Dach, am Giebelbalken: 43 Grad!

Unsere tägliche Routine war einfach und schlicht, jedoch auch zeitraubend. Normalerweise kroch ich unter der warmen Daunendecke hervor, sobald das erste, graue Morgenlicht durch die kleinen Fenster schimmerte. Mit dem Schürhaken stocherte ich in der Glut des Ofens und legte einige dicke Holzscheite nach. Ein gefüllter Wassereimer stand immer in der Küchenecke. Aus ihm schöpfte ich Wasser in die Kaffeekanne, füllte den Filtereinsatz und stellte die Kanne auf die Ofenplatte.

Die Kaffeekanne ist eine einfache, doch erstaunliche Konstruktion. Wenn das Wasser kocht, steigt es durch eine Röhre hoch, sprudelt über den Metallfilter und sickert durch die grob gemahlenen Bohnen.

Die Raumtemperatur trieb mich schnell wieder unter die warme Bettdecke, denn oft war es nur wenige Grad über null. Es gab kein Geräusch von Nachbarn, keinen Motorenlärm. Nicht der kleinste Laut von draußen zerbrach die Stille. Nur das angenehme Knistern und Prasseln des Feuers war zu hören. Spürbar breitete sich die Wärme im Raum aus. Nach 15 bis 20 Minuten blubberte es zaghaft in der Kaffeekanne. Das Aroma von frischem Kaffee schwebte in der Luft, verstärkte sich. Es war Zeit zum Aufstehen. Zusammen aßen wir unser Frühstück.

Wir waren überrascht, als wir feststellten, wie einfach das Leben sein konnte. Die Arbeit draußen war meine Aufgabe: Feuerholz aus dem Schuppen holen und griffbereit neben die Tür stapeln; die Campinglampen auffüllen; alle acht bis zehn Tage das Ofenrohr reinigen, und wenn notwendig, die Asche aus dem Ofen entfernen. Wasser holen war nicht ganz so leicht. Im November lag der Schnee erst 20 Zentimeter hoch, doch das Eis am Wasserloch war 35 Zentimeter dick. Mit der Axt schlug ich es jeden Tag erneut auf. Erst als ich ein Stück Sperrholzplatte auf das Loch legte und Schnee darüberhäufte, konnte ich es leichter aufhacken.

Gaby war in der Hütte mit Backen, Kochen und Waschen beschäftigt. Wäsche waschen war unser größtes Problem und nicht nur, weil es eine Unmenge Wasser benötigte. Aber wir fanden eine gute Methode, ohne die Wäsche auf einem Waschbrett mit schmerzenden Armen rubbeln und scheuern zu müssen. In eine große runde Zinkwanne, die uns auch als Badewanne diente, legte sie die Kleidung hinein. Kaltes und warmes Wasser schütteten wir darüber. Das Durchwaschen erfolgte mit einem Stampfer, wie es unsere Mütter und Großmütter noch gekannt haben. Das Einweichen dauerte einen, manchmal auch zwei Tage. Dann wurde die Wäsche noch zweimal in klarem Wasser ausgewaschen und zum Trocknen aufgehängt. Oft am Abend, damit sie uns nicht zu sehr störte und wir sie am Morgen manchmal schon trocken von der Leine nehmen konnten.

Vom Standpunkt der Temperaturen war unser erster Winter ein harter Beginn: Sie bewegte sich noch bis zu Weihnachten mit ungefähr 20 Grad unter normal. Der kälteste Tag erreichte minus 46 Grad.

Unser Tag endete gegen Mitternacht. Dann legten wir unsere Bücher zur Seite, ich fütterte noch einmal den Ofen, löschte die Lampe. In der Nacht hatten wir die Luftklappe des Ofens geschlossen, doch die dicken Holzstücke glühten weiter vor sich hin und verbreiteten noch genug Wärme bis zum Morgen. Nur wenn die Temperatur unter minus 40 Grad fiel, ließen wir den Ofen mit leicht geöffneter Luftklappe kräftiger durchziehen. Dann ließ es sich nicht vermeiden, in der Nacht noch einmal aufzustehen und Holz nachzulegen.

Das eindringliche Flüstern von Gaby riss mich aus dem Schlaf: »Helmut! Helmut!« Verschlafen brummte ich: »Was ist?« – »Da kratzt etwas an der Wand. Hörst du's?«

Mit geschlossenen Augen lauschte ich in die Dunkelheit. Da war das

Geräusch. »Nicht schon wieder«, stöhnte ich, während ich zur Taschenlampe griff. »Rascal!«

So sehr ich mich über die nächtliche Störung ärgerte – ich mochte den kleinen zutraulichen Kerl. Nun lebte er also wieder irgendwo unter dem Blockhaus. Gaby war nicht von seinen unerwarteten Besuchen begeistert. Es dauerte einige Tage, bis ich seine vielen Schlupflöcher endlich alle gefunden und geschlossen hatte. Aber immer wieder kam er an die Fenster, presste seine kleinen Pfoten gegen die Scheibe, schnüffelte, verlangte nach Futter – was wir ihm gerne gaben.

Sein Fell war weiß, mit einem Hauch von gelb, wie sein Raubtiervetter, der Eisbär. Nur die Schwanzspitze war schwarz, und die sahen wir leicht, wenn er sich verspielt in den tiefen Schnee wühlte. Mit großen Sprüngen jagte er umher, hüpfte wie ein Gummiball und schien Spaß daran zu haben, von einem dankbaren Publikum beobachtet zu werden. Wir lockten ihn an, indem wir leicht über den Verandaboden kratzten oder auch nur leise pfiffen. Immer wieder kam er neugierig zu uns.

Unter dem Bann der Kälte verbrachten wir die längste Zeit in der Hütte: Aber es war nicht die Temperatur, die uns in dem Blockhaus gefangen hielt, sondern die Dunkelheit. Im Dezember ließ die bittere Kälte merklich nach. Nach jedem Schneefall griffen wir zur Schaufel, räumten unsere Pfade, deren Ränder immer höher wurden. Nun schuf der ansteigende Schneeberg der Wälder ein Hindernis, dem wir nur auf eine Art begegnen konnten. Wollten wir durch die herrliche Winterlandschaft wandern, benutzten wir Schneeschuhe.

Diese Wunderwerke des Nordens bestehen aus einem Holzrahmen mit einer netzförmigen Bespannung aus Elch- oder Kuhhaut. In der Mitte befindet sich eine einfache Bindung aus Lederriemen. Die Indianer

Den ersten Winter verbrachten wir in dieser Blockhütte

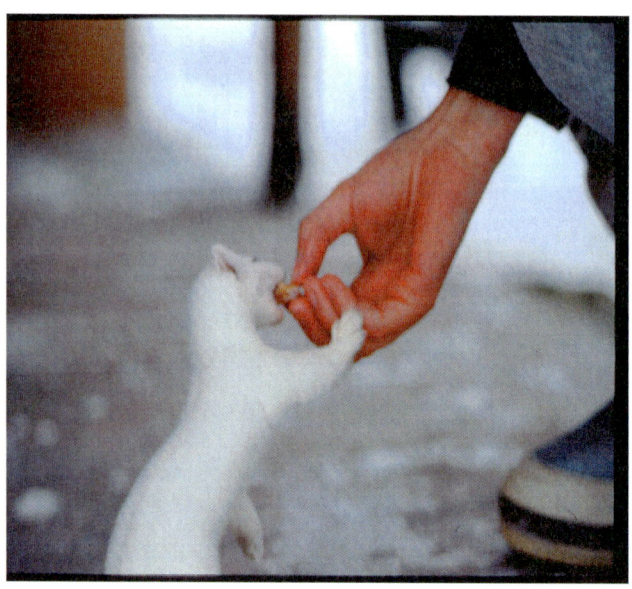

*Gaby füttert Rascal, "unseren Wiesel".
Mit seinem Winterfell nennt man ihn Hermelin.*

haben verschiedene Arten für unterschiedliche Zwecke entwickelt. Der Ojibwe-Typ ist vorn und hinten spitz und leicht nach oben gebogen, um besser über den Schnee gleiten zu können. Der Bear-Paw-Typ (Bärentatze) ist ein Schneeschuh, der nur 70 Zentimeter lang ist, gedrungener, vorn und hinten rund. Er ist für dichte Wälder gemacht, erlaubt eine große Bewegungsfreiheit und ist hervorragend für einen Trapper bei seiner Arbeit geeignet.

Wir hatten uns Schneeschuhe im Alaska-Stil zugelegt: etwa 150 Zentimeter lang und 30 Zentimeter breit. Vorn sind sie rund und nach oben gebogen, während sie hinten zu einer auslaufenden Spitze zusammenführen.

Es ist kein Geheimnis, mit Schneeschuhen laufen zu lernen. Das Einfachste ist, es einfach zu tun. Die Praxis lehrt es. Die Füße stehen nur leicht gespreizt nebeneinander, so dass man sich nicht selbst auf den Holzrahmen tritt. Man macht einen halben Schritt nach vorn und der Schneeschuh wird bei hohem Schnee einsinken. Dann holt man das andere Bein nach, setzt es wieder ungefähr einen halben Schritt vor. Nun kommt das Ungewohnte, das man jedoch schnell lernen kann. Der hintere Fuß wird fast senkrecht angehoben, bevor er nach vorn gesetzt wird. Führt man ihn schräg nach vorn, so wird er mit der Spitze im Schnee hängen bleiben und der Wanderer wird schnell das Gleichgewicht verlieren. Auch wenn sich der lockere Schnee auf die Bespannung gelegt hat, ist es schwer, mit einer gleitenden Bewegung das Bein anzuheben und nach vorn zu bringen. Doch die Praxis wird schnell zum Lehrmeister. Sonst sollte man versuchen, so normal wie möglich zu gehen.

Wir stapften durch die Wälder und erfreuten uns an den Spuren unserer Nachbarn: vom Wiesel, den Schneeschuhhasen, von Fuchs, Marder, Schneehuhn und an den großen, tiefen Löchern vom Elch.

Auch bei minus 30 Grad verbrachte ich täglich eine oder zwei Stunden draußen. Mehr und mehr Schnee schaufelte ich als zusätzliche Isolation gegen die Wände. Nur noch die schneegeschmückten Äste der Pappeln und die weißgekleideten Fichten auf der Anhöhe färbten sich mit einem sonnigen, goldenen Hauch. Zu uns, auf die Höhe des Sees, kam kein Sonnenstrahl mehr. Wir mussten den Hügel hinaufsteigen, um glitzernde Lichtbahnen zu erhaschen. Der Winter hatte sich eindrucksvoll über das Land gebreitet. Die Zeit der langen Dunkelheit war gekommen. Die heiteren Sonnentage waren nur noch Erinnerung und die Nacht schien für immer anzuhalten.

Manchmal blies ein Schneesturm über unsere Welt. Doch in der Hütte fühlten wir uns geborgen. An anderen Tagen funkelte es von dem weißen bedeckten See, von den angeleuchteten Hügeln und Bergen. Der Schnee glitzerte im hellen Licht des Mondes, neben dem die unzähligen Sterne flimmerten. Die Luft wurde so kalt, dass Eiskristalle wie dichter Nebel bewegungslos in der Luft schwebten. Es ist eine eisige Wand, die für die Lungen eines jeden Lebewesens gefährlich werden kann. Doch wann immer es das Wetter erlaubte, wanderte ich durch den Winter.

Die Stunden, in denen wir die Lampen in der Hütte benötigten, hatten schnell zugenommen. Waren es zuerst vier oder fünf Stunden am Abend, so brannten in der längsten Nacht des Jahres die Lampen zehn Stunden. Die tiefstehende Sonne zeigte sich für höchstens drei Stunden auf den Höhen – bei klarem Wetter.

Um genügend Helligkeit in die Hütte zaubern zu können, benutzten wir Coleman Campinglampen. Wollten wir es einmal besonders hell haben, weil Gaby kochte und ich in der anderen Ecke an der Schreibmaschine saß, so benutzten wir eine Zusatzlampe, die an die Propangasflasche angeschlossen war. Diese Lampe brannte ruhig und verbreitete ein gelbliches Licht, während die Coleman-Lampe zischte und ein grelles Licht abgab. Aber das Zischen und Rauschen störte uns nicht. Beim Lesen hörten wir es schon bald nicht mehr.

Die Propangasflasche stand auf der Veranda. Von dort führte eine Kupferleitung in die Hütte. Dort verzweigte sie sich noch einmal, führte zu der einzigen Gaslampe und dem alten Herd, den Gaby als Backofen benutzte. Normalerweise kochten wir auf dem Holzofen. Für diesen Zweck war eine Eisenplatte auf das Fass geschweißt. Die Fläche war groß genug, um mehrere Töpfe darauf abstellen zu können. Doch bei Außentemperaturen von unter minus 40 Grad war es für das Gas zu kalt. Dann konnten wir weder die Lampe noch den Backofen benutzen.

Wir beobachteten oft und gerne unser Wiesel. Unsere Zuneigung hatte es sich verdient, denn zwei Jahre lang hatten wir kaum eine Maus in der Hütte oder im Schuppen entdeckt. Dann kam der Abend, an dem ich ihm Speckbröckchen vor die Tür stellte: Es war Weihnachten!

Mit großen Erwartungen und einer tiefen Freude sahen wir dem ersten Weihnachtsfest im Busch entgegen. Schon lange bevor der erste Schnee die kleinen Fichtenstämmchen geschmückt hatte, hielten wir bei jedem Spaziergang Ausschau nach einem geeigneten Baum. Er sollte nicht klein, doch auch nicht zu groß sein. Die Enge der Blockhütte ließ uns nicht viel Raum. Vielleicht einen halben Meter, dachten wir, und hatten schnell einige gefunden. Als dann die Feiertage herangerückt waren, stapften wir mit Schneeschuhen los. Aber der reichliche Schnee hatte unsere Bäumchen unter der weißen Last begraben oder den gleichmäßigen Wuchs verformt. So entschieden wir uns für einen Baum, den wir vorher kaum beachtet hatten. Er stand direkt neben unserer Hütte.

Der Morgen des 24. Dezember war klar. Die Sonne kam erst mit glitzernden Strahlen gegen Mittag hervor, streifte nur die Höhenzüge und Berge. Unser kleines Blockhaus stand festgewurzelt im Dämmerlicht und die ersten Sonnenstrahlen sollten erst wieder in zwei Wochen über die Balken der Wände huschen. Aber es war warm geworden. Von Temperaturen unter minus 40 Grad war das Thermometer auf milde minus 18 Grad geklettert.

Wir holten den Baum, dessen eisige Äste bei der geringsten Berührung brechen konnten, zum Aufwärmen in die Hütte. Aus zwei Kanthölzern hatte ich uns in den Tagen zuvor einen kleinen Baumständer gebaut, in den ich das Bäumchen einsetzte. Von dem vielen Verpackungsmaterial, das uns in den letzten Monaten durch die Hände gegangen war, hatten wir jedes Stück Silber- und Goldpapier abgetrennt. Aus diesem bastelten wir in den Abendstunden für unseren Baum den Schmuck: Sterne, Engel, Tannenbäumchen und schnitten Lametta. Sorgfältig schmückten wir den Baum damit.

Den Baum stellten wir auf einen kleinen Tisch, den wir mit Weihnachtspapier bedeckten. Auf diesen legten wir unsere Geschenke, die wir im Herbst, während unseres letzten Einkaufs in Whitehorse, heimlich gekauft hatten. Neben den kleinen Päckchen stand eine weiße Gipsfigur, die uns besonders gefallen und die wir gemeinsam gekauft hatten. Ein ruhender Elch, dessen ausladende Schaufeln im Kerzenlicht leuchteten und den wir mit einer roten Halsschleife schmückten.

Auf einer Glasschale häuften sich Plätzchen. Gaby hatte tagelang gebacken und so lagen die leckeren Sachen nun vor uns: knusprige Kokosmakronen; goldgelbe mondförmige Mandelhörnchen; braune, mit Mandeln geschmückte Schokoladenstängel; Hildabrötchen und Schokoladensterne.

Als wir im Herbst unsere Wintereinkäufe erledigten, war es noch zu früh gewesen für Weihnachtsmusik in den Geschäften. Es gab keine Berieselung aus Lautsprechern, keine sanften Klänge – und keine Hektik. Unsere Stimmung kam mit den Spaziergängen durch den Winterwald: dem Geruch von frischen Backwaren, dem pulsierenden, wehenden Nordlicht – und der Ruhe, die wie eine weiße Daunendecke über dem Land, den Wäldern und dem See lag.

Unser Heiligabendmenü bestand aus Tomatencremesuppe, Hähnchenteilen, eingelegt in Teriyaki, Reis mit Gemüseallerlei und Currysoße; zum Nachtisch Pistazienpudding mit Sahne. Auf dem Tisch standen zwei Kerzen, deren flackernder Schein das Eis aufblitzen ließ, das sich an den Innenseiten der Fensterscheiben gebildet hatte. Als die ersten Sterne flimmerten, schoben wir eine Musikkassette in das Radio und lauschten den Klängen.

Für Gaby und mich war diese Weihnacht etwas Besonderes, ein erlebtes Abenteuer – es machte unsere Hütte zu einem Heim wie nichts zuvor.

Die folgenden Tage waren mit der Stille der Wildnis erfüllt, mit den Arbeiten, die zu erledigen waren, wenn man zu zweit in einer kleinen Hütte lebt. Dann stellte Gaby zwei schlanke Gläser auf den Tisch, über dem die Coleman-Lampe leicht schwankte. Daneben die Flasche Mumm Sekt für den besonderen Anlass. Gaby wollte unbedingt vor die Hütte, auf den ersten Jahreswechsel in der Wildnis anstoßen. Doch ich weigerte mich. Minus 41 Grad – nein danke!

Als es ungefähr Mitternacht war, stießen wir neben dem bullernden Ofen an und kosteten den ersten Schluck. Dann packten wir uns dick ein und traten hinaus auf die Veranda. Der Mond leuchtete durch einen feinen Wolkenschleier und hatte sich mit einem bunten Kreis umgeben. Wie ein Heiligenschein rahmte er den Himmelskörper ein.

Aus meiner Notausrüstung opferte ich eine Fackel, die ich anzündete und in den Schnee steckte. Das flammende rote Licht warf sich über den Schnee. Wir feuerten je zwei Signalpatronen in Weiß, Rot und Grün den Sternen entgegen. Den Hasen, Elchen und anderen tierischen Nachbarn riefen wir laut zu: »Happy New Year!«

Die Eisblumen an den Fenstern verwandelten sich zu dicken Eiskrusten. Auch an zwei Wänden, die mit Pressspanplatten verkleidet waren und an unser Bett grenzten, bildete sich Eis – glitzernder Reif, den wir auch durch starkes Heizen nicht beseitigen konnten. Doch wir sahen darin keine Alarmzeichen, betrachteten die Entwicklung gelassen. Die Sonnenstrahlen erreichten schon wieder die Hütte und jeder Tag schenkte uns einige Minuten mehr Sonnenschein.

Unser Leben verlief einfach und unkompliziert. Wir wagten die ersten Schritte in eine neue, faszinierende Welt – eine friedliche Welt. Gebannt zogen wir durch den winterlichen Zauber, lernten – bei klirrender Kälte – anders zu atmen, lernten die richtige Kleidung mehr zu schätzen, gewannen Vertrauen zu den Schneeschuhen, lernten das ungewohnte, neue Gehen. Wir bekamen auch nicht das gefürchtete »Cabinfever«, eine »Krankheit«, die man bekommen kann, wenn man für Tage von schlechtem Wetter eingeschlossen wird und dem Anderen auf die Nerven fällt. Vielleicht deshalb, weil wir vor Weihnachten noch eine Fahrt nach Mayo gemacht und so noch mit Freunden und Bekannten sprechen konnten; vielleicht weil wir wussten, dass wir in den kommenden Frühlingstagen schon wieder nach Mayo fahren konnten; oder auch, weil das Neue und Unbekannte uns beschäftigte, unsere Fantasie anregte und wir keine Langeweile kannten. In unserem ersten Winter im Busch hatten wir viel gelernt. Er verlief angenehm und zufriedenstellend. Es gab einige unerwartete Überraschungen – aber es war eine glückliche Zeit.

8. Unterwegs mit einem Trapper

Das grässliche, ungewohnte Geräusch des Weckers riss mich aus dem Schlaf. Unwillig drehte ich mich, stoppte mit der Hand das laute Bimmeln. Ich war es nicht mehr gewohnt, so geweckt zu werden. Erst sieben Uhr! Verschlafen wälzte ich mich unter der warmen Decke hervor. Im Schein der Taschenlampe entzündete ich die Coleman-Lampe. Die Luft war kühl. Schnell zog ich mir eine Jacke über, öffnete die Ofenklappe und legte einige Scheite nach. Ein Blick auf das Außenthermometer: minus 24 Grad – George würde seine Fallen kontrollieren.

Wir kannten uns schon seit einigen Jahren und es bleibt nicht aus, sich gegenseitig Nachbarschaftshilfe zu leisten. Nun fragte er um Hilfe, was ich natürlich nicht ablehnen konnte und wollte.

Der Dezembermorgen war noch nicht erwacht. Tausende silberne Punkte blinkten aus dem Himmelsgewölbe. Fröstelnd kauerte ich mich auf dem Ski-doo zusammen. Der Fahrtwind drückte an meinen Hals und schob sich von dort unter die Kleidung. Wie gerne würde ich jetzt wieder in das warme Bett kriechen. Aber ich hatte die Gelegenheit, einen Trapper bei seiner Arbeit zu begleiten, und das würde ich mir nicht entgehen lassen. Das Gebiet, in dem George seine Fallen stellen darf, umfasst annähernd 1000 Quadratkilometer. Nicht immer war das in unserer Nähe und ich war froh, mit ihm fahren zu dürfen.

Schneehühner flatterten vor mir hoch, schreckten mich aus meinen Gedanken. Die weißen Vögel tanzten im Licht des Scheinwerfers und ich konnte die schwarzen Bänder an den Stoßfedern erkennen. Sie verschwanden in dem dichten Waldgürtel, an dem ich entlangsauste.

Es waren nur wenige Kilometer bis zu George. Vor dem Blockhaus, in dem der Trapper hauste, stellte ich die Maschine ab. Die langgestreckte Röhre auf dem steilen Dach stieß eine grauweiße Rauchsäule aus. Der Schnee knirschte unter meinen Schritten. Die aus einfachen Bohlen zusammengesetzte Tür klemmte etwas. Mit der Schulter drückte ich sie auf, teilte den Vorhang aus dicken Decken und trat ein. Eine wallende, eisige Wolke kam mit.

Das Blockhaus war nur schwach erhellt. Auf dem kleinen Tisch des vorderen Raumes stand die Kerosinlampe. Der Glaszylinder fehlte und eine dünne schwarze Rauchfahne kräuselte sich über der flackernden Flamme, bevor sie sich in der stickigen Luft verflüchtigte. Der Geruch von Kerosin, Kaffee, Essensresten, Fallen, Hund und undefinierbaren Lockmitteln und Ködern wirkte betäubend.

»Kaffee?«, fragte George als Begrüßung, während sich Susi von einem Bett in dem angrenzenden Raum aufrappelte, sich dehnte und streckte, hundemüde zu mir tapste und mich mit der Schnauze anstupste.

»Gerne«, erwiderte ich und suchte mir aus einem Berg Geschirr eine einigermaßen saubere Tasse heraus, füllte sie aus der ruß- und dreckverschmierten Kaffeekanne. Mit einem kräftigen Ruck zog ich die halb eingefrorenen Reißverschlüsse meiner dicken Kleidung auf, streckte mich auf einem Stuhl aus. Meine kalten Hände schloss ich um die heiße Tasse. Susi drückte sich fordernd gegen meine Beine, schenkte mir einen dankbaren Blick, als ich ihr Hals und Ohren kraulte. Das Winterfell über ihrer breiten Brust verbarg die ausgeprägten, harten Muskeln. In ihrem zehnjährigen Leben hatte sie viele Schlitten ziehen und Packtaschen tragen müssen. Ihre liebste Beschäftigung ist, sich vor George auf den Motorschlitten zu klemmen und durch die Winterlandschaft zu rasen.

George murmelte mir zwischen mehreren Schlucken Kaffee seine Vorstellungen für die nächsten Tage zu: Fallen kontrollieren, eine neue Fallenstrecke anlegen, die Schneise für den Motorschlitten ausschlagen.
»Und sonst?«
»Kommt drauf an« – das Wetter wird mit entscheiden!

Es war neun Uhr und im Osten kratzte ein schmaler, heller Streifen an der Nacht. George zog nur einmal an der Starterleine von seinem Motorschlitten und die kalte Maschine brummte gleichmäßig. Er rückte den Karabiner quer über seinem Rücken zurecht, stieg auf, walzte über einen aufgehäuften Schneeberg und schoss davon. Von ihm und seinem neuen Tundra Ski-doo sah ich bald nichts mehr – nur noch die aufgewirbelte Schneewolke, der ich folgte.

Mit meiner alten Maschine knatterte ich auf der ausgefahrenen Spur hinterher. Das klappernde Ding, auf dem ich saß, war ohne Windschutzscheibe. Schneekristalle peitschten mir entgegen, die Wimpern vereisten und die Lider klebten aneinander. Bis ich die vermummte, schneegepuderte Gestalt vor mir sah, fühlte ich mich wie ein Eisklotz. Wortlos zeigte der Trapper zu einem Hügel, der sich mit seinen Bäumen wie ein gezacktes Band gegen das Sternenlicht abzeichnete. Ein buschfreier Streifen war alles, was ich entdecken konnte. George fuhr los.

Der Pfad führte uns immer höher, stieg manchmal so steil an, dass ich zweifelte, ob ich dort überhaupt hochkommen konnte. Aber der große Motorschlitten von George war stark und er brach nach dem neuen Schneefall nun den Weg. Die dichten, düsteren Fichten blinzelten kristallbedeckt im Scheinwerferlicht, warfen zuckende Schatten. Die Steigung streckte sich zu einer Ebene aus. Büsche und umgestürzte Bäume huschten nun schneller vorbei. Meine Maschine tauchte in schneeverwehte Mulden, dröhnte mit rasselndem Motor über plötzlich erscheinende Kuppen. Schon lange kniete ich auf dem Sitz, warf mich in die Kurven, klammerte mich an den einzigen Halt, den ich hatte – die Lenkstange. Von George war nichts zu sehen. Es musste ihm Spaß machen, mir zu zeigen, wie genau er seine Strecke kannte.

Die Maschine machte einen Satz nach vorn, kippte ab. Wie ein glühendes Eisen zog der Schreck durch meinen Körper. Bremsen! Der Pfad führte fast senkrecht abwärts, wurde beängstigend steil, bis er am Fuße an einer Bodenfalte endete. George erwartete mich. Das Gewehr war an den Motorschlitten gelehnt. »Wir sind am Ende der Strecke. Nun fahren wir zurück und überprüfen dabei die Fallen. Hast du gemerkt, dass wir zum Schluss der alten Spur einer Planierraupe gefolgt sind?«

Für mich war im Dämmerlicht alles gleich. Buschgruppen, Bäume, Hügel – die Gegend war mir fremd und ich war froh, den Anschluss nicht zu verlieren. Mit wenigen Worten erklärte er mir, warum er Minengebiete für seine Fallenstrecken bevorzugte. Alte Schneisen und Straßen sind für ihn im Winter hindernisfreie, vollkommene Wege, die ihm viel Arbeit ersparen.

Nur wenige Meter später. Die erste Falle. Am Fuß einer Fichte steckte der Marder zwischen den tödlichen Eisen. Der kleine Körper war mit Schnee bestäubt. Die Metallbügel hatten ihm das Genick zerschlagen. Geronnenes Blut hing in einer gefrorenen Bahn zwischen den kleinen spitzen Zähnen. Die einst lebensfrohen, wachsamen Augen waren nun starre, weiße, frostige Flecken.

George stampfte die wenigen Meter durch den hohen Schnee, der ihm bis an die Oberschenkel reichte. Er kniete sich neben die Falle, löste den Sicherungsdraht von dem Baum, packte alles mit seinen klobigen Stulpenhandschuhen aus Biberfell und ging die zwei, drei Meter zum

Ski-doo. Dort warf er den gefrorenen Körper mit dem Eisen in eine Kiste, die auf seinem Gepäckgestell befestigt war. Er würde den Marder erst in seiner Hütte auftauen, dann aus den Klammern nehmen, ohne das Fell zu beschädigen. Die neue Falle, bereits vorbereitet und mit Köder versehen, setzte er an die alte Stelle.

Der Trapper zog aus seiner Tasche ein kleines Döschen, öffnete vorsichtig den Verschluss. Verschmitzt lächelte er, als er es mir entgegenstreckte und meinte, ich solle einmal daran riechen. Ich schnupperte und zuckte vor dem durchdringenden Gestank zurück. George lachte. Er knackte einen Zweig von der Fichte ab, tauchte ihn in die stinkende, zähe Masse und klemmte ihn über der Falle fest. Der Wind würde den Duft von dem Lockmittel verbreiten und sollte die Pelzträger anlocken. Die Zusammensetzung der speziellen Mischung ist bei jedem Trapper ein gehütetes Geheimnis. In der Mitte der zwölf mal zwölf Zentimeter großen Bügel hängt an einem feinen Draht der wahre Köder: ein Bröckchen Fleisch oder ein Fetzen Elchhaut.

Erst jetzt spannte George die strammen Federn des Schlageisens. Scheinbar spielend leicht drückte er die Stahlbügel zusammen und zu meiner Verwunderung mit bloßen Händen.

»Der Trick ist«, meinte er, »trockene Finger zu haben. Gelernt ist eben gelernt. Aber mir ist es auch schon passiert, dass ich Haut an dem kalten Metall gelassen habe.«

George benutzt vorwiegend Conibear Fallen, die als die humansten auf dem Markt gelten. Bestimmt ist diese Art von Fallen besser, als die nun fast abgeschafften Treteisen. Denn diese töten die Tiere nicht, sondern halten sie nur an einem Bein, an den Gelenken oder am Ballen fest. Oft befreien sich Tiere aus der todbringenden Umklammerung, indem sie sich selbst das Bein abbeißen.

Die Entwicklung von Fallen geht weiter. Die Conibear-Fallen sollen das Opfer schnell und schmerzlos töten. Dies ist die Idealvorstellung. Ein Marder, dem nicht sofort das Genick zerschlagen wird, kann sich noch lange im Todeskampf winden. Seine Krallen schleudern den Schnee zur Seite. Er wird sich hin- und herwerfen, drehen, winden – doch nur so weit, wie es die Drahtbefestigung an der Falle erlaubt. Zerren an dem Stahl ist zwecklos. In seiner Panik, der Todesangst, dem Willen, den Bügeln zu entkommen, gräbt er sich tiefer. Er schreit kläglich, wimmert wie ein krächzender Vogel, doch niemand wird ihm helfen. Die Wildnis schweigt gelassen. Wenn er noch genug Kraft hat, wird er irgendwann den gefrorenen Boden erreichen. Doch das hilft ihm nicht. Dann liegt er ruhig: kraftlos und erschöpft. Er atmet rasselnd, gequält weiter – die Brust hebt und senkt sich, hebt und senkt sich, bis das Herz steht.

Auf dem Schneeanzug von George klebte eine weiße Kruste auf seinem Rücken und er sah aus, als wäre er mit dem Pelz eines Eisbären bekleidet. Das Bremslicht seiner Maschine leuchtete grell auf, wie eine rote Ampel. Der Lichtkegel des Scheinwerfers tanzte. Alle einhundert Meter eine Falle. Über den schattengleichen Bäumen streckte sich der Morgenhimmel stahlblau, schob sich ein kräftiges Rosé in den Tag hinein. Die ersten flachen Strahlenbündel tasteten nach uns, und mir kam es vor, als würde es kälter werden.

In dieser Stellung starb der Luchs zwischen den Metallklammern

Ein Marder in der Falle. George stellt eine andere auf.

Jede Falle markierte George mit einem leuchtenden Signalband. Er legte verwehte Eisen frei, brachte neuen Lockstoff auf. Der Grundstoff bei ihm war das Sekret aus den Duftdrüsen eines Stinktiers. Mehr verriet er nicht. »Aber für Luchse«, meinte er, »gibt es nichts Besseres als Chanel No. 5, vermischt mit Honig.«

In einer Falle hing ein Gray Jay, der kanadische Häher, der den Köder als willkommenen Fleischbrocken betrachtet hatte. Der Vogel wird auch Whiskey Jack genannt und kann sehr zutraulich werden. In einer anderen steckte noch der Kopf eines Schneeschuhhasen, sein Körper war abgefressen. Bei dem letzten Marder war der buschige Schwanz von Mäusen abgenagt. George war verärgert und fluchte – für ihn ein fast wertloses Fell. Drei Marder bei 40 aufgestellten Fallen, der Wert zusammen ungefähr 150 bis 200 Dollar. Ein bescheidener Lohn für einen anstrengenden Tag auf der Trapline!

Am nächsten Tag folgte ich George auf einem schmalen Pfad. Dünne Bäumchen neigten sich schneebeladen auf unseren Weg. Wir duckten uns unter den Ästen hinweg, schüttelten uns, wenn die Last auf uns herabfiel. Auf und ab, Kurve um Kurve, der schneebedeckte Busch überall gleich.

Die erste Falle des Tages war für einen Vielfraß bestimmt. Zwischen einigen Bäumen lag ein altes Benzinfass. Der Deckel war herausgeschnitten. In dem Fass lagen Fleischabfälle. An der Öffnung hing die Conibear Falle, wirkte gewaltig im Vergleich zu den kleinen Marderfallen. Die Bügel, die man nur mit einem besonderen Werkzeug spannen kann, klafften noch auseinander, waren unberührt. Das gefiel mir.

Wenig später fuhren wir durch die Kraterlandschaft einer verlassenen Mine. Dann brachte uns ein verfilztes Erlendickicht zum Halten. George nahm den Karabiner vom Rücken, stellte ihn an einen Baum und begann, mit der Axt eine Fahrgasse zu schlagen. Fichten lockerten das Dickicht auf und wir tuckerten die Schneemaschinen um Bäume und Büsche. Der Schnee unter den Nadelbäumen war nur wenige Zentimeter hoch und die Stämme waren von einem dicken Eispanzer eingeschlossen. Im Herbst musste es hier eine Überschwemmung gegeben haben, bevor die ersten kalten Nächte kamen. Vor uns tauchte ein Knüppeldamm auf, den George schon vor Jahren an dem kleinen Bach angelegt hatte. Die armdicken Hölzer waren fest in das Eis gefroren. Langsam und vorsichtig fuhren wir über den Damm und als ich die wenigen Meter geschafft hatte, schwappte bereits Wasser hinter mir auf.

Wir befanden uns am Fuß eines Sattels, zu dem George mit meiner Hilfe einen neuen Pfad für den Motorschlitten anlegen wollte. Meine kleine Maschine ließ ich stehen, schnallte mir die Schneeschuhe an und ging voraus. Mit Axt und kleiner Handsäge trennte ich dünne Bäume direkt über der Schneedecke ab. Im Frühjahr würden die Stümpfe wie Zahnstocher aussehen. Es war kälter als minus 20 Grad, doch ich schwitzte.

Wenn ich die Schneise für 20, 30 Meter geschlagen hatte, folgte mir George auf den Spuren der Schneeschuhe. War die Steigung nicht zu stark, schaffte er es mit Vollgas, sich weitere 30, manchmal auch 50 Meter voranzupflügen. Unweigerlich steckte er dann fest. Das Laufband der großen Maschine fand keinen Halt in dem lockeren Schnee und drehte durch.

Nur gemeinsam schafften wir es, die Maschine voranzubringen. Mit den Händen schoben wir Schnee unter den Motorschlitten, trampelten ihn so gut wie möglich fest. Maschine anheben, Schnee darunter packen, absetzen. Der feine, körnige und lockere Schnee würde über Nacht zu einer festen Masse zusammenfrieren. War die Vorarbeit einmal gemacht, sollte die Fahrt den Hügel hinauf möglich sein.

Während ich Hindernisse beseitigte, folgte mir George und stellte seine Fallen auf. Endlich lichtete sich der Wald. Die baumlose Hochebene war nah. Wir hatten genug getan. Erschöpft hockte ich mich bei George mit auf den Ski-doo, ließ mich zu meiner Maschine fahren. Es war vier Uhr geworden. Dämmerung breitete sich aus.

Mit dem, was George bisher in den Fallen gefangen hatte, war er nicht zufrieden. Darum wollte er für einige Wochen seine Trapline zur anderen Seite des Sees verlegen. Für einen Tag benötigte er noch einmal meine Hilfe. Zusammen konnten wir zwei Schlittenladungen Ausrüstung und Lebensmittel über den See zum Ende des Roop Arms bringen. Auch dort stand eine seiner vielen Hütten. Allein würde er zwei Tage für diese Arbeit benötigen. Den wirklichen Grund, warum ich mit ihm fahren sollte, verschwieg er. Mit seinen 60 Jahren hatte er mehr und mehr Bedenken, alleine über den See zu fahren.

Im Frühjahr 1986 war George alleine über den See gefahren. Es war ein klarer Wintertag. An seinem Ski-doo hing der schwerbeladene Toboggan. Nachdem er schon über die Hälfte der Strecke zurückgelegt hatte, geriet er in »overflow«. So sehr er sich auch abmühte, er schaffte es nicht, mit dem Schlitten weiterzufahren. Er musste ihn zurücklassen.

Der gesamte Nelson Arm schien eine einzige frostige Wasserlache zu sein, trügerisch mit Schnee bedeckt. Das Wasser stand manchmal so hoch, dass er eine Bugwelle vor sich her schob. Der Motorschlitten vereiste. Nach wenigen Kilometern musste er auch ihn stehen lassen.

Nur mit dem Funkgerät und Susi ging er los. Seine Füße waren schon lange nass. Eispanzer bildeten sich an Stiefeln und Beinen. Nur die Bewegung konnte ihn noch am Leben erhalten. Er hatte schon oft im Winter unter einem Baum übernachtet, von einem flackernden

Lagerfeuer gewärmt. Doch nun war er erschöpft. Bis zum Ledge Creek waren es nur fünf Kilometer. Für diese Strecke benötigte er dreieinhalb Stunden. Zu seiner Hütte konnte er es nicht mehr schaffen, das würde weitere Stunden bedeuten. Daher wollte er in der Hütte von Bert Zuflucht suchen.

Den See hatte er verlassen und er stand am Weg, der zur Höhe hinaufführte. Er wusste, dass er weitergehen sollte, doch zuerst musste er etwas ausruhen. Der Wunsch nach einer Pause war so stark, dass er sich an einen Baum setzte. Er schlief ein. Sein Hund weckte ihn, und für den letzten Kilometer zur Hütte benötigte er fast eine ganze Stunde. Seine Füße waren angefroren. Nur knapp war er dem Erfrierungstod entgangen. Immer wieder sagte er später: »Susi rettete mein Leben!«

Heute war für Susi ein großer Tag. Sie durfte mitfahren. Gelassen hockte sie vor George auf der Maschine, der kaum noch Platz auf der Sitzbank fand. Sehr bald waren die beiden nur noch ein dunkler Punkt auf der glitzernden Schneefläche. Langsam folgte ich.

Nach einigen Kilometern wartete der Trapper auf mich. »Hey, wieso fährst du so schnell?«, wollte ich wissen. Worauf er nur die Achseln zuckte, auf seinen Hund zeigte und mit unschuldiger Miene erwiderte: »Susi fährt wie der Teufel!«

Wir hielten uns in der Nähe vom linken Seeufer, gerade weit genug von Buchten und Landzungen entfernt, um eine möglichst gerade Linie einhalten zu können. Der Schnee auf dem Eis war nur wenige Zentimeter hoch, fest zusammengepackt und keine Anzeichen von möglichem »overflow«. Die Sonne strahlte von einem blauen Himmel. Nur mit der rechten Hand hielt ich den Lenker fest, drückte mit dem Daumen den kleinen Gashebel und genoss die Fahrt. Der schwere Schlitten glitt leicht hinter mir her.

Nach 20 Kilometern befanden wir uns vor dem Roop Arm und wir steuerten dem rechten Ufer entgegen. Vor uns tauchte eine unregelmäßige Linie auf, quer zur Fahrtrichtung, wie ein Schatten. Ich konnte mir nicht vorstellen, was es sein könnte. Erst als ich bis auf wenige hundert Meter herangekommen war, erkannte ich, um was es sich handelte. Die gesamte Breite des Sees war durch eine Eisbarriere gesperrt.

George stand mit seinem Ski-doo in sicherem Abstand davor. »Hast du schon einmal so etwas gesehen?« Ich verneinte. Er deutete auf die Barriere und erklärte. »Wenn das Eis zu viel Spannung hat, muss es sich irgendwie davon befreien. Zuerst reißt es, dann wirft es dicke Wülste auf. Aber quer über den ganzen See, dazu noch in dieser Höhe, das ist selten.«

Der unregelmäßige Eiswall war zwischen drei und fünf Metern breit. An einigen Stellen bis zu eineinhalb Metern hoch. Zu Fuß näherten wir uns vorsichtig. Dicke Eisplatten türmten sich übereinander, waren wieder fest zusammengefroren. Wir fanden eine Lücke. Mit der Axt zerschlug George einige Platten, klopfte auf die Eisdecke. Die Schläge klangen dumpf, fest und sicher. Wir wollten es probieren. Nun verstand ich besser, warum George nicht gerne alleine fuhr. Sollte etwas passieren, so bestand keine große Gefahr. Wir hatten Äxte, Seile und eine zweite Maschine.

Nacheinander überquerten wir zügig die Bruchstücke der Eiswand. Erleichtert atmete ich auf. Geschafft!

Die Hütte von George steht auf einem Hügel, hoch über dem See. Das Dach war schwer mit Schnee beladen. Wir entfernten den umgedrehten Eimer vom Ofenrohr und bald flackerte ein lustiges Feuer. Die Schlitten waren schnell abgeladen. Ein heißer Tee wärmte uns auf. George würde bleiben, doch ich wollte heute noch zurück.

Bevor ich meine Maschine startete, schaute ich noch einmal von der Höhe auf den See. Die Eisbarriere war in der Ferne gerade noch als dunkle Linie zu erkennen. Später, als ich mich unmittelbar davor befand, gab ich Vollgas. Auf unserer alten Spur raste ich darüber hinweg. Zurück sah ich nicht.

In einem guten Jahr fängt George in einer Saison ungefähr 40 Marder, einige Mink, zwei oder drei Biber, einen Luchs und selten einen Wolf. Das ergibt kaum 5000 Dollar für Monate der Entbehrung, des Alleinseins, der Kälte und der immer gegenwärtigen Gefahr. Die notwendigen Lebensmittel und der Verbrauch von Benzin drücken dabei den erhofften Gewinn oft auf null.

An den langen Winterabenden enthäutet er seine Fänge, spannt die Felle zum Trocknen auf. Oft ist er gezwungen, bei zu großer Kälte oder einem Schneesturm für Tage in der Hütte zu bleiben. Dann vertieft er sich in seine Bücher, denn er liest sehr gerne und viel. Neuerdings besitzt er ein kleines computergesteuertes Schachspiel. Sonst hat er nicht viel Abwechslung.

*

Wir hörten den Ski-doo lange bevor wir ihn sahen, schlüpften in unsere Winterkleidung und traten in den prächtigen, klaren Tag. George hielt direkt vor unserem Haus. In einer Falle befand sich eine der rätselhaftesten Kreaturen der Wildnis: der Vielfraß. Zu Unrecht wird der größte aller Marder als bösartig bezeichnet. Er ist ein Einzelgänger und ein besserer Nachweis wahrer Wildnis als ein umherziehender Grizzly. Der Vielfraß taucht auf keiner Müllhalde auf und kommt nicht in die Nähe menschlicher Siedlungen. Ich empfinde es als Sonderrecht, als Vergünstigung, mit ihm die Wildnis teilen zu dürfen.

Behutsam legte ich das Tier in den Schnee, säuberte das Fell. Der Pelz ist begehrt und wird hauptsächlich als Saum der Kapuzen für Parkas verwendet. Auch bei eisiger Kälte friert der feuchte Atem an diesem Fell nicht. Der Körper erinnerte an einen gedrungenen Schwarzbären, mit einem zweifarbigen Haarschnitt, wie ein »Punker«. Die Lefzen waren zurückgezogen, die Zähne gefletscht: in seiner letzten Bewegung, im letzten Zucken erstarrt. Auch das kräftigste Tier der Wildnis – im Verhältnis zu seiner Körpergröße – hatte gegen die Stahlklammern keine Chance.

»Tee, George?«
»Gerne!«

Wir stiegen die Stufen zur Veranda hoch. Während sich George die Stiefel abklopfte, nahm ich einen Besen, fegte Reif und Schneekruste von seinen Schultern und dem Rücken. Im Vorraum streifte der Trapper seinen Winterkombi ab. Dann hielt ich ihm sein Handtuch hin, mit dem er sich über das Gesicht fuhr. Es war ein altes Handtuch, hatte seinen besonderen Platz und war nur für ihn bestimmt. Wenn die Saison des Trappers vorbei war und wir keinen weiteren Besuch mehr erwarten konnten, warfen wir es in den Müll.

George ist ein eifriger Genießer von Kautabak – im Sommer wie im Winter. Sein Winterbart ist oft vereist. Unbeeindruckt von der Kälte spuckt er den gelbbraunen Sud aus, der nicht selten im Bart hängen bleibt. Es formt sich ein dunkler Eiszapfen, der mit den Stunden an Größe zunimmt. An seiner Kleidung, besonders an seinen Handschuhen, sogar an den Händen, haftet der Geruch der aufdringlichen Lockmittel. Er stinkt. Doch George nimmt auch manchmal ein Bad – bestimmt zweimal im Jahr – ob notwendig oder nicht.

9. Lebensraum der Bären

Wir – zwei Australier, zwei Deutsche und zwei Kanadier – saßen locker um einen Tisch, und jeder hatte in einer Tasse oder einem Becher ein Getränk vor sich stehen. Durch die geöffnete Tür der kleinen Blockhütte sah man den Mayo Fluss flimmern. Es war zu heiß für die Moskitos und ein Hauch kühler Luft strich vom See heran.

»Elsa calling 2M 8572! 2M 8572! 2M 8572!« Erstaunt und überrascht unterbrach »Goldfinger« die Unterhaltung. »Das ist meine Nummer«, meinte er, ging mit drei Schritten zum Funktelefon, während der Ruf noch einmal durch den Raum schallte. Er nahm das Mikrophon aus der Halterung, drückte die Sprechtaste und meldete sich mit einem: »Hallo?« Gespannt wartete er auf eine Antwort. »Hi, ich bin's, Shelley«, erklang eine unsichere, aufgeregte Stimme aus dem Lautsprecher. »Was soll ich tun? Auf unserem Trailer sitzt ein Bär.«

Die Australier sahen sich an, als könnte es sich nur um einen Scherz handeln. Horst erholte sich schnell von der Überraschung – er wusste, dass seine Frau nicht so einen Scherz machte. Mit ruhiger Stimme erklärte er ihr, wo das Jagdgewehr mit dem größten Kaliber stand, in welcher Schublade die richtige Munition lag und wie sie die Waffe laden sollte. Auf die Frage: »Was macht der Bär jetzt?« erhielt er die Antwort: »Er kratzt und zerrt am Ofenrohr. Es hört sich an, als wollte er dort hinein!«

In der Hütte war es still geworden. Nur das Rauschen des Funktelefons war zwischen den ängstlichen Fragen zu hören. »Goldfinger« hatte alle Anweisungen gegeben, jetzt gab er die letzte: »Nun schieß ihn!«

Minuten der Ungewissheit tickten zäh dahin. Wir konzentrierten

Zimtfarbene Grizzlybärin mit ihrem Jungen

Der braune Schwarzbär kam auf unsere Veranda

uns auf das Knistern aus dem Lautsprecher, als könnten wir dadurch der Anruferin Stärke verleihen. Dann vernahmen wir eine leicht zitternde, doch erleichterte Stimme: »I gave it to him« – Ich habe ihn erschossen. »Er liegt auf dem Dach und ich glaube, er ist tot. Soll ich nachsehen?«

»No! Don't!« – stieß Horst hervor. »Bleibe im Haus! In einer Stunde bin ich bei dir!« Er warf das Mikrophon zur Seite, sagte »Bye« und stürmte durch die Tür. Sekunden später schoss sein Auto mit durchdrehenden Rädern davon. Eine Staubfahne verharrte fast bewegungslos in der Luft.

*

Wir lebten im Land der Bären und bekamen fast regelmäßig Besuch von ihnen. Nicht nur von den trägen, manchmal plump wirkenden Schwarzbären, sondern auch von den gewaltigen Grizzlys. Meine Erfahrung mit Bären reicht nun über zwei Jahrzehnte zurück und noch nie hatte ich mit ihnen ernsthafte Schwierigkeiten. Doch ich weiß, dass besonders die harmlos wirkenden Schwarzbären gefährlich werden können. Es sind nicht die verspielt wirkenden Waldclowns, wie viele sie aus Zoos oder Nationalparks kennen, arglos und auf Futter dressiert.

Alle Abfälle können Bären anlocken. Im Frühjahr sind sie nach dem langen Winterschlaf ausgehungert, mit einem Pelzmantel umhüllt, der mehrere Nummern zu groß erscheint. Sie sind unermüdlich auf der Suche nach Futter, fressen nun Tag und Nacht. Mit Sicherheit finden sie jeden Müllplatz, schnüffeln an einer Abfalltonne und stehen auch schon einmal vor dem Haus. Aber normalerweise ziehen sie bald weiter.

Bären wandern in den Sommermonaten weit umher, sie schauten immer einmal wieder vorbei. Selten konnten wir sie sehen. Manchmal huschten sie schattengleich über einen Fahrweg hinweg oder trotteten langsam über die offenen Geröllhalden der Mine. Oft waren es nur die hinterlassenen Spuren, die uns ihre Anwesenheit verrieten.

Es gab einige unerwartete, nahe Begegnungen, doch für mich besteht kein Anlass mehr, mit dem Gewehr durch den Busch zu laufen und ängstlich auf jedes Geräusch zu achten. Jeder Bär hört und wittert einen Menschen über große Entfernung. Doch bei einem Sturm kann auch er nicht gegen den Wind riechen und knackende, rauschende Äste können viele Geräusche überdecken. Für ängstliche Menschen ist es angebracht, möglichst viel Lärm zu machen und nicht vorsichtig und geräuschlos durch die Wildnis zu schleichen. Auch wenn die Tiere manchmal schwerfällig erscheinen – sie sind gewandt, schnell, lautlos und mit gewaltiger Kraft ausgestattet. So widersprüchlich es auch klingen mag: Es ist gut, den Bären wissen zu lassen, dass man in der Nähe ist. Eine überraschende Konfrontation kann dadurch oft vermieden werden.

An einem späten Nachmittag kam ich müde von der Arbeit aus dem Gebirge zurück. Ich folgte einem ausgetretenen Pfad durch den Busch, den ich an vielen Stellen mit der Machete verbreitert hatte. Der Labrador, ein buschiges Heidekrautgewächs, streckte seine weißen, krausen Blütenköpfe hoch und seine Zweige reichten mir manchmal bis an die Knie. Irgendwo jubelte ein Robin seine wohlklingende Melodie. Der Boden unter meinen Füßen war weich und federnd. Mit den Händen schützend in Gesichtshöhe, schob ich mich durch einen 20 Meter breiten Erlengürtel, knickte hier und da dünne Äste und machte mehr Lärm als ein Elchbulle mit seinen Schaufeln.

Sonnenstrahlen flimmerten zwischen den ovalen Blättern und Schatten sprenkelten wie ein Mosaik den Pfad. An einem Hang bildeten die Erlen einen dichten Saum, dahinter hatte ein Bergrutsch eine kiesbedeckte weite Lichtung geschaffen. Angekohlte Stümpfe zeigten, dass hier einmal ein Feuer gewütet hatte. Hüfthohe Sträucher wucherten am Rande der Lichtung, an die ein junger Pappelwald angrenzte.

Vorsichtig machte ich zwei, drei Schritte auf dem rutschigen Kieshang. Eine Bewegung zwischen den zartolivgrünen Pappelstämmen ließ mich von dem steinigen Pfad aufblicken. Erschrocken blieb ich stehen. Ein Schwarzbär trottete zwischen den Pappeln hervor. Sekunden erschienen mir wie eine Ewigkeit. Mit keinem Gedanken dachte ich daran, Lärm zu machen, ihn zu erschrecken. Auch wedelte ich nicht wild mit meinen Armen umher, um auf mich aufmerksam zu machen – ich starrte nur einfach nach vorn, unbeweglich.

Die geschmeidigen Bewegungen des schwarzen Gesellen schienen für Sekunden eingefroren. Der ausgeprägte Instinkt ließ das wilde Tier schneller reagieren, als ich es hätte tun können. Er stand auf allen vieren und nur sein Kopf streckte sich nach vorn. Prüfend schnüffelte er die Luft, und vielleicht bildete ich mir nur ein, das ärgerliche Brummen zu hören. Wir standen am Rande der Lichtung – er auf einer Seite, ich auf der anderen. Kaum 20 Meter getrennt.

Unbeweglich, doch gleichzeitig fasziniert, betrachtete ich den Bären. Mit einer gleitenden, blitzschnellen Bewegung richtete er sich auf. Seine kurzsichtigen Äuglein konnten mich nicht klar erkennen. Bewegungslos hingen seine Vorderbeine am Körper herab. Die hundeähnliche Schnauze war cremefarben grau. Schnuppernd bewegte sie sich. Die außergewöhnlich feine Nase fing meinen Geruch auf. Mit einer kraftvollen Bewegung warf sich das Tier zur Seite und brach durch das Unterholz davon.

Ein normal veranlagter Bär, der keinen Kontakt mit Menschen kennt, wird immer davonlaufen. Vorausgesetzt, er verteidigt nicht seine Beute oder seine Jungen. Für ihn ist der Zweibeiner ein unbekanntes, unheilvolles Wesen. Doch wenn er einmal an die Menschen und den Geruch gewöhnt ist, kann er zu einem unberechenbaren, lebensgefährlichen Gegner werden.

Oft habe ich beobachten können, dass der Lärm von Motoren in keiner Weise die Tiere stört. Sie mögen ihn vielleicht nicht, doch sie flüchten nicht davor. Manchmal nähern sie sich der Quelle des Lärms, weil sie neugierig sind. Weniger als eine halbe Stunde nachdem ich mit der Motorsäge und der Seilwinde gearbeitet hatte und von einer Pause zurückkehrte, stand ein Schwarzbär mit dunklem zimtfarbenem Fell an der Winde und schnüffelte interessiert daran.

Für zwei Jahre trieb sich ein Grizzly am See herum. Ein mächtiger Bursche, der keine Angst vor Menschen zu haben schien. Er war ein äußerst gefährlicher Nachbar. Als ich zum ersten Mal die Abdrücke der Pranken vor mir sah, stellte ich meinen Fuß neben den Abdruck und dachte: Größe 42, nur doppelt so breit.

Viele bewohnte und unbewohnte Gebäude am See wurden von ihm besucht. Er brach in Wohnwagen ein, riss Schranktüren mit den Scharnieren ab; er biss in Plastikkanister, die mit Benzin gefüllt waren; er zerkaute anscheinend genussvoll einige Dynamitstangen; er durchbrach Fenster, verletzte sich am Glas, hinterließ Blutspuren und verwüstete Hütten. Eine unzerbrochene Fensterscheibe zeigte den Abdruck seiner dreckigen, kräftigen Pranke – von innen!

Bert und ich saßen in der Blockhütte und tranken Kaffee. Ein Frühlingsregen plätscherte auf das Dach. Wir warteten darauf, dass die grauen Wolken verschwanden. Unbemerkt umkreiste der Bär das

Blockhaus, bevor er am Bach entlang in die Berge zog. Wir entdeckten seine Abdrücke nach dem Regen im weichen Erdreich. Er war vom See gekommen, hatte sich dort auf der Barge gewälzt und einen gefüllten Benzintank, mit einem Gewicht von über 20 Kilogramm, mit einem Schlag über zehn Meter weit hinaus auf das Eis befördert.

Er musste alt und listig sein – bestimmt war er verschlagen. Er zeigte es, als er einen Cache plündern wollte. Ein Cache ist ein Proviantlager und seine Form ist so alt wie die Geschichte des Landes selbst. Es hat sich in der Zeit als äußerst praktisch und hilfreich erwiesen. Normalerweise schützt ein Cache Lebensmittel vor Bären und Kleintieren. Im Winter bleibt Fleisch kalt und ist sicher vor Raben und Hähern. Gleichzeitig ist es vernünftig, wenn man darin einige Ersatzkleidung, Überlebensausrüstung und ein Gewehr für den Notfall lagert.

Das Vorratslager wird wie ein kleines Blockhaus gebaut. Verwendet man kleine Stämme aus der Umgebung, kostet es kaum etwas. Einfacher ist es, wenn man zusätzlich Sperrholzplatten verwendet. Das Besondere an dem kleinen Häuschen ist jedoch, dass es erhöht auf vier mittelstarken Pfosten steht. Die Stämme sollten ungefähr vier Meter hoch sein. Entweder gräbt man die Pfosten an der gewünschten Stelle ein, oder man sucht einen Ort, an dem die passenden Bäume nebeneinanderstehen. Diese schneidet man in der gewünschten Höhe ab. Darauf baut man die Plattform, auf der das Lagerhaus errichtet wird. Zum Abschluss nagelt man Blechstreifen um die Pfosten, damit kleine Räuber nicht daran hochklettern können. Für sich selbst benutzt man eine abnehmbare Leiter.

Fasziniert und tief beeindruckt stand ich vor dem Vorratslager. Es stand noch auf drei Stämmen und davon sah ein Pfosten aus, als könnte er jeden Moment zusammenkrachen. Der Grizzly war gekommen, als sich niemand in dem nahen Blockhaus aufhielt. Vielleicht hatte ihn der Duft von Elchfleisch oder Fisch angelockt. Vor Gier musste ihm der Speichel aus dem mächtigen Rachen getropft sein. Aber der Geruch kam aus dem Cache, unerreichbare vier Meter hoch.

Der Grizzly wollte fressen. Die Kraft seiner Pranken mit den zentimeterlangen Krallen und sein gewaltiges Gebiss reichten aus, um einen Stamm zu zerfetzen, als wäre er ein dünner Weidenast. Dann begann er mit dem nächsten Pfosten.

Der braune Riese war nur noch wenige Zentimeter von seinem Erfolg getrennt. Dann hätte sich das Vorratslager zur Seite geneigt und wäre zur Erde gedonnert. Doch über den flachen Ausläufer des Sees näherte sich der Trapper. Der Außenbordmotor brummte. Susi bellte. Der Grizzly verschwand in der Tiefe der Wildnis.

Mit ausgestrecktem Arm hielt ich mein Gewehr hoch, berührte mit dem Lauf die höchsten Krallenmarken, die in Holz und Blech eingegraben waren: fast drei Meter über dem Erdboden.

Zum Selbstschutz wurde eine neue »Bärenwaffe« entwickelt: Bear Repellent, auch »Bearspray« genannt. Es ist eine Sprühdose mit einem äußerst wirksamen Mittel, das man bei einem Angriff einsetzen kann. Der Inhalt soll einem Bären in Gesicht und Augen gesprüht werden. Es verursacht eine starke Hautreizung, Atembeschwerden und zeitweise den Verlust der Sehfähigkeit. Die Reichweite liegt bei ungefähr fünf Metern. Es sollte selbstverständlich sein, dass man diese »Waffe« nur im äußersten Notfall anwendet. Schon allein der Besitz dieser Sprühdose dürfte vielen unerfahrenen Menschen ein Gefühl der Sicherheit vermitteln.

Mosquito Repellent ist ein Schutzmittel gegen Insekten, das man sich selbst auf Haut und Kleidung aufträgt. Bear Repellent ist für Bären bestimmt. Zwei unerfahrene Wildnisbesucher sprühten sich selbst mit Bear Repellent ein und wurden von einem Hubschrauberpiloten zur Behandlung ins nächste Krankenhaus gebracht.

Blutige Auseinandersetzungen zwischen Mensch und Bär kommen vor. Aber die Wildnis ist noch Bärenland und meist trägt die Schuld an kleinen oder schweren Verletzungen der Mensch – verursacht durch Unvernunft, Unachtsamkeit und falsches Verhalten. Auch Todesfälle haben sich schon ereignet – doch dies nur äußerst selten.

In unserem Haus haben wir ein Gewehr, die Munition griffbereit – zur Vorsicht.

Tatsache ist: Wenn jemand meint, voraussagen zu können, was ein Bär machen wird, so weiß er mehr als der Bär selbst!

10. Auf Gold gebaut

Den ersten gemeinsamen Winter hatten wir nicht nur überlebt, sondern betrachteten ihn als einen kleinen, persönlichen Erfolg. Ungeduldig warteten wir darauf, an dem Blockhaus weiterbauen zu können. Noch war es nicht viel mehr als eine Idee, ein Traum, als Ereignisse eintraten, die in mir starke Zweifel auslösten. Für Wochen quälten mich Gedanken, ob der eingeschlagene Weg die richtige Entscheidung gewesen war.

Das ziehende, unangenehme Gefühl in meiner rechten Seite – bereits im Sommer zuvor gespürt – war schlimmer geworden. Es verstärkte sich zu einem anhaltenden Schmerz. Die ärztliche Diagnose traf mich unvorbereitet – wie ein Schock: Leistenbruch. Es gab keinen Zweifel mehr. Bei der Arbeit musste einer der Stämme zu schwer gewesen sein. Die notwendige Operation brachte mich zuerst einmal für zwei Wochen ins Krankenhaus.

Bedrückt stand ich am Mayo Lake. Es gab keine Begeisterung; sie war Selbstvorwürfen und Unsicherheit gewichen.

Ein Blockhaus mit der Motorsäge bauen

Freunde schoben unser Boot ins Wasser, hängten den Motor an. Ich war noch nicht einmal in der Lage, einen vollen Eimer Wasser zu tragen. An schwere, körperliche Arbeit brauchte ich erst gar nicht zu denken.

Die Natur entfaltete ihre heilende Kraft und schnell konnte ich die Niedergeschlagenheit abschütteln. Meine innere Ruhe kehrte zurück und ich begann, das Draußen erneut zu genießen.

An einem klaren Frühsommertag tuckerten Gaby und ich mit dem Motorboot nach Südosten zum Nelson Fluss. Sein Delta ist ein verwirrendes Gespinst aus flachen Wasserarmen, verzweigten Buchten und ruhigen Tümpeln. Die Uferzone ist seicht und nur selten tief genug für den schnurrenden Außenbordmotor, dessen Schraube das wogende Grün der Wasserpflanzen aus dem Schlamm zerrt. Dutzende von abgestorbenen Fichten strecken ihre graubraunen Skelette aus dem fremden Grund. Schilfgesäumte Buchten säumen das Vogelparadies. Eine sommerliche Heimat für schillernde Eisvögel, bunte Spechte, anmutige Schwäne, vielfältige Singvögel und den majestätischen Adler. Nur im Herbst, wenn der Wasserstand durch die langen Sonnentage abgesunken ist, kehrt dort Ruhe ein. Dann kann man entlang der sumpfigen Uferstreifen wandern, die mit strohgelbem

Hier bearbeite ich die Öffnung für die Haustür

143

oder braunem gebeugtem Schilfgras bedeckt sind. In dem rotbraunen Morast bewunderten wir die tiefen Spuren der Elche.

Wenige hundert Meter vor der Flussmündung, wo das Wasser tief und klar ist, erheben sich zwei kleine, felsige Inseln. Auf ihren steinigen Kuppen wachsen nur ärmliche Fichten, hier und da eine Birke und kümmerliches Gestrüpp drängt sich aus knöcheltiefem Moos. Graues Schiefergestein schafft steile, zerklüftete Ufer, in dessen Schutz sich Fischschwärme tummeln. Tausende, fingerlange, glitzernde Leiber huschen wie unruhige Schattengebilde dahin.

Vorsichtig steuerte ich auf die größere Insel zu und in einer winzigen Bucht legten wir an. Durch unsere Ankunft erschreckten wir ein Paar schwarzweiß gesprenkelte Eistaucher. Sie flatterten auf den See hinaus, verharrten unruhig in der Nähe, nicht bereit, sich zu sehr von ihrem Gelege zu entfernen. Ihr Nest war eine ungepolsterte Felsmulde, nahe am Wasser, in dem zwei olivenfarbene, braungesprenkelte Eier lagen.

Mit unserem Besuch auf der Insel lösten wir ein schreiendes Chaos aus. Möwen erhoben sich schwerfällig in die Luft. Die brütende Kolonie Küstenseeschwalben formten sich am Himmel zu einem drohenden Gespenst aus Krallen, Federn und Schnäbeln. Die Vögel waren erfüllt von nervöser Energie, immer in Bewegung. Mit flatternden Schwingen, die im Sonnenlicht wie pures Weiß leuchteten, schaukelten die Vögel über uns. Nun flogen sie mit kraftvollen Schlägen in einer geraden Linie, dann tauchten sie mit halb gefalteten Schwingen hinab, stürzten auf uns zu, den aufgerissenen korallenroten Schnabel vorgestreckt, begleitet von einem angriffslustigen Krächzen. Aber schon im nächsten Moment brachen sie jäh aus der Flugbahn, stiegen steil auf, beschrieben wirbelnde Kreise, flatterten stehend in der Luft, Schnabel und Augen auf die Eindringlinge gerichtet. Alle Vögel schienen versammelt, um uns mit einem hitzigen Angriff zu vertreiben.

Am Nistplatz war es noch schlimmer. Hier schien die Welt begrenzt aus wirbelnden und schreienden Vögeln. Es war gut, eine Mütze zu tragen, denn viele der herabstürzenden, verärgerten Seeschwalben verfehlten den Kopf nur um wenige Zentimeter. Fast wären wir auf einige Gelege getreten, denn die braunen gesprenkelten Eier zwischen farbgleichem Polstermaterial waren auf dem flechtenbewachsenen Schiefer kaum auszumachen.

Die wirbelnden und schreienden Vögel vertrieben uns. Behutsam schritten wir zwischen unzähligen Nestern hindurch zurück zum Boot. Die Eistaucher schaukelten noch immer abwartend auf dem Wasser. Über ihnen kreisten acht oder zehn aufgescheuchte Enten mit pfeifendem Flügelschlag. Ihr gemustertes Federkleid schien mit perlförmigen weißen Flecken gesprenkelt und ihre weißgefleckte Halskrause war schimmerndes Geschmeide.

Der Sommer zeigte sich ungewöhnlich kalt und nass. Verloren standen wir an der Baustelle. Die geschälten Stämme waren einst angenehm hellbraun gewesen. Nun lagen sie ungeschützt, dem Wetter ausgesetzt und begannen, sich zu einem hässlichen, dunklen Grau zu verfärben. Uns war nicht wohl dabei, die veränderten, halbfertigen Wände zu betrachten.

Körperlich ging es mir besser, obwohl ich noch viele Pausen zwischen leichter Arbeit einlegte. Aber so konnten wir einen anderen Plan verwirklichen. Gaby und ich heirateten in Mayo, steckten uns im Haus von unseren Freunden Holly und Garry goldene Ringe an. Der köstliche Lachs zum Hochzeitsessen war im Mayo River gefangen. Nun war das Blockhaus nicht mehr ein Traum, nicht nur das Aufeinandersetzen von einigen Stämmen – es war der Aufbau zu einem neuen Leben. Unsere Hochzeitsreise war der Aufenthalt am Mayo Lake.

Wir erkannten, dass die Zeit bei unserem Vorhaben zu einem wichtigen Faktor geworden war. Zuerst wollte ich es mir nicht eingestehen, hielt noch an der Einstellung fest, das Blockhaus nach Möglichkeit mit Material vom eigenen Land fertig zu stellen. Gemeinsam überdachten wir unsere Vorstellungen und kamen zum Schluss, das Haus – und damit hauptsächlich das Dach – mit gekauftem und bereits geschnittenem Holz zu beenden.

*

Die kleinen Wellen blinkten im Sonnenlicht wie eine endlose Zahl winziger Spiegel. Der schmale Fluss war nicht besonders tief und hatte die braunen Fluten des Frühlings schon davongetragen. Nun plätscherte und murmelte er wieder klar über selbstgeschaffene Steinwehre und das einzige Braun waren seine flachen, sandigen Uferbänke. Zehntausende hatten von ihm geträumt: dem Klondike River!

Was Tausende von Goldgräbern an ihm und seinen murmelnden Nebenbächen gesucht hatten, befand sich in meiner Reisetasche, in einem kleinen Glas mit festverschraubtem Deckel: Gold.

Der Pick-up-Truck brummte an einer Brücke vorbei, die über den weltbekannten Fluss führt. Hier beginnt der Dempster Highway, der über 700 Kilometer weit nach Norden führt, bis nach Inuvik. Daneben eine Tankstelle mit dem gewohnten Bild: Wohnmobile der Touristen neben den Zapfsäulen, ein Motel, große Trucks mit schweren Ladungen und Fahrzeuge mit dem Nummernschild des Nordwest-Territoriums: ein stilisierter Eisbär.

Vereinzelt unterbricht ein Gehöft oder ein Haus den monotonen Busch entlang der Straße. Am Flughafen stand eine mächtige silbergraue Herkules Transportmaschine. Hinter einem Maschendrahtzaun parkten viele Privatflugzeuge, die wie buntes Kinderspielzeug aussahen. Dann beginnen die unübersehbaren Zeichen des einstigen Goldrauschs: kilometerlange Geröllhalden, wilde Schotterberge, die das Tal des Klondike prägen.

Die Methode der Goldsuche hat sich bis auf den heutigen Tag kaum verändert. Gewaltige Dieselmaschinen, die schwarze Rußwolken ausstoßen, ersetzen die Muskelkraft – und die Arbeitsschritte werden laufend durch wissenschaftliche Untersuchungen verfeinert.

Rodungen sind bei der Goldsuche unvermeidbar. Eine Goldmine im Tagebau sieht aus wie ein Steinbruch, ein staubiges Kieswerk. Die Bäume werden zuerst entfernt: mehrere hundert Jahre alte Tannen und Fichten, knorrige Birken und Pappeln. Übrig bleiben Sträucher, Kräuter, Blumen und Moose. Eine Planierraupe drückt mit tausendfacher Pferdestärke den Bodenbewuchs mit der Erdschicht, die oft nur wenige Zentimeter dick ist, zur Seite. Die Kies- und Schotterschicht darunter war früher vielleicht einmal das Bett eines Gebirgsbaches, oder ein Gletscher hat die Steinmassen vor sich hergeschoben. In dieser Geröllschicht, die bis zum gewachsenen Felsen reicht, kann man Gold finden. Die lockere oder auch feste Gesteinsmasse kann eine Dicke von fünf, aber auch von 50 Metern bis zum Fels haben. Manchmal zeigt sich schon bei einer Tiefe von nur zwei Metern der Permafrost. Dann muss die Rodung lange unberührt liegen bleiben, um erst einmal aufzutauen.

Hinweisschilder zu beiden Seiten der Straße verraten, dass der Goldrausch noch nicht endgültig vorüber ist. Die zweite Welle der Besessenen kommt: die Touristen. Dawson City wäre ohne sie eine leblose Geisterstadt.

Zehn Kilometer vor der Mündung des Klondike dehnt sich das Industriegebiet aus. Die unscheinbaren Gebäude sind eine Stadt für sich. Maschinenparks stehen neben Lagerhallen, hier eine Tankstelle, in nächster Nähe ein Hubschrauberlandeplatz, dann eine Imbissbude, Werkstätten und vieles mehr.

Zuerst steuerte ich zu einem Sägewerk. Der freundliche bärtige Holzarbeiter bot mir sofort einen Kaffee an. Unser langes Gespräch ließ mich um einige tausend Dollar ärmer werden – aber ich konnte alles bekommen, was ich für unser Blockhaus benötigte. Die Bestellung sah schon gewaltig aus: 400 Bretter verschiedener Stärke, über 100 Balken, 30 Ballen Glaswolle, Dachpappe, Rollen spezieller Plastikfolie, Sperrholzplatten, Eimer mit Nägeln und viele zusätzliche Kleinigkeiten. Zu einem günstigen Preis konnte mir die Firma alles zu dem 300 Kilometer entfernten Mayo Lake bringen – freudig stimmte ich dem Angebot zu.

Der einfache Transport zum See war einer der Gründe, warum ich das Baumaterial in Dawson kaufte. Einmal war es unmöglich, die Bestellung selbst zu transportieren. Das Material war in Whitehorse billiger, doch der Transportweg auch viel weiter. Außerdem wollte ich sowieso nach Dawson fahren. Der Grund dafür befand sich in meinem Einmachglas: das Gold.

Den Käufer für das Gold fand ich in einer Sperrholzbaracke. Der Raum war eingerichtet, um goldhaltigen Kies und Sand zu reinigen und kein einziges Gramm von noch so feinem Goldstaub zu verlieren: feinmaschige Siebe, Zentrifugen, unzählige Eimer und ein besonderer Waschtisch, über den ein feiner, hundertfacher Wasserstrahl sprühte.

Im angrenzenden Büro schüttete Jim oder Joe – wie immer ich ihn auch nennen will – den Inhalt meines Glases aus. Mit einem starken Magnet fuhr er darüber hinweg und fischte die letzten Metallrückstände heraus. Erst dann stellte er mit einer elektronischen Waage das

Gewicht des Goldes fest. Mit einem schwarzen Filzstift schrieb er das Gewicht auf eine durchsichtige Plastiktüte, kippte das Gold hinein und versiegelte den Beutel.

Wir plauderten wie alte Bekannte, hatten uns jedoch noch nie zuvor getroffen. Unser Geschäft war auf ein sofortiges, gegenseitiges Vertrauen ausgerichtet, ohne umständlichen, formalen Papierkram. Ich erzählte ihm von dem Bach, aus dem das Gold kam, von dem durchschnittlichen Reinheitsgehalt von über achtzig Prozent. Er erklärte mir seine Arbeitsweise, erwähnte die Höhe des Schmelzverlustes, der zu erwarten und nicht zu vermeiden war. Diese Zahlen nahmen wir als Tatsache hin, beide, ohne Kontrolle. Nur auf das Vertrauen konnte sich eine spätere gegenseitige Geschäftsbeziehung aufbauen.

Im kiesbedeckten Hinterhof stand ein kaum meterhoher Brennofen, angeschlossen an eine Gasflasche. Jim oder Joe entnahm einen kopfgroßen Schmelztopf, der wie ein kleiner Bienenkorb aussah, hob den Deckel ab, warf den Plastikbeutel mit dem Gold hinein und stellte den Behälter wieder in die Mitte des Brenners. Er schüttete etwas Sodaasche und Borax dazu, setzte den Deckel auf. Ein kleines Stück Papier entzündete er mit seinem Feuerzeug, warf es in den Ofen und drehte die Gasflasche auf. Mit einem kräftigen »Wusch« entzündete sich das Gas. Ein gleichmäßiges Dröhnen zeigte uns, dass der Brenner funktionierte.

Die Arbeit mit dem Brennofen scheint einfach. Das Edelmetall wird auf 2000 Grad Celsius erhitzt und mit der Hilfe von Chemikalien trennen sich Kupfer, Zinn, Zink, Silber und sonstige Metalle von dem Gold. Der Schmelzprozess sollte nach ungefähr einer Stunde abgeschlossen sein. Doch bei einer falsch aufgesetzten Anlage kann es Stunden dauern, ohne dass der Schmelzpunkt erreicht wird.

Dieser Raum wurde später die Küche

Gaby in unserer fertigen Küche

Nach einer Plauderstunde und mehreren Bechern Kaffee schloss der Fachmann die Gasflasche. Kopf und Augen waren von einem Helm geschützt, wie er beim Schweißen getragen wird. Mit Asbesthandschuhen und einer langen Zange packte er den glühenden Topf und hob ihn vorsichtig aus dem Ofen. Mit zurückgeklapptem Visier blickte er noch einmal zum Himmel. Nur eine dunkle Wolke hing dort vor dem blauen Sommerhimmel.

»Als ich mit meiner Arbeit begann«, erzählte er, »hatte ich noch viel zu lernen. Einmal überraschte mich ein Regenschauer, als ich gerade das Gold umschütten wollte. Der Regen traf auf das flüssige Metall, was dann zehn Meter in die Höhe schoss. Der ganze Hof war mit Gold gesprenkelt. Zum Glück erlitt ich keine Verbrennungen. Seitdem bin ich vorsichtiger.«

Der Brenner rauschte nicht mehr und die eingetretene Ruhe steigerte meine Anspannung. Der Experte nahm den Deckel ab. Aus einer Entfernung von fast drei Metern spürte ich die prickelnde Hitze auf meiner Haut. Den flüssigen weißgoldenen Inhalt kippte er mit ruhiger Hand in eine rechteckige Form. In Sekunden bildete sich ein dunkler Belag, wie die Haut bei gekochter Milch, der nichts mehr von seinem wertvollen Inhalt erkennen ließ.

»Nun muss es noch abkühlen, dann kannst du deinen Barren haben.«

Das kleine flache Rechteck schien mit schwarzer Glasur überzogen. Mit einem kleinen Hammer klopfte der Fachmann die dünne Kruste ab. Die Stahlbürste fegte noch einmal darüber, kratzte an einem dunklen Fleck, scheuerte einen schwarzen Streifen ab. Der Barren in meiner Hand war nur ein Stück helles Metall. Die schönen, vielfarbigen Formen, die ich noch zwei Stunden vorher betrachtet hatte, waren vergangen. Doch es war Gold – wertvolles Metall, mit dem wir unser Haus fertig stellen konnten.

*

Lange hatten wir am Ledge Creek gelebt, wechselten dort die Unterkünfte fast so schnell wie unsere dreckige Arbeitskleidung. Es war ein Übergang, das wussten wir, bis unser Haus fertig war. Aber wir waren nur geduldete Gäste, mussten eine Unterkunft aufgeben, wenn sie benötigt wurde. Damit verbunden war der tägliche lange Weg zur Baustelle, manchmal durch den nassen Busch oder am steinigen Ufer des Sees entlang. Wir waren es leid geworden.

Aus Kanthölzern und Sperrholzplatten bauten wir uns eine zeltähnliche Unterkunft neben der Baustelle. Mit einer großen Plane deckten wir das Zelt ab. Für kalte Tage stand ein kleiner kastenförmiger Ofen in einer Ecke. Ein bescheidener Campingkocher und eine Ablage an einer Seite waren die Küche. In der Mitte des Raumes stand der selbstgezimmerte Tisch. Dahinter das Bett. Es gab keinen ungenutzten Quadratmeter, wo wir uns frei bewegen konnten. Doch nun wohnten wir auf unserem Land und bei einem Regenschauer konnten wir schnell Unterschlupf finden. Verharrte der Regen, waren wir sofort wieder bei der Arbeit. Der nächste und letzte Umzug würde ins Blockhaus sein.

Wir verließen den Ledge Creek. Unseren Besitz packten wir auf die Ladefläche des alten Autos und brachten mit mehreren Fahrten alles zum See. Umladen ins Boot. Einige hundert Meter am Ufer entlangtuckern, ausladen. Immer wieder. Wie fleißige Ameisen mühten wir uns den schmalen Pfad hoch, schleppten einen Karton, eine Kiste, eine Tasche. Der Weg hinauf wurde zur Quälerei, der Weg hinab zur Erholungspause.

Mit schäumender Bugwelle steuerte ich das Boot unserem Platz entgegen. Vor mir stapelte sich die letzte Ladung Kartons und Kisten, einige Seesäcke und Taschen. Bald konnten wir in unsere vorläufige Behausung einziehen. Beim Ausladen wurde uns bewusst, wie schwül die Luft geworden war. Drückende Stille lag über dem Land. Die Natur war erschöpft von den heißen Strahlen aus dem Blau des Himmels. Doch vernahmen wir da nicht ein dumpfes entferntes Grollen? Von Süden herauf stiegen explosionsartig dunkle Wolken empor, türmten sich aufeinander, wurden zu einer verschachtelten Wand, bis sie den Himmel mit einem düsteren, fast schwarzen Grau bedeckten. Das Grollen wurde stärker, näherte sich.

Zwei Fahrten mit dem schweren Schubkarren den schmalen Fußweg hinauf. Die letzten Kartons waren an der Unterkunft. Wir schoben sie ins Innere: gerade noch geschafft! Lautes Krachen durchschlug die Hitze. Der staubige Boden sprenkelte sich. Wie ein Mosaik setzten sich die schweren Tropfen nebeneinander, verbanden sich und wurden zu einem dunklen Braun. Der noch am Anfang aufgewirbelte Staub sank zur Erde. Der Boden wurde zu einer einheitlichen festen Masse, durch die sich die ersten kleinen Rinnsale schmutzig braun einen Weg den Abhang hinab suchten.

Die Blätter der Birken wirkten im aufbrausenden Wind wie quirliges Quecksilber, stets in Bewegung, nicht zu greifen. Die staubigen Baumstämme bekamen ein nasses Kleid. Das heller werdende Grün der Blätter schaute in den schwarzen Himmel. Der aufgepeitschte See spiegelte die Farben der Wolken. Noch während die prasselnden Regentropfen das Land zu überschwemmen drohten, dumpf und hohl auf unser Dach hämmerten, lugte die Sonne hinter einer grauen Wolke hervor. So, als wollte sie nachsehen, ob sie nun wieder ungestört alleine herrschen könnte. Um ihre Rückkehr gebührend zu gestalten, schwang sich über den Bergen ein schillernder Regenbogen empor, verband

Himmel und Erde. Der Wind bemühte sich, die nassen Blätter, Bäume und Büsche von der Last des Regens zu befreien. Gleichzeitig nahm er die drückende Hitze mit, entführte sie über die am Horizont aufragenden Berge, um irgendwo sein Spiel zu beenden.

Erst als wir an den See gezogen waren und jeden Tag dort verbringen konnten, bemerkten wir die angenehme, wohltuende Veränderung. So nahe am Wasser war es auch an den heißesten Tagen noch erträglich – im Gegensatz zu den glühenden, stickigen Trailern, an denen man sich die Hände an der Aluminiumverkleidung verbrennen konnte. Wir waren dem Lärm unserer Nachbarn entflohen, dem tuckernden Generator, den alten Maschinen. Bei uns gab es keinen wirbelnden Staub und bei Regenwetter keinen saugenden, schmatzenden Schlamm. Keine hässliche Pfützen. Wir fühlten uns in eine andere Welt versetzt, nahmen mehr von der Vielfalt der Landtiere und der Wasservögel wahr.

Gaby freute sich darauf, nun unseren eigenen Garten anlegen zu können. Dafür wählte sie einen Platz, wo viel Sonne, doch auch genügend Schatten sein würde. Mir kam es zu, die verfilzte Schicht aus Wurzeln, Sträuchern und Moos zu entfernen. Der freigelegte Boden war steinig und so nicht zu gebrauchen. Wir fuhren mit dem Boot zu ausgewaschenen Uferböschungen, schaufelten gute Erde auf eine Plastikplane, tuckerten heim. Auf unserem Land gab es sumpfige, ausgetrocknete Flecken, wo wir jede Menge brauchbaren Torf fanden. Er war locker, dunkelbraun bis schwarz, jedoch sehr sauer. Wir halfen uns vorerst damit, dass wir ihn mit viel Holzasche vermischten.

Unser hergerichtetes Gärtchen war klein. Aber es war ja nur der Anfang. Neben zwei kleinen, fingerdicken Birkenstämmchen, die ich stehen ließ, war genug Platz für etwas Salat, Radieschen, Schnittlauch und andere Gewürze. Sogar Tomaten pflanzten wir, deckten sie an kühlen Tagen sorgsam mit einer Plastikplane ab.

Bauholz und Feuerholz konnte ich nie genug haben. Nun hatte ich Zeit, schlenderte manchmal am See entlang, folgte dem Bachlauf oder streifte durch den Busch auf der Suche nach weiteren Stämmen. Dabei entdeckte ich eine Kolonie Uferschwalben. In einer steilen Sandwand, die nach Süden zeigte, hatten sich die Vögel ihre Niströhren gegraben. Unablässig schlüpften braune Federbälle in die Brutkammern, während andere ihre Oberkörper aus den Röhren streckten, sich kurz umsahen, bevor sie, wie mit einem Katapult geschossen, in die Luft stießen. Ein unmusikalisches Zwitschern und scharfes »Trit, Trit« hing in der Sommerluft.

An einer zerklüfteten Felswand, hoch über dem Bach, brüteten die schwarz gefiederten Kolkraben. Vom ersten Dämmerlicht bis in die späte Nacht war das Rufen der Elternvögel zu hören, zu dem sich bald die Schreie der Jungen mischten. Unermüdlich waren die bussardgroßen Vögel dabei, die Hälse der Jungen zu stopfen. Nichts war für die aufgerissenen Schnäbel zu viel. Die schwarzen Räuber plünderten die Gelege der Singvögel und brachten unvorsichtigen Entennachwuchs zum Nest. Das Husch, Husch, Husch der kraftvollen Schwingen ist wie das Schnaufen eines Blasebalgs, das einen erschrecken lässt, wenn die Vögel dicht über den Baumwipfeln dahinstreichen. Dann ertönt das klopfende Rufen: ein durchdringendes, doch wohlklingendes Klock-Klock, Klock-Klock.

*

Der schwer beladene, dunkelrote Truck aus Dawson rollte mit kreischenden Bremsen den Weg zum See hinab. Das leichte Material war schnell abgeladen. Dann rutschte die Holzladung von dem aufgekippten Wagenkasten, krachte donnernd zu Boden. Ein aufgetürmter Berg, den wir bald über den See bringen wollten. Die Barge ruhte an ihrem Anlegeplatz, sicher von Stahlkabeln gehalten. Nun mussten wir nur noch unser Baumaterial verladen.

Zwei dicke Bretter legten wir nebeneinander von der Uferkante auf den Lastkahn. Für uns gab es keine andere Möglichkeit, als jedes Teil der Lieferung auf die Barge zu tragen. Noch war ich vorsichtig bei der Arbeit, trug einen eng geschnallten breiten Ledergürtel um meine Hüften. Aber je nach Gewicht einen Balken oder zwei Bretter konnte ich tragen. Hin und her, endlos erscheinende Stunden. Mit den letzten Brettern schleppten sich die Füße müde über den Boden. Dann folgte die Glaswolle. Annähernd 30 gepresste, unhandliche Ballen. In ihrer flamingofarbenen Verpackung rollte ich sie vorwärts, zerrte sie auf die Barge. Mit einem Seil schnürte ich alles zusammen. Nichts durfte rutschen, rollen, sich bewegen. Wir waren ängstlich, dass bei einem aufgewühlten See unsere kostbare Ladung über Bord gehen könnte.

Mitte September. Der Winter kam so früh wie noch nie zuvor. Das Laub der Bäume hing noch fest an den Zweigen, als der erste Schnee schon den Boden bedeckte – und liegen blieb. Die Barge lag fest verankert an der Mündung des Ledge Creek. Nur die Plastikrollen, Nägel und Glaswolle schafften wir noch zur Baustelle. Alles andere blieb liegen, dem Winter preisgegeben.

Für ein Jahr hatten wir nicht an unserem Haus arbeiten können. Doch von meiner Operation hatte ich mich erholt und war bereit, im Frühjahr wieder zu beginnen. Als die Temperaturen zu kalt und der Schnee zu hoch wurde, fuhren wir nach Mayo. Dort verbrachten wir den Winter, bis die Tage wieder länger wurden.

*

April. Die Tage hell und klar. Die Luft frisch, die Stille wohltuend. Mit der Schaufel stand ich auf der Barge und befreite Bretter und Balken vom Schnee. Die Frühlingssonne setzte ihre wohltuende, zerstörerische Kraft ein, und nach zwei Tagen begann ich, das Baumaterial abzuladen.

Die Barge lag unbeweglich auf Grund, hoch genug, um vor Frühjahrshochwasser und Eis sicher zu sein. In den frostigen Morgenstunden fuhr ich mit dem Ski-doo über den gefrorenen See. Die Luft war noch kalt, das Eis hart und die Sonne belebend. Hinter der Maschine zog ich eine Schleppe. Es war die Motorhaube eines alten Autos. Mit ihrer gebogenen Form war sie ein brauchbarer Schlitten. Darauf band ich sechs bis acht Bretter oder einige Balken. Der Motorschlitten quälte sich mühsam voran, doch einmal in Bewegung, schleifte ich die Ladung mühelos zu dem noch schneebedeckten Strand vor unserem heranwachsenden Haus.

Erst wenn die kräftiger werdenden Sonnenstrahlen die Schneereste und das Eis zu einer weichen Masse verwandelten, durch das es kein Vorwärtskommen gab, hörte ich mit der Schlepparbeit auf. Aber in den frühen Morgenstunden des folgenden Tages war ich wieder dabei, das Baumaterial abzuladen. Nach einigen Tagen war die Barge leer.

Erst als die letzten Schneeflecken verschwunden waren, sich der frühlingshafte Boden neu zeigte, der See das letzte Eis abgestoßen hatte, lag der letzte Balken, das letzte Brett neben dem Blockhaus. Gaby und ich hatten mühsam jedes einzelne Stück Baumaterial den Hang hochgeschleppt. Es war ein erhabenes Gefühl, es endlich geschafft zu haben.

Das Haus nahm mir alle meine Zeit. Stamm nach Stamm setzte ich zu Wänden auf, entrindete und schälte weitere Stämme bis lange in die Abendstunden hinein. Die Öffnungen für Tür und Fenster ließen schon erkennen, wie es einmal aussehen würde. Manchmal verzweifelte ich fast, wenn ich kein Fortkommen in meiner Arbeit sah. Doch nach einem arbeitsreichen Tag bummelten wir gemeinsam über die

Baustelle, waren froh über jede kleine Veränderung. Wir besprachen Pläne für den kommenden Tag, suchten schon die nächsten Stämme zum Schälen heraus, dachten laut über Besonderheiten nach, die sich bei Fenster und Türen ergeben konnten. Maßband und Bleistift trug ich immer in meiner Hosentasche. Hier musste nachgemessen, dort eine Veränderung vorgenommen werden. Wo würden wir den Backofen hinstellen? Wie musste ich den Abfluss für die Spüle verlegen? Wie groß sollte die Arbeitsplatte in der Küche werden?

Dann setzten wir uns irgendwann auf einen neu geschälten Stamm. Fast zärtlich streiften meine Finger über das glatte Holz. War nicht vielleicht noch eine Flasche Bier vom letzten Einkauf übrig? Wir genossen die Stille – oder erschlugen unzählige Moskitos.

Gaby führte den Haushalt. So konnte ich mich ganz auf das Bauen konzentrieren. Es musste gekocht, gewaschen und gebacken werden. Den Backofen für das Haus hatten wir schon aus Whitehorse mitgebracht. Noch stand er im Freien und wenn er nicht gerade bullerte, deckten wir ihn zum Schutz vor Regen ab. Oft schnupperte ich bei der Arbeit, wenn der Duft von frischem Brot zu mir wehte. Doch noch bevor das Brot ausgekühlt war, stand Gaby mit dem Ziehmesser an einem entrindeten Stamm und schälte.

Graue Wolken schwebten über dem See, klebten wie Nebelfetzen an den Hügeln. Der Tag hatte mit einem gleichmäßigen Nieseln begonnen und es war kein Ende abzusehen. Die Arbeit an der Baustelle musste ruhen. Die Stämme waren nass und glitschig, ließen sich nur schlecht schälen und die Arbeit damit war mir einfach zu gefährlich. Die Kette der Motorsäge musste wieder einmal geschärft werden, vielleicht auch die Axt. Zwanglos konnte ich das Werkzeug überprüfen und alle notwendigen Kleinigkeiten erledigen, die ich an den sonnigen Arbeitstagen zurückgestellt oder auch vergessen hatte.

Pause. Der kleine Kastenofen strahlte eine angenehme Wärme ab. Entschlossen legte ich das Buch von Pfarrer Andrew M. Greeley, »The Cardinal Virtues«, zur Seite, obwohl ich von den Seiten gefesselt war. Viel Zeit zum Lesen hatte ich in den Sommermonaten nie, doch nach über einer Stunde hielt ich die Untätigkeit nicht länger aus. Dick verpackt und eingehüllt in Regenjacke und -hose, verließ ich das schützende Zelt.

Ein Julitag mit nur wenigen Grad über null. In den Gummistiefeln schlappte ich die wenigen Meter zum See. Meine tropfnasse Angel stand gegen einen Baum gelehnt. Im Vorbeigehen ergriff ich sie und warf mit einem kräftigen Schwung den Blinker aus.

Der See war glatt. Seine Farbe grau wie der Himmel. Einige fette herabsausende Regentropfen tauchten in die Wasserfläche, kleine und große Kreise tanzten miteinander. Kein Lüftchen war zu spüren. Moskitos donnerten gegen meine Regenkleidung, schwirrten vor meinem ungeschützten Gesicht. Blutrünstig stießen sie zum Angriff, den ich oft erfolgreich abschmetterte. Die Stille wurde nur von einem gelegentlichen »Plopp« unterbrochen, wenn der ausgeworfene Blinker auf das Wasser klatschte.

Die Zeit tickte dahin. Für mich bedeutete sie nichts, hatte ihre drängende Macht verloren. Unter der Kapuze lugte der Schirm meiner Mütze hervor und Regentröpfchen versammelten sich daran. Gelegentlich schüttelte ich den Kopf, warf sie ab. Das Nichtstun hüllte mich ein. Es war ein zufriedener Zustand.

Kurbeln, auswerfen, kurbeln, auswerfen. Fast gleichgültig betrachtete ich den herantorkelnden Blinker. Ein Schatten schoss aus der Tiefe. Der Hecht zögerte, schwamm hinter dem Köder her und wusste nichts mit dem blinkenden Ding anzufangen. Zwei, drei zuckende Bewegungen und er war verschwunden.

Spannung packte mich. Noch ein Wurf. Wieder huschte der Hecht heran, schlank wie eine Weidenrute, vielleicht 30 oder auch 40 Zentimeter lang. Das schimmernde Metall torkelte verlockend vor ihm her, doch er schnappte nicht zu. Eine kleine Bewegung von mir schreckte ihn ab und blitzschnell verschwand er in das dunkle Gewässer. Leicht verärgert fragte ich mich: Wieso beißt er nicht?

Singender Flügelschlag. Erschrocken zuckte ich zusammen. Die Schatten stießen aus dem grauen See, zischten dicht über dem Wasser auf mich zu und einer wurde knapp von meinem geschleuderten Blinker verfehlt. Vier Enten rauschten steil empor, harmonisch synchronisierte Flügelschläge, kippten seitwärts ab und schienen einen Moment zu schwanken. Dunkle Köpfe mit schwarzweißen Körpern, rasende Geschosse. Die huschenden, schnellen Flügelschläge wirbelten die Luft, schafften einen schwirrenden, pfeifenden Ton. Der helle, singende Laut schien in der Stille zu schweben, nachzuhallen, die Geisterenten schon lange wieder vom Dunst verschluckt.

Regentropfen klatschten ihr eintöniges Lied. Nässe und Kälte sickerten unter meine Kleidung. Meine Arme beschwerten sich über die gleichmäßigen Bewegungen. Vielleicht war es doch keine gute Idee gewesen, bei diesem Wetter fischen zu gehen. Stand ich schon länger als eine Stunde am See? Meine Gedanken zerrissen wie eine Angelschnur. Neben mir brauste das Wasser auf. Mein Herz pochte wild. Ein Hecht wühlte sich im flachen Ufersand vorwärts, obwohl das Wasser nur einige Zentimeter hoch war, schlängelte sich wie ein Aal voran, der halbe Körper bereits aus dem Wasser. War das mein unentschlossener Freund von vorher?

War das der weiße Hai? Ein gewaltiger Hecht peitschte sich mit windendem Körper vorwärts. Sein Maul gierig aufgerissen. Wild schlug sein Schwanz und sein gelbweißer Bauch furchte durch den Sand.

Das Dach ist fast fertig. Gaby schützt sich mit einem Moskitonetz vor den Schwärmen von Blackflies

Der Marder beobachtet uns

Seine Kraft warf ihn an das Ufer und es trennten ihn nur noch Zentimeter von seinem Opfer. Der kleine Hecht war der Gejagte, nun wendig und schnell. Er schlüpfte in sein Element zurück, als sein Verfolger noch den Leib über den Boden schob. Aufwallende Wirbel und beide verschwanden.

Das Schauspiel vor mir war zu schnell abgelaufen, um reagieren zu können. Jetzt fühlte ich mich elektrisiert. Vergessen waren die grauweißen Dunstschleier, der nun plätschernde Regen, meine angenehme Trägheit. Jagdfieber. Zielgenau warf ich den Blinker zu der Stelle, an dem der große Fisch verschwunden war.

Nichts! Noch mal schoss der Blinker in einem weiten Bogen davon, tauchte ein. Nur wenige Meter kurbelte ich den Blinker ein, bis ich durch die Leine den ersehnten Ruck spürte. Biss! Mit surrender Rolle zog der Fisch davon. Die Sechs-Kilogramm-Leine streckte sich. Ich ließ sie sausen, achtete nur darauf, sie angespannt zu halten. Der erste Test begann, als ich langsam die Kurbel betätigte. Wieder zog der Fisch in die Tiefe.

Ein Kampf begann, in dem der Sieger noch nicht feststand. Die Leine einkurbeln, wieder surren lassen, kurbeln. Immer wieder. Kraft und Wendigkeit gegen Geduld und Beharrlichkeit.

Der Fisch ruckte und zerrte nur noch selten an der Leine. Oft stand er bewegungslos in der Tiefe. Er war müde geworden. Langsam führte ich den Hecht näher an das Ufer heran. Seine olivgrüne Haut war ein verwirrendes Muster aus Streifen und Flecken. Der rotweiße Blinker ragte ein Stück aus seinem gefräßigen Maul.

Das glitzernde Stahlvorfach berührte die Spitze der Angelrute. Noch immer konnte der Hecht entkommen. Bis an den Rand der Gummistiefel stand ich im Wasser, versuchte, den Fisch in tieferem Wasser zur Ruhe kommen zu lassen. Noch einmal wälzte er sich herum, drehte sich um sich selbst, wollte dem Haken entkommen. Sein heller Bauch zeigte nach oben. Schnell schob ich den bereitliegenden Kescher unter den sich windenden Körper, wuchtete ihn mit einem Schwung an das Ufer.

Die Angel ließ ich fallen, packte einen handgerechten, selbst geschnitzten Knüppel und betäubte ihn mit einem festen Schlag in das Genick. Ein Zittern durchlief den Fisch. Noch einen harten Schlag. Nur der Schwanz schlug noch. Die Muskeln zuckten.

Bevor ich mit dem Filetieren begann, hielt ich ein Maßband von der Schwanzspitze bis zum leicht gekrümmten Unterkiefer: 92 Zentimeter!

Der Spätsommer brachte noch einige heiße Tage mit fast wolkenlosem Himmel. Unermüdlich arbeitete ich an den Stämmen, setzte sie zu Wänden auf, sägte, schwang Hammer und Beitel. Es war eine Erleichterung, für wenige Stunden in der kühlen Morgenluft keine summenden Moskitos zu hören.

Dann war es so weit – endlich! Die Firstbalken konnten gesetzt werden. Durch die Kreuzform des Blockhauses benötigte ich dazu vier Stämme, die auf dem mächtigen Pfosten in der Mitte des Hauses aufliegen sollten. Die Stämme waren trocken, doch die längsten von je siebeneinhalb Metern waren zu schwer, um sie alleine in die Höhe zu schaffen. Mein Zwillingsbruder kam aus Deutschland zu Besuch und mit seiner Hilfe, einer letzten, gewaltigen Anstrengung, schafften wir es. Nun konnte ich die Sparren anbringen und mit dem Dach beginnen.

Butterfarbene Birkenblätter bewegten sich im leichten Wind. Die Pappeln leuchteten wie pures Gold. Die Nächte waren schon kühl, doch die Nachmittage noch warm, träge erfüllt mit Sommerzeit. Kein Himmel scheint so blau wie das Herbstgewölbe über den goldenen flammenden Bäumen. Es war eine Lust, diese Tage erleben zu können. Mit nacktem Oberkörper saß ich in luftiger Höhe und nagelte die erste Schicht Bretter an. Unser Haus wuchs – inmitten dieser Farbenpracht.

Die Bauweise des Daches glich der des Fußbodens. Die erste Schicht Bretter nagelte ich waagerecht auf die Sparren. Diese bedeckte ich mit der speziellen Plastikfolie. Das war die Dampfsperre. Darauf nagelte ich senkrecht dicke, aufrecht stehende Bretter, auf die eine weitere Schicht Bretter kam. Den Zwischenraum füllte ich mit den Matten der isolierenden Glaswolle. Dachpappe, mit ihrer schönen grünen Farbe, lag schon bereit.

Die Zeit der Blackflies war gekommen: Kleine schwarze Fliegen, die zu wissen schienen, dass ihnen nur wenig Tage bis zu den kalten Nächten verbleiben würden. Sie beißen in jeden Flecken unbedeckter Haut, versuchen in Ohren, Nase und Mund zu gelangen: winzige rote und juckende Punkte bleiben zurück, wenn sie erfolgreich einen Hautfetzen davongetragen haben.

Die prachtvollen Tage des Indianersommers waren vorbei. Die Bäume hatten schon die letzten Blätter abgeworfen, standen nackt und kahl, warteten auf den Winter. Die ersten Nachtfröste streiften uns schon lange zuvor. Wir hatten uns darauf eingestellt, die kommenden Monate in der Wildnis zu verbringen. Konnten wir es noch schaffen? Wir mussten! Das Zelt diente mir noch für wenige Stunden als Schlafplatz. Der erwachende Tag sah mich bei der Arbeit. Nach dem Abendessen sank mein Kopf herab und ich schlief im Sitzen ein. Dann raffte ich mich auf, griff nach dem Werkzeug und wütete wie besessen weiter, bis die Nacht sich herabsenkte. Die letzten Rollen Dachpappe nagelte ich etwas wellig an, denn die Kälte gestattete das glatte Auslegen nicht mehr.

Wenn Schneeregen träge und schwer aus dem Himmel fiel und alles im Grau erstickte, arbeitete ich im Haus. Gaby arbeitete mit einer Spezialfarbe an unserem Fassofen und verwandelte die hässliche Tonne zu einer schwarzen Schönheit. Die Ofenrohre waren dann schnell zusammengesteckt und wir konnten heizen.

Schöner hätten wir uns die Tage nicht wünschen können. Der Spätherbst war ungewöhnlich lange und mild. Früh am Morgen des 19. Oktober sagte Gaby: »Heute ziehen wir um!«

Vom Zelt bis zum Blockhaus waren es nur einige Meter. Während ich die letzten herumliegenden Bretter aus der Baustelle räumte – das ja nun unser Haus war –, kam Gaby mit dem ersten Gepäck an: Kartons, Säcke, Taschen. Der letzte Umzug! Von Thermometer bis Bratpfanne, Bettwäsche bis Kleidung, jede Kleinigkeit, alles, was wir besaßen. Darüber hinaus noch einen gewaltigen Berg an Lebensmitteln.

Wie lange hatte es bis zu diesem Tag gedauert? Waren es wirklich Jahre gewesen? Ja! Vier Jahre zuvor hatte ich die ersten Bäume gefällt.

Überlegungen purzelten durch meinen Kopf, während ich vom Zelt zum Haus und vom Haus zum Zelt lief – gleichmäßig wie ein Pendel. War das Haus gut genug für den bevorstehenden Winter? Unseren Platz konnten wir nicht mehr verlassen, denn bis zum endgültigen Zufrieren war der See unpassierbar. Hatte ich alles richtig gemacht? War das Dach stark genug für den zu erwartenden Schnee? Mussten wir auch wieder bei extremer Kälte mit dicken Stiefeln im Haus umherlaufen wie im ersten Winter? Reichte das Feuerholz? Nagende Zweifel!

Wir haben ein Haus. Es braucht einige Abschlussarbeiten, aber es ist ein Blockhaus in der Wildnis: und es ist uns. Wie die meisten Bauprojekte, so wird auch dieses Haus nie richtig fertig werden. Zuerst mussten Möbel hergestellt, der Innenausbau beendet werden. Doch wir planten bereits weiter – einen Arbeitsschuppen, einen Cache, einen größeren Garten mit einem Gewächshaus.

Schauen wir zurück, so können wir sagen, wo wir Fehler gemacht haben. Doch diese sind für Außenstehende kaum zu erkennen. Das Haus ist warm und gemütlich. Vielleicht hätte ich es etwas kleiner bauen sollen – doch darüber bin ich mir selbst noch nicht sicher. Denke ich an die anfängliche Quälerei mit den grünen saftschweren Stämmen zurück weiß ich, dass ich nur noch tote Bäume zum Bauen verwenden werde. Auch wenn sie am Anfang hässlich und unbrauchbar erscheinen. Einige Insektenspuren in dem bräunlich schimmernden Holz bilden ein dekoratives Muster. Es beeinträchtigt unser Wohlbefinden nicht, im Gegenteil.

Die Faszination von diesem Fleckchen Erde war stärker als je zuvor! Es war die Mühe wert!

11. Sammler, Jäger und Indianersommer

Wir lieben das Leben in der Wildnis. Wir konnten Beeren sammeln, Fische vor unserem Haus fangen, uns mit Fleisch aus der Wildnis versorgen und waren froh, wenn wir eine gute Ernte aus dem kleinen Garten erhielten.

Verabschiedet sich der Sommer mit dem ersten Nachtfrost, färbt sich ein Blatt gelb oder rot, fühlte ich mich zurückversetzt in der Zeit – es kam mir vor, als wäre ich einer der vorgeschichtlichen Jäger und Sammler. Die Natur überwirft sich mit verschwenderischer Pracht, hüllt sich in das farbenprächtige Kleid des Indianersommers. Früher liebte ich den Herbst mehr als alle anderen Jahreszeiten – das war, bevor ich die langen Winter kennen lernte. Nun hat der Frühling diesen ersten Platz eingenommen, doch der Indianersommer, wie der Herbst im Yukon genannt wird, besitzt für mich weiter eine tiefgreifende Faszination.

Schon im Juli hielten wir Ausschau nach Wildfrüchten und Kräutern, die wir pflücken und sammeln konnten. Doch jedes Jahr war anders. Einmal berauschten wir uns bei dem Anblick von prall gefüllten, üppigen Beerenbüschen. Zwölf Monate später zeigten sich an dieser Stelle nur leere Zweige, verkrumpelte Blättchen und keine einzige Frucht.

Wenn sich aufquellende, düstere Wolken für Stunden nicht schließen, sich die Nässe rauschend durch Äste und Blätter drängt, verzaubert sich die Luft: sie wird frisch, gesättigt mit dem Duft von Erde und Moos. In den Wäldern brechen krachend die Pilze hervor. Oft war es zuerst ein Birkenpilz, den wir von unseren Streifzügen mitbrachten. Die üppigen Rotkappen folgten und wir fanden schon Täublinge, Bovist,

Blaubeeren im späten Sommer

Gänse ziehen am Abend vor unserem Platz vorbei

Habichtspilz, Röhrlinge, sogar Morcheln und den seltenen Steinpilz. Der Schopftintling sprießt in den späten flammenden Herbsttagen.

Zwischen Labradortee und feuchtem Torfmoos leuchten die roten Moltebeeren. Nach wenigen Tagen sind die Früchte gelb, saftig, reif. Ihr leicht herber Geschmack kann ihre Köstlichkeit nicht mildern. Es waren die ersten, die wir sammelten.

Himbeerbüsche beugten sich bald schwer unter den roten Früchten und die Sträucher der Blaubeeren waren überschüttet mit reifen, glänzenden Perlen. Wenn dann im August die Himbeeren überreif und die Blaubeeren matschig wurden, begannen wir die orangenen und roten Früchte der wilden Rose zu pflücken. Gaby kochte davon Marmelade. War das Wetter sonnig, entkernten wir die Hagebutten und trockneten sie für den Winter. Sie sind sehr gesund und enthalten viel Vitamin C.

Die Erntezeit der Preiselbeeren kündigt sich mit den ersten gelben Blättern an. Der Zwergstrauch wuchert in dichten, ausgedehnten Flecken an Waldrändern und unterholzfreien Hängen. Die kugeligen Früchte sind scharlachrot und glänzen wie erstarrte Rotweintropfen zwischen den immergrünen Blättchen. Die Herbstsonne treibt mit jedem Tag die Reife der Wildfrüchte voran – und wir pflückten und sammelten. Kein Moskito schreckte uns ab. Einige der verlockenden Perlen wanderten immer direkt in den Mund. Sie schmecken angenehm herb-süß. Wir hörten den See rauschen, den Wind durch die Baumwipfel streifen – oder ein tierischer Nachbar verriet mit Gackern, Zwitschern, Zetern seine Anwesenheit. Sonst herrschte Ruhe. Begeistert füllten wir die mitgebrachten Behälter – bis wir den breiigen rotbraunen oder blaubraunen Haufen eines Bären entdeckten: dann schauten wir uns für einige Zeit wachsam um. Doch schon bald füllten wir wieder Schüsseln oder kleine Eimer und machten uns keine Gedanken mehr um unseren zotteligen Nachbarn.

Schwäne sammeln sich

Die ersten Nachtfröste verabschieden den Sommer

Total unabhängig sein und nur vom Lande zu leben ist in der heutigen Zeit unmöglich geworden. Dafür gibt es viele Gründe. Der Mensch von heute stellt seine Ansprüche an die Zivilisation, auch wenn sie – wie bei uns – noch so gering sind. Ein Garten bringt nicht immer die erhoffte Ernte. Die Bestimmungen für Jagd und Fischerei erlauben es nicht, Fische in großer Menge zu fangen, um Vorräte für Monate anzulegen oder Wild zu erlegen, wenn man es braucht. Wir haben erkannt, dass es unwahrscheinlich ist, uns mit dem Löwenanteil an Lebensmitteln einmal selbst versorgen zu können.

Jeder erwachsene Kanadier hat das Recht, sich durch die Jagd auf Groß- oder Kleinwild mit Fleisch zu versorgen. Ein Jäger aus einer der südlichen Provinzen muss im Yukon schon eine höhere Gebühr für die notwendige Lizenz auf Großwild entrichten – auf Bär, Karibu oder Elch. Für Ausländer ist diese Jagd nur mit einem anerkannten Führer gestattet, dem Guide. Ein Yukoner bezahlt keine hohen Lizenzgebühren und benötigt auch keinen Führer.

Das Jagdgesetz erlaubt es nicht, einen Elch zu schießen, wenn man die Gelegenheit hat. Die Jagdzeit ist festgelegt und beginnt am 1. August. Weibliche Tiere dürfen nicht geschossen werden. Auch für das Fischen gibt es Einschränkungen. Die täglichen Fangquoten sind festgelegt und die Arbeit mit Netzen ist nur einigen Trappern, Berufsfischern und Indianern gestattet.

Ein leidenschaftlicher Jäger bin ich nicht, betrachte ein Tier lieber durch die Linse der Kamera als über den Lauf des Gewehrs. Aber in den Jahren in der Wildnis habe ich immer wieder meine Schrotflinte genommen und Hasen oder Waldhühner gejagt.

War das Wetter günstig, der Transport des Fleischs möglich und wir blieben für den Winter, ging ich auf Elchjagd. Das Abdrücken der

Waffe ist einfach – danach beginnt erst die Arbeit. Der Elch wird ausgenommen und gesäubert, das Tier sofort aus der Decke geschlagen (abgehäutet), um ein schnelles Auskühlen zu gewähren. Das schnelle Auskühlen des Fleisches ist einer der wichtigsten Schritte zur fachgerechten Behandlung. Bevor man das Tier zerlegt, sollte man, wenn es möglich ist, den Boden mit einer Plastikplane bedecken. Darauf lassen sich die Fleischstücke sauber ablegen. Wenn man das Fell nach außen zieht, kann man es zusätzlich als eigene Unterlage verwenden und wenn einige Haare an dem Fleisch kleben bleiben, lassen sich diese später leicht entfernen.

Wenn man einmal längere Zeit im Busch verbracht und gutes Elchfleisch gekostet hat, erscheint einem ein Rindfleisch geschmacklos. Nicht richtig behandeltes Elchfleisch kann jedoch so schlecht sein wie jedes andere Fleisch auch.

Soweit die Theorie, die ich einmal in der Praxis und mit Hilfe von Büchern in Deutschland gelernt habe. Ein Reh und ein Hirsch lassen sich leicht bearbeiten. Wenn man vor einem geschossenen Elch steht, der vielleicht acht, zehn oder mehr Zentner wiegt, sind sämtliche Bücherweisheiten oft undurchführbar. Ist kein Baum in der Nähe, an dem sich ein Seil oder ein kleiner Flaschenzug befestigen lässt, gibt es nur eines: Es wird zerschnitten, zerhackt, zersägt, mit oder ohne Fell. Es geht nur darum, das Fleisch zu bergen, es überhaupt bewegen zu können. Ein gewaltiges Hinterviertel ist so schwer, dass ich es nicht alleine tragen kann.

Es gibt verschiedene Meinungen darüber, ob man dem Fleisch erlauben sollte zu »altern«. Das geschieht, indem man es für eine oder zwei Wochen abhängen lässt. Dieser Reifevorgang sollte bei einigen Grad über null erfolgen und das Fleisch muss gut gegen Insekten geschützt werden. Fliegen schwärmen schnell zu den blutigen Stücken, um darin ihre Eier abzulegen. Zum Schutz sollte man sich Gaze kaufen, die in unterschiedlicher Größe zu bekommen ist. Diese wird dann über das Fleisch gezogen. Sie schützt das Fleisch in den meisten Fällen. Auch ein kleines qualmendes Feuer unter den aufgehängten Stücken, vorsichtig angelegt, hält die Insekten ab, verleiht dem Fleisch gleichzeitig ein angenehmes Aroma. Nach einigen Tagen bildet sich an den Schnittstellen eine schützende Kruste.

Fleisch bewusst für längere Zeit abzuhängen, also altern zu lassen, erscheint uns sinnlos. Für uns ist es nur wichtig, die gewaltige Menge so schnell wie möglich zu verarbeiten, es in die gewünschten Portionen aufzuteilen und sicher zu lagern. Wenn man alles alleine macht, kann diese Arbeit schon einige Wochen dauern – und damit ist das Altern sowieso erreicht.

Wir haben auch Fleisch getrocknet. Das lässt sich leicht im Ofen bei niedriger Temperatur machen. In einer Räucherkammer dörrten wir es wie Fisch, und nach anfänglichen Fehlern gelang es gut. Das getrocknete Fleisch kann man zerstoßen, es mit Fett, Gewürzen und getrockneten Beeren vermischen. Dies ist dann das haltbare und nahrhafte Pemmikan der ersten Siedler.

Der Yukon ist im Winter ein einziger Gefrierschrank,

Elchfleisch für den langen Winter

auch wenn die Temperaturen schon einmal die Null-Grad-Marke erreichen. Aber wir besitzen keine große Gefriertruhe, in dem sich das Wild schnell einfrieren lässt. Daher ist es im Herbst, auch wenn es noch so spät ist, nie einfach, alles richtig zu lagern und einzufrieren.

Morgenlicht flutete auf die Birken, die sich mit gelben Blättertrauben auf den Herbst einstellten. Goldene Gehänge wisperten zwischen altem Grün, schimmerten wie Reben am Weinstock. Der Boden klang dumpf und hohl. Es war, als hätte er sich in die Tiefe zurückgezogen, um auf den Frühling zu warten.

Der Herbst entfaltete sich zu seiner vollen Pracht. Strand- und Wasservögel bewegten sich in angespannter Erwartung. Als die Tage kürzer wurden, klickte der rätselhafte, vorwärtstreibende Auslöser: Der Zug nach Süden begann.

Gänse flogen durch ein blaues wolkenfreies Stück Himmel, das sich über unserem Platz erstreckte. Das lockende Rufen der Vögel war mit Abschied erfüllt und gleichzeitig mit Freude. Für mich ist der Klang dieser Stimmen unwiderstehlich – und verlockend. Wenn das Geheul und Gelächter des Eistauchers an einem frostigen Morgen durch den Nebel über den See schallt, erscheint es mir unheimlich. Das Jaulen und winselnde Heulen der Wölfe an den eisigen Tagen hat etwas Gequältes, enthält eine beängstigende Traurigkeit, die mich schaudern lässt. Doch der Ruf der Gänse ist Freude, Lust am Leben, grenzenlose Freiheit – bedrückt stand ich zwischen den Herbstfarben und wäre gerne mitgeflogen.

Hörnchen schimpften zu mir herab. Emsig waren sie damit beschäftigt, einen großen Vorrat an Pilzen, Nüsschen und Samen für den langen Winter zu horten. Den größten Teil der kalten Wintertage würden sie in ihren weich gepolsterten Nestern verschlafen – und ich vermehrte den bereits vorhandenen Berg an trockenem Feuerholz.

Gaby genießt den Herbsttag auf der Veranda

Elchbullen ziehen durch die Wälder, schieben sich mit ihren weit ausladenden Schaufeln geräuschlos durch das Unterholz. Von einer inneren Unruhe vorangetrieben, trotten sie am See entlang, grunzen dumpf und abgehackt, nur auf der Suche nach einer paarungsbereiten Kuh. Die Brunft war weit fortgeschritten und erinnerte uns daran: Der Winter nahte.

In der Küche köchelten die letzten Hagebutten. Gaby drückte die weichen Früchte durch eine Handpresse und erhielt das orangefarbene Mark, frei von den vielen Samenkernen. Die letzte Ernte ergaben noch einige Gläser Marmelade.

Was sollten wir mit dem Wasser tun, in dem die Früchte gekocht hatten? Zu schade, um es wegzuschütten. Der gezuckerte Saft war bestimmt gut für den Winter, dachte ich und füllte die Flüssigkeit in drei dickbauchige leere Weinflaschen. Ohne länger darüber nachzudenken, schraubte ich die Flaschen zu und stellte sie in den Vorraum.

Der September war prächtig. Wir überquerten noch einmal zusammen den See, und Gaby nahm schon für das Jahr Abschied von Bekannten und Freunden. Nach unserer Rückkehr erwartete uns eine Überraschung. Die Flüssigkeit, in der die Hagebutten gekocht hatten, war in Gärung übergegangen. Da ich die Flaschen geschlossen hatte, war etwas geschehen, womit ich nicht gerechnet hatte. Die Flaschen waren explodiert. Der Raum war mit grünen Glassplittern übersät.

Unsere Vorräte stapelten sich bereits in Regalen, türmten sich auf Ablagen: eine unfassbare Menge an Kartons, Säcken, Dosen, Gläsern und Flaschen. Der erste Winter schenkte uns Eindrücke vom Leben in der eisigen Jahreszeit. Wir waren bereit für ein größeres Abenteuer: Acht Monate wollten wir alleine in der Wildnis verbringen.

Das gefallene Laub raschelte nicht mehr, als ich am Morgen darüber hinwegging. Es knisterte und es war, als habe es sich festgekrallt – nur der Frost knirschte bei jedem Schritt. Die gelblich graue Rinde der Pappeln mit ihren zerfurchten Borkenwülsten und die im Dämmerlicht bronzefarbenen Birken wurden von der aufgehenden Sonne in einen purpurroten Glanz getaucht. Sie wirkten fremd neben dem Saum der immergrünen Fichten und Tannen. Der Außenbordmotor jagte das Boot über den See. Gaby blieb zurück. Für mich war es die letzte Fahrt des Jahres – nur noch einmal nach Mayo.

Der heiße Kaffee zog den letzten Hauch von Müdigkeit aus mir. Ich sollte zufrieden sein, denn am Tag zuvor hatte ich die geplanten Kleinigkeiten erledigt: Die Post abgeholt, frisches Obst und Gemüse gekauft, drei prächtige Kohlköpfe und zwei Säcke Kartoffel von einer Farm geholt, eine Gasflasche füllen lassen und eine Kiste mit 120 Eiern in das Führerhaus des Trucks gestellt.

Meine Ungeduld, endlich wieder heimzukommen, vermischte sich mit einem fast unerträglichen Gefühl der Abneigung. Ich wollte nicht fahren, nicht mit dem Boot hinaus in die Schwärze des Sees, der mir durch eine dichte, eisige Nebelwand seine Unruhe mitteilte. Aber ich wusste – es war unabwendbar.

Gaby war alleine daheim. Sie wusste nicht, ob und wann ich kommen würde. Doch das bereitete mir keine Sorgen. Vielleicht stand sie am Ufer, wartete und hoffte, dass nichts passiert war. Doch diese Gedanken verdrängte ich. Bisher war ich immer zurückgekommen. Einmal sogar nach 24 Stunden, obwohl ich nur einen dreistündigen Ausflug geplant hatte. Die Lebensmittel waren im Augenblick wichtiger. Einige waren gefroren – wie die Pute für Weihnachten – und sollten nicht auftauen, die Kartoffeln und die Eier durften nicht frieren. Alle kälteempfindlichen Lebensmittel waren dick eingewickelt und verpackt und ich hoffte, dass es für einige Stunden ausreichen würde.

Die rauschende Lampe in der Hütte warf das überflüssige, grelle Licht in einer breiten Bahn hinaus, drängte in einem langen, scharf abgegrenzten Rechteck die Dunkelheit zurück. Entschlossen trat ich auf die kleine überdachte Veranda. Das Sternenbild des Orions blinkte klar zu mir herab. Mit so einem kalten Morgen hatte ich nicht gerechnet. Der 5. Oktober: minus 12 Grad – und der Kalender stand noch auf Sommerzeit!

Die Bäume glitzerten im Lampenschein wie Silber. Das Boot ruhte 100 Meter entfernt im Schutz einer kleinen sandigen Bucht. Das Aluminium und der Motor waren in einen frostigen Hauch gepackt. Das Halteseil war nicht leicht zu lösen, denn es war gefroren. Dann schob ich das Boot ins Wasser, paddelte einige Meter hinaus.

Propeller ins Wasser senken, Benzinschlauch anschließen, Sprit in den Motor pumpen. Mit dem ersten Zug an der Starterleine rührte sich nichts. Leichte Panik ergriff mich. Der zähe Widerstand löste sich erst langsam. Nach bangen Minuten spuckte der Motor, röchelte, tuckerte schwerfällig. Erleichtert atmete ich auf. Nun betrachtete ich ängstlich die kleine Öffnung im Schaft, bis stoßweiße Wasser hervorspritzte. Die Wasserpumpe arbeitete. Die warme Luft des Motors vermischte sich mit dem Nebel. Erst als der Motor gleichmäßig schnurrte, legte ich den Gang ein und steuerte zum Gepäck.

Die gefrorenen Sachen befanden sich in Kartons, die ich am Abend an die Außenwand der Hütte gestapelt hatte. Diese schleppte ich zuerst zum Ufer, setzte sie ins Boot, um dann die Lebensmittelsäcke aus der Hütte zu holen. Das Ein- und Ausladen war eine notwendige Arbeit, die ich schon unzählige Male durchgeführt hatte. Noch nie habe ich diese Tätigkeit leiden können. Endlich hatte ich es wieder einmal geschafft. Dann schloss ich die Hütte, schaute mich noch einmal um, ob ich auch nichts vergessen hatte. Den Strahl der Taschenlampe ließ ich noch über das Auto gleiten. Es war wie ein Abschied. Wahrscheinlich würde ich diesen Platz erst im Sommer wieder sehen.

Für einen kurzen Moment blinkte im Osten ein heller Riss auf, als ich dem See entgegenstieß. Es war noch nicht acht Uhr und die Dunkelheit vermischte sich mit dem warmen Wasserdampf, der sich mit der kalten Luft verband. Die Uferstreifen zerflossen zu geisterhaften, schattigen Umrissen. Verbissen steuerte ich in ein Nebelpolster. Dann umschloss mich der graue, zerwühlte See. In der Nähe des Ufers zu bleiben bedeutete Sicherheit. Weit draußen auf dem See zu schaukeln und eine direkte Linie zu fahren bedeutete Schnelligkeit. Ich wollte schnell heim.

Was sich unsichtbar vor mir abspielte, verursachte einen nervösen Knoten in meiner Magengegend. Entschlossen fuhr ich einem fernen Grollen, einer dumpfen, beängstigenden Brandung entgegen. Nach fünf Kilometern erkannte ich verschwommen eine Landmarke und steuerte einige Grad nach Süden.

Die bisherigen leichten, rollenden Wellen wurden unverschämter, klatschten stärker gegen das Boot. Aus der Finsternis sprangen Wellenkämme, auf denen sich schäumende Kronen kräuselten. Für einen kurzen Moment glaubte ich, im Osten etwas Helligkeit zu erkennen. Angestrengt versuchte ich, das Grau vor mir zu durchdringen. Doch meine Augen schweiften haltlos umher. Der Motor röchelte, als wollte die Schraube nun die Luft als Antrieb nutzen. Durch einen hastigen Blick erkannte ich einen Eispanzer, der das Gehäuse umschloss. Ging die Wasserpumpe noch?

Den feinen Wasserstrahl, der es mir angezeigt hätte, konnte ich nicht erkennen. Ich wagte es nicht, mich tiefer hinabzubeugen und nachzusehen. Meine ganze Aufmerksamkeit musste ich nach vorn richten. Das Boot schaukelte in einem brodelnden Kessel aus schäumenden, rollenden Wellen, schweren Brechern, die einen Schwall von Sprühwasser verschleuderten.

Überall bildete sich Eis, setzte sich fest. Meine Kleidung knisterte bei jeder Bewegung. Mein linker Arm, mit dem ich steuerte, verkrampfte durch die unbewegliche Haltung. Irgendwo an meiner rechten Seite musste sich das Ufer befinden. Doch dorthin konnte ich nicht mehr, auch wenn mir etwas mehr Sicherheit winkte. Mir war die Entscheidung abgenommen. Mit dem Boot befand ich mich in einem wilden Tanz mit den Urelementen. Nur mein Gefühl und meine Erfahrung verrieten mir, wie ich die Wellen anschneiden und überlisten musste, ohne zu kentern. Es gab keinen Wendepunkt, keinen Ausweg – nur vorwärts!

Mit einer schnellen Handbewegung wischte ich Eiszapfen von meiner

Kapuze. Dann klammerte ich mich wieder am Rand des Bootes fest. Auf dem vereisten Sitz konnte ich mich kaum noch halten. Durch einen großen Wellenschlag rutschte ich ab und für einen heißen, schrecklichen Moment befürchtete ich, über Bord zu gehen. Die linke Hand klammerte sich krampfhaft um Steuerung und Gas.

Der beginnende Tag hüllte sich in ein Grau. Grauer Wind schlug auf graue Wellen, pfiff durch grauen Nebel, ließ meinen Atem grau werden, verwandelte Zeit und Entfernung in unwichtiges Grau. Es war wie ein Wunder: Der graue Motor gurgelte, prustete, schnaufte, stöhnte – und lief!

Zeit und Entfernung waren unwichtig geworden. Irgendwo anlegen unmöglich. Zu ungenau war meine Vorstellung, wo ich mich gerade befand. Nur weiter, vorwärts, durchhalten, dem wirbelnden, stampfenden See entkommen.

Das Boot bohrte sich nicht mehr in die Wellen. Es stieg auf, senkte sich der nächsten anrollenden Welle entgegen. Die schwankenden Bewegungen wurden sanfter. Das Fünf-Meter-Aluminiumgehäuse streckte sich. Der Nelson Arm empfing mich friedlich im Windschatten des Plateaus. Die schlagenden Wellen rumorten hinter mir und ich spürte eine wohltuende Erleichterung.

Die Nässe klebte an meinem Gesicht. Mir war kalt. Der Nebel war dichter geworden. Meine Augen starrten umher, konnten ihn nicht durchdringen. Doch ich wusste endlich, wo ich mich befand. Trotzdem fühlte ich mich wie auf einem verlorenen Schiff auf der weiten See.

Das Grau wurde zu gleißender Watte. Die Sonne zerrte, schob die zerfließenden Bänke umher. Wie ein Hoffnungsschimmer klaffte es

*Der letzte Einkauf für das Jahr. Spritzwasser von einem aufgewühlten
See hat mich bei -15 Grad mit einem Eispanzer bedeckt*

vor mir auf und ich erkannte einen hellen Streifen vom blassblauen Himmel. Hügel schälten sich aus ihrer Umhüllung und mit aufgedrehtem Gas jagte ich dahin, wie ein Geschoss. Aus meinen kalten Lippen presste ich eine Melodie: Boat on the River! Fünf Minuten später war ich daheim.

Ein buntes verlorenes Blatt wirbelte zur Erde. Zwei prächtige Hechte hatte ich heute an Land ziehen können, 76 und 81 Zentimeter lang. Doch nun musste ich arbeiten. Bereits gesägtes Feuerholz vom Ufer holen und nahe beim Haus zu langen Reihen aufsetzen. Jedes Stück 70 Zentimeter lang. Kürzere Stücke spaltete ich zu Scheiten, fuhr sie mit dem Schubkarren zum Holzschuppen und setzte sie auf.

Feuerholz konnten wir nie zu viel haben. Nach meiner Schätzung benötigten wir für einen Winter mehr als 14 bis 16 Raummeter. Einmal machte ich mir eine gedankliche Strichliste für jedes große Stück, das ich mit der Motorsäge zurechtschnitt. Ich kam auf eine Zahl von über 2300.

Der bleifarbene Himmel hatte sich verändert. Für eine Pause ging ich ins Haus.
»Gaby! Ich habe eine Schneeflocke gesehen!«
»Und? Hast du sie gekannt?«

Der Indianersommer war vorbei. Der Winter setzte sich mit seinem weißen wallenden Umhang auf Hügel und Berge, fest entschlossen, bis zum Sommer nicht mehr zu weichen. Wenn die Schatten der Nacht sich über das Land senkten, setzte er zaghaft einen Fuß vor den anderen, dem See entgegen. Der leuchtende Lichtfleck im Morgendunst sammelte Kraft, bis wogende Schwaden aufstiegen und den Blick auf die Berghänge freigab. Wir waren erstaunt, wie der Winter schon wieder sein Gewand weiter ausgebreitet hatte. Erst wenn die Sonne am

Gipfel ihrer Bahn stand, gelang es ihr, die schweren Nebel vom See zu vertreiben.

Das letzte frische Gemüse war verbraucht und wir begannen, es durch Keimsprossen zu ersetzen. Am Fenster, dem Sonnenlicht nahe, sprossen im Wechsel in einfachen Gläsern Alfalfa, Mungobohnen, Bockshornklee, Sojabohnen, Leinsamen und Weizenkleie.

Der Mond hatte seine Bahn zum Morgengrauen angetreten. Ein silberweißer Bart ließ ihn alt erscheinen. Der Himmel leuchtete im flimmernden Silber der Sterne. Es war kalt. Über uns rollten flammende Wellen aus Licht. Silber verband sich mit Rot. Ein grünes wehendes Band pulsierte, wurde stärker und schwächer. Nordlicht!

12. Tara und Odo

Die ersten Junitage waren nass und kalt. Unerwartete Nachtfröste verlangsamten das Aufbegehren der Natur. Schneehäubchen türmten sich in den frühen Morgenstunden auf den purpurblauen Lupinen, bildeten einen unwirklichen Kontrast zu dem frischen Grün der Pappeln, Birken, Weiden und Erlen. Eisplatten trieben behaglich auf dem See.

Der neue Tag blieb hinter einem grauen widerwärtigen Schleier verborgen und es war, als hätte der Winter noch einmal seinen Einzug gehalten. Schneeregen stürzte aus dem Grau des Himmels. Bedrückt starrte ich aus dem Fenster unserer bescheidenen Unterkunft am Ledge Creek. Das Frühstück schmeckte wie immer gut, doch heute löffelte ich mein Müsli lustlos, schüttete einige Tassen Kaffee mehr als sonst in mich hinein. Ich wusste, wie ungemütlich es draußen war – und es ärgerte mich, dass ich nicht an der Baustelle arbeiten konnte.

Am nächsten Morgen entfaltete sich kein prachtvoller Sonnentag, aber es fiel weder Regen noch Schnee. Zusammen gingen Gaby und ich auf einem schmalen Pfad zu einem offenen Waldstück, wo unter weit ausladenden Fichten nur wenig Unterholz wucherte. Die lange, weitreichende Senke war stets feucht und langfaseriges Torfmoos konnte dort besonders üppig gedeihen. Große Flächen sahen schon zerzaust und zerrupft aus, denn wir hatten schon einige Säcke von diesem Isolationsmaterial gesammelt. Aber es war noch genug vorhanden und bald waren wir eifrig dabei, große, saubere Moosstücke der Erde zu entreißen, die feuchten Klumpen in mitgebrachte Plastiksäcke zu stopfen.

Wir benötigten jede Menge Moos für das Haus, legten es als Isolation zwischen die Rundstämme. In den Plastikbehältern blieb es feucht und ließ sich so gut bis zu seiner Verwendung aufheben. Trocknete es erst einmal aus, so wurde es brüchig und wir mussten es wieder anfeuchten, bevor wir es benutzen konnten.

»Da ist etwas«, meinte Gaby, die wenige Meter neben mir Moos aus dem Boden riss und in einen Sack stopfte. »Ein Hörnchen vielleicht«, erwiderte ich und sah mich nach einem weiteren Moosteppich um. »Etwas Großes«, hörte ich meine Frau wenig später sagen, auf das ich nur mit einem uninteressierten »Ja!« antwortete. Nur kurz sah ich einmal auf, blickte umher, entdeckte nichts und bückte mich wieder zum Moos.

Ratsch! Ratsch! Ratsch! Splitternde Baumrinde und brechende Äste rissen mich aus meiner Sorglosigkeit. Ein Prickeln sauste an meinem Rückgrat entlang. Nochmals: Ratsch! Ratsch! Kräftige, messerscharfe Krallen rissen die Rinde einer Fichte auf. Fünfzehn Meter vor mir kletterte ein Schwarzbär den Stamm hinauf, verharrte in fünf, sechs Metern Höhe und schaute auf mich herunter. Der Anblick war drollig – doch ich fand es nicht lustig.

Der Bär musste sich auf dem nahen Hang befunden haben, der zum See hin abfällt, und dadurch konnten wir ihn nicht vorher entdecken. Von unserer Anwesenheit genauso überrascht wie wir von ihm, war er in seiner anerzogenen Verhaltensweise in Sekundenschnelle auf den nächsten Baum geflüchtet. Im gleichen Augenblick war ich erleichtert, denn es handelte sich noch um ein junges Tier, obwohl es aus dieser Nähe gewaltig aussah. Sollte es in Panik geraten, hatten wir einen tödlichen Gegner von über einem Zentner Gewicht vor uns. Was noch schlimmer werden konnte, stellte ich mir erst gar nicht vor. War seine Mutter noch in der Nähe?

Langsam, vorsichtig und mit kleinen Schritten, bewegte ich mich auf

Gaby zu, den Sack mit Moos noch in der Hand. »Ich glaube, für heute haben wir genug Isolationsmaterial gesammelt«, raunte ich ihr zu. Angespannt, doch gleichzeitig belustigt, zogen wir uns zurück, beobachteten den schwarzen Gesellen, der sich krampfhaft an den Stamm klammerte und uns beobachtete. Erst als wir unsere Baustelle erreichten, fühlten wir uns besser. Zwei halbvolle Säcke mit Moos – das war genug für heute.

Im Frühsommer des folgenden Jahres brüteten vor unserem Platz Spechte. »Woody Flicker« nannten wir sie, denn wir hatten es uns angewöhnt, den Tieren in unserer Nähe einen Namen zu geben. Es waren große Vögel, etwa taubengroß, nur schlanker. Sie stießen eine Reihe anhaltender Laute aus, die wie ein erfreuliches Gelächter klangen: Wick! Wick! Wick! Wick!

Das Männchen zeigte einen prächtigen, halbmondförmigen roten Federkranz am Nacken. Das Rückengefieder war unscheinbar graubraunschwarz gefleckt, aber die Unterseiten von Schwingen und Schwanz leuchteten beim Flug in einem glänzenden Bernsteingelb.

Die großen bunten Vögel zogen ihre Brut in einem abgebrochenen Baumstumpf auf, der im knietiefen Wasser stand. Wenn wir in der Nähe angelten, konnten wir manchmal die krächzenden Jungen hören.

Dann entdeckten wir die zerstörte Spechtwohnung. Aus dem leicht morschen Stamm waren halbmeterlange Stücke gerissen. Die Brutkammer lag frei. Nur noch einige Federn klebten an Holzsplittern. Tatzenabdrücke im feuchten Sand bestätigten unseren Verdacht. Ein Bär hatte das Nest ausgeräumt, den Stamm zerrissen wie eine Honigwabe, die Jungvögel waren der Honig. So nahe – und wir hatten nichts gehört. Dies verstärkte eine schon lang keimende Idee: Wir wollten uns einen Hund anschaffen.

Mit Rotkäppchen und dem Wolf lebten wir unser Märchen

In der Tages- und Wochenzeitung betrachteten wir nun interessierter die Anzeigen »Haustiere«. Beim nächsten Besuch in Whitehorse führten wir einige Telefongespräche und konnten am nächsten Tag in einem Vorort einen Hund aus einem Wurf aussuchen. Vielmehr suchte ein Hund uns aus, denn eine Hündin war die erste, die in einem drolligen Welpenrennen zu mir kam, an den Händen schnüffelte und leckte, freudig an mir hochsprang. Wir bezahlten 100 Dollar und waren Hundebesitzer.

Tara nannten wir unser Hundemädchen, sechs Wochen alt und kaum größer als zwei Hände. Beim Tierarzt erhielt sie die erste Untersuchung und die notwendigen Spritzen. Dann waren wir nach Hause unterwegs. Zusammengerollt schlief und ruhte sie auf Gabys Schoß und nach einem halben Tag schien sie die gewohnte Umgebung und ihre acht Geschwister nicht mehr zu vermissen.

Das kleine Wollknäuel mit den braunen Schlappohren war angeblich eine Kreuzung aus Husky, Kojote, Schäferhund und Wolf. Eine Mischung aus Husky und Schäferhund war Tara bestimmt. Aussehen und Verhalten erinnerten an einen Kojoten. Die braunen Ohren richteten sich auf, das Fell schloss sich auf dem Bauch zu einem dichten Pelz. Aber Wolf?

Wir sind der Meinung, dass im Yukon eine sogenannte Kreuzung zwischen Hund und Wolf eine Erfindung von Hundebesitzern ist, die aus der Vorstellung von Leuten profitieren, die gerne einen »Halbwolf« besitzen möchten. Unterstützt werden solche Ideen durch Abenteuerromane – wie von Jack London – von wilden Bestien mit Wolfsinstinkt, die sich den Menschen anschließen. Aber Wölfe sind von Natur aus scheue Tiere, die den Menschen meiden. Erstaunlich war nur, dass wir später selbst einen wirklichen »Halbwolf« bekamen.

Tara wohnte noch mit uns im Zelt, bis wir zusammen in das Blockhaus einzogen. Sie konnte toben und herumlaufen, wann und wo immer sie wollte, entwickelte eine zunehmende Wachsamkeit, scheuchte Waldhühner, verfolgte keckernde Hörnchen. Im Winter tollten wir im Haus umher und ihr verspieltes Bellen schallte durch die Räume.

Seit einigen Tagen hatten wir Sommerzeit. Der See war noch gefroren und in den Nächten gab es noch Minustemperaturen. In den Morgenstunden wollte Tara hinaus, wie jeden Tag. Es war der 17. April. Wir brauchten mit ihr nicht »Gassi« gehen, auch nicht, in Anlehnung an die Wildnis, »Buschi« gehen. Wir machten nur die Haustür auf und sie verschwand zu einem Spaziergang.

Tara war schneller von ihrem morgendlichen Ausflug zurück, stand vor der Haustür, machte »Wuff« und wollte hinein. Im Haus legte sie sich nicht müde hin, wie sie es oft tat, sondern rannte umher. Vom Wohnzimmer in den Vorraum, dann wieder an die Tür. Sie war ungewöhnlich unruhig. In der Küche war ich dabei, das Frühstück zu machen. Sie trippelte zu mir, stupste mich an. Sie schaute aus dem Fenster im Wohnzimmer. Sie war gerade groß genug, um durch die untere Scheibenreihe blicken zu können. Sie rannte zur Tür, wollte hinaus. Kaum wenige Minuten draußen, wieder hinein. Nach einer unruhigen Stunde war ich mit meiner Geduld am Ende. Etwas stimmte mit ihr nicht. Langsam ärgerte ich mich über ihr Verhalten – und als sie wieder einmal im Haus war, musste sie drinbleiben.

Wir hatten gefrühstückt. Unter einem blauen Himmel lag ein ausgebreiteter Sonnentag. Die Temperatur betrug noch minus sieben Grad. Gaby schreckte mich aus meiner Arbeit: »Wölfe! Drei oder vier – auf dem See!« Freudig griff ich nach meiner Kamera.

Langsam und vorsichtig ging ich mit Tara hinaus, denn im Haus war sie nicht mehr zu halten. Unser Hund war nun nicht mehr nervös – Tara hatte Angst. Ihr Schwanz war zwischen die Beine geklemmt. Noch nie hatte ich einen so folgsamen Hund. Sie drückte sich eng an meine Beine. Im Schutz der Bäume ging ich zum See. Vielleicht erschien ihr mein Verhalten als Aufforderung, den ungewohnten Besuch zu begrüßen. Plötzlich sauste Tara aufs Eis. Nach zehn, fünfzehn Metern stoppte sie meine Stimme: »Tara! Sofort hierher!«

Was sich dort draußen auf dem Eis bewegte, waren keine Schmusetiere. Es waren geborene Kämpfer, die größten mit 60 Kilogramm oder mehr an Gewicht. In wenigen Minuten hätten sie Tara verschlungen. Junghund zum Frühstück – eine Delikatesse.

Gaby kam nun auch den Hang hinab und hockte sich neben mich auf die Uferböschung. Die Wölfe hatten uns schon lange bemerkt, doch sie zeigten keine Unruhe. Nur Tara wurde wild. In ihrer Angst sprang sie an Gaby hoch, schlug ihr mit der Pfote auf die Nase, die sofort blutete. Wir waren ihr nicht böse – unser Mädchen war erst acht Monate alt.

Es waren acht Tiere. Die Alphawölfe führten das Rudel in einer auseinandergezogenen Kette. Die Wölfe hatten Zeit. Es waren hauptsächlich graue Gesellen, doch die Farben reichten von fast Weiß bis zu einem tiefen Braun. Gelassen schauten sie zu uns herüber.

Dann blieben sie zu unserer Überraschung und Freude stehen. Einige legten sich faul auf das Eis. Zwei spielten miteinander. Der Leitwolf streckte seinen mächtigen Hals und aus seiner Kehle drang ein tiefer, ansteigender Ton. Der Ruf steigerte sich zu einem langgestreckten Heulen, und bevor er verklungen war, stimmten die anderen ein. Ein Chor aus acht Wolfskehlen!

So war es schon am Anfang der Zeit gewesen. Das Lied der Wölfe. Es kam zu uns als Heulen, Jauchzen, Schluchzen. Es stieg aus der Tiefe ihres Daseins, aus der jahrtausendealten Geschichte. Es war so großartig. Ich war so glücklich, fühlte mich bevorzugt, hier sein zu dürfen, dieses zu sehen, zu erleben, zu fühlen. Tausende von Menschen würden es begrüßen, wenn sie einmal so etwas erleben könnten. Wir waren hier, fast unter ihnen. Wir sahen sie! Wir hörten sie!

Uns war, als offenbarte sich in diesem Moment ein Ausschnitt von der Schönheit der Welt. Aber wie kann man diese Schönheit den Menschen mitteilen, die keine Gelegenheit haben, dies zu erleben, zu spüren? Was kann man tun, um dieses Schauspiel zu erhalten?

Die Zeit tickte langsam. Tara lag zusammengekauert zu unseren Füßen, zitterte. Das Rudel war verstummt, schloss sich zusammen und trottete weiter. Über eine halbe Stunde hatten wir die Wölfe beobachtet – ein unvergesslicher Augenblick.

Wir saßen im Wohnzimmer. Immer wieder schauten wir zum Fenster hinaus, ob nicht doch noch etwas von den Wölfen zu sehen war. Etwas nervös rauchte ich meine Pfeife. In meine Begeisterung mischte sich ein Hauch von Traurigkeit. Diese wilden, freien Tiere werden noch immer hemmungslos, rücksichtslos von Menschen gejagt.

»Warum? Was haben sie den Menschen getan?« Es war mehr eine rhetorische Frage an Gaby, die keine Antwort verlangte. »Biologen der Regierung schießen noch immer Wölfe aus Hubschraubern. Zu viele Elche und Karibus sind durch diese Raubtiere gefährdet, behaupten sie. Dann wieder benutzen sie als Vorwand die wissenschaftliche Untersuchung. Nur will niemand einsehen und zugeben, dass in all den Jahrhunderten sich das Gleichgewicht zwischen Jäger und Gejagten erhalten hat. Und nun? Der Grund ist die Trophäenjagd!«

Nun schaute ich nicht mehr hinaus. Die Begegnung mit den Wölfen war noch zu frisch, und meine Gefühle konnte ich kaum noch beherrschen. Die Unvernunft vieler Menschen drohte mich zu überwältigen und ich steigerte mich in einer emotionalen Anklage.

»Die Hubschrauberfirmen erhalten 800, 900 Dollar die Stunde für ihre Flüge. Nicht nur die sogenannten Jäger, auch die Regierung bezahlen diese Summen. Wieso sollen die Unternehmen etwas dagegen tun? Wieso sollen sie etwas dagegen sagen? Das ist ihr Geschäft. Und die Jagdausrüster haben eine große politische Macht, denn sie beschäftigen Einheimische. Die Jäger bringen Geld ins Land und helfen so den wirtschaftlichen Interessen.

Immer nur töten, töten, töten! Solange sie noch den letzten Wolf in Freiheit finden können. Erst wenn der letzte tot ist, wird der Mensch sich vielleicht ändern. Doch dann ist es zu spät.

Geld! Nur darum geht's. Geld, Geld, Geld! Vergewaltigt die Erde und es ist in Ordnung, solange es damit Geld zu verdienen gibt. Geld regiert die Welt. Keine Gefühle! Keine Demokratie! Auch keine Vernunft!

Ob Wal oder Wolf, Flüsse oder Seen, Land oder Meer – die noblen Geldmacher töten die Welt vor unseren Augen. Und viele Menschen schütteln nur die Köpfe, begreifen nicht, dass auch sie die verschmutzte Luft atmen, das verunreinigte Wasser trinken müssen.«

Nun hatte ich mich in Rage geredet, das glitzernde Eis des Sees und die Wölfe vor unserem Heim fast vergessen. Tara sah mich leicht verwundert unter dem Tisch hervor an. Sie hatte sich wieder beruhigt. Auch ich sollte es tun.

Sieben Tage später. Frühstückszeit. Tara rannte unruhig umher. »Das sieht ja wieder nach Wölfen aus«, sagte ich im Scherz und trank weiter meinen Kaffee. Keine Minute später sah Gaby aus dem Fenster. »Da ist einer«, meinte sie, als sei es die natürlichste Sache der Welt.

Der Wolf näherte sich, trabte am Ufer entlang. Gaby hielt unseren Hund fest, beruhigte ihn. Diesmal musste Tara drinbleiben. Der Wolf war zu nah. Geduckt schlich ich mit der Kamera zum See. Das Fell des gewaltigen Tieres war schwarz. Ein Einzelgänger, der stark an ein Pony erinnerte. Tapp, tapp, tapp machte es auf dem schon leicht matschigen Eis. Mit dem Fernglas an den Augen stieß ich einen Pfiff aus. Sofort blieb er stehen, drehte den Kopf. Durch die zigfache Vergrößerung kam es mir vor, als würden seine gelben Augen mich vorwurfsvoll anstarren. Für vier, fünf Sekunden blieb er stehen, wie erstarrt. Dann lief er locker weiter, trottete einem ungewissen Schicksal entgegen.

Mit ihren zwei Jahren wusste Tara genau was es bedeutete, wenn ich meine Arbeitskleidung anzog. Ein Ausflug. Ungeduldig sprang sie um mich herum. Freiwillig blieb sie nie daheim, kam immer mit. Am Morgen hatte das Thermometer noch minus neun Grad angezeigt. Es war die erste Woche im Mai und ein herrlicher Sonnentag, um Feuerholz zu machen.

Die Moskitos waren noch nicht zu lästig, und das Laub der Büsche hatte sich noch nicht voll entwickelt. Heute wollte ich in der Nähe des Ufers einige abgestorbene Bäume fällen, sie auf die gewünschte Länge schneiden und aufstapeln. Im Sommer konnte ich es dann bequem mit dem Motorboot abholen.

Gaby würde daheimbleiben. Wie immer würde ich pünktlich zurück sein. Irgendwann. Eine Uhr hatte ich nicht dabei. Mit Motorsäge, Axt, Benzin, Öl und Werkzeug ging ich den schneefreien Hügel hinab zum See. Tara sauste um mich herum. Wir gingen nach Südosten, dem Ende des Nelson Arms entgegen. Die trockenen Bäume standen weniger als einen Kilometer entfernt. Das Eis war schon schneefrei und auf der glatten Fläche kam ich schnell voran.

Bevor ich zu den abgestorbenen Bäumen nach links in den Busch abbog, stellte ich meine Sachen auf den Boden und ließ meinen Blick langsam über das flimmernde Eis gleiten. Erstaunt sah ich genauer hin. Weit draußen, fast auf der anderen Seite, bewegte sich ein Punkt. Ein einzelner Wolf?

»Tara!«, rief ich, und als mein Hundemädchen kam, zog ich eine Schnur aus der Tasche und legte sie ihr um den Hals. Vorsichtshalber. Was sich da von der anderen Seite näherte, kam näher, wurde größer. Verwundert spürte ich mehr als ich sah, dass etwas mit der Bewegung nicht zu einem Wolf passte.

Ein wellenförmiger Trab. Zweimal blieb das Tier stehen, kam aber fast direkt auf mich zu. Tara und ich standen aus unterschiedlichen Gründen wie erstarrt. Ein Vielfraß! Kaum noch 100 Meter entfernt, drehte er seitlich ab. Deutlich sah ich den gelblichen Streifen an der Flanke. Tarap-tarap, Tarap-tarap-tarap, hörte ich die Pranken auf das Eis trommeln. Die Beinmuskeln arbeiteten wie stählerne Kolben – Tarap-tarap-tarap – in dem schaukelnden Trab, den das Tier mühelos für Stunden beibehalten konnte.

Erst als der Vielfraß für längere Zeit um eine kleine Landzunge verschwunden war, ging ich zur Spur, die auf Schnee und Eis zu erkennen war. Der Abdruck war so groß wie von einem Wolf und die Krallen alleine fünf Zentimeter lang. Tara schnüffelte an der Spur. Ihre Nackenhaare stellten sich hoch. Dann bellte sie.

Wenig später startete ich die Motorsäge und fällte den ersten Baum. Tara war irgendwo in der Nähe. Als Welpe wäre sie fast von einem umstürzenden Baum erschlagen worden. Dann hatte ich ihr beigebracht, dass sie nicht in meiner Nähe bleiben durfte, wenn die Motorsäge lief.

Für die erste Pause stellte ich die Maschine ab. Doch Tara kam nicht freudig angerannt, wie sie es sonst immer tat. Vielleicht mit einem Hörnchen beschäftigt. Unbekümmert arbeitete ich weiter.

Überrascht hörte ich meinen Namen. Gaby und Tara kamen auf mich zu. Was ich dann von Gaby hörte, überraschte mich doch etwas. Nachdem unsere Hündin an der Spur gerochen hatte, war sie heimgerannt. Das hatte sie noch nie getan. Gaby dachte, dass vielleicht etwas passiert sei, und war darum gekommen. Begeistert erzählte ich ihr von dem Vielfraß. Tara war schon hinter Wölfen hergerannt und hatte Bären verfolgt. Doch was immer sie an der Spur gerochen hatte, musste in ihrem Instinkt etwas ausgelöst haben. Angst?

Wenn wir in die Stadt mussten, nahmen wir unser Hundemädchen mit. Die vielen Menschen, die notwendige Leine und die Fahrzeuge waren für Tara ungewohnt. Sie mochte den Trubel nicht. Sie hatte sich nie daran gewöhnt. Als sie drei Jahre alt war, musste ich sie für zwei Tage alleine zurücklassen. Gaby war in Vancouver. Der See war aufgewühlt, wild und mit Schaumkronen geschmückt. Doch ich musste fahren. Sie sollte daheimbleiben. Zwar hatte sie genug zum Fressen und am See konnte sie ihr Wasser schlappern, doch als sie bellend am Ufer entlanglief, während ich davonfuhr, war mir nicht wohl dabei.

Rea, eine langjährige Freundin aus Mayo, besaß eine Hündin, die einen Wurf von neun Jungen bekam. Der Urgroßvater der Hündin lebte in British Columbia, spielte in einem Film nach der Vorlage von Jack London mit und war ein reinrassiger Wolf. Sollten wir uns nicht noch einen zweiten Hund zulegen? Damit konnten wir sie ohne Bedenken auch einmal für mehrere Tage alleine lassen. Doch was sollten wir mit zwei Hunden anfangen, wenn wir wieder einmal nach Deutschland mussten?

»Kein Problem«, meinte Rea. »Wenn ihr wieder einmal wegmüsst, nehme ich beide zu mir. Ich werde schon auf sie aufpassen.«

Unser neuer Welpe war ein Rüde und wir nannten ihn Odo. Zuerst mochte Tara den Eindringling nicht, doch schon bald waren sie unzertrennlich. Odo entwickelte sich vollkommen anders. Tara vertraute uns, war verschmust. Wir konnten ihr jede Köstlichkeit aus den Zähnen nehmen, und sie ließ sich auch im Schlaf nicht stören.

Wenn wir Odo versehentlich im Schlaf berührten, fuhr er herum, knurrte uns an, stand auf und legte sich an eine andere Stelle. Wenn er einen Kauknochen oder ein Schweinsohr als besondere Leckerei erhielt, zog er die Lefzen hoch und knurrte, wenn wir die Hand nach seinem Häppchen ausstrecken. In den gemeinsamen Jahren konnten wir ihm alles aus dem Fang nehmen. Niemals fühlten wir uns ernstlich bedroht, doch das Knurren behielt er bei.

Besucher und Fremde wurden zuerst einmal von Tara angebellt. Odo verhielt sich zurückhaltend und blieb stumm. Auch vorbeiziehende Bären oder Elche wurden zuerst einmal von unserer Hündin angebellt. Unser Wolfsblut stelzte mit steifen Beinen umher, ein Kamm aus Haaren richtete sich vom Nacken bis zum Schwanz auf und ein tiefes Grollen drang aus seiner Kehle.

Es war Winter. Wieder einmal zog ein Wolfsrudel vor unserem Haus vorbei. Mit strengen Worten gelang es, die Hunde bei uns zu halten. Dann setzte der stimmengewaltige Chor der wölfischen Besucher ein. Daraufhin geschah das Unglaubliche, was stets in unserer Erinnerung bleiben wird. Odo setzte sich hin, streckte den Kopf dem blauen Himmel entgegen und stimmte in den wilden Gesang seiner Brüder und Schwestern ein.

Land der Wölfe, der Bären, der Überraschungen. Wir waren froh, Tara und Odo bei uns zu haben.

13. Lange Winter am Mayo Lake

Wir hatten uns niedergelassen im Land der Elche, von denen es am See mehr gibt als menschliche Nachbarn. Die letzten Regentage des Spätherbstes waren noch nicht vorüber, als sich auf den umliegenden Höhen schon weiße Kappen bildeten, die sich in den düsteren Tagen nur wenige Stunden im glitzernden Weiß sonnten. Der Winter kam langsam, sehr vorsichtig, so, als ob der Schnee und die grauen Wolken nichts damit zu tun hätten, dass der eisige Geselle das Land unterwerfen würde.

Als wir in unser Blockhaus einzogen, türmten sich Kartons, Kisten, Säcke und Taschen zu ungeordneten Bergen auf und wir fragten uns, wie das alles in dem Wohnzelt gewesen sein konnte. Nach all dieser Zeit, der Arbeit – endlich! Wir waren begeistert und schwebten fast zwischen den runden geschälten Stämmen, den zwölf Wänden, die uns so viel Mühe gemacht, doch auch Zufriedenheit geschenkt hatten. Das eigene Haus! Wir hatten Platz, konnten uns von einem Raum in den anderen bewegen, auch wenn im Moment noch ein Sack mit Lebensmitteln oder ein Karton mit Büchern im Wege stand oder lag.

Wenn die Bäume sich mit dem Wind stritten, sich schlanke Stämmchen fast bis zur Erde neigten, Schneeflocken wie Geschosse durch die Luft jagten, fühlten wir uns geborgen – waren warm und trocken. Dann hämmerte, sägte, schraubte ich, war mit meinen einfachen Werkzeugen dabei, einen Tisch, Bänke, Regale und Ablagen zu bauen. Holzspäne spritzten umher, Sägemehl rieselte auf den Boden und die Schläge des Hammers schallten zu einem freudigen Echo. Kaum war wieder ein Regal, eine Ablage fertig, füllte Gaby sie umgehend mit unseren Haushaltsgegenständen, mit Büchern und den vielen Lebensmitteln, die uns über den langen Winter bringen sollten.

Noch hatten wir das Rauschen des Baches im Ohr, ein Murmeln, das uns die bunten Herbsttage begleitete, als die ersten wippenden Äste am Wasser einen glasklaren Panzer überstreiften und sich selbst unweigerlich tiefer in das Nass zogen. Lange konnte sich das Wasser nicht gegen die Kälte wehren. Der Bach verlor zuerst sein bewegtes Spiel. Wo er im Sommer munter über Steine gesprungen war, bereitete er sich eisige Dämme, die er selbst nicht mehr sprengen konnte, schaffte sich Stufen, die er bis zum Frühjahr nicht mehr benutzen würde. Das helle Blau und tiefe Türkis spiegelten sich in der Wintersonne, bis der Schnee das leuchtende Eis für Monate verbarg. Nur der See hatte noch keine Ruhe gefunden und hüllte sich mit eisigen Wolken ein.

In den ersten Novembertagen klammerte sich das Eis am Ufer noch unschlüssig an Treibholz, wuchs hier und da auf einige Meter Breite, war erst zaghaft mit Schnee bedeckt. Bald packte es sich fester um Steine, zauberte dicke Wülste um abgestorbene Baumstämme. Die Bäume am Ufer atmeten die eisige Luft, hüllten sich in ein frostiges, glitzerndes Winterkleid. Dem Boden war seine dunkle Farbe genommen.

Ein lautes Dröhnen schreckte uns aus der Winterruhe. Ein kleines Sportflugzeug huschte knapp über unsere Winteridylle. Beim dritten tiefen Anflug, als ich schon in die Stiefel gefahren und hinausgeeilt war, löste sich vom Flugzeug ein orangefarbener Beutel. Das flatternde Farbband daran wirkte wie ein hinweisender Pfeil, während das Paket der Erde entgegensauste und auf den Schneeteppich prallte. Die Tragflächen wackelten noch einmal zum Gruß: Unerwartet hatten wir Luftpost bekommen. Ein Brief war nur sieben Tage zuvor in Deutschland abgeschickt worden.

Die Temperatur pendelte um die minus 30-Grad-Marke, als sich vor

Bei minus 30 Grad scheint der See zu dampfen

Eisschollen bilden sich vor unserem Platz. Niemand kann zu uns kommen, doch wir können auch nicht weg.

unseren Augen der See am 20. November schloss. Das Ächzen und Stöhnen des jungen Eises wurde nun ein dumpfes Rumpeln oder ein splitterndes Krachen, wie das Donnern von einem nahen Gewitter. Es dauerte Tage, bis wir nicht mehr erschreckt zusammenzuckten, wenn das krachende Echo über das Eis schallte.

Drei Öfen standen im Haus. Drei? Es bedurfte keiner großen Überlegung, einen zusätzlichen Ofen im Wohnzimmer aufzustellen. In der Küche stand der Backofen. Er war nicht zum Heizen gedacht, auch wenn wir die ausströmende Wärme begrüßten und genossen. Doch nach dem Frühstück, oder wenn Gaby gebacken und gekocht hatte, ließen wir ihn ausgehen.

Der Hauptofen steht in der Mitte vom Haus. Er ist ein dickwandiges 200-Liter-Fass. Die Ofenteile dazu, wie Beine, Ofenrohreinfassung und Tür, hatten wir aus einem Katalog bestellt. Das Zusammenbauen mit Bolzen und Schrauben war einfach. Wir ließen uns auf den runden, oberen Teil des Fasses eine schmale Metallplatte schweißen, auf die wir Töpfe und Kessel stellen konnten.

Im Wohnzimmer steht der Yukon-Ofen. Er ist oval, ruht auf vier soliden Metallbeinen und wurde von »Goldfinger« aus dickem Eisenblech zusammengeschweißt. Die Besonderheit eines Yukon-Ofens ist, dass er keine Frontklappe besitzt, sondern seine Öffnung oben hat. Zuerst störte es uns etwas, doch unsere Befürchtungen, er würde dadurch beim Nachheizen Qualm ausstoßen, erwiesen sich als unbegründet. Der kräftige Zug verhinderte es. Wir benutzten ihn nur, wenn es minus 30 Grad und kälter war. Dann blieb es behaglich und gemütlich im Wohnzimmer. Es stellte sich auch heraus, dass wir durch diesen Zusatzofen nicht wesentlich mehr Feuerholz benötigten. Brannte der Yukon-Ofen, so konnten wir die Luftklappe des Fassofens zur Hälfte schließen.

Das Tageslicht nahm ab wie das Feuerholz. Hatte ich genug Bäume

Unser Blockhaus am See

gefällt, Stämme zerschnitten, gespalten und aufgesetzt? Noch konnten wir es nicht wissen, und je kälter es wurde, umso gewaltiger erschien uns die Aufgabe, das große Haus warm zu halten. Doch mit jedem Tag schlich sich stärker eine beruhigende Winterroutine ein.

Wenn ich nicht in die Hausarbeit verwickelt wurde und meine Außenarbeiten erledigt waren, zog ich durch die verschneiten Wälder, fotografierte und studierte die Welt um mich herum. Die Natur offenbarte sich mir in atemberaubender Pracht. Stapfte ich auf den See hinaus, so zierten nur die ovalen Abdrücke meiner Schneeschuhe das unberührte Weiß. Mein Blick wanderte zu dem kleinen Hügel, auf dem das Blockhaus stand. Das Ofenrohr stieß eine dicke Rauchsäule aus, die erst in großer Höhe begann, wie ein Schleier zu zerfließen. Die Berge streckten sich grell in das klare, tiefe Blau des wolkenlosen Himmels. Ehrfurchtsvoll lauschte ich. Die Berge schwiegen. Über der

Wildnis ruhte eine so tiefe Stille, dass sie fast zu dröhnen schien. Eine laute menschliche Stimme zu hören wäre ein Frevel gewesen.

Die Wälder sind im Winter wunderschön und nur ein bitterkalter Tag mit beißendem Wind, der heulend Schneefahnen vor sich hertreibt, konnte uns von einem Spaziergang durch den nordischen Wald abhalten.

Der Schnee kann Geschichten erzählen wie die Seiten eines Buches. Das weiße Land zeichnet in einer ungeordneten Liste alle Tiere auf, die am See und in unserer Nähe leben. Schneehühner gibt es viele, doch nicht immer sieht man die Vögel, wenn sie in kleinerer oder größerer Zahl irgendwo einfallen. In ihrem weißen Federkleid sind sie perfekt getarnt. Sie hinterlassen ovale Schleifspuren im Schnee und oft sind die An- und Abflüge mit den Schwingenabdrücken deutlich zu sehen. Ähnlich, jedoch etwas größer, sind die Spuren der Waldhühner. In ihren Schneehöhlen sind sie auch einem suchenden Blick verborgen. Sitzen jedoch mehrere auf den kahlen Ästen hoher Laubbäume – die Schattenrisse gegen den hellen Nachthimmel sind kaum zu erkennen – verraten sie sich durch ihr unruhiges Rucken und Gackern. Sie tragen kein winterliches Tarnkleid. Grouse fressen Blätterknospen, Keime, Beeren und im Winter auch schon einmal Tannennadeln. Ein Essen mit Bratkartoffeln, Soße, Grouse gebraten, bereicherte unsere Winterverpflegung.

Für einige Tage flatterten Schneeammern in der Nähe umher. Zwanzig bis dreißig Vögel pickten zwischen Büschen und unter Birken nach Nahrung, und wenn ich zu nahe kam, rauschte der Schwarm davon. Das weiße Winterkleid der Gäste flimmerte wie übergroße Schneeflocken. Dagegen war der Hakengimpel die reinste Tropenpracht. Das Gefieder des Männchens leuchtete rosarot und der Farbtupfer schien fremd zwischen den kahlen, schneebedeckten Ästen.

Die winzigen Abdrücke der Eichhörnchen sahen wir nur noch selten.

Erst ein milder, sonniger Tag – oder nagender Hunger – lockt die Tierchen aus ihrem verborgenen Nest. Dagegen waren die typischen Paarspuren der Marder überall: Im dichtesten Wald, auf dem weiten See und dem Dach des Hauses.

Der Schneeschuhhase hoppelte um unser Blockhaus, als würde er auch dort wohnen. Er trampelte Pfade durch den Busch, die so fest wurden, dass wir auf ihnen ohne Schneeschuhe bequem laufen konnten. Er hat viele Feinde. Einer davon ist der Fuchs, dessen Pfotenabdrücke im Schnee wie eine locker aufgereihte Perlenkette aussehen.

Weiße Büschel aus dichtem Haar, daneben Abdrücke von Schwingen im lockeren Schnee und Blutspritzer, wie dahingestreute Preiselbeeren, erzählten die Geschichte von einem Greifvogel, der sich einen unvorsichtigen Hasen gepackt hatte. An einer anderen Stelle erzählte der zerwühlte Schnee von einem wilden Kampf. Blutlachen waren so groß wie eine Handfläche. Gelblicher Urin, gefrorene Klumpen Blut. Eine Schleifspur von fünf, sechs Metern führte zu einem umgestürzten Baum. Unter dem Stamm, halb verborgen von den schneebeschwerten Ästen, lag der weiße kopflose Körper in einem schaurigen Bett aus versickertem Lebenssaft. Der Marder musste mit dem Kopf noch in der Nähe sein, denn der Körper des Schneeschuhhasen war noch warm.

Der kraftvolle, geschmeidige Luchs ist der größte Hasenjäger. Regelmäßig streifte er bei uns vorbei und seine dicht behaarten Pranken hinterließen tellerrunde Abdrücke. Und der Gejagte: Seinen einzigen Schutz bilden das schneeweiße Fell und die kräftigen Hinterläufe.

Schnee gibt es in unterschiedlichen Arten. Frisch gefallener Schnee ist fast lautlos unter den Füßen. Mittwinterschnee ist trocken und knirscht, wenn man auf ihm läuft. Frühlingsschnee ist müde: Zuerst bricht die Kruste, dann bricht man ein. Schneeverwehungen sind gerif-

Blauer Yukonhimmel und Gaby kommt zum See herunter

felt wie der See im leichten Sommerwind – oder wie Sand in der Wüste. Manchmal hoch und fest gepackt, zeigen sie Farbschattierungen in Gletscherblau, Honiggelb, Orange oder Türkis. Ohne Sonne ist der Schnee nicht mehr weiß, sondern eine Reflexion des Himmels: Er leuchtet stahlblau, grau, blassrot oder rosa bis purpurrot.

Die Winterlast hängt schwer an den Ästen der Bäume. Wenn die Schneeladung zu schwer wird, brechen Kaskaden aus dicken Schneebrettern ab. Sie schlagen auf andere Äste, der Baum schüttelt sich, schlägt nach seinem Nachbarn und es ist, als würde ein stummer Kampf stattfinden. Plötzlich steht eine Gruppe grünbrauner Stämme von der Last befreit, wippt und schwankt nackt zwischen den weißen Nachbarn.

Schneegeruch lag in der Luft. Graue Wolken lasteten schwer wie Blei über den Baumwipfeln, und es schien, als ob der halbe Meter Schnee noch wachsen sollte. Doch das störte uns nicht. Zufrieden waren wir dabei, die letzte Wolkenladung von unseren Pfaden zu schaufeln. Das Weiß türmte sich bereits zu Bergen neben den schmalen Wegen, die wir um das Haus frei hielten.

Mir war, als hätte mich ein elektrischer Schlag getroffen. Ein anfängliches Staunen wandelte sich zu einem Gefühl der Freude. Tief aus den Wäldern schallte der Ruf eines Wolfes zu uns. Die Schneeschaufel ließ ich fallen und ging schnell zu Gaby, die an einer anderen Stelle den Schnee beseitigte. Gemeinsam lauschten wir.

Das angespannte, bewegungslose Herumstehen ließ uns die Kälte beißender empfinden. Ruhe hatte sich wieder über unsere kleine, abgeschiedene Welt gelegt. Später fanden wir heraus, dass Wölfe drei Kilometer entfernt einen Elch gerissen hatten. Der Trapper George setzte seine Wolfsfallen um die blutigen Überreste – doch wir hofften, dass er keines der Tiere fangen würde.

Unser breites Bett stand im Silberweiß des Mondlichtes und wir betrachteten im Liegen die Sterne. Einschlafen konnten wir nicht. Das Holz arbeitete. Die Stämme knackten und stöhnten. Das ganze Haus setzte sich zur Ruhe. Der Temperaturunterschied zwischen drinnen und draußen betrug um die 60 Grad. Es gab Schläge, als ob jemand mit einem Vorschlaghammer gegen die Wände donnern würde. Irgendwann überwältigte uns die Müdigkeit. In der Nacht schreckten wir auf, wenn es sich anhörte, als ob das Dach zusammenbrechen würde. Für einige Zeit lauschten wir angespannt. Es wurde eine unruhige Nacht.

Morgendämmerung. Kaum hielt ich das entzündete Streichholz an das Papier im Backofen, züngelten die Flämmchen auf, wurden größer, griffen nach den aufgeschichteten Spänchen und dem dickeren Holz. Nun schloss ich die Ofenklappe, stellte die Kaffeekanne auf die Herdplatte. Ein Blick aus dem Küchenfenster auf das Thermometer. Die Flüssigkeit stand wie festgefroren auf 40 Grad unter null. Schnell zur Heizung. Mit dem selbstgemachten Schürhaken stocherte ich in der Glut des Fassofens, zerrte sie auseinander und legte zwei gespaltene Stämme nach. Luftklappe öffnen. Zurück ins Bett.

Der Kaffee gurgelte und riss mich aus dem leichten Schlummer. Beim Aufstehen ließ ich mir Zeit. Als ich in der Küche ankam, war das Morgengetränk fertig. Mir schmeckt er besser, wenn er auf dem Holzofen gemacht ist. Vielleicht ist es der Geruch von Harz oder kaum wahrzunehmender Rauch, der ihm eine besondere Würze verleiht.

Die Wärme der Öfen breitete sich mehr und mehr aus. Das Feuer zischte, das Holz knackte. Sogar die Bäume vor den Fenstern sahen kalt aus. Es war der 8. Dezember. Neben die Kaffeetassen legte ich braune große Multivitamin-Tabletten mit zusätzlichen Mineralien. In den Wintermonaten nahmen wir alle drei Tage eine davon zum Frühstück.

Es war mir zur Gewohnheit geworden, einen Blick aus dem Fenster zu werfen, bevor ich das Haus verließ – oder, wenn ich die Tür hinter mir schloss, mich kurz umzusehen, bevor ich die Stufen hinunterging. Es passierte nur selten, dass ich überrascht wurde. Vielleicht war ich mehr ein Teil der Umwelt geworden, reagierte feinfühliger auf die Dinge, die wichtig werden konnten: eine Veränderung des Wetters, rauschende Wellen, ein Knistern und Rascheln im Busch.

Nicht immer waren es überwältigende Ereignisse, die mich erwarteten. Schon das flimmernde Sonnenlicht auf dem See faszinierte mich. Dann war es eine schön geformte Wolke, vielleicht mit besonderen Farben, oder nur ein Vogel, der vor der Veranda herumhüpfte. Aber es war auch schon ein Schwarzbär, ein Luchs, ein Fuchs, der am Seeufer entlangschnürte, und eine Sperbereule, die vor dem Haus auf einem Baum saß und die Gaby vor mir entdeckte.

Die Dunkelheit wurde allmählich vom weichen Licht des jungen Tages verdrängt. Lautlos schob sich ein schwaches Morgengelb aus der grauen Nacht. Der Dezembertag versprach klar und sonnig zu werden – wenn auch nur für wenige Stunden. Schnell drückte ich die Haustür hinter mir zu. Kalt und trocken knirschte der Schnee unter meinen Stiefeln. Aus den Augenwinkeln heraus meinte ich, eine Bewegung am See wahrgenommen zu haben. Etwas Dunkles vielleicht, doch ich war mir nicht sicher. Neugierig stapfte ich durch den krustigen Schnee bis an den Rand des Hanges. Dreißig Meter vor mir stand ein Wolf. Einer? Konnte ich meinen Augen trauen? Es war unglaublich! Eins, zwei, drei … begann ich zu zählen. Sechs, acht, zehn … und der große Leitwolf stand wie erstarrt und sah mich an. Sechzehn Wölfe!

Für einen langen, prächtigen Moment war jede Bewegung eingefroren. Einige Tiere aus der langgezogenen Kette warfen sich herum und

Stille am winterlichen Nachmittag

begannen ihren Rückzug mit weiten, raumgreifenden Sätzen. Andere trotteten langsam davon. Der Leitwolf wirkte unentschlossen.

Nun rannte auch ich. Zurück zum Haus. Hastig öffnete ich die Tür, rief: »Gaby! Wölfe! Direkt am Ufer.« Dann griff ich zur Kamera. Hatte ich Angst? Vor was? Vor diesen prächtigen Tieren vielleicht? Gefahr stellten sie für mich keine da. Die Gefahr war ich – unbegründet, doch das konnten die Wölfe nicht wissen.

Das Rudel bewegte sich wie ein Fächer zurück. Selbstbewusst, ohne große Eile zu zeigen, folgte der Leitwolf. Die nervös herumlaufenden Tiere sammelten sich. In der geschlossenen Gruppe wurden sie ruhiger. Ein vereinzeltes jammervolles Klagen drückte Unmut, Unsicherheit und Schrecken aus. Ein Kläffen, ein klägliches Jaulen und aus 16 Kehlen formten sich Laute zu einem Lied, wie ich es noch nie zuvor gehört hatte. Ein Gesang, der Ärger ausdrückte, Angst, Zweifel, Furcht – doch auch Kraft, Stärke, Entschlossenheit.

Die Wölfe verschwanden nicht. Das Rudel blieb den ganzen Tag in der Nähe. Die Meute tummelte sich auf dem Eis und benahm sich, als hätte sie nie die Menschenbegegnung gefürchtet. Sie schienen die Sonnenstrahlen in der eisigen Kälte zu genießen, spielten und tollten herum. Immer wieder gingen wir zum See und schauten ihnen mit dem Fernglas zu. Als die Dämmerung sich ausgebreitet hatte und wir nichts mehr erkennen konnten, vernahmen wir noch das Heulen, ein abgehacktes Kläffen, einen einzelnen anschwellenden Ton. Dann herrschte die lautlose Winternacht.

Der Mond stand glänzend und groß wie ein Silberdollar. Die schneebedeckten Fichten warfen lange Schatten, obwohl es fast Mitternacht war. Funkelnde Sterne nahmen der Nacht ihre unergründliche Schwärze. Da war ein Zauber in der eisigen Nordlandnacht, der sich heranstahl wie ein Fieber – wir waren seinem festen Griff unterworfen, bevor wir es bemerkten. Der Himmel war zu einem pulsierenden Wesen aus Licht und Farben geworden. Gebannt betrachteten wir die grün und silbern leuchtenden Bänder, die sich von Horizont zu Horizont erstreckten. Geisterhafte Fahnen wehten über uns, veränderten ihre Farben vom Grün zu Silber, vom Purpur zu Orange und Rot. Es war das Rot eines Rubins, das Grasgrün eines Smaragds, das Rosé eines Topas, der bläulich wogende Schimmer eines Mondsteins. Über den Hügeln sprudelte es empor – wie ein eisiger Feuerschein –, ein aufwallender Lichtschweif, der sich bis zur Unendlichkeit auszudehnen schien und ebenso plötzlich wieder verschwand. Nordlicht – für die Inuit die Geister der Toten!

Die Stille zerriss unter einem langgezogenen Zzziiiiinnnggg – gleich der angespannten Saite einer Geige. Es folgte ein Rumpeln, ein tiefes Stöhnen, das Vorstellungen von einem verwundeten Grizzly als ängstigendes Trugbild schaffte. Die klirrende Kälte sprengte das Eis des Sees, zerriss es mit uriger Kraft und schaurig hallte das Ächzen durch die frostige Nacht. Aus dem Bann gerissen, doch von der inneren Spannung befreit, gingen wir in die Wärme zurück.

Das neue Jahr schlich sich friedlich und still heran. Wir feierten den Wechsel mit einem Glas Sekt und feuerten rote, grüne und weiße Signalpatronen den Sternen entgegen. Ein zartes Nordlicht unterstützte das Feuerwerk.

Dick eingepackt, mit Gesichtsmaske und Fernglas, stand ich vor dem Haus. Über mir wölbte sich ein kraftloses Blinken, ein unruhiges Flimmern: Winzige Pünktchen im Dämmerlicht – dann explodierte der Himmel. Von Horizont zu Horizont dehnte sich die Weite des Alls, überflutet mit Sternenstaub. Der Neumond lag nach dem Kalender erst wenige Tage zurück, und was dort schräg zwischen den Sternen hing, war ein lachender Baby-Mond. Es gab kein Lichtermeer einer Großstadt, nicht den kleinsten Schimmer menschlicher Behausung,

Ein schwarzer Wolf besucht uns

Nordlicht verzaubert den Himmel über dem Blockhaus

kein Funke einer Niederlassung: Nur das All, die Weite, die Unendlichkeit. Es ist die Stille, die Sprache des Schweigens, die mich fasziniert und die ich trotzdem nicht verstehen kann.

Im Südosten erhob sich Orion, das vielleicht schönste Sternenbild des Himmels. Seine Gürtelsterne stehen wie ein dreiteiliger Kristallleuchter. Seitlich über ihnen der rote Riesenstern Beteigeuze, darunter der hellere, fast weiße Rigel. Zwischen den schneebedeckten Bäumen schob sich der hellste Stern des Himmels über den Horizont: Sirius. Als nahezu reinweißer Stern scheint er jedoch, durch das Fernglas betrachtet, zu pulsieren, zu glitzern und zu flimmern. Gleich einem Saphir in Kornblumenblau, Rötlichgelb, Violett, Silber und Weiß.

Schräg über dem Plateau waren die Zwillinge: Der helle orangefarbene Pollux und der schwächere Castor. Zum Zenit, Capella im Fuhrmann, Aldebaran im Stier und die Plejaden, das leuchtende Siebengestirn.

Es war ein kleines, persönliches Abenteuer, Sternenbilder neu zu entdecken, wenn ich mit Gesichtsmaske und Fernglas bei minus 30 Grad vor dem Haus stand. Zuerst waren es die hellsten Sterne, die ich suchte. Dann arbeitete ich mich von einem Sternenbild zum nächsten. Das Viereck des Pegasus, die Zickzacklinie von Kassiopeia, das gewaltige Kreuz des Schwans, die unscheinbare Leier mit der hellen Wega.

Verfroren kam ich zurück in die Wärme. Meine Augen tränten vor Kälte. Mit dem Bestimmungsbuch zeigte ich Gaby »meine« neuen Entdeckungen, erzählte von Sternen, die wie Edelsteine glitzerten und flimmerten. Wenn es einmal nicht ganz so kalt, aber dennoch klar war, standen wir zusammen draußen, staunten und freuten uns. Nur Tara saß vor unseren Füßen, wusste nichts mit der Situation anzufangen und wäre gerne wieder schnell an den Ofen zurückgekehrt.

An den langen Abenden versenkten wir uns in Bücher – viele Bücher. Wir griffen zu Karten und Würfeln, spielten Rommé, Kniffel und Go. Tara beschäftigte uns mit ihrem Ball für Stunden. Dann wieder führten wir lange Gespräche. Langeweile zwischen zwei Menschen kommt nicht vom Zusammensein ohne andere Menschen, von fehlendem Kontakt über Wochen und Monate. Es kommt davon, wenn man in der Denkungsart, den Anschauungen der Lebensweise, auseinander gekommen ist.

Als Lichtquellen hatten wir drei Campinglampen. Innerhalb von einigen Wochen streikten die zwei Benzinlampen. Die feinen Düsen schienen nicht mehr zu funktionieren, und ich baute andere Generatoren ein. Danach brannten beide Lampen noch einmal drei Wochen. Für die dritte Lampe benutzten wir anderen Brennstoff, hatten aber nur noch ungefähr 15 Liter. Diese benutzten wir nun so sparsam wie möglich.

Uns blieben zwei Kerosinlampen. Sie verbreiteten weiches goldgelbes Licht in den Räumen. Es wirkte schummerig. Zum Lesen benötigte jeder seine eigene Lampe, saß in dem engen Lichtkreis, während nur wenige Meter entfernt die Dunkelheit lastete.

Im folgenden Winter besaßen wir drei Kerosinlampen, für unsere Coleman-Lampen 200 Liter Naphtha-Brennstoff. Es gab keine Schwierigkeiten mit diesen Lichtquellen. Dafür ließen uns die vier Taschenlampen im Stich. Für drei benötigten wir normale Batterien, und diese waren bis zum Frühjahr alle leer. Zum Glück besaßen wir damals schon eine Solar-Taschenlampe. Der kleine Sonnenkollektor reichte im März bereits, um sie für mehrere Stunden in der Dunkelheit benutzen zu können. In einem anderen Jahr waren von unseren dreißig Taschenlampenbatterien im Frühjahr noch die Hälfte unbenutzt – aber wir hatten alle zehn Ersatzbirnchen verbraucht.

Wir lernten unsere Lektionen. Eines der wichtigsten Dinge ist ausreichendes Licht. Nicht nur, um zu sehen, sondern auch, um nicht zu stark von den langen Nächten bedrückt zu werden.

Beim Frühstück erinnerten wir uns daran, wie der Hagebuttensaft einmal unsere Weinflaschen explodieren ließ. Das brachte Gaby auf eine gute Idee. Sie setzte zwei Sorten Wein an: Met und Sake.

Für den Honigwein brauchte Gaby Eiweiß, Honig, Hefe und Wasser. Die Gärung benötigt ungefähr zwei Wochen. Dann wird der Saft gesiebt, umgefüllt und nochmals gute zwei Wochen stehen lassen. Der erste Met war etwas süß für unseren Geschmack, aber der zweite Versuch war angenehmer, das alkoholische Produkt herber im Geschmack.

Der Sake benötigt zur Gärung zwölf Tage. Dann noch einen Monat Ruhe. In dieser Zeit roch es in unserem Vorraum nach Gärung und Alkohol. Die Zutaten fand Gaby in einem alten Kochbuch: Reis, Zucker, Rosinen und Wasser. Der Reiswein übertraf unsere Erwartungen. Zwei Whiskygläser davon trieben mir die Schweißperlen auf die Stirn – auch wenn draußen minus 30 Grad herrschten.

Es war ein dumpfer, pochender und gleichmäßiger Schmerz. Neben einem Unfall vielleicht das Schlimmste, was einem in der Wildnis passieren konnte: Zahnschmerzen. Unter meinem linken Auge war die Wange wie eine Beule geschwollen. Bei meiner Arbeit, bei Ruhepausen, beim Schlaf – das pulsierende Klopfen war für drei Tage und Nächte mein ständiger, unerbittlicher Begleiter. Bis zum nächsten Zahnarzt in Dawson City sind es über 300 Kilometer und eine Kältewelle schwappte über uns hinweg, die mich davon abhielt, den Vorstoß in die Zivilisation zu wagen. Mit dem Ski-doo war das Risiko einfach zu groß. Auch ein Hubschrauber würde bei dieser Temperatur nur in wirklichen Notfällen versuchen zu starten.

Eine Wurzelkanalbehandlung war notwendig. Zum Glück waren wir ausreichend mit Medikamenten versorgt und es gelang, die Entzündung und die Schmerzen zum Abklingen zu bekommen. Aber aus ihrer langjährigen Berufserfahrung versicherte mir Gaby: Es kann jederzeit wieder losgehen.

Tag um Tag wölbte sich über uns ein klarer blauer Himmel. Der Blick auf die einladende Winterlandschaft, bei der einem das Herz vor Freude zerspringen könnte, zeigte ein trügerisches, ein gefährliches Bild. Minus 45 Grad! Schon am Nachmittag warf sich die Nacht über das Land. Aus dem Sternengeflimmer drang noch mehr Kälte, während der Mond fröstelnde Schatten über den Schnee schob. Die Farbe des Alls, die weit hinter den Sternen zu ruhen schien, war ein atemberaubendes, faszinierendes Metallicblau.

Für die wenigen Minuten hatte ich mich angezogen, als wollte ich eine Winterexpedition beginnen. Mit dem Eimer stampfte ich um das Haus und kippte das Spülwasser aus. Der Schwall zischte beim Auftreffen, knisterte und krachte wie zersplitterndes Glas. Eine Dampfwolke schwebte vor mir, senkte sich als Eisnebel langsam herab. Jack London hatte in einer seiner Geschichten geschrieben, dass Spucke bei dieser Kälte bereits in der Luft zu einem Eisklümpchen wird. War das wirklich so? Das wollte ich schon immer einmal wissen. Darum zog ich meine Gesichtsmaske hoch und probierte es. Es stimmte nicht.

Es wurde noch kälter. Für vier Tage tanzte die Temperaturanzeige um die 50-Grad-Marke. Der Griff der arktischen Kälte ist grausam. Die feinen Kristalle an den Fensterscheiben glitzerten und blinkten. Auch die Doppelverglasung verhinderte nicht das Anwachsen von handgroßen zarten Blumenmustern – innen. Tastende Fühler drückten eisig durch die feinsten Ritze, die wir vorher noch nicht einmal bemerkt hatten. Die Kälte prallte gegen unsere warme Insel – für eine Woche, für zwei Wochen. Das Feuer in unseren zwei großen Öfen loderte ununterbrochen. In beängstigender Geschwindigkeit verzehrten sie das Holz. Doch nur die Wärme zählte.

Nur im Haus war die Kälte zu ertragen, nur dort blieb es angenehm. Doch ich wollte hinaus. Die Temperatur traf mich nicht unerwartet, doch immer überraschend. Es ist wie ein Schlag ins Gesicht. Die Augen überzogen sich sofort mit einem glasigen Film und in den Winkeln sonderten sich Tränen ab, die zu Eisklümpchen wurden.

Seit Tagen hatte ich kein Wasser mehr aus dem See geholt. Die Kälte war zu gefährlich. Aber weiterhin Schnee schmelzen, dauerte mir zu lange und ich musste zu oft hinaus, um Eimer und andere Behälter zu füllen. Nur einmal Wasser holen und wir hatten wieder für Tage genug.

Die Abdeckung über dem Wasserloch schob ich zur Seite. Die Platte war nur noch am dicken Schneewulst am Rande zu erkennen. Sie war angefroren und mit der Axt schlug ich sie los. Eispartikel spritzten umher. Ich musste mir Zeit lassen, viel mehr Zeit, auch wenn die Kälte durch die Kleidung zu beißen schien.

Dicke Brocken Eis splitterten unter den Schlägen der Axt. Als das Loch tiefer wurde, behinderte mich der Axtstil und ich packte eine schwere Eisenstange. Zweimal, dreimal stieß ich mit der Stange fest zu, legte eine Pause ein. Eisperlen formten sich an Wimpern und Augenbrauen. Ich wollte aus der Kälte heraus, zurück ins Warme – doch ich arbeitete langsam, durfte es nicht riskieren, zu stark zu schwitzen. Durch die vereiste Maske auf meinem Gesicht drang kaum noch Luft. Die Brust schien plötzlich zu eng. Luft! Luft! Die Atemnot packte mich und im Reflex zog ich die Gesichtsmaske ab. Der Strom arktischer Luft traf meine Lungen wie mit tausend Nadeln. Vielleicht war es doch keine gute Idee gewesen, bei dieser Temperatur Wasser aus dem See zu holen?

Das Eis brach auseinander. Dampfendes Wasser quoll aus der Tiefe. Die schwimmenden Eisstücke hoben und senkten sich – wie ein lebendes Wesen. Mit dem Eimer konnte ich nicht schöpfen. Zu viel Eis pulsierte auf dem Wasser. Würde ich mit dem Eimer Druck ausüben, könnte das Plastikmaterial zersplittern. Schnell streifte ich die Handschuhe ab, griff mit den nackten Händen zu, warf die Eisbrocken zur Seite. Die Hände schienen zu brennen, fühlten sich gleichzeitig wie erstarrt an. Unbeholfen stülpte ich wieder die Handschuhe über, schlug die Hände in schnellem Takt gegeneinander.

Auf der Wasseroberfläche bildete sich schon wieder eine Kruste. Unbeholfen zog ich meine Mütze zurecht. Die Wimpern klebten aneinander. Der Körper glühte nach der Anstrengung, doch mir war kalt, so durchdringend kalt.

Zügig füllte ich zwei Wasserkanister, schnallte sie auf den kleinen Toboggan. Mit dem Schlitten war es leicht, die 50 Kilogramm den Hang hinaufzuziehen. Es folgten die Eimer. Die Bügel blieben so stehen, wie ich sie zuletzt bewegt hatte. Nun noch hastig die Platte auf das Loch schieben, mit Schnee zupacken. Geschafft.

Nach einigen Tagen wurden es erträgliche 30 Grad. Das Wasserloch formte sich zu einer Eisröhre, die dem Grund entgegenwuchs. Für einige Tage konnte ich es noch mit der Eisenstange offen halten. Eine Abdeckung nutzte nichts mehr. Das Eis wuchs von den Seiten nach innen. Dann war das Loch geschlossen. Das Wasser schien bis auf den Boden gefroren zu sein.

Als die Kälte nicht mehr ganz so schlimm war, begann ich mit einem neuen Wasserloch. Es würde ungefähr 15 bis 20 Meter weiter draußen liegen. Mit der Abmessung von ungefähr eineinhalb mal einen Meter fing ich an. Nachdem ich mich mit der Axt ungefähr 30 Zentimeter tief durchgearbeitet hatte, dachte ich, nun die Hälfte zu haben. Nur langsam kam ich voran, keuchte, schwitzte trotz der Kälte und meine Gesichtsmaske bedeckte sich mit Eis. Mit der Motorsäge wollte ich nicht arbeiten, obwohl es möglich gewesen wäre. Viele Yukoner machen es so, doch unser Trinkwasser würde durch das Kettenöl verunreinigt.

Das Loch wurde zu tief für die Axt und ich nahm die Eisenstange. Mit der Schaufel entfernte ich die herausgebrochenen Eisbrocken. Für diesen Tag hörte ich auf. Die Eiswand war 70 Zentimeter tief.

Am nächsten Tag gelang mir der Durchbruch. Wie aus einer Quelle schoss das Wasser durch ein kleines Loch. Dann stieß ich die Eisenstange an den Wänden entlang durch das Eis. Eine dicke Platte kam mir entgegen, die ich in Stücke zerbrach und wegräumte. Die Eisdecke war einen Meter und fünf Zentimeter dick!

Der lange Monat Januar. Wir zählten die Tage. Die Dunkelheit kam uns endlos vor. Nach meiner Arbeit draußen ging ich hinein. Mit einem Gummizug verschloss ich die Haustür. Auf ein Türschloss hatten wir beim Bau verzichtet, denn das wäre eine Schwachstelle, durch die unweigerlich Kälte eindringen würde. Wir hatten uns eine Styroporplatte zurechtgeschnitten, die ich nun in den Türrahmen presste. Zwei Gummizüge, kreuzweise befestigt, hielten die Platte fest. Darüber hing zusätzlich ein schwerer Vorhang.

Unseren Vorraum hatten wir vom geheizten Teil des Hauses mit einer Decke abgetrennt, die wir öffnen und schließen konnten. So regulierten wir die Temperatur. Dort lagerten die Lebensmittel, die kühl bleiben sollten. Auch bei extremer Kälte fiel die Temperatur nicht unter drei bis fünf Grad, am Boden gemessen.

Der Winter im Yukon ist wie ein großer Eisschrank – dachte ich noch vor einigen Jahren. Es ist ein Vorurteil, das man mit dem Norden verbindet. Die Ansicht ist falsch. In jedem der Wintermonate – und damit meine ich November bis März – sind Temperaturen von minus 40 Grad und kälter zu erwarten. Doch gleichzeitig auch Plustemperaturen – auch wenn es nur einmal für einige Stunden ein oder zwei Grad über null wird.

Die Temperaturen sind nicht gleichbleibend. Schwankungen sind normal. Je nach Wetterentwicklung fällt das Thermometer in nur 48 Stunden um 30 Grad – oder es steigt entsprechend. Während meiner notwendigen Außenarbeit kommen mir minus zehn Grad als »unangenehm« warm vor. Im Frühjahr ist uns diese Temperatur sehr willkommen, aber nicht im Winter. Es ist zu kalt für leichte Kleidung und zu warm für dicke Stiefel und Daunenjacke. Außerdem besteht die Gefahr, dass die gefrorenen Lebensmittel auftauen.

Bei Temperaturen von zehn bis zwanzig – immer minus – benötige ich keine dicke Jacke. Eine ärmellose Daunenjacke über ein dickes Hemd und eine einfache Wollmütze reichten mir aus. Die zwanziger Temperaturen sind angenehmer. Dazu einen klaren blauen Himmel und wir erleben und genießen den schönen Wintertag. Bei 30 Grad ist es kalt – und bei 40 Grad will auch ich nicht mehr gerne hinaus. Und was kälter ist …! Das Grausamste ist jedoch der Wind.

Es sind minus 36 Grad. Ein kräftiger Wind streicht über den See. Von der Wettervorhersage wissen wir, es sind Böen mit bis zu 40 Kilometer in der Stunde zu erwarten. Es ist kein gefürchteter Blizzard, kein Sturm. Nur ein kräftiger Wind. Der Auskühlfaktor des Windes, kombiniert mit der Temperatur, schafft minus 65 Grad! Fleisch gefriert innerhalb von 30 Sekunden. An so einem Tag holte ich kein Wasser aus dem See.

Der Morgen entwickelte sich zu einem prächtigen Sonnentag. In der Nacht hatte es nicht geschneit und die Spuren, die ich suchen wollte, sollten leicht zu finden sein. Der Schnee lag kaum 30 Zentimeter hoch auf dem Eis des Sees und reflektierte grell die blendenden Sonnenstrahlen.

Der Tag zuvor war kälter gewesen. Eine eisige Nebelschicht hatte wie ein Tuch über dem See geschwebt, während sich über uns ein reiner, makelloser Himmel spannte. Zu dem Eisnebel gesellte sich die Dämmerung. Tara rannte zum See hinunter und bellte. Ein unsicheres Gefühl, eine Ahnung, ließ mich vom Schreibtisch aufstehen und zur Tür gehen. Schnell zog ich meine Stiefel an, schlüpfte in die dicke blaue Daunenjacke, packte Taschenlampe und Fernglas, eilte hinaus. Noch immer hörte ich unser Hundemädchen kläffen. Ich folgte dem Pfad zum See.

Der starke Strahl der großen Stablampe brach wie ein Speer durch das Dämmerlicht, aber der Eisnebel war zu dicht, um weiter als 20, 30 Meter klar sehen zu können. Tara stand auf dem Eis, bemerkte mich und bellte dann noch stärker. Etwas war auf dem See, doch ich konnte noch nichts erkennen. Mit dem Fernglas suchte ich die Fläche ab. Schon dachte ich, dass meine Ahnung falsch gewesen war, als ich den Schatten erkannte. Schnell regulierte ich die Schärfe des Nachtglases. Ein Wolf trottete gemütlich heran. Durch meine Anwesenheit fühlte sich Tara nun stark. Sie jagte dem davontrabenden Schatten hinterher. Auf mein energisches Rufen reagierte sie nicht.

Nun hatte ich es sehr eilig. Ich hetzte den Hang hinauf, öffnete schnell atmend die Haustür und packte den griffbereiten Karabiner. »Wolf«, stieß ich hervor und noch bevor Gaby etwas erwidern konnte, stürzte ich bereits wieder davon. Mit großen Schritten rutschte ich mehr als ich ging an dem Südosthang hinab. Irgendwo weit draußen bellte Tara.

Auf der Böschung blieb ich im hohen Schnee stehen. Die Taschenlampe war nun zwecklos. Mit dem Fernglas suchte ich das Eis vor mir ab. Das Bellen leitete mich. Dann erkannte ich etwas. Wäre die Situation nicht so ernst gewesen, hätte ich laut gelacht.

Der Wolf lief nicht mehr, sondern hatte sich seinem Verfolger zugewandt. Groß, ruhig und selbstsicher stand er da. Er hatte nichts zu befürchten. Und Tara? Sie stand mit hochgestrecktem, wedelndem Schwanz, den Körper nach vorn geneigt, als wollte sie spielen. Ihre Nackenhaare bis über den Rücken waren aufgerichtet. Das winzige 20 Kilogramm leichte Hündchen bellte einen ausgewachsenen, tödlichen Artgenossen an.

Wir hatten uns schon immer gefragt, wie groß die Gefahr für unsere Hündin war, wenn sie umherstreifte. Einem Bären konnte sie entkommen, denn sie war wendig und schnell. Falls überhaupt einer an ihr Interesse zeigen würde. Bei einem Vielfraß oder Luchs hatten wir schon unsere Zweifel. Doch wir konnten nichts dagegen tun, wollten wir ihr die Freiheit lassen. Gab es nun noch eine Chance für sie? Für Tara selbst sah ich keine Möglichkeit mehr, aus dieser Situation unbeschädigt zu entkommen. Das wilde Tier vor ihr, zum Töten geboren, war zu gewaltig, zu schnell. Aber ich war der Rudelführer, das Leittier für sie. Auch wenn es mir unbegreiflich war, wie sie sich in eine solche Gefahr begeben konnte.

Wie in einem Reflex nahm ich das Gewehr an die Schulter, hielt grob in die Richtung, hoch genug, um nichts zu treffen und drückte ab. Eine Feuerflamme brach aus dem Lauf. Durch die Hügel verstärkt, hallte der Schuss laut über den See.

Die Tiere mussten den Einschlag der Kugel bemerkt haben. Tara bellte nicht mehr. Die Teilnehmer des Schauspiels waren erstarrt. Ich hebelte eine zweite Patrone in die Kammer, wartete nicht auf eine Reaktion, jagte eine weitere Kugel in das Eis. Der Wolf warf sich herum und sprang in großen Sätzen davon. Tara rannte bereits in einer geraden Linie dem Ufer entgegen. Dort stand Gaby und empfing unseren schwer hechelnden Hund.

Die Anspannung fiel von mir ab. Meine Hände zitterten. Unverständlich, was ich da erlebt hatte, lächelte aber gleichzeitig vor Erleichterung. Unser kleiner Hund gegen einen Wolf!

Nun stand ich vor den Spuren. Ungefähr 18 Meter hatte beide nur getrennt. Zwischen den davonführenden Abdrücken des Wolfes war der Schnee für dreieinhalb Meter unberührt. So gewaltige Sätze hatte er gemacht. Doch bereits nach 50 Metern war er wieder langsamer geworden und in seinen gleichmäßigen Trott gefallen.

Ein anderes Jahr im April. Tara und Odo streiften durch die Wälder. Gaby sah beide Hunde auf dem Hang hinter dem Haus und dann verschwinden. Sie machte sich keine Gedanken, obwohl sie seit Wochen allein war. Ich hatte den See mit dem Ski-doo verlassen, war nach Deutschland geflogen, zur goldenen Hochzeit meiner Eltern.

Die Hunde hetzten über den Hügel, am Grat entlang, dem Haus entgegen. Gaby hatte sie noch nie so schnell laufen sehen. Hinter ihnen erschien ein großer schwarzer Wolf. Seine Sprünge waren gewaltig. Doch noch bevor er die Hunde erreichen konnte, schoss Gaby mit der Schrotflinte. Das Donnern der Waffe verjagte das Raubtier. Es musste sich etwas anderes suchen als leckeres Hundefleisch.

Der Nachmittag war schon weit fortgeschritten und nach einem langen Spaziergang standen wir auf dem Eis des Sees. Die letzten Sonnenstrahlen wurden zu rotgoldenen Bündeln und warfen kupferne Lichtbahnen auf die Berge. Zerrissene Wolken näherten sich lautlos. Schneegeruch hing in der Luft. Ein Rosé übergoss die Felsgruppe im Nordwesten, prägte die Schatten an den Graten aus und wurde zu einem glühenden dunklen Rot. Der höchste Berg in dem Massiv leuchtete feurig.

Im Südosten schob sich ein grauer Keil aus dunklen Wolken heran, zerbrach, öffnete sich und ließ ein pastellfarbenes Blau durchschimmern, das sich in wenigen Minuten zu einem beherrschenden dunklen Türkis wandelte.

Der Himmel pulsierte im Süden. Ein Buttergelb breitete sich wie ein Fächer aus. Zwei dicke Streifen stießen daraus hervor, als hätte sie ein Maler mit einer Zauberfarbe plötzlich entstehen lassen – hingeschmiert, mit einem breiten Borstenpinsel, die Seiten unregelmäßig ausgefranst. Die gewaltigen Striche wurden zum Orange, dann zum Rosarot, dehnten sich aus, bis sie, wie einige umherirrende Quellwölkchen, eine Flammenwand trugen, dessen Schein die Eisfläche um uns in einem kräftigen Rot badete.

Die Farben verblassten so schnell, wie sie entstanden waren. Grau und spät war es geworden. Doch wir wussten: Die Macht des Winters zerbröckelte an den Sonnentagen.

Das Land versank im tiefen Schatten der heranjagenden bleigrauen Wolken und zum Sonnenaufgang hin machten die purpurfarbenen Ecken Raum für die aufziehende Dunkelheit. Zwischen den steilen Felswänden des Baches, die sich zum Gebirge hin wie die Wände einer Schlucht aufrichteten, flüsterte der Wind: Ein leichtes Säuseln, wie ein Hauch, dann wieder ein Grollen, wie ferner Donner. Böen jagten von den Bergen herab, packten die schwerbeladenen Bäume, schüttelten Äste und Zweige. Schneeklumpen in unterschiedlicher Größe sausten herab wie Bälle, schafften eine weiße Kraterlandschaft, während die befreiten Äste sich mit dem Wind stritten.

Die Nacht war tintenschwarz, als wir eine Reihe von glockenähnlichen, hohen Tönen aus dem düsteren Nadelwald hörten. Nach einer Weile erklang eine Folge aus acht bis zehn klaren Lauten, alle in derselben Tonhöhe, wiederholt in schneller Reihenfolge. Nach einer Pause hörten wir drei weitere klingende, klare Rufe.

Bei unserem Nachbarn konnte es sich nur um eine Eule handeln, und zur Sicherheit schauten wir in einem Buch nach. Der »Field Guide to North American Birds« erklärte: Boreal Owl, kleinste, arktische Eule, drosselgroß. In Annäherung an seinen amerikanischen Namen nannten wir unseren rufenden Gast Boris.

Ein Raufußkauz sucht seinen Partner schon im Winter. Boris rief beharrlich nach einem Weibchen, stundenlang, für Tage und Wochen. Je länger die hellen Tage wurden, umso hartnäckiger, so dringlicher ertönten die hohen, abgehackten Glockentöne. Der amselgroße Kauz zeigte eine unermüdliche Ausdauer, und wir wünschten ihm Erfolg.

Die Sonnenstrahlen tasteten sich zum Frühjahr hin. In gleißender Helligkeit schlurfte ich mit den Schneeschuhen daher. Von unzähligen Spaziergängen war ein tiefer Pfad ausgetreten. Der Wind hatte ein puderhaftes Weiß in die Spuren geblasen, und ich entdeckte winzige Pfotenabdrücke, die nach einigen Metern in der Schneewand unserer

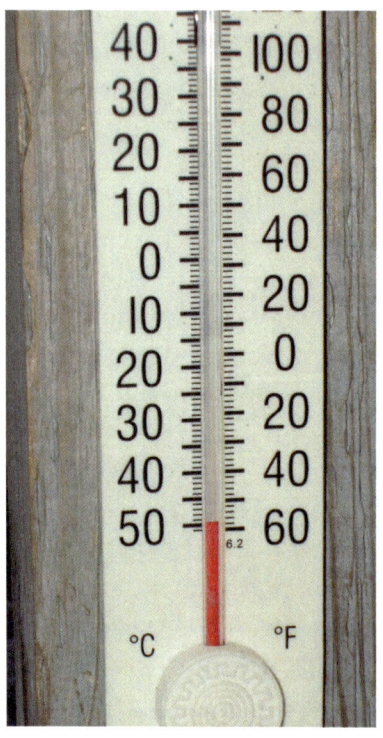

Minus 50 Grad

Nur wenige Minuten ohne Gesichtsmaske

Spuren, vor einem kleinen Loch, endeten. Eine Maus war schon vorwitzig genug gewesen, die Sonne zu genießen und die schützende Schneedecke zu verlassen. Vor dem Verschwinden hatte sie kleine schwarze Krümel hinterlassen – wie Reiskörnchen.

Ein frühlingshaftes Trillern schwebte in der Luft. Eine Schar kleiner Vögel hüpfte lebhaft im Geäst einer Birke. Mit langsamen Bewegungen richtete ich mein Taschenfernrohr auf die schneefreien Zweige. Im tanzenden Bild der zwanzigfachen Vergrößerung tauchte ein Birkenzeisig auf, der sich mit artistischer Sicherheit an ein Ästchen klammerte. Der Kopf mit der roten Stirn hing nach unten, während er an einem Fruchtzapfen pickte. Als ich mich nach wenigen Minuten in Bewegung setzte und die Schneeschuhe störend kratzten, stob der Schwarm davon. Unter dem Baum waren die geflügelten Samen wie eine Decke ausgebreitet und kleine dreizehige Abdrücke erzählten mir vom Eifer der Zeisige.

Tagelang strömte aus schnell heraufziehenden Wolken ein anhaltender Regen, der jedes andere Geräusch verschluckte. Der Schnee sackte zusammen. In einer klaren Nacht, als kein Regen mehr auf unser Dach trommelte, hörten wir Boris wieder. Der melodisch kollernde Ruf klang verliebt. Es war Ende April und das Weibchen sollte nun schon in einer Spechthöhle hocken und brüten. Boris verzauberte uns mit seinem Frühlingslied.

14. Frühling

Die eisige, manchmal grausame Kälte der langen Winternacht war gebrochen. Die Tage füllten sich mit frühlingshafter Helligkeit, und wie von einer schweren Last befreit, atmete das Land wieder. Wie aus einer unscheinbaren Raupe sich einst ein prächtiger Schmetterling entpuppt, so legte sich das Land in die Sonne und erwachte zu neuem Leben.

Unsere trockene, winterblasse Haut war dankbar für jeden Sonnenstrahl. Die Füße bedankten sich, als sie nicht mehr nur die dicken Winterstiefel tragen mussten. Die größte Freude für Gaby: Endlich konnte sie die Wäsche wieder draußen aufhängen. Ob sie ganz trocken wurde, oder am Anfang noch an den Klammern angefroren war, sie roch nach Frische – luftig. Meine Bemerkung: Sie riecht nach Sonnenschein.

Den halben Winter lang hatte ich gebangt, jedes kleine Gefühl an meinen Zähnen zu ergründen gesucht. Die Zahnschmerzen des Winters waren nicht vergessen. Im April war ein Zahnarzt für eine Woche in Mayo und mit dem Funktelefon hatte ich einen Termin vereinbart. Früh am Morgen, bei herrlichem, sonnigem Wetter, startete ich den Ski-doo. Ohne großes Gepäck, ohne anhängenden Schlitten, nur mit einer Notausrüstung im Rucksack, fuhr ich los. Das Eis des Sees war durch den Nachtfrost fest, der Schnee verharscht und die Fahrt war einfach und angenehm.

Das Auto stand dort, wo ich es im Herbst geparkt hatte. Vor seiner Stoßstange türmte sich ein zusammengepackter Wall aus Schnee, den ich nun zur Seite schaufeln musste. Der lange Weg bis zur Straße war gepflügt. Dafür hatte ich Ralph zu danken, dem neuen Pächter vom Ledge Creek. Nach einem Anruf hatte er sich darum gekümmert, dass

Mit Tara und Odo genießen wir die Frühlingssonne.

für mich alleine die Straße auf zwei Kilometer geräumt wurde. Für seinen Freund Mike war es eine Kleinigkeit gewesen, ohne die ich das Auto nicht hätte benutzen können.

Der Truck war vom Schnee befreit. Die Autobatterie stand noch in der Hütte. Sie war den ganzen Winter über an einen kleinen Sonnenkollektor angeschlossen, der im Fenster hing. Die wenigen Tage des sonnigen Frühlings hatten gereicht, um sie aufzuladen. Reifendruck, Öl und Kühlwasser, alles schien in Ordnung. Es ist immer ein beklemmendes, banges Gefühl, bis ich weiß, ob das Fahrzeug die langen Wintermonate gut überstanden hat. Der Wagen startete problemlos.

In Mayo gab es für mich neben der Behandlung beim Zahnarzt genug Zeit, um unsere Freunde Garry und Holly zu besuchen, Bekannte zu treffen. Dann fuhr ich zu Ralph. Bei einem Tee erklärte er mir seine Pläne für das Frühjahr. Er wollte noch schweres Material und Treibstoff für die kommende Saison über den See bringen. Mit dem Motorschlitten war das eine gewaltige Arbeit, das wussten wir. Aber auch ich benötigte noch Baumaterial für einige Projekte. Wieso nicht die Arbeit erleichtern? Konnten wir den See zusammen mit den Autos überqueren?

Am folgenden Tag knatterte ich wieder mit dem kleinen Motorschlitten über den See zurück.

Die kraftvollen Sonnentage ließen den Schnee zusammensinken. Die Veränderung ging zuerst langsam, doch bald waren es nur noch 30, 40 Zentimeter Schnee, der auf dem Eis lag. Und mit jedem weiteren Tag verlor die weiße Decke an Höhe.

Das ungewohnte Geräusch war leicht zu hören. Ein dunkler winziger Punkt kroch vor der Hügelkette über den See, nahm die Form eines Spielzeugautos an und kam immer näher. Fasziniert beobachteten wir das Schauspiel. Noch nie zuvor hatte ich ein Auto über das Eis fahren sehen. Es schien doch nicht so einfach, wie ich gedacht hatte. Die Ketten rasselten durch den saugenden Matsch, das Fahrzeug hüpfte und schwankte. Der Motor dröhnte.

Tara schnuppert interessiert an einem kapitalen Weißfisch

Ralph sprang aus dem Auto. Ein erleichtertes Grinsen überzog sein Gesicht. Erst jetzt bemerkten wir, dass die Tür auf der Fahrerseite fehlte. Das war die einzige Vorsichtsmaßnahme, die er getroffen hatte. So war es möglich, sich mit einem Sprung zu retten, sollte das Fahrzeug versinken. Natürlich war das Eis dick genug für den Pick-up-Truck. Doch schon ein einziger schwacher Punkt in der gefrorenen Fläche konnte ausreichen, um die Fahrt zu beenden.

Noch genau erinnerte ich mich an einige Jahre zuvor. Eine Gruppe Goldgräber hatte sich zusammengeschlossen, um Treibstoff und Material zu verschiedenen Bächen am See zu bringen. Es war ein kleiner Konvoi entstanden. Pick-up-Trucks mit schweren Treibstofftanks auf der Ladefläche, andere Fahrzeuge, die einen Wohnwagen zogen. Dann kam die Planierraupe, mit der Bert auf den See rollte.

Die Kolonne bewegte sich langsam voran. Die anfängliche Spannung legte sich etwas und es breitete sich eine lockere Heiterkeit aus. Nach mehreren Kilometern erreichte die Gruppe einen Riss, der quer zur Fahrrichtung verlief. Er war einige Zentimeter breit, doch das war kein Grund, beunruhigt zu sein. Nacheinander fuhren die Fahrzeuge zügig darüber hinweg. Dann kam Bert mit der Planierraupe.

Plötzlich waren Mann und Maschine verschwunden. Wo vorher das Kettenfahrzeug gewesen war, brodelte nur kurz das Wasser, als es den heißen Motor traf. Eisschollen wippten und schaukelten in dem ausgezackten Loch, in dessen Mitte die Schirmmütze von Bert schwamm. Sonst nichts!

Fassungslos starrte die herbeigeeilte Gruppe auf das tanzende Eis, hilflos. Von Bert nichts zu sehen. Keiner konnte später sagen, wie lange es dauerte – zwei, drei Minuten? –, bis zur allgemeinen Erleichterung Bert wie ein Korken emporschoss.

Obwohl Goldfinger die Stelle markierte, an der die Maschine versank, Vorbereitungen für die Bergung getroffen wurden, liegt sie auch heute immer noch am Grund des Sees, ungefähr 15 bis 25 Meter tief.

»Gaby! Ich werde schnell einige Sachen packen und dann mit Ralph über den See fahren. Morgen bin ich wieder zurück.«

»Nein! Was sollen wir dann machen, wenn du mit dem Auto im See versinkst? Wenn, dann die ganze Familie. Tara und ich fahren mit!«

So saßen wir neben Ralph im Führerhaus: Gaby, Tara und ich. Durch die fehlende Tür war es kalt, und wir betrachteten das bevorstehende Abenteuer noch aus einer sicheren Distanz heraus.

Am Nachmittag des folgenden Tages standen wir am See. Der Mayo Fluss war schon offen. Die letzten Vorbereitungen am Auto waren abgeschlossen. Auf der Ladefläche befanden sich Bretter, mehrere Kanister Benzin, zwei Dutzend Eier, frisches Obst und einige andere Lebensmittel.

Ungefähr 50 Meter entfernt spiegelte die Wasserfläche die Farben der Hügel. Langsam kroch der Allrad durch den Schneematsch, möglichst nahe an dem ausgewaschenen Sandufer entlang, das schon sein frühlingshaftes Braun zeigte. Meine Sinne waren angespannt. Verstärkt spürte ich das gleichmäßige Vibrieren des Motors, die rutschenden breiten Reifen, jedes Zucken der schweren Ketten. Erst jetzt durchzog mich ein prickelndes, unsicheres Gefühl. Über uns wölbte sich ein blasser hellblauer Himmel. Nach einem Buckel aus festgepacktem Schnee neigte sich das Auto auf das Eis. Nur Tara schaute gelassen nach vorn auf die glitzernde Weite.

Die Räder wühlten sich voran. Das Fahrzeug schaukelte, hüpfte und schwankte. Wo der Schnee bereits getaut war, standen Wasserlachen, in denen sich die Sonne grell spiegelte.

Nach einigen Kilometern waren wir ruhiger. Fast war es so, als ob ich auf einer der endlosen Highways dahinbrausen würde – und es gab keinen Straßengraben, keine Hindernisse. Gleichzeitig musste ich daran denken, dass irgendwo unter mir die Planierraupe ruhte, die im berstenden Eis verschwunden war.

Das Auto holperte über unebenes Eis. Angestrengt starrte ich nach vorn. Die Scheibenwischer wüteten. Wasser und Matsch schlugen gegen die Windschutzscheibe, prasselten verstärkt gegen den Unterboden. Das Lenkrad zuckte unter meinen Händen, wenn ich gegen eine Schneewehe stieß. Blind dahinsausen löste den Wunsch aus, auf die Bremse zu tippen. Aber die gleichmäßige Geschwindigkeit war wichtig. Die Maschine schnaufte und von der Motorhaube stiegen Dampffontänen auf.

Dann plötzlich Stille. Das Steuer war kaum noch zu bewegen, die Lenkung schwer. Als hätte ich versehentlich auf die Bremse getreten. Wir standen. Der Motor lief nicht mehr. Wir stiegen alle drei aus.

Mit einem Ruck öffnete ich die Motorhaube. Wasserdampf kam mir fast heiß entgegen. Erst als wir wieder etwas erkennen konnten, betrachtete ich den Motor näher. Irgendwo war Wasser eingetreten – hoffte ich. Denn an einen Motorschaden wollte ich noch nicht einmal denken.

Ohne genau zu wissen, was zu tun war, kontrollierte ich Leitungen, trocknete, nahm den Verteiler auseinander. Der Motor knisterte und kühlte ab. Nur Tara war unbeeindruckt von der Pause mitten auf dem See und schnüffelte interessiert an etwas im Schnee. Nach vielleicht zehn, fünfzehn Minuten sprang der Motor nach einigen Versuchen an. Erleichterung erfüllte uns. Langsam fuhren wir weiter.

Eine unerwartet klare Sicht für mehrere Kilometer. Die Ketten knirschten und rasselten über das trockene Eis. Meine Nerven beruhigten sich. Gaby hatte ihren Arm locker um Tara gelegt, die sich von der Fahrt unbeeindruckt zeigte. So hatten wir uns die Überfahrt vorgestellt. Doch zu schnell fuhr ich wieder durch aufspritzendes Wasser, der prasselnde Schneematsch dröhnte. Fuß vom Gas, langsam fahren. Doch ich hatte das Gefühl, durch einen Bach zu fahren.

Von der Mitte des Sees näherte ich mich dem dunklen bekannten Uferstreifen. Der Motor schien zu kochen. Er jaulte und stöhnte. Mit einem erschütternden Ansturm schob sich das Auto durch eine Schneewehe, kroch die letzten Meter über eine abgesenkte Eisplatte, querte einen handbreiten Spalt – und ich schoss auf unseren Uferstreifen. Mit Gewalt trat ich auf die Bremse. Erst jetzt fiel die Spannung von mir ab und ich atmete erleichtert durch.

In den frühen Morgenstunden der folgenden Tage, wenn der Nachtfrost noch über dem See ruhte, fuhr ich über das Eis, als wäre es die natürlichste Sache der Welt. Entlang des Ufers sammelte ich die bereits geschnittenen Stapel Feuerholz ein. Wenn die Sonne kräftiger wurde, prasselte wieder der Matsch und das Wasser spritzte auf – doch das beunruhigte mich nicht mehr. Es machte mir Spaß, genau wie Tara, die mich auf jeder Fahrt begleitete. In den fast taghellen Nächten parkte ich das Auto auf dem schneefreien, sandigen Uferstreifen.

Am 27. April brachte ich den Wagen zurück. Ich fuhr schnell, und die Schneeketten lagen auf der Ladefläche neben dem Motorschlitten. Das Wasser hatte sich an vielen Stellen durch entstandene Risse wohlwollend in die Tiefe verabschiedet und der Schnee war bis auf

Eisfischen. Ein prächtiger Hecht von 85 Zentimetern.

klägliche Reste verschwunden. Doch ich konnte meine Gedanken nicht verdrängen, dachte nur daran, dass von dem hochspritzenden Wasser die Zündkerzen nass werden konnten, oder die Batterie aus der Halterung gerissen würde.

In nur 35 Minuten war ich am anderen Ufer. Mit dem Ski-doo fuhr ich wieder zurück.

Die Tage beschenkten uns mit mehr als 16 hellen Stunden. Zeigte sich ein wolkenloser blauer Himmel, so stieg die Temperatur schon auf zehn bis fünfzehn Grad. Wie Verdurstende tranken wir die Vielfalt der auflebenden Natur, lauschten ihren Stimmen, rochen den Duft der länger werdenden Tage. Der Bach gluckerte und flüsterte, rieselte mit jedem Tag stärker über die steilen Felsstufen, bis er mit wildem Gebrüll abwärtsstürzte: der murmelnde Hintergrund der auferstandenen Frühlingsmelodie. Der letzte Schnee auf dem Eis wurde von Wind und Sonne zu eigenwilligen Dünen geformt, die nichts anderes waren als die ausgemeißelten, bleichen Grabsteine des Winters. An den blanken Stellen glitzerte das Eis im Wechsel von Licht und Schatten: zartes Türkis wurde zu Blau, Grün zu Asphaltgrau.

Der Übergang vom Winter zum Frühling ist kurz, verglichen mit dem langen Anlauf, den der Winter benötigt, um den Herbst zu verdrängen. Ein untrügliches Signal ist das Rufen und Singen der Vögel. Der stimmengewaltigste davon ist der Junco, der zur Familie der Finken gehört. Er ist ein unscheinbarer sperlingsgroßer Vogel mit einer grauschwarzen Kapuze, wie die Maske eines mittelalterlichen Henkers, die über den Hals bis zur Brust und einen Teil des Rückens reicht. Er schmettert seinen Gesang durch den Busch, als ob jemand mit einem Stück Kreide über eine Tafel fährt. Es ist ein metallisch hohes Trillern, das auf der gleichen Tonstufe bleibt.

Die neugierigen Häher waren überall. Jede Bewegung im Busch wurde von ihnen mit wachsamen Augen verfolgt. Nun, da sich für diese Räuber der Tisch mit einer wahren Fülle deckte, zeigten sie ein verändertes Verhalten. Irgendwo brüteten sie bereits und ihr flatterndes Gehabe drückte mehr Zurückhaltung aus. Im Winter war kaum ein eisiger Tag vergangen, an dem kein »Whiskey Jack« auf den kahlen Ästen der Birken gesessen und auf einen Happen gewartet hatte. Mit kleinen Speckstückchen konnte ich sie herbeilocken. Nach einer Woche war der Lohn für meine Geduld ein herangleitender Vogel, der sich auf die ausgestreckte Hand hockte. Sein Kopf neigte sich misstrauisch zur Seite. Abschätzend betrachtete er mich mit glitzernden Äuglein. Furchtlos pickte er an dem Speck, blinzelte zufrieden.

Gaby und ich gingen durch den letzten breiigen Schnee auf den See hinaus. Wir trugen Axt, Eisenstange, Schaufel und Motorsäge. Nachdem ich ungefähr ein Rechteck von zwei mal drei Metern schneefrei gekratzt hatte, setzte ich die Motorsäge an. Das Eis ließ sich wie Butter schneiden. Das ungefähr 30 Zentimeter lange Blatt versenkte ich bis zum Anschlag senkrecht in der Eisdecke. Die Kette schleuderte eine feine Bahn aus pulverisiertem Eis aus.

Das Eis zerteilte ich zu übergroßen Würfeln, die ich mit der Eisenstange losbrechen konnte. Als das Sägeblatt in das Wasser stieß, war das Loch schon über einen halben Meter tief. Aus dem kleinen Spalt schoss ein Wasserstrahl wie ein Springbrunnen. Schnell zog ich die Motorsäge zurück. Fasziniert starrte ich auf den aufquellenden Pilz, der sich erst beruhigte, als das Loch bis zur Höhe des Eises gefüllt war. Mit der Eisenstange stieß ich durch das Wasser hinab auf das Eis – es war hart wie Granit. Am nächsten Tag war das wasserbedeckte Eis in dem Loch bereits mürbe geworden. Mit der Eisenstange wuchtete ich die letzten Eisbrocken los.

Aufgetürmte Haufenwolken schubsten sich über die Hügelkette im Südosten, während sich über mir der blaue Himmel nur mit feinen zerrissenen Federwölkchen schmückte. Sehnsüchtig hatte ich es erwartet, in den langen, dunklen Wintermonaten davon geträumt: am Fischloch sitzen, die Angel in der Hand, die prickelnde Wärme der Sonne spüren.

Die Wände des Eisloches waren nicht klar, sondern sie spiegelten die Tiefe des Sees. Die Farbe war Tiefschwarz, wie Obsidian, mit einem Schimmer von Smaragdgrün. Den rotweißen Blinker senkte ich ungefähr 15 Meter ab, bis er den Boden berührte. Dann kurbelte ich die Leine etwas ein, hielt den Köder in leichter Bewegung. Die Luft flimmerte über dem Eis, zauberte unwirkliche, trügerische Bilder. Wo sich der See befand, war plötzlich Land. Nach einer Weile löste sich der Spuk auf. Unbewusst ließ ich den Blinker weiter in der Tiefe tanzen, während ich über das Eis spähte, wabernde Landzungen erblickte, schwebende Inseln, verzerrte Buchten. Kleine Erdteile entstanden, bis sich das flimmernde Eis plötzlich auf einem Hügel befand. Fasziniert betrachtete ich das verwirrende Spiel der nördlichen Fata Morgana.

Die Stille war allumfassend und die Sonnenstrahlen strömten wohltuend in mein Gesicht. Mit ausgestreckten Beinen, den Kopf schläfrig auf die Brust gesenkt, hing ich auf der Kante des Stuhles. Die Angelrute lag locker zwischen meinen Händen und ich bewegte sie mit kurzen, ruckenden Bewegungen. Der Erfolg war nicht wichtig. Es war die Ruhe, der Geruch des Frühlings, das herbeigesehnte Trillern und Zwitschern der Sommergäste. Auch wenn sich mein Kopf manchmal senkte und ich in ein kurzes Nickerchen fiel – alles war Harmonie. Nach einer Stunde zappelte eine Forelle an der Leine. Die Fischsaison hatte begonnen.

Am Ufer hatte ich mir eine einfache Arbeitsecke hergerichtet und auf ein vierbeiniges Lattengestell eine Sperrholzplatte befestigt. Auf diese knallte ich die Forelle. Messen: 48 Zentimeter. Die Spitze von meinem

Eis bricht auf und sieht in der Sonne schwarz ...

scharfen Fischmesser stach ich hinter den Kiemen in den Rücken. Von dort bis zum Schwanz führte ich einen Schnitt am Rückgrat entlang. Danach setzte ich das Messer erneut unter den leicht hervorstehenden Rückengräten an, fühlte, wie die Klinge an den Gräten entlang bis zum Schwanz glitt. Die abgetrennte Seite des Fisches faltete ich zur Seite. Jetzt drehte ich den Fisch und löste die andere Hälfte von dem Grätengerüst. Nach einigen Minuten lagen zwei prächtige Filets neben dem zusammenhängenden Abfall von Kopf und Rückgrat und der säuberlich entfernten Haut.

Nach dem ersten Erfolg fing ich noch weitere Forellen und jede war größer als die erste. Einige silberfarbene, mit langem, schlankem Körper, andere dick, gedrungen und die schuppige Haut schimmerte goldgelb. Diese hatten kein weißes Fleisch, sondern es war blassrot bis orange. Eine Köstlichkeit.

Ein schwerer Weißfisch war 60 Zentimeter lang. Meine erste Quappe 68 Zentimeter. Mit dem dicken Kopf und den Barteln sah der Fisch wie ein Wels aus. Die Haut des Burbot, wie er hier genannt wird, zeigt ein interessantes Muster aus Flecken und Punkten und neben der weißen Bauchseite ist seine Farbe goldbraun, wie Bernstein. Die Haut ist nicht mit groben Schuppen bedeckt wie beim Weißfisch, sondern glatt und fühlt sich seidenweich an. Die Quappe, oder auch Aalrutte, ist der einzige Fisch der Dorschfamilie, der im Süßwasser lebt. Wie wir feststellen konnten, schmeckt er weniger nach Fisch, und sein Fleisch ist weiß und fest. Doch vorerst biss kein einziger Hecht.

Überall tropfte und gluckerte das Frühlingslied. Wir konnten nicht mehr auf das brüchige Eis hinaus. Der Wasserspiegel stieg durch die Schneeschmelze und es schien, als ob das Eis schnell tauen würde. Doch der See streckte sich nur nach seiner Winterruhe und schaffte einen drei bis fünf Meter breiten Graben am Ufer. Das Wasser war rein und klar und trotz der Tiefe von zwei, drei Metern konnten wir Sand und Steine am Grunde lupenscharf erkennen. Vollgesaugte Holzstücke ruhten auf dem Seeboden wie vorzeitliche Seeschlangen.

... oder wie Gold aus.

Ein Schwarzbär zog am 18. Mai von den Bergen herab, wanderte durch das frische Grün bis zum See. Ohne lange zu zögern, schwamm er durch den Wasserstreifen, zog sich kraftvoll auf die mürbe Eisdecke, schüttelte sich und zottelte davon. Wohlbehalten erreichte er das Ufer auf der anderen Seite.

Enten und Taucher trafen ein. Nach ihrer langen, anstrengenden Reise aus dem Süden suchten sie Futter und Ruhe. Sie ließen sich rauschend auf dem schmalen Wasserstreifen nieder, tauchten zum Grund oder schnäbelten nach Fressbarem am glitzernden Eis. Mit flatternden Schwingen wurde sich gedehnt und gestreckt, das Gefieder geputzt und für ein Schläfchen der Kopf unter die Federn gesteckt.

Mücken tanzten über dem Ufer, zusammengeballt zu einer kleinen Wolke. Kein Lüftchen war zu spüren. Der Abend war friedlich. Ein Paar Pfeifenten paddelten geruhsam zwischen Ufer und Eisstreifen entlang, betrachteten weder uns noch die Hunde. Besonders Tara war zuerst begeistert, bellte aufgeregt die Neuankömmlinge an, bis wir ihr sagten, sie sollte die Nachbarn in Ruhe lassen. Nun lag sie ausgestreckt im trockenen Sand und drehte nur manchmal neugierig den Kopf.

Das Eis war schwarz wie Teer. Glitzernde Kristalle funkelten wie Diamanten im Sonnenlicht. Gezackte Risse sprangen auf, fächerten sich auseinander. Ein gewaltiges Mosaik aus kleinen und großen Platten bedeckte den See. Nach meinem dritten Wurf schnappte der Hecht den Blinker. Noch zappelte der Fisch im Sand, als sich der sieben, acht Meter breite Wasserstreifen vor meinen Augen schloss. Erst jetzt wurde ich auf die Brise aufmerksam, die aus Südosten heranstrich. Schon war mein herumliegender Kescher vom Eis begraben und ich zerrte ihn frei. Dann rannte ich den Hang hoch und rief Gaby.

Das Eis kam. Die tonnenschweren Massen wälzten sich auf das schnee-

Ein Farbtupfer in der Wildnis: Der Fichtenkreuzschnabel

Ein Sommergast. Violet green – die grün schillernde Schwalbe

freie Ufer. Behäbig, doch unaufhaltsam, türmten sich die Schollen auf, wölbten sich übereinander, zerbröckelten zu klirrenden Eisstäbchen. Faust- bis kopfgroße Steine wanderten über den Strand, kletterten die Uferböschung hoch. Treibholz ächzte und wurde hinweggedrückt. Die eisigen Kristalle schoben unser Frachtkanu, packten es, kippten es zur Seite und hoben es mühelos an. Bevor es umschlagen konnte, zerrte ich es den Hang hoch, fort von dem Griff der Urgewalten.

Das Schauspiel endete so schnell, wie es begonnen hatte. Ein Bröckchen Eis zerfiel. Klimpernd sauste eine Kaskade funkelnder Stäbchen die selbst geschaffene Rampe hinab, klirrte wie zerbrechendes Kristallglas. Der Wind flüsterte, drehte sich und geruhsam setzte er sein Spiel mit dem Eis fort. Ein meterhoher funkelnder Wall schillerte vor uns und blieb am Strand in der Sonne zurück.

Unter dem Ansturm der Sonne hauchte die Oberfläche des Bodens den letzten Frost aus. Mit Spaten und Hacke war Gaby im Garten beschäftigt, bereitete die Freibeete und das Gewächshaus vor. Moskitos schwirrten umher und die letzten Eisplatten blinkten vom See herauf. Um die magere Erde anzureichern, mischte Gaby den halbfertigen Humus von unserem Komposthaufen unter.

Wenn Nachtfröste noch normal waren und wir hinaus auf den Schnee sehen konnten, steckten wir schon Samen in kleine Torfbällchen. Diese ordneten wir unterhalb der Fenster an, damit sie so viel Helligkeit wie möglich erhalten konnten. Es dauerte oft nur wenige Tage, bis sich die ersten kleinen Keime zeigten. Das scheint der einzige Weg zu sein, um überhaupt eine Ernte erwarten zu können. Sonst sind die Sommermonate zu kurz. Gaby umsorgt die Sämlinge mit viel Liebe und betrachtet täglich mit Freude die heranwachsenden Pflänzchen.

Die Entscheidung ist getroffen. Heute werden die Pflanzen umgesetzt. Die Tomaten kommen ins Gewächshaus. Sie haben schon eine Höhe von 30 bis 40 Zentimeter erreicht. Der Kohl ist auch schon groß und kräftig. Doch noch können Nachtfröste unsere Pflanzen zerstören und zum Schutz decken wir die Beete mit Plastikfolie ab.

Pfeifenten paddelten geruhsam am Ufer entlang. Weiter draußen schaukelte eine Kette Trauerenten heran, platschten mit vorgestreckten Füßen zwischen Eisplatten nieder. Die orangeroten Schnäbel sind deutlich mit dem Fernglas zu erkennen. Knarrende Rufe, wildes Zetern und hallende Schreie schallten über den See. Wie eine verzerrte Perlenkette tanzten 24 dunkle Punkte auf und ab.

Von irgendwo stieß das langgezogene Heulen eines Eistauchers zu uns. Wir saßen auf unserer Bank, mit dem Rücken zur Uferböschung. Abwechselnd reichten wir uns das Fernglas zu. Vier kleine braune Federbüschel näherten sich. Das ruhige Wasser formte gleichmäßige, V-förmige Schwimmbahnen, verzerrte ihre farbenprächtigen Spiegelungen. Die rebhuhngroßen Ohrentaucher waren tänzelnde Schönheiten und bewegten sich elegant wie ein Wasserballett. An den schwarzen Köpfen leuchteten orangegelbe Federbüschel. Der gestreckte rostrote Hals lief in einen rötlich braunen Körper über, dessen Rücken hier und da ein geflecktes, verwaschenes Grau zeigte. Wie auf ein gemeinsames Kommando tauchten sie gleichzeitig weg, sprangen nach drei, vier Metern wie Korken empor, wippten mit den schwarzgelben Köpfchen, ruckten unruhig vor und zurück. Sie erinnerten uns an die Rothalstaucher, die schon zu Besuch gekommen waren: das große Männchen mit dem rostroten langgestreckten Hals, den hellgrauen Flecken an den Seiten des Kopfes und dem prächtigen, kurzen Federhörnchen.

Noch am Morgen hörten wir das Eis: es klimperte, wisperte und flüsterte. Kleine Glöckchen läuteten und der Ton von Abermillionen klaren Stäbchen, die aneinander rieben, war das Lied von ihrem Untergang. Ein kräftiger Wind strich von Süden heran und der See vor unserem Land war an einem einzigen Tag von der Winterlast befreit.

Der Himmel im Osten war rot wie die Kohlen in einem Schmiedefeuer, färbte den See mit einem atemberaubenden Purpur. Millionen von Fichtennadeln waren vom Tau genässt, und als der Rand der Sonne sich über die Ecke des Horizonts schob, schienen sie mit Edelsteinen gesprenkelt. Eine Heckenrose spross mit erstem Grün. Im dornigen Geäst glitzerte ein Spinnennetz, das mit kleinen Regenbogen gefüllt war, als die Sonne mit ihren Strahlen den Tau berührte. Dann wuchtete sich die Sonne über den Horizont wie eine übergroße Kupfermünze. Der Morgentau starb.

Eine schillernde Schwalbe badete sich in den frühen Morgenstunden, zwitscherte vom Dach. Dutzende suchten seit einigen Tagen einen Nistplatz. Kopf und Rücken schmückt ein bronzegrünes Federkleid und der Körper ist bis zum gegabelten Schwanz ein schillerndes Violett. Zwitschernd versprach sie uns den Sommer.

15. Do-Nothing Day

Bestimmt gibt es einen Zusammenhang zwischen Wetter und dem menschlichen Organismus. Allerdings haben wir noch nicht herausgefunden, wann und warum so ein Tag hervorgebracht wird. Nur wenn es sich ereignete, war es uns schnell klar.

Es konnte an jedem Tag des Jahres passieren, doch die Tendenz zeigte mehr zu der wärmeren Jahreszeit. Bei mir war er oft in fadenscheinigen Ausreden verborgen: nach brauchbarem Feuerholz sehen, mein Werkzeug aufräumen, die Motorsägen kontrollieren, die Ketten schärfen oder nur sehen, ob die Fische beißen. Auf jeden Fall wurden die vorher gefassten Arbeitspläne plötzlich unwichtig und belanglos.

Schon vor dem Frühstück beobachtete ich das Wetter. Vielleicht war es ein sonniger, frischer Tag mit reinem blauem Himmel, gesprenkelt mit zarten, puffigen Wölkchen. Ein Tag, der einen mit Energie erfüllt, mit Eifer belebt, an dem die Arbeit direkt Freude machen müsste. Nein! Schon beim Frühstück war uns klar: Dies ist ein Tag zum Nichtstun!

In der gewohnten Art und Weise bereitete ich das Frühstück vor. Zu den Haferflocken schüttete ich einige Trockenfrüchte und Kerne, mischte Milchpulver darunter und manchmal fügte ich einen kleinen Löffel Honig hinzu. Der Kaffee war fertig und dampfte in den großen, dicken Tassen.

Für lange Zeit saßen wir nach dem Frühstück am Tisch, tranken noch eine Extratasse des aromatischen Getränks. Dann bewegte ich mich mit einer weiteren randvollen Tasse zum Schreibtisch, setzte sie ab und stopfte mir eine Morgenpfeife. Gaby fand sich wenig später auf ihrer Couch ein und wir konnten beide durch das eine oder andere Fenster auf den neuen Tag blicken. Wir plauderten über belanglose Dinge, betrachteten den See, die Hügel und horchten auf, wenn ein Kolkrabe krächzte oder ein Hörnchen von einem Baum zeterte, da Tara mit Begeisterung gegen den Stamm sprang, um den Spielgefährten zu jagen.

»Was sollen wir heute tun?«, fragte Gaby dann, obwohl sie die Antwort schon ahnte. Nach einer langen Pause, in der ich noch einmal an der Pfeife zog, erwiderte ich: »Nichts!« Und so war es dann auch.

Es wäre vielleicht zu verstehen, wenn es gleichmäßig aus grauem Himmel regnen würde, oder wenn ein Sturm über den See peitschte. Aber das ist es nicht. Denn – wie schon gesagt – es ist ein friedlicher, prachtvoller Sonnentag.

Irgendwann bummelten wir zum See, bewaffnet mit Fotoapparat und Fernglas. Wir setzten uns auf die Bank, beobachteten Schmetterlinge, Schwalben, Taucher und Enten. Wenn wir lange genug die Beine gestreckt und uns erholt hatten, trippelten wir wie die Strandläufer am Ufer entlang, sammelten farbenprächtige Steine, während Tara und Odo überall schnüffelten und begeistert mehr Hörnchen jagten.

Die Vielzahl der geschliffenen, runden Brocken, die an einigen Stellen dicht das Ufer pflastern, sind wahrscheinlich einmal von einem Gletscher geschoben und geformt worden. Sie sind grau und unscheinbar. Rostbraune Steine sind von Eisen durchzogen und von eisenhaltigem Wasser gefärbt, das über das ganze Jahr hinweg aus einem flachen Uferstreifen sickert. Wir hielten Ausschau nach dem Ungewöhnlichen, dem Besonderen. Smaragdgrüner Glimmer, rötlich brauner Basalt mit kleinen Hohlräumen, die sich mit weichem buntem Gestein gefüllt haben. Andere sind mit milchigweißen Adern durchzogen, glitzernder Quarz, der ihnen eine besondere Schönheit verleiht. Wir betrachteten die außergewöhnlichen Muster, bestaunten die seltenen Formen und vermehrten den sich bereits angehäuften Berg unserer Sammlung.

Es war Zeit für einen kleinen Imbiss. Wir erholen uns von den ermüdenden, anstrengenden Beschäftigungen durch einen kurzen Mittagsschlummer. Die Zeit wurde bedeutungslos.

Wenn notwendig, brachte ich etwas Holz ins Haus, ging mit den leeren Wassereimern zum See und versuchte, ob die Fische vielleicht gerade in diesem Moment beißen. Irgendwann später schleppte ich die gefüllten Eimer den Hang hoch. So verging die Zeit schnell. Gaby würde nur ein einfaches Abendessen zubereiten und nach dem Abwasch war der Tag fast vorbei. Es blieben noch genügend Stunden, um die Sonne auf der Veranda zu genießen, von dort die Landschaft zu betrachten. Wenn eine leichte Abendbrise die Moskitos fernhielt, beendete sich der Tag mit wohltuender Stille.

Wir kannten in der Wildnis Tage mit schwerer Arbeit, mit Gelächter, Freude, widrigem Wetter, dem Auf und Ab eines normalen Lebens. Doch der Tag zum Faulenzen, zum Nichtstun, der »Do-Nothing Day«, war davon nicht der schlechteste!

16. Sommer

Vor unserem Stück Land zeigte das Eis dunkle Risse, gezackte Rinnen, die sich auf mehrere Meter verbreitern konnten, oder aber am folgenden Tag wieder geschlossen waren. Das Eis war müde geworden und formte sich zu kleinen, unterarmlangen Stäbchen, so dick wie Bleistifte. Helles Eis verharrte noch in zusammengepackten Bündeln, während die dunklen Kristalle, fast schwarz, nur noch schwach aneinander festhielten.

An einem klaren Morgen strich von Süden ein Windhauch heran, wurde kräftiger und bald begleitete sein Rauschen ein zartes Klirren. Es ist ein bezauberndes Klimpern, ein Wispern und Flüstern. Kleine Glöckchen läuten und der Ton von Abermillionen klaren Stäbchen, die aneinander reiben, ist das Lied von ihrem Untergang. Vom Winde geschoben, türmen sich Eissäulen ans Ufer, wachsen zu einem Wall aus glitzernden, kristallklaren Splittern, wo sie zusammensinken. Flimmerndes Sonnenlicht funkelt in einem Blau, Rot, Grün und Gelb auf den Eisspitzen, ein letzter Kristalltanz, bevor seine Pracht vergeht. Der See vor unserem Land war an einem einzigen Tag von der Winterlast befreit. Das Wasser leuchtete in den erfrischenden Farben des Sommers.

Nur vier Monate im Jahr konnten wir das Boot benutzen und die schönste Zeit ist der Frühsommer: wenn die Tage lange sind und die ersten Moskitos beginnen, lästig zu werden. Dann ist der See tagelang wie ein Spiegel; die Gipfel der Berge leuchten noch schneeweiß, Treibholz liegt fast regungslos im See, davongeführt von einer unsichtbaren Strömung.

Die Sonne blinzelte kaum mehr als eine Handbreit über dem Horizont, als wir in die schwankende Aluminiumhülle von unserem Boot

Der Main Lake am 6. Juni

stiegen. Unsere freiwillige Gefangenschaft von acht Monaten war vorbei. Kräftige Kumuluswolken standen locker verstreut am blauen Himmel, und nach einer Stunde Fahrt empfing uns auf der anderen Seite der Sommerrummel. Ein halbes Dutzend geparkter Autos, kleine und große Boote, offen oder mit schützender Kabine, Stimmengewirr. Die Boote würden bis zum Herbst mit ihren Besitzern anzutreffen sein – wir hatten sie nicht vermisst!

Unser Zauberwort hieß Mayo. Es erwarteten uns Eier, Speck, frisches Obst und Gemüse, bestimmt auch ein Karton mit zwölf Flaschen Bier. Wir lechzten nach Kartoffeln, Kohl, Karotten und Tomaten, alles, was wir in den letzten Wochen hatten entbehren müssen. Die wichtigsten Sachen konnten wir dort immer bekommen. Lebensmittel, Benzin, sogar eine geringe Auswahl an Werkzeugen. Es gibt eine Post und im gleichen Gebäude den staatlichen Alkoholladen: den Liquor Store. Für eine Übernachtung gibt es Bed & Breakfast und ein Motel. Dazu noch eine bescheidene Anzahl von Hütten und Häusern – das ist Mayo.

Wir fühlten uns wohl bei den Gesprächen mit Freunden und Bekannten, verweilten hier und da länger. Bemerkungen übers Wetter wurden ausgetauscht, Neuigkeiten erzählt. Für uns war ein Buschfeuer im Yukon wichtiger als das große Weltgeschehen. Es bestand kein Grund zur Eile. Lange Sonnenstunden gestalteten nun die Tage.

Wie sehr hatten wir sie herbeigesehnt, diese belebende, wohltuende Zeit. Das Land war so herrlich erfrischend, so voller Farbe. Wir liefen in lockerer Sommerkleidung herum und spürten die Sonne auf der nackten Haut.

Es war keine Seltenheit, dass wir erst spät in den Abendstunden den See überquerten. Wenn es zehn, ja sogar elf Uhr wurde, uns störte es nicht. Was gab es zu befürchten, wenn ein unvorhergesehenes Ereignis uns zwingen sollte, irgendwo anzulegen? Zwei Stunden Dämmerlicht, dann ist es wieder hell. Die Furcht, von einbrechender Dunkelheit überrascht zu werden, gab es nicht. Es war Sommer!

Wir bewunderten erneut die Vielfalt der glockenförmigen Beerenblüten: die grünlichen Blüten der Heidelbeeren, die mit zartem Rot überlaufen sind; die dicken Teppiche der Rauschbeeren mit ihren rosa Glöckchen. Weiße Blüten schauten auf wippenden Stängeln aus dem Moos und würden sich bald zu herb-süßen, köstlichen Moltebeeren verwandeln. Vier weiße elliptische Blätter trägt der niedrige Hartriegel, schmückt die dunklen, rotbraunen Blütenköpfe wie funkelnde Diamanten, die im schattigen Zauberwald in ausgedehnten Polstern mit Lichtflecken tanzen.

Weideröschen wuchern zu leuchtenden Inseln. Die Blüten schimmerten tiefrot oder dunkelviolett im wechselnden Licht der Sonnenstrahlen und ihre lanzenförmigen Blätter zitterten im Wind wie reife Ähren. Lupinenbüsche schossen auf. Scharfgarbe blüht neben Löwenzahn, Glockenblumen neben Preiselbeeren. Hecken- und Kartoffelrosen teilen sich das verfilzte Unterholz und die Blüten strahlen von karminrot bis rosa. Die Tage waren zu vielen Sonnenstunden zusammengefasst und emsig summten die Hummeln, wirbelten von Blüte zu Blüte, tanzten um die früh erblühten Weidenkätzchen, die schon ihren frischen honigfarbenen Glanz verloren hatten.

Das Land, so lange von Schnee, Eis und Kälte beherrscht, ist plötzlich von unzähligem Leben erfüllt. Nicht nur für die Elche beginnt die angenehme Zeit, trotz der Moskitos, wenn man die Strenge des Winters sieht. Am See, wo Baumstümpfe aus knietiefem Wasser ragen, war der Lieblingsplatz eines Eisvogels. Die blaugrauen Federbüschel auf seinem Kopf sahen zerzaust aus wie die zarten Federwolken, die am blassblauen Himmel standen. Von seinem Beobachtungsast spähte er mit vorgestrecktem Schnabel in das klare Wasser, wo fingergroße Fische in der Bachmündung standen.

Nicht weit davon entfernt, über dem feuchten, dunklen Ufersand, tanzten Schwalbenschwänze. Ein zuckender Knäuel aus gelbschwarzen Leibern bedeckte einen Fleck Erde. Ihre Flügel bewegten sich ruckhaft, falteten sich auseinander, spreizten und schlossen sich. Ziellos schienen sie zu sein und nur wenige flatterten kurz auf, wenn sich ein Robin aus dem Schwarm sein Schmetterlingsmenü holte. Ein Dreizehenspecht hämmerte sein Anliegen in den Tag. Stahlblau glänzende Schwalben bewegten sich anmutig wie leichter Wellenschlag, stießen wie Pfeile durch die Luft, immer auf der Jagd nach Insekten. Strandläufer trippelten auf langen roten Beinen am Ufer entlang. Möwen und Seeschwalben schienen einem Rausch verfallen zu sein. Ihr Kreischen und Schreien verstummt kaum.

Weißkopfseeadler

Die köstlich-aromatische Moltebeere

Der Wind wehte Milliarden von Pollen aus den Blütenkelchen hinaus auf den See, wo sie mit der zarten Strömung auf der Wasseroberfläche trieben. Dann verbanden sie sich wie ein Lebewesen zu langen, schlangengleichen, schimmernden Bändern, trieben als goldgelbe breite Gürtel dahin oder legten sich wie geschmolzenes Gold an die Ufer.

Das Wasser sprühte und prickelte erfrischend auf meinen Körper. Das Duschen nach einem heißen Arbeitstag war herrlich. Inmitten der Wildnis, nur wenige Meter neben dem Haus. Wenn ich den Kopf hob, konnte ich weißen Wölkchen nachsehen. Als wir an unseren Platz gezogen waren, benutzten wir einen schwarzen Duschsack aus Plastik, den wir uns gekauft hatten. An ihm war ein kurzer Schlauch mit einem Sprühkopf angebracht. Die Sonne reichte aus, um die 20 Liter Inhalt ausreichend zu erwärmen. Doch das funktionierte nur an einem warmen Tag.

Daher hatte ich vier geschälte Stämme in Betonsockel gesetzt, einen Holzrahmen daraufgesetzt, auf dem ein viereckiger Plastikbehälter befestigt war, der aussah wie ein übergroßes Spülbecken. Die Wände hatten wir schwarz angestrichen, damit die Sonne das eingefüllte Wasser schneller erwärmen konnte. War der Himmel trübe, erhitzten wir das Wasser im Haus und schütteten Kessel nach Kessel in den Bottich, den ich mit der Leiter erreichte. Der Behälter war groß genug, dass auch vier oder mehr Personen nacheinander duschen konnten. Für Besucher war die Dusche mit einer milchigen Plastikplane umgeben.

Gaby legte mit Hilfe von Tara zwei große Gartenbeete neben unserem Gewächshaus an. Wir hatten es im Frühjahr gebaut, als der See noch von Eis bedeckt war und manchmal ein Schneeschauer auf uns herunterjagte.

Die Wände für das Gewächshaus hatte ich wie ein Blockhaus aus grob geschälten Stämmen zusammengebaut. Drei mittelstarke Bäume bildeten ein Rechteck von ungefähr zweieinhalb mal dreieinhalb Meter. Aus Kanthölzern setzten wir einen Rahmen darauf. An der Front passte ich eine dünne Sperrholzplatte ein, schraubte Scharniere an – und fertig war unsere Tür. Dann zogen wir eine Plastikplane über den Rahmen und tackerten ihn fest. Das Gewächshaus sah aus wie ein durchsichtiges Zelt, und es war hoch genug, dass wir darin bequem stehen konnten.

Gaby setzte in die neuen Beete Saatkartoffeln, pflanzte Kohl, Möhren und jede Menge Salat. Die Tomatenpflanzen zeigten bereits im Gewächshaus die ersten grünen Früchte. Neben ihnen standen schon fast erntereif die ersten Radieschen. Der erste Versuch für Zucchini sah vielversprechend aus.

Mit den Tomaten hatten wir im Gewächshaus oft gute Ernten erhalten. Sie waren kraftvoll im Geschmack, saftig, so wie sie sein sollten. Nicht wie die plastikähnlichen, wässerigen Erzeugnisse, die man in den Supermärkten erhält. Einmal hatten wir Erbsen gesät und sie waren prächtig gewachsen. Doch bevor wir sie ernten konnten, hatten Mäuse alle Wurzeln abgefressen.

In jedem Jahr gestaltet Gaby den Garten anders, versucht immer wieder etwas Neues: Bohnen, Brokkoli, Spinat und Feldsalat. In der Küche stand ein Blumentopf mit Schnittlauch und im Spätsommer und Herbst hingen Bündel von Gewürzen über dem Backofen, die sich in der warmen Luft drehten. Wenn dann Thymian, Petersilie, Oregano und Basilikum trocken waren, zerkrümelten wir sie und füllten sie in Gläschen.

Wann immer möglich, standen wir spät in den Sommerabenden am Ufer und angelten. Oder wir setzten uns dort auf unsere Bank. Es war angenehm, wenn eine leichte Brise die Insekten fernhielt und die Sonne eine goldene, silberne oder rotglühende Bahn herabwarf. Wir

Gaby erfreut sich an ihren Blumen

Den größten Hecht fing Gaby mit 101 Zentimetern.

hörten dem Gelächter der Eistaucher zu, dem Heulen der Prachttaucher, dem Gackern der Sterntaucher und den vielen unterschiedlichen Stimmen der Enten.

Die großen, trägen Moskitos des Frühjahrs wurden abgelöst durch die kleinen, flinken der folgenden Generation. Der Boden war noch feucht und die Feuchtigkeit ideal für diese Plage. Täglich nahm die Anzahl der winzigen Biester zu. Im Juni schwärmten die Moskitos in Horden aus. In diesem Sommer, mit anhaltendem Regen und bewölktem Wetter, vermehrten sie sich unglaublich schnell. Insektenschutz war notwendig, bevor wir auch nur einen Schritt vor die Tür machen konnten. Besonders wenn wir ins Schwitzen kamen, konnten wir uns andauernd erneut einschmieren. Erst Ende Juli begann die Anzahl der Insekten auf ein erträgliches Maß abzunehmen. Das Schlimmste war: Niemand konnte den Insekten entkommen.

In den kühlen Sommerabenden und in den Nächten lebten die Biester auf. Blutdürstig griffen sie an. Wir zündeten oft eine Moskitospirale an, ein qualmendes, stinkendes Etwas, das die Insekten fernhalten sollte. Aber einigen Moskitos gelang es doch – trotz Moskitotür mit feinmaschigem Netz – ins Haus zu kommen. Außerdem brachten die Hunde immer wieder einige dieser Blutsauger mit hinein.

Das Summen und Schwirren im Schlafzimmer war nervenaufreibend. Wir spannten ein großes Moskitonetz über das Bett und es stellte sich als der beste Schutz heraus. Mehrmals gelang es einem der Blutsauger, unter das Netz und an die Quelle seiner Begierde zu kommen. Am Morgen hing dann ein Moskito mit prallgefülltem Hinterleib an der Innenseite des Netzes und beendete mit einem hässlichen roten Fleck sein kurzes Leben.

Der Adler war da. Zwischen Haus und See hockte er auf einer Fichte.

Eine Elchkuh an der Mündung des Nelson Flusses.

Vom Wohnzimmer betrachteten wir ihn mit dem Fernglas. Das braunrote Gefieder erinnerte an große Schuppen. Er schien so nah, dass wir das Glitzern seiner kreisrunden Augen erkennen konnten.

Vorsichtig öffnete ich die Haustür. Langsam und leise schritt ich die vier Stufen der Treppe herab, die Kamera in der Hand. Noch hatte ich keine fünf Meter zurückgelegt, streckten sich die gewaltigen Flügel und mit wenigen, kraftvollen Schlägen strich der Adler nach Südosten davon. Meine Begeisterung schlug in Enttäuschung um. Doch Gaby tröstete mich: »Er kommt wieder, da bin ich sicher.«

Das Gelächter des Eistauchers weckte mich am Morgen. Für lange Zeit blieb ich nur ruhig liegen, horchte. Ich liebe diese schallenden, abgehackten Laute. Durch das Küchenfenster griff ein dickes Bündel

Sonnenstrahlen bis ins Schlafzimmer hinein, wanderte langsam auf der Bettdecke entlang. Der See war nicht zu hören: kein Rauschen, kein Plätschern. Er würde glatt sein wie ein Spiegel und die Sonnenstrahlen darauf millionenfach flimmern.

Strecken, aufstehen und in die Küche gehen. Feuer im vorbereiteten Backofen entzünden, Kaffee aufstellen. Ein Handtuch um den Hals legen, in die Gummistiefel steigen – und ich verließ das Haus. Mit einem leeren Eimer in der Hand ging ich den Pfad zum See hinab. Die Luft war angenehm und ich atmete tief durch. Für viele Moskitos war es noch zu frisch, doch nicht für alle. Aber das leichte Summen störte mich nur wenig.

Zuerst tauchte ich den Eimer in den See und stellte ihn gefüllt am Ufer ab. Dann watete ich langsam in das Wasser, achtete darauf, dass mir nichts in die Stiefel schwappte. Den halben Oberkörper versenkte ich in dem Nass, prustend tauchte ich den Kopf unter. Dann trat ich zurück, ergriff das abgelegte Handtuch und trocknete mich ab.

Gewohnheitsmäßig ließ ich meinen Blick am Ufer entlang und über den See wandern. Nichts Besonderes zu sehen heute. Mit dem Eimer ging ich zurück. Im Haus empfing mich die angenehme Wärme. Der Kaffee war fertig.

Die Axt traf die Mitte des Holzstückes und mit einem splitternden Krachen fielen die Hälften auseinander. Es war ein warmer Tag, doch ich machte Feuerholz. Die herumliegenden Scheite waren für den Backofen bestimmt und ungefähr 45 Zentimeter lang. Es gibt nur wenige Tage im Yukon, wo man nicht heizen muss. Auch im Sommer. Außerdem benötigten wir immer Feuerholz zum Backen.

Der Schweiß perlte von meiner Stirn. Eine kleine Verschnaufpause tat gut. Ich dehnte und streckte mich. Die Bewegung war angenehm für meinen Rücken. Ziellos schaute ich mich um. Mein Herz machte vor Freude einen Sprung. Keine 30 Meter entfernt saß der Weißkopfseeadler hoch oben auf einer Fichte und wie es schien, sah er mir unbekümmert bei meiner Arbeit zu – oder ich bildete es mir nur ein. Für einige Minuten stand ich ruhig und beobachtete ihn. Wie konnte ich ein Foto von diesem prächtigen Raubvogel bekommen? Vielleicht sollte ich nicht unnatürlich herumschleichen, sondern mich normal verhalten. Es war einen Versuch wert.

Mit der Kamera in der Hand ging ich umher, als wäre ich mit sonst was beschäftigt. Mehrmals drückte ich auf den Auslöser. Der Adler ließ sich auch nicht durch das Klicken stören.

Unsere Fischabfälle mussten ihn angelockt haben. Die Abfälle warf ich nicht zurück in unser Trinkwasser, sondern legte alles auf ein Stück Sperrholz, das ich auf einen Baumstumpf genagelt hatte. Die Reste konnte ich nicht am Ufer liegen lassen, denn in der Wärme begannen sie schnell zu stinken und konnten große, unwillkommene Besucher anlocken. Auch sollten Tara und Odo nicht daran gehen. Möwen, Raben und Whiskey Jacks säuberten die Platte schnell.

Der Weißkopfseeadler strich oft am Morgen vorbei. Wahrscheinlich befand er sich auf seinem täglichen Rundflug durch sein Revier. Schnell hatte er sich an uns gewöhnt. Oft saß er vor unserem Haus – manchmal stundenlang. Sein weißer Kopf schimmerte wie ein Leuchtsignal vor dem grünen Geäst. Ging ich zum See, neigte er seinen Kopf mit dem kräftigen gelben Hakenschnabel und betrachtete mich. Sein Rumpf misst ungefähr einen Meter und die Flügelspannweite kann zweieinhalb Meter erreichen.

Seine Stimme ist überraschend schwach für einen so eindrucksvollen

Vogel. Es ist ein raues, knarrendes Gackern und ein misstönendes, klägliches Fiepen. Kik-ik-ik-ik-ik oder ein etwas tieferes Kak-kak-kak-kak tönte es oft, wenn wir am Morgen noch im Bett lagen. Es war eine Freude zu wissen: Unser Adler war wieder da.

Langsam ging ich den Hang zum See hinab. Ungefähr 15, 16 Meter über mir hockte der Adler im grünen Geäst. Die weißen Federn an Hals und Kopf schimmerten wie ein Leuchtsignal gegen das reine Blau des Himmels. Wenn er seinen gelben Hakenschnabel senkte, schien es mir, als würde er mich beobachten. Heute sah sein rötlich braunes Gefieder etwas zerrupft aus. Gedankenverloren stiefelte ich unter ihm hindurch und zuckte erschrocken zusammen. Direkt vor mir, bisher von der Uferböschung verdeckt, erhob sich schwerfällig ein Adler. Sein Gefieder war braun und trug tropfenförmige weiße Flecken. Sonst sah das Federkleid schmutzig aus. Kein weißer Kopf, keine weißen Schwanzfedern.

Es war der junge Weißkopfseeadler. Erst mit fünf Jahren würde er seine typische Zeichnung erhalten. Nach einer halben Stunde ging ich ohne Fisch zum Haus zurück. Zu meiner Überraschung hockten zwei Adler mit weiß gefiederten Köpfen über mir. Großartig! Mit den Fischabfällen hatten wir die ganze Familie angelockt.

Die stolzen Vögel zeigten uns gegenüber ein Vertrauen, das wir nie missbrauchten. Jedes Jahr, wenn die Tage länger wurden, warteten wir hoffnungsvoll auf ihre gesunde Rückkehr.

Ein lautes, nagendes Geräusch weckte mich. Vorsichtig bewegte ich mich mit dem Gewehr zur Haustür, öffnete sie und ging ins Dämmerlicht hinaus. Ein Stachelschwein fraß sich durch ein Stück Sperrholz. Mit einem langen Stock verjagte ich den unwillkommenen Eindringling, verpasste ihm einige leichte Schläge auf den Rücken. Der Stock war mit einem Dutzend spitzer gelbschwarzer Stacheln gespickt.

Stachelschweine kamen manchmal bei uns vorbei. Dann gab es Jahre, wo wir keine sahen. Sie können sehr zerstörerisch sein. Auf alles Salzige sind sie gierig. Abwaschwasser lockt sie an. Vom Sperrholz genießen sie wahrscheinlich den Leim.

Werkzeuge sollte man aufhängen, damit die Tiere nicht die Stiele zernagen können, an denen das Salz vom Körperschweiß klebt. Bei einem entfernten Nachbarn entdeckte ich die abgenagten Beine eines

Stille

Tisches, von den Tieren so weit heruntergefressen, bis die Platte aus Sperrholz in Körperhöhe kam, an der sie genüsslich herumkauten.

Ein Freund liebte es, mit dem Fahrrad auf den staubigen Straßen durch die Wildnis zu radeln. Oft ließ er es stehen, um einen Berg zu besteigen oder einen Fluss oder See zu erkunden. Einmal hatte ihm ein Stachelschwein einen Reifen zerfressen und er musste sein Rad über 15 Kilometer schieben.

Die Tiere sind langsam und laut. Oft hört man sie schon grunzen, bevor sie zu sehen sind. Sie machen mehr Lärm als die großen Bären. Ein Stachelschwein hat es nicht nötig, leise und schnell zu sein. Die Natur hat es mit einem äußerst wirksamen Schutzkleid ausgestattet. Wehe dem Tier, das ihm zu nahe kommt: Der herumschlagende Schwanz ist eine fürchterliche Waffe.

Es gibt Hunde, die nie mit Stachelschweinen zurechtkommen. Der Anblick eines Hundes ist erbärmlich, wenn er wie ein Nadelkissen aussieht. Die mit Widerhaken versehenen Stacheln muss man mit der Zange aus Körper, Schulter und Maul herausreißen. Stacheln, die man nicht ziehen kann, eitern langsam heraus.

Wellenberge mit weißen Schaumkronen klatschten an unser Ufer. Der August neigte sich dem Ende zu und der erste Nachtfrost kräuselte das Kartoffelkraut. Wir ernteten die letzten Tomaten aus dem Gewächshaus. Die Zeit für den Garten war vorbei. Der kurze Sommer verabschiedete sich.

17. Einkäufe

Das Boot richtete sich bei jeder Woge wie zum Protest auf, klatschte hart auf die Wellen zurück. Eintönig und gleichmäßig: Platsch ... Platsch ... Platsch!!! Die Erschütterungen setzten sich bis in meine Wirbelsäule fort. Regentropfen sprenkelten die anrollenden Wellen, die von Osten kamen und uns vor sich her schoben. Der Bug kletterte höher, immer höher, noch einige Zentimeter, bis wir meinten, das Boot würde nach hinten kippen.

Ein Dutzend Enten flatterten uns entgegen. Sie sahen aus wie in die Luft geworfene schwarzweiße Papierschnitzel. Die taumelnde Kette tauchte aus der Höhe herab, als wäre sie in den Luftwirbel des Außenbordmotors geraten. Dicht über der Wasserfläche rauschten die schwarzen Körper an uns vorbei – wie Wurfpfeile, mit ockergelber Spitze und gesprenkelten Stabilisatoren.

Gaby saß vor mir. Wir sausten abwärts, prallten ins Wellental, schlugen hart auf den Ansatz der nächsten Welle. Eine Wasserfontäne spritzte auf, fauchte als sprühende Wand heran, vermischte sich mit dem Regen, trommelte in mein Gesicht, prasselte auf die Regenkleidung. Nur aus den Augenwinkeln konnte ich erkennen, wie sehr sich Gaby an den Bootsrand klammerte.

Gaby mochte diese Zeit nicht, wenn unberechenbare Herbststürme in Minuten aufbrausten und über den See fauchten. Wenn nicht unbedingt erforderlich, ließ sie mich alleine fahren. Aber wir mussten im Jahr mehrmals nach Mayo und für die großen Einkäufe mindestens zweimal im Jahr nach Whitehorse.

Jede Fahrt dorthin raubte uns eine Woche. Wenn der See sich von seiner guten Seite zeigte und wir früh am Morgen losfuhren, kamen wir noch am gleichen Tag dort an. Nur zum Einkaufen fuhren wir nie in die Stadt. Dafür ist die Entfernung zu groß. Wir planten voraus: trafen Vereinbarungen mit Freunden, hatten, wenn erforderlich, Termine für Arzt oder Zahnarzt. Die Versicherung fürs Auto musste bezahlt, die Bank besucht werden – oder der Truck in die Werkstatt. Nicht immer verlief alles reibungslos.

Die Einkäufe versuchten wir in Ruhe zu erledigen. Bevor wir hetzten, blieben wir lieber noch einen Tag länger in der Stadt. Die Lebensmittel und Einkäufe verpackte ich schon wasserdicht, bevor ich sie auf die Ladefläche von unserem Truck setzte. Dadurch vermieden wir das Packen am See, denn wir wussten nie, wie die Überfahrt sein würde.

Regnete es wieder einmal ohne Unterbrechung, wurde ich schnell gereizt. Nass hinter das Steuer setzen, das nächste Geschäft war nicht weit. Einkäufe verpacken, Plane abnehmen, die zunehmende Ladung richtig stapeln, Plane wieder schließen. Gaby hatte es dann nicht immer einfach mit mir. Diese Tage verabscheue ich mehr als eine Regenwoche im Busch.

Für einige Tage streiften wir durch Geschäfte und Supermärkte. Wir kauften nur nach Liste ein. Sie hatte sich aus meinen Erfahrungen entwickelt, die ich bei meinen Kanufahrten gesammelt hatte. Nach meinen Aufzeichnungen berechneten wir dann die Mengen für unseren Haushalt. Die Einkaufsliste wurde von Gaby etwas abgeändert, auf die Besonderheiten für den Winter und die Anzahl der Monate abgestimmt.

Im ersten Jahr war alles noch fremd und ungewohnt. Die Menge der Artikel schien uns zu gewaltig und wir waren versucht, einiges zu streichen. Mehl 80 kg, Zucker 20 kg, Nudeln 30 kg, Haferflocken 40 kg – Zentner um Zentner. Doch wir wussten es bald besser und ein Großeinkauf war für uns die natürlichste Sache der Welt.

Wir waren sparsam geworden, überlegten, bevor wir einkauften, teilten ein – waren manchmal recht genügsam – und verbrauchten nicht gedankenlos. An alles mussten wir denken. Die Insektenzeit war bei unserem letzten Einkauf im September schon vorüber, oft war es schon kalt: Doch wehe wenn wir Insektenschutz und Sonnencreme für das Frühjahr vergessen würden!

Nacheinander hakten wir auf unserer Einkaufsliste ab: Extra Food, Canadian Tire, Food Fair, Listers, Northern Metalic, Home Hardware und einiges mehr. Die Ladefläche des Pick-up-Trucks war schnell mit aufgestapelten Kartons und Kisten bis zur Grenze ausgelastet. Unter einer roten Schutzplane reihten sich die Pappkartons neben grünen wasserdichten Verpackungssäcken. Die festgezurrte Plane beschwerte ich zusätzlich mit den zwei Ersatzrädern, keilte sie mit mehreren Eimern Lampenbrennstoff fest.

Schnell waren wir einige hundert oder tausend Dollar ärmer – noch schneller hatten wir das Getümmel und den Lärm der Menschen satt. Aber die Stadt hatte auch ihre Vorteile. Gaby brauchte nicht zu kochen – zum Essen gingen wir aus. Die Abende verbrachten wir im Hotel, oft mit brennenden Füßen und müde vom vielen Herumlaufen. Aber wir konnten duschen, jeden Tag, ohne zuerst Wasser aus dem See holen zu müssen.

Dann warfen wir uns faul aufs Bett, schalteten das Fernsehen ein, wo vielleicht gerade eine der vielen Serien über die Mattscheibe flimmerte. »Golden Girls«, »Star Trek«, »Deep Space Nine« oder »North of 60«. Dazu einige Bierchen und der Tag endete angenehm.

Wir gingen zum Frühstück. Ich bestellte mir das typische Yukon-Menü: Eier und Speck, Bratkartoffeln, Toast und Marmelade. Dazu jede Menge Kaffee. Gaby mag lieber Schinken, und von ihrer Portion bekomme ich immer die Hälfte ab. Früher hatte ich nie ein so ausgiebiges Frühstück gegessen, doch im Yukon ist es mir zur Gewohnheit geworden – wenigstens in der Stadt.

Zwei Stunden später tuckerten wir mit dem ruhig fließenden Verkehr aus der Innenstadt, krochen die Anhöhe zum Alaska Highway hoch. Kaum waren die letzten Tankstellen und Hotels zurückgeblieben, schaukelten wir im Wiegelied der Stoßdämpfer auf dem Klondike Highway nach Norden. Die schmale Teerstraße streckte sich zu einem glitzernden Band, über dem die Hitze flimmerte. Das Blau des Himmels war mit Kumuluswolken gesprenkelt, die wohltuende Schattenflecke zauberten.

Es waren nur wenige Autos zu sehen, und bald rollten wir an den ersten kalkgrauen Hügeln vorbei. Mein Blick tanzte von der Straße in das Sommergrün der zitternden Pappeln. Die rote Plane auf der Ladefläche flatterte. Es war ein monotones Schlaflied, das mich die 407 Kilometer bis nach Mayo begleiten würde.

Zweieinhalb Stunden später rollten wir langsam durch die Siedlung Carmacks. Die blassgrüne Stahlbrücke, von der an einigen Stellen die Farbe abblätterte, führte uns zu der anderen Seite des Yukon Flusses. Auf dem türkisfarbenen breiten Strom trieben Kanus, die aussahen wie Treibholzstückchen.

Die Straße führte uns zu einer Hügelkette hoch, die das Auto mit gleichmäßigem Brummen bezwang. Von der Anhöhe sahen wir auf das flimmernde Band des Flusses hinab, nun ein schimmernder Streifen aus Blei und Silber. Der Fluss war bisher auf unserer rechten Seite irgendwo hinter den Hügeln verborgen gewesen, nun windet er sich durch das weite Tal westlich der Straße.

Smaragdgrün durchbricht der Yukon die Felsfinger der einst gefürchteten Five Finger Rapids. An dem Aussichtspunkt oberhalb der Stromschnellen stauten sich die Wohnmobile der Touristen. Zufrieden summte der Motor. Herzhaft bissen wir in unser mitgenommenes Brot, dick mit Wurst und Käse belegt, tranken Saft direkt aus der Flasche. Nach stundenlanger Fahrt durchquerten wir die Orte Pelly und Stewart, machten keine Pause an den dortigen Raststätten, die einen dünnen Kaffee und Hamburger anbieten.

Die Hitze setzte mir zu. Meine Augen fanden kaum noch Halt an dem gleichmäßigen Bild der Hügel, die wir hinaufkletterten und hinabrauschten. Erst als der Stewart Fluss mich mit Sandbänken und ausgewaschenen Schlammufern ansah, gab ich mir einen Ruck. Mayo war nahe. Gerade rechtzeitig trafen wir dort ein, bevor das Postamt geschlossen wurde.

Wir hatten nicht viel zu erledigen und schon bald befanden wir uns auf der Schotterstraße, die uns dem See entgegenführte. Autos begegneten uns keine mehr. Nur ein junger Schwarzbär saß am Straßenrand und knabberte unbekümmert an jungem Schachtelhalm. Eine Stunde später steuerte ich die letzten Meter den abschüssigen Weg zum See hinunter. Müde war ich und abgespannt. Zwischen den dunklen Fichten glitzerte das Wasser. Mit einem erleichterten Seufzer schaltete ich vor unserer Hütte den Motor ab.

Wir lebten in der Wildnis. Doch wenn wir am See ankamen, mussten wir unser Auto zurücklassen. Und wenn wir zum Einkaufen fuhren, blieb das Boot zurück. Es war vor unserer kleinen Hütte angebunden, die wir uns gekauft hatten. Wir benutzen sie nur als Zwischenstation und sie liegt nur einige hundert Meter von der Blockhütte entfernt, in der wir unseren ersten Winter verbracht hatten.

*

Goldener September, bunte Blätterpracht. Die letzte Einkaufsfahrt lag hinter uns. Die Temperatur angenehm frisch. Müde kamen wir von Whitehorse zurück. Der See flimmerte im frühen Abendlicht. Die Überraschung war bitter. Jemand hatte während unserer Abwesenheit die Hütte aufgebrochen. Einige Gegenstände fehlten. Der Außenbordmotor war beschädigt. Die notwendige Reparatur kostete uns mehr als eintausend Dollar.

Leider sind die Zeiten, wo man bedenkenlos die Tür eines Hauses unverschlossen lassen konnte, auch hier vorbei. Drei Jahre später waren alle Hütten am See aufgebrochen, neben wertvollen Gegenständen auch ein Außenbordmotor gestohlen.

18. Die alten und die neuen Goldgräber

Nur das leicht schleifende Geräusch der Schneeschuhe war zu hören, dann plötzlich das Krachen, wie das Stampfen eines Mammuts, wenn der Druck zu schwer wurde und das gepackte Weiß zusammensackte. Das eisige Knirschen durchbrach die Stille, warf den Schall gegen die schwerbeladenen Nadelbäume. Der Mann schritt kraftvoll mit der Sicherheit und Erfahrung von Jahrzehnten dahin. Das Weiß um ihn herum war unberührt.

Wäre es nicht notwendig gewesen, hätte er am Morgen seine Hütte nicht verlassen. Das Thermometer zeigte schon fast minus 40 Grad an, als er losging. Nun war es kälter geworden. Er spürte es. Sein Atem war der warme Hauch, der das Gesicht mit weißem Frost überzog. An den Wimpern bildeten sich Tröpfchen, die zu kleinen Perlen erstarrten. Die Lungen schienen bersten zu wollen, wenn die eisige Luft eindrang.

Das Geflecht aus Elchhaut, aus dem die Schneeschuhe gefertigt waren, brach. George Ortell war sich klar, dass er die lebenswichtigen Schneeschuhe reparieren musste. Wenn ihm das nicht gelang, befand er sich in ernsthaften Schwierigkeiten. Die dicken Handschuhe waren für die Arbeit zu klobig. Er streifte sie ab. Schon nach weniger als einer Minute wurde die Haut seiner Finger weiß. Er konnte die Reparatur nicht durchführen. Nur mit Mühe schaffte er es, die Handschuhe wieder überzustreifen.

Ohne Schneeschuhe gelang es ihm noch, sich einige hundert Meter durch den hüfthohen Schnee zu wühlen. Er wusste, dass er sich nun auf der schmalen Straße nach Mayo befand, auch wenn das eintönige Weiß keinen Weg erkennen ließ. Irgendwann kam er nicht weiter voran, musste erschöpft aufgeben. Bei einem unerfahrenen Mann würde nun Panik einsetzen. Doch nicht bei George. Er war ein erfahrener Buschläufer und er blieb ruhig. Es gab nur eine einzige Möglichkeit, die ihn davor bewahren konnte, zusammenzubrechen und in den Erfrierungstod hinüberzugleiten.

George Ortell blieb stehen, wo er war, hoffte darauf, gefunden zu werden. Mit den Händen, die schon lange gefühllos waren, packte er sich bis zur Brust in den Schnee ein. Das sollte eine gute Isolation sein. Es schien eine perfekte Nacht in der nordischen Wildnis zu sein. Doch für den leuchtenden Sternenhimmel hatte er keinen Blick. Seine Gedanken drehten sich nur um das Überleben. Falls er vor Erschöpfung einschlief, konnte er nicht umfallen. Dann wartete er. So wurde er am nächsten Tag entdeckt. Er hatte schwere Erfrierungen, aber die Nacht mit minus 50 Grad überlebt.

Im Krankenhaus mussten ihm einige Zehen amputiert werden. Nur langsam erholte er sich. Als die Tage länger wurden, der Himmel sein reines Blau zeigte und die Zugvögel nach Norden strebten, wollte er wieder hinaus in die Wildnis. Er spürte den Drang, Gold zu suchen und Biberfallen zu stellen. Einige Zehen weniger konnten ihn nicht abhalten. Es war das Jahr 1943, und er war 71 Jahre alt.

George Ortell kam aus den Vereinigten Staaten. Das kalte, raue und frostige Klima des Yukon ließen ihn zuerst erschaudern. Aber schnell verzauberte ihn die wilde Schönheit des Landes und ersetzte die am Anfang empfundene innere Leere durch ein tiefes, wohltuendes Gefühl, das er selbst nicht beschreiben konnte. Er wollte nicht mehr in den Süden zurück, auch wenn er keine großen materiellen Werte erwerben konnte. Dafür entwickelte er einen inneren Reichtum, eine Größe des Charakters: stolz und entschlossen zu sein, ehrlich im Versagen, aber bescheiden und sanft im Erfolg. Es gibt nur zwei Berge im Yukon, die nach einem Amerikaner benannt sind. Einer davon ist Mount Ortell.

George Ortell war kein Einzelfall, auch wenn dieser mit seiner ganzen Persönlichkeit herausragte. Da gab es einen Arzt, der nach seiner Ankunft im Yukon nie mehr Medizin praktizierte, sondern für lange Jahre in der Umgebung von Mayo lebte – als Jäger, Trapper, Goldsucher. Oder den akademischen Einsiedler, der sich als Goldgräber betätigte, sich zurückzog, um die Werke von Shakespeare zu studieren.

Was lockt nun die Menschen in diese Region? Ist es die Anziehungskraft vom Leben »draußen«? Ist es das Flattern von Flügeln, wenn eine Schar Enten von einem Tümpel auffliegt? Ist es das wohlriechende Aroma von Erde und Fichtenzweigen, das in den hellen Nächten die Behausung durchdringt? Ist es der gesunde Geruch von einem kräftigen Essen, das in der Bratpfanne brutzelt und einem das Wasser im Munde zusammenlaufen lässt? Ist es die erfrischende, wohltuende Freiheit? Ist es das wehende, pulsierende Nordlicht in den klaren Winternächten? Bestimmt empfindet jeder die Eindrücke anders, jeden treiben unterschiedliche Motive und Vorstellungen an.

Die Stille ist eine der wichtigsten Erfahrungen in der Wildnis. Zu ihr gehört das Rauschen und Gluckern von Wasser, das Zusammenschlagen der Wellen am Ufer eines Sees, der flüsternde Wind in den Bäumen. Ohne die sommerlichen Geräusche wäre das Land nichts anderes als einfacher Fels, Bäume und Wasser. Das Geheimnis und das Unbekannte sind vielleicht die wahren Verlockungen, der wahre Zauber der Wildnis.

Geschichten von Gold am legendären Klondike trieben Bill McCoomb aus dem Osten der USA nach Dawson City. Kaum war er ein Jahr dort, erhielt er die Nachricht, dass sein Bruder schwer krank sei. Es war Winter, doch ohne lange zu zögern, machte er sich zu Fuß auf den Weg nach Telegraph Creek, in British Columbia. Von diesem Außenposten der Zivilisation wollte er seine Reise in die Vereinigten Staaten fortsetzen.

Er überquerte zugefrorene Seen und Flüsse, kämpfte gegen hohen Schnee und raue Stürme, widerstand der bitteren Kälte. Nichts konnte ihn aufhalten und er schaffte das Unvorstellbare. Mehr als 1000 Kilometer legte er auf seinem Marsch zurück.

Die Härte des Yukon konnte ihn nicht abschrecken. Im Gegenteil – er war von dem Land und den Möglichkeiten begeistert. Im Jahr 1928 kam er wieder in den Yukon zurück. Kurz nach dem 2. Weltkrieg folgte ihm seine Frau Florence, die 20 Jahre jünger war als ihr Mann. Bill war ein talentierter Bootsbauer, Schreiner, Zimmermann und Handwerker. Er baute sich einen kleinen Schaufelraddampfer. Bald suchte das Paar an den Sandbänken des Teslin und Little Salmon Flusses nach feinem Gold.

Auf der Suche nach dem wertvollen Metall erreichten sie über den Stewart River zwei Jahre später Mayo. Von dort war es nur noch ein kleiner Schritt zum Mayo Lake. Bill errichtete eine Blockhütte und baute ein Boot, mit dem er und Florence zum Ledge Creek kamen. Dort arbeitete bereits ein anderer Goldgräber: George Reynolds. Da er nicht mehr gesund und von fortgeschrittenem Alter war, verpachtete er die gesteckten Claims an das Ehepaar McCoomb.

George Reynolds hatte an dem Bach zwölf Jahre zuvor einen Nugget mit einem Gewicht von 10 ¼ Unzen gefunden. Bis heute wurde dieser Fund noch nicht übertroffen. (Der Goldklumpen wog etwas mehr als 310 Gramm. Heute wäre er mehr als 10.000 Dollar wert.)

Bill McCoomb arbeitete nun in dem engen Gebirgseinschnitt mit seiner einfachen Ausrüstung. Schon bald entdeckte er den Verlauf des alten Bachbettes, das sehr ergiebige Goldfunde erbrachte. Mit einer acht PS starken Sägemühle baute er einen kleinen »Lastkahn«, eine Barge, mit der er schweres Gerät und Maschinen über den See bringen konnte.

In den sechziger Jahren hatte Bill die siebzig schon überschritten. Der Zufall brachte ihn mit einem jungen Mann zusammen, der in der Silbermine im nahen Elsa arbeitete. Dieser war sehr an der Arbeit des Goldgräbers interessiert, und Bill war froh, eine Hilfe zu bekommen. Sein Name war Bert.

Zwei Jahre später starb Bill. Allein wollte und konnte Florence nicht länger in der Wildnis bleiben. Sie zog nach Mayo und wohnte dort in einem kleinen Häuschen. Bert erwarb sämtliche Rechte am Ledge Creek.

Noch heute steht in der alten Blockhütte am Ledge Creek ein honigfarbener Küchenschrank. Bill McCoomb hatte ihn gebaut, und durch Zufall entdeckte ich, welches Material er dazu benutzte: Dynamitkisten.

Die Vergangenheit des Ledge Creek zeigt sich nicht nur in den alten Gebäuden, sondern auch in vielen Funden, die beim Waschen der Erde wieder auftauchen. Hufeisen, gehämmerte Nägel, viele Gewehrhülsen und Bleigeschosse, als hätte hier einst eine Schlacht stattgefunden. Interessiert an der Geschichte, erkundigte ich mich auch auf dem Minenbüro nach entsprechendem Material. Von Jerald, der Jahre zuvor meine ersten Claims eingetragen hatte, erhielt ich neben brauchbaren Informationen den Rat: »Gehe zu Mrs. McCoomb – die kennt sich in der Geschichte am besten aus.«

Florence McCoomb war eine mittelgroße, hagere Frau. Sie liebte Tiere, hielt sich drei Pudel, zwei Katzen und einige Vögel. Oft brachte ich ihr von einer Fahrt nach Whitehorse Sachen mit, die sie in Mayo nicht bekommen konnte. Einmal waren es Goldfische für ihr kleines Aquarium.

Sie fühlte sich in Mayo zu Hause. Besuchte ich sie, bekam ich ein Bier angeboten und sie nutzte die Gelegenheit, sich auch eines zu genehmigen. Von der Vergangenheit erzählte sie nur, wenn ich genaue Fragen stellte. Dabei blieb sie ruhig, bescheiden, fast zurückhaltend. Doch ich konnte viel erfahren, wie es »damals« war, von den Entbehrungen, den Mühen – doch auch vom Land selbst, das sie nie mehr verlassen wollte.

Mit fast 80 Jahren war ihr Gesicht faltenzerknittert. Die knochigen Hände waren runzelig. Sie rauchte gerne und nicht wenig. Wann immer ihr schneeweißes aufgestecktes Haar sich leicht zur Seite neigte, vermutete ich meist richtig – sie hatte wieder einmal einen »gebechert«.

»Bist du verheiratet?«
»Nein«, erwiderte ich ihr. »Doch ich habe eine Freundin.«
»Wo ist sie?«, meinte Florence daraufhin, während sie kräftig an ihrer Zigarette zog.
»Im Augenblick in Deutschland«, war meine Antwort.
»Bring sie mit – bring sie in den Yukon.«

Florence McCoomb war Amerikanerin, doch sie kehrte nie mehr in ihr Geburtsland zurück. Die alt gewordene Pioniersfrau starb am 29.12.1989 in Mayo.

*

Es gibt eine spezielle Yukon-Zeit. Eine Stunde zu früh, eine oder zwei Stunden zu spät – vieles hängt vom Wetter ab. Wenn jemand überhaupt nicht eintrifft, obwohl du ihn erwartest, weißt du, dass ihn etwas aufgehalten hat. Aber vielleicht kommt er am nächsten Tag.

Nach zwei Tagen kann man sich Gedanken machen. So war es auch bei mir, denn Bert war schon seit zwei Tagen überfällig. Bei mir befand sich Christoph, ein deutscher Freund, mit dem ich gerade eine wochenlange Kanutour gemacht hatte. Wir wohnten in der Hütte am Mayo Fluss, die Bill McCoomb gebaut und Bert übernommen hatte. Nachdem ich mehrmals erfolglos mit einem Funktelefon versucht hatte, ihn zu erreichen, bereiteten wir uns darauf vor, nach ihm zu suchen. Bei schönem Wetter und glattem See fuhren wir los.

In einem weiten Bogen steuerte ich in den Nelson Arm ein und wir näherten uns der engsten Stelle des Sees. Kaum mehr als 400 Meter trennen die ansteigenden Uferstreifen. Eine kleine Insel ruht dazwischen wie ein Pfropfen. Sie ist von dürftigem Laubgehölz bedeckt, das schon den Hauch vom Herbst ahnen ließ. Am Ostufer, wo sich ein flacher Sandstrand ausdehnt, zeichnete sich eine Gestalt ab, die mit erhobenen Armen winkte. Langsam drehte ich den Gashebel zurück und steuerte näher an die Insel heran. Aber der Mann, der dort stand, war nicht Bert.

»Windy John« sah uns entgegen. Groß, hager und trotz seiner grauen Haare wirkte er nicht wesentlich älter als ein rüstiger Mittsechziger. Nur wenige kennen den richtigen Namen des gebürtigen Finnen, der nun schon über 40 Jahre in der Umgebung von Mayo arbeitete, als Prospektor, Schreiner, Gelegenheitsarbeiter und Trapper. Fünfzig Jahre zuvor verschlug es den ehemaligen Seemann in den Yukon. Er kam nach Kanada »nur um die Sprache zu lernen«, wie er einmal meinte. Doch wie so viele hielt ihn die Faszination des Yukon für immer fest.

Unser Boot berührte noch nicht den Ufersand, als mir wieder die Geschichte einfiel, die über ihn erzählt wurde. »Windy John« war mit einem Ruderboot zu dieser Insel unterwegs. Immerhin eine Entfernung von 20 Kilometern, doch das machte dem erfahrenen Buschläufer nichts aus. Gegen einen guten Schluck hatte er nie etwas einzuwenden, doch an diesem Tag hatte er sich vorgenommen, vorerst einmal nichts von seinen alkoholischen Vorräten anzurühren. Wenn er sich nach vorn über die schweren Ruder beugte, stieß er kräftig hervor: »Kein Rum« – und beim Durchziehen der Ruder – »bis zur Insel!« Eintönig, gleichmäßig – für Stunden. Vorbeugen, Ruder durchziehen: »Kein Rum – bis zur Insel! Kein Rum – bis zur Insel!«

Die Hälfte der Strecke hatte er bereits zurückgelegt, als ihm Horst »Goldfinger« entgegenkam. »Goldfinger« steuerte nahe an das Ruderboot und stellte seinen Außenbordmotor ab. »Du hast eine Leine hinten aus deinem Boot hängen«, meinte Horst, nachdem sie sich begrüßt hatten. »Ich weiß«, erwiderte John. »Heute ist Waschtag – meine Wäsche hängt daran. Wenn ich an der Insel bin, dürfte sie sauber sein!«

Der Kiel schabte über den Sand und mit einem Ruck lag unser Boot fest. Wir stiegen aus. »Windy John« hatte Schwierigkeiten mit seinem Außenbordmotor. Er ließ sich nicht mehr starten. Konnte ich ihm helfen? »Natürlich«, antwortete ich ihm, dachte auch schon an den richtigen »Mechaniker«. Doch zuerst wollten wir nach Bert sehen. Aber ich versprach, am gleichen Tag wiederzukommen.

Fünfzehn Minuten später stellte sich heraus, dass auch Bert einen Schaden an seinem Außenbordmotor hatte. Ohne entsprechende Ersatzteile konnte er ihn nicht reparieren. Selbstverständlich war er bereit, uns zur Insel zu begleiten – so wie ich es mir gedacht hatte. Denn mehr als Zündkerzen kontrollieren, Öl und Benzinleitung überprüfen, konnte ich an dem alten Motor von »Windy John« bestimmt nicht.

Dieser hockte bei unserer Ankunft neben einem leicht qualmenden Lagerfeuer. Die Feuerstelle befand sich zwei, drei Meter vor seiner Unterkunft, einem einfachen, aber großen Leinenzelt. Die grauweiße Leinwand war über einen zusammengebundenen Rahmen aus geschlagenen Holzstangen gespannt. Als zusätzlicher Schutz vor der Witterung war eine Plastikplane darübergebreitet, die auch den Zelteingang überspannte.

Aus herumliegendem Geschirr wühlte John einige becherähnliche Behälter hervor, die uns als Tassen dienten. Gerne tranken wir den angebotenen Tee.

Die Oldtimer Bert und John waren über den alten Motor gebeugt, der unzählige Roststellen zeigte und bestimmt weder oft benutzt noch gepflegt worden war. Bert säuberte, klopfte, schabte, nahm Leitungen ab, prüfte Kontakte. Nach einer halben Stunde und einigen misslungenen Startversuchen tuckerte er wieder. Kläglich zwar, aber er lief.

Während die beiden die Köpfe fast in den Motor steckten, hatte Bert erzählt, dass Christoph und ich gerade den Hess Fluss mit dem Kanu gefahren waren. Nun wollte John wissen, ob es uns gefallen hatte. Noch jetzt waren wir begeistert, sogar etwas stolz, den nicht leichten Wildwasserfluss geschafft zu haben.

»Nun«, meinte John, während er uns einen weiteren Tee anbot, »diese Ecke kenne ich gut. Aber ich weiß ja, wie es heute so ist. Wasserdichtes Material, leichte Daunenschlafsäcke, hervorragende Ausrüstung. Wie einfach habt ihr es heute nur. Die alten Zeiten will ich nicht loben, keinesfalls, aber auch nicht verdammen. Sie waren einfach anders. Schön? Ja – aber auch nicht immer leicht.«

»Vierzig Jahre ziehe ich nun schon umher. Als ich noch jünger war, habe ich Hunderte Kilometer zu Fuß zurückgelegt. Und leichte Ausrüstung«, fuhr er leicht lächelnd fort, »die kannte ich nicht. In schweren, ölgetränkten Leinensäcken versuchte ich, die wenigen Lebensmittel trocken zu halten. Nur das Notwendigste konnte ich mitnehmen, lebte hauptsächlich vom Land. Wenn ich in den Bergen nach Silber und Gold suchte, konnte ich kein schweres Boot mitnehmen. Leichte Boote aus Fiberglas oder Aluminium gab es damals nicht. Wollte ich zurück, baute ich mir ein Floß, ließ mich die Flüsse heruntertreiben. Aber das war noch einfach. Die Winter, die waren schwer.«

Gespannt hörten wir John zu, als er von seinen Jahren als Prospektor erzählte, in denen er einige gute Erzvorkommen entdeckte. Dann schweifte er zu Tiererlebnissen, an die er sich noch gut erinnerte und die ihn noch immer begeisterten. Zu schnell verging die Zeit. Wir mussten aufbrechen. Stundenlang hätten wir noch dem begeisterten Erzähler lauschen können.

Langsam gingen wir durch den feinen Sand zu unserem Boot. Eine Frage konnte ich nicht zurückhalten: »Was machst du nun hier auf dieser abgelegenen Insel?« – »Noch einmal im Leben möchte ich einen Elch schießen«, erhielt ich zur Antwort.

Christoph drückte das zehn Meter lange Boot mit einem Schwung vom Ufer ab und hechtete auf die breite Aluminiumplattform am Bug. Unterdessen hatte ich die Benzinleitung an den Motor gesteckt, den Batterieanschluss angeklemmt und drehte nun den Schlüssel im Zündschloss. Der 50-PS-Außenbordmotor krächzte kurz, schnurrte dann aber ruhig und gleichmäßig. Zum Gruß hob ich noch einmal die Hand, überließ Christoph das Steuer und setzte mich neben Bert auf ein querliegendes Brett. »Wie alt ist Windy John eigentlich?«, wollte ich von ihm wissen. »Genau weiß ich es auch nicht, aber er sollte um die 80 sein!«

*

Seit drei Jahren war Ralph in den Sommermonaten unser Nachbar. Er ist ein erfahrener und moderner Goldgräber. Seine Ausbildung und sein technisches Talent machten es möglich, dass er sich eine moderne Goldwaschanlage selbst zusammenbauen und -schweißen konnte.

Mit der Barge schaffte er sich eine Planierraupe, einen Lader und große Treibstofftanks über den See. Nur wenige Tage später war die Waschanlage mit Wasserpumpe und Zubehör aufgebaut, und er begann seine Arbeit am Ledge Creek.

Die Suche nach Gold ist immer eine unsichere Sache. Eine Saison ist kurz und die Zeit ein wichtiger Faktor. Keiner baut sich mehr ein Haus. Die modernen Goldsucher wohnen in den fünf Arbeitsmonaten in Wohnwagen. Auch für trockenes Feuerholz schlagen und vielleicht Spänchen zum Anzünden machen hat niemand mehr einige Minuten übrig. An kühlen Tagen, wenn man den Ofen benötigt, nimmt man auch einmal halb feuchtes oder grünes Holz, kippt eine Dose Dieseltreibstoff darüber, hält ein Streichholz daran.

Ralph ist auch ein Pilot, der seit Jahren ein eigenes Flugzeug besitzt. Das, oder wenigstens der Pilotenschein, ist bei den Entfernungen im Yukon für viele eine fast normale Sache. Für ihn gab es bisher keine Notwendigkeit, sich Schwimmer an das Flugzeug zu machen. Doch die Möglichkeit, schnell einmal Ersatzteile in Mayo oder sogar in Whitehorse holen zu können, war verlockend. Damit konnte er sich viel Geld und Zeit sparen.

Am Ledge Creek gab es keine Landepiste. Aber Ralph besaß die großen, schweren Maschinen. Damit schob er ein Stück Wildnis zur Seite – Bäume, über 200 Jahre alt, Büsche, Felsbrocken –, glättete alles und hatte seine Landebahn.

Außer der Zustimmung von Bert benötigte er nichts. Keine behördliche Genehmigung, keine weitere Erlaubnis. Bestimmungen verbieten es ihm nicht und niemand will wissen, wann er startet oder landet. Ob die Piste sicher ist, interessiert auch niemanden – alles ist seine eigene Entscheidung und nur er allein trägt das Risiko. Da die Landepiste zum See hin abfällt, benötigt er noch nicht einmal die erforderliche 250-Meter-Startbahn – meinte er – und der leichte Anstieg bei der Landung lässt die Maschine rechtzeitig ausrollen.

Im Tiefflug rauschte Ralph über die unbefestigte Straße, die von Mayo nach Elsa führt. Er konnte kein Auto entdecken – und landete. Er wollte ein Gefühl dafür bekommen, wie es ist, unter diesen Bedingungen zu landen. Als er über unserem Haus erschien, war der Wind zu stark. Er kreiste und wartete. Um uns zu unterhalten, flog er vor einer Kulisse aus schneebedeckten Bergen Loopings, Spiralen, ließ das Flugzeug mit abgestelltem Motor der Erde entgegentrudeln. Nach einer halben Stunde, ohne Wetterveränderung, flog er wieder davon.

Am 8. Mai 1993, als der See noch seine geschlossene Eisdecke zeigte, war er der erste Pilot, der mit einem normalen Flugzeug am Ledge Creek landete.

Die viersitzige Cessna Skyhawk drehte ihre Nase langsam zum See. Im Cockpit saß Ralph. Für über zehn Stunden hatte er Erde und Geröll in die gefräßige Waschanlage gefüttert. Eine richtige Pause hatte er sich nicht gegönnt, lediglich mehrere heiße Kaffee aus einem

Styroporbecher geschlürft. Er war in Eile. Kaum nahm er sich Zeit, die Checkliste zu überfliegen.

Der Motor brummte gleichmäßig und lief warm. Neben dem kleinen Flugzeug stand der schwere Lader. Die sieben Kubikmeter fassende Schaufel ruhte auf dem überschwemmten Boden. Von der Goldwaschanlage daneben tropfte noch das Wasser in silbernen Perlen auf den gewaschenen Kies. Der Himmel spannte sich weit, klar und blau. Böiger Wind bog die Baumwipfel manchmal nach Osten. Zu beiden Seiten und am Ende der Piste stand die unberührte Baumwildnis. Auf dem See ließen sich Wellen mit ihrem feinen Waschbrettmuster erkennen.

Das Brummen des Motors verstärkte sich, wurde zu einem lauten Dröhnen. Die blauweiße Maschine schoss nach vorn. Bert und ich spürten den Luftstrom. Unsere Kleidung flatterte. Die kleinen Räder sprangen und tanzten hart über die Schotterpiste. Nach ungefähr 100 Metern betrug die Geschwindigkeit annähernd 80 bis 90 Stundenkilometer. Wir sahen die Bäume sich verneigen, bevor wir das aufbrausende Rauschen hörten. Die Böe packte in dem Moment unter die rechte Tragfläche, als Ralph den Steuerknüppel anzog. Die Maschine wurde nach links gefegt. Mir stockte der Atem.

Das Flugzeug flog in einem Meter Höhe seitwärts über die Piste hinaus. Es sah so aus, als wollte Ralph von der Landebahn hinweg einen Looping versuchen. Trotzdem war es fast zu spät. Ein gewaltiger Schlag erschütterte das Flugzeug. Ein zweiter Knall folgte. Fast senkrecht stieß die Maschine in den Himmel, schwankte wie nach einer schweren Erschütterung und jaulte nur knapp über die Baumspitzen hinweg.

Wie unter einem Schock starrten wir dem Flugzeug nach. Die Maschine gewann an Höhe, brummte gleichmäßig und verschwand am Horizont – als wäre nichts passiert.

Gemütlich saßen wir alle einige Tage später zusammen im Trailer von Bert. Ralph erzählte. Nur Hektik und Eile hatten zu dem fast tödlichen Zwischenfall geführt. Eine andere Erklärung gab es für den Piloten nicht. Die Böe hatte ihn überraschend gepackt und für einen Startabbruch war es schon zu spät. Er musste blitzschnell reagieren und die einzige Möglichkeit war, die Maschine steil nach oben zu ziehen. Doch er befand sich bereits neben der Piste, deren Abgrenzung mit Felsbrocken gespickt war. An einen schlug das linke Rad an – der erste Schlag. Dann platzte der Reifen – der zweite Schlag. Doch davon wusste der Pilot noch nichts. Aber obwohl das Flugzeug normal reagierte, ahnte er, dass etwas nicht stimmte. Die Beschädigung am Heck, als es durch den Steilflug über den Boden gekratzt war, entdeckte er erst später.

Nach 15 Minuten hatten sich seine Nerven beruhigt und er erreichte den Flughafen in Mayo. Langsam und so tief wie möglich flog er am Tower entlang und fragte die Flugkontrolle, ob sie etwas Ungewöhnliches entdecken konnten. Die Antwort kam dann doch etwas überraschend: außer einem geplatzten Reifen hingen noch Äste im Leitwerk. Die Landung mit nur einem intakten Rad verlief für den erfahrenen Piloten glatt.

Gold- und Silberminen, die Suche nach Gas, Erdöl und anderen Erzen, gehören zum Yukon wie der Tourismus. Das Land lebt davon. Die neuen Goldsucher haben den Geist eines George Ortell zurückgelassen. Die Pionierzeit ist vorbei. Die Geschichte prägt sich neu – mit Technik und Maschinenkraft. Etwas ist in dem Wandel verloren gegangen.

Robert Service, der Barde des Yukon – Auszug aus:

The Spell of the Yukon.

I wanted the gold, and I sought it;
I scrabbled and mucked like a slave.
Was it famine or scurvy, I fought it;
I hurled my youth into a grave.
I wanted the gold, and I got it –
Came out with a fortune last fall, –
Yet somehow life's not what I thought it,
And somehow the gold isn't all.

19. Besucher

Wochen und Monate verstrichen bei uns in angenehmer, ungestörter Ruhe. Wenn im Sommer Freunde oder Bekannte zum Fischen an den See kamen, legten sie manchmal an unserem kleinen Sandstrand an, blieben für eine oder auch zwei Stunden. Ein mitgebrachter Salat, ein Kohlkopf oder frisches Obst waren mehr als ein kleines Geschenk. Es war eine Geste, die uns sagte: Wir wissen, wie es ist, im Busch zu leben.

In jedem Jahr kamen Mitarbeiter der Minenbehörde, manchmal von einem Forstbeamten begleitet, die mit dem Hubschrauber einflogen. Männer der Fischerei- und Jagdbehörde besuchten uns mit dem Boot, wie auch die Beamten der R.C.M.P., der kanadischen Polizei. Selten erhielten wir Besuch im Winter, doch mehrmals wurden wir überrascht, wenn ein oder zwei kleine Punkte auf der glitzernden Eisfläche auftauchten und dann die Motorschlitten vor unserem Platz hielten. Wir luden die Gäste ein und oft erhielten wir die Post, die bereits für Wochen oder Monate in unserem Schließfach in Mayo lag.

Während eines anscheinend belanglosen Gesprächs erfuhren die Besucher der verschiedenen Behörden alles, was sie wissen wollten. Hatten wir die Lizenz für die Jagd, zum Fischen, war unsere Aufenthaltsgenehmigung noch nicht abgelaufen? Die Besuche waren uns nicht lästig, sondern mehr eine willkommene Abwechslung, wo Neuigkeiten ausgetauscht wurden. Allerdings vergaßen wir nicht, dass es sich um die Kontrolle von Vorschriften und Bestimmungen handelt – wenn auch in einer freundlichen, lockeren, gelassenen Art und Weise.

Einmal in der Wildnis leben, wenn auch nur für einige Tage. Dieser

Gedanke bescherte uns nicht nur Besuch von Verwandtschaft, sondern auch von Freunden, Bekannten und Bekannten von Bekannten. Zuerst brachten wir noch Gäste in Zelten unter, doch dann entschlossen wir uns, eine Gästehütte zu bauen.

Vom Ufer des Sees holte ich mir sechs passende Steine. Die großen Brocken setzte ich an die gewünschten Stellen, richtete sie mit Hilfe von Gaby und der Wasserwaage auf eine Höhe aus, bevor ich abgeflachte Rundstämme darauflegte.

Es sollte kein gewaltiges Blockhaus werden. Die Wände wollte ich wie Palisaden aufrichten. Ohne große Anstrengungen konnte ich eine Hütte mit kurzen Stämmen fertig stellen. Stämmchen mit einem Durchmesser von 10 bis 15 Zentimeter sollten ausreichen.

Zuerst bauten wir einen Rahmen aus Kanthölzern. Daran nagelte ich die aufrecht stehenden Stämme. Da sich das Holz nicht durch sein eigenes Gewicht zusammenpressen konnte, würde sich keine geschlossene Einheit bilden. Die Lösung war die Doppelbauweise. Man baut zwei Wände und füllt den Zwischenraum mit Isolationsmaterial.

Um Material zu sparen, halbierte ich die Stämme für die Außenwände. Die billigste, einfachste, wenn auch nicht die leichteste Methode, um Rundstämme zu bearbeiten, ist die Motorsäge. Zwei Halbstämme legte ich aneinander, mit Holzklammern so fest miteinander verbunden, dass sie nicht auseinander rollen konnten. Dann fuhr ich mit dem Sägeblatt zwischen ihnen hindurch, wenn notwendig, mehrmals. So entstanden zwei Flächen, die genau wie ein Spiegelbild aufeinander passten. Einen Halbstamm setzte ich an der Wand ein, der andere war mein Gegenstück für den nächsten.

Innen benutzen wir Sperrholzplatten. Zwischen die Wände packten wir Filz und Dachpappe als Isolationsmaterial. Eine Plastikplane als Dampfsperre sorgt für einen zugfreien, luftdichten Abschluss. An den Wänden befestigte Gaby Kalenderbilder, in eine Ecke stellten wir den kleinen Ofen. Ein doppelstöckiges Bett und ein normales Bett vervollständigten die einfache, aber gemütliche Inneneinrichtung.

Jährlich erreichen viele Besucher – oder Touristen – den Yukon. Einige »verirrten« sich auch zu uns. Die Gäste von »drüben« waren nicht immer eine reine Freude. Die Besucher waren zum Lächeln, zum Wundern, manchmal zum Ärgern.

Begebenheiten, die in eine der erwähnten Kategorien passen:

Eine Gruppe von Leuten führte ich in einer mehrstündigen Gebirgswanderung auf eine baumlose Hochebene. In der Pause tauchten aus den Rucksäcken mehrere Getränkedosen Cola auf. Die Brötchen waren schnell gegessen, eingeteilt wurde nichts, der Rest des Tages wurde gehungert. Das Wetter war herrlich, auch wenn es einen Schneeschauer gab. Reife Beeren fanden wir in Hülle und Fülle.

Der Abstieg begann. Bevor wir den Baumgürtel erreichten, war ein Dickicht aus Krüppelbirken, Weiden und Erlen zu durchqueren. Bald hörte ich die Bemerkung: »Hier gibt es ja noch nicht einmal einen Wanderweg.«

Von unserem Haus bis zur Bachmündung des Ledge Creek, an der es sich gut fischen lässt, sind es einige hundert Meter. Ein kurvenreicher Pfad führt durch den Busch dorthin. Ein Besucher, gerade erst einmal Anfang zwanzig, nahm unser Motorboot und fuhr die kurze Strecke – natürlich, ohne uns um Erlaubnis zu fragen. Er ist ein Typ, der mit dem Auto »zum Bäcker um die nächste Ecke« fährt. Verschwitzt erklärte er uns: »Auf dem Pfad gehen ist doch viel zu anstrengend.«

Auch mit großen, modernen Maschinen ist die Suche nach Gold nicht einfach. Die Methode der alten Goldgräber, mit Spitzhacke und Schaufel, ist eine quälende Arbeit. Ein begeisterter »Goldgräber« fragte unseren Nachbarn: »Kannst du mit der Maschine nicht einige Kubikmeter goldhaltigen Grund an den Bach bringen? Ich würde gerne einmal mit der Pfanne Gold waschen.«

Gäste, die uns nur kurz besuchen wollten, blieben manchmal etwas länger. Sie nahmen die Gastfreundschaft in Anspruch, verzehrten unsere Lebensmittel, tranken, was wir ihnen vorsetzten. Nicht jeder ging zum Waschen an den See. Aber mit dem Eimer dort Wasser holen ist Arbeit – oft wurde es von den Besuchern einfach »übersehen«.

Die Angst vor Bären ist weit verbreitet – jedoch unbegründet. Es ist nur sicher, dachten einige, sich immer nahe am Haus aufzuhalten. Wenn jedoch einmal ein Ausflug durch den Busch gemacht wurde, sollten wir doch zur Sicherheit immer ein Gewehr mitnehmen.

Ein eifriger »Petrijünger« streute Essensreste und Mais in den See – um Fische anzulocken, wie er es vom heimatlichen Teich gewohnt war. Nach zehn Tagen wunderte er sich bei seiner Abreise, dass es nicht funktioniert hatte.

Wir lebten in einem Blockhaus. Die Wände bestehen aus runden, geschälten Stämmen, und nach unserer Meinung geben sie dem Heim eine besondere Atmosphäre. Frage: »Mit was wollt ihr die Wände innen verkleiden?«

Zweifel?! In jedem Monat des Jahres kann es Nachtfrost und eine Temperatur über dem Gefrierpunkt geben. Im Jahr 1992 trieben am 10. Juni noch Eisschollen auf dem See. Der erste Schnee fiel am 10. September – und blieb liegen.

Bei einer Lufttemperatur von 26 oder 28 Grad im Schatten ist es im Frühjahr so heiß, dass es nur schwer auszuhalten ist. Doch auf dem See treiben noch Eisschollen.

Während der trockenen Monate gibt es gewaltige Buschfeuer. (Da kann man manchmal die Moskitos husten hören.) Ein deutscher »Fachmann«, der Diavorträge bei Bekannten und auch in Schulen hält, sagte: »Die Indianer zünden den Busch an, damit sie bei der Bekämpfung der Feuer eingesetzt werden und dadurch Arbeit haben!«

Jemand wollte uns mit dem Auto besuchen. Wir erwiderten: »Das ist nicht möglich.« Die Antwort zeigte uns, wie wenig Leute manchmal über den Yukon oder die Wildnis wissen. »Mit einem guten Allradfahrzeug kommt man überallhin.«

Nach und nach begriffen einige Besucher, dass unser Platz eine Welt für sich ist. So sehr von der Zivilisation getrennt, dass nach einer Weile selbst Mayo zu einem Namen wird, mit dem sich nur eine ferne Erinnerung verbindet.

20. Funktelefon und Radio

Die Maisonne stand schon lange Stunden am Himmel und es war heiß, als ob es Sommer wäre. In tiefen Winkeln gluckerte der Bach noch an Schneebrettern vorbei und am Fuß der Berge drückte die nasse Schneelast das dichte Buschwerk zu Boden.

Früh am Morgen war ich an dem Bach aufwärtsgestiegen. In den Verschnaufpausen schaute ich zurück, hinab auf den See, der wie ein breites, schimmerndes Band zwischen den kahlen Hügeln ruhte. Er war noch von einer matschigen Schicht aus Schnee und Eis bedeckt, an dem nun die Sonne zerstörerisch arbeitete.

Einige Jahre hatte ich nun schon die Sommermonate im Yukon und am Mayo Lake verbracht. In dieser Zeit lernte ich viel über die Arbeit in einer Goldmine. Auch ich wollte ein Stück Land, wollte mich als Goldgräber fühlen, einen eigenen Claim haben. Endlich hatte ich es geschafft, mir einen Claim zu stecken. Es war das Jahr 1986.

Die Strecke hatte ich genau ausgemessen, die zwei vorgeschriebenen Claimpfosten gesetzt und beschriftet. Nun musste ich noch zwischen diesen zwei Pfosten eine Schneise ausschlagen, wie es im Gesetz vorgeschrieben war.

Seit einigen Tagen arbeitete ich mich täglich näher an das aufsteigende, steile Plateau heran. Zaghaft zeigten die ersten Bäume ihr neues Grün. An dem steilen, felsigen Hang lagen die abgesägten Büsche und kleinen Bäume wie geschnittenes Getreide. Nun musste ich alles nur noch zur Seite werfen, weg von der Schneise. Um die abgestellte Motorsäge zu holen, ging ich einige Schritte zurück. Bei dem Abstieg streckte ich den Fuß zu einem Felsbrocken aus. Die kleinste Berührung war genug: Er gab nach. Wo ich einen Halt erwartet hatte, gab es nichts. Kopfüber rollte ich den Abhang hinab. Vielleicht wäre noch alles harmlos abgelaufen, wenn da nicht ein Loch gewesen wäre, leicht verdeckt und von mir nicht bemerkt.

In meinem Kopf rauschte, wirbelte, drehte sich die Welt. Ich spürte nichts – keine Schläge, keinen Fall und keinen Aufprall. Erstaunt und benommen saß ich da, unfähig, mich zu bewegen. Die Wände einer Höhle nahm ich wie durch einen Nebel wahr. Über mir streckte sich wie ein Kamin eine meterhohe Felsspalte, mit scharfen Zacken gespickt, durch die ich ein Stück Himmel erkennen konnte. Verwundert starrte ich auf meine rechte Hand. Sie war aufgerissenes Fleisch, von der gleichmäßig Blut tropfte.

Mit der linken Hand nahm ich mein Halstuch ab und wickelte es um die Wunde. Was sollte ich nun tun? Ein kleiner Lichtschimmer an einer Seite machte mich neugierig. Eine halb verdeckte Öffnung. Auf dem Bauch kroch ich ins Freie. Von der Anhöhe sah ich hinab auf den glitzernden, gefrorenen See. Wie am Morgen, doch diesmal betrachtete ich alles mit anderen Augen. Kein Motorschlitten konnte mehr über das weiche Eis, kein Boot fahren, kein Wasserflugzeug landen. Nur ein Hubschrauber würde mir helfen. Langsam begann ich den Abstieg.

Während meine Hand im Pulstakt klopfte, ich mir einen Notverband anlegte und das eingenommene Schmerzmittel seine Wirkung entfaltete, ging ich zur Blockhütte von Bert. Mit dem Funktelefon rief ich meinen Freund Steve in Mayo an. Beruf: Hubschrauberpilot. Leider konnte ich nur zu einem Anrufbeantworter sprechen. Nachdem er meine Nachricht erhalten hatte, landete er 25 Minuten später am Ledge Creek – das war sechs Stunden später. Er flog mich zur Krankenstation in Mayo, wo meine Hand mit 23 Stichen zusammengenäht wurde.

Mit einem dicken Verband und den Arm in einer Schlinge, besuchte ich Garry und Holly. Natürlich musste ich alle Einzelheiten erzählen und zum Essen bleiben. Dabei überkam mich ein Schwächeanfall. Noch bevor ich wieder klar denken konnte, hatte mich Garry schon gepackt und ins Gästezimmer gebracht. Mit seiner Hilfe lag ich bald im Bett, in eine Decke gepackt und der Arm ruhte auf einem aufgebauschten Kissen.

Der Arzt hatte mir erklärt, dass ich in zehn Tagen wieder vorbeikommen sollte. Einmal wollte er sich die Verletzung ansehen und dann die Fäden entfernen. (Jahre später machten wir es selbst.) Aber wie sollte ich das machen? Dann würde der See noch immer gefroren sein.

Steve flog mich am nächsten Tag zurück. Ich erzählte ihm von meinen Problemen. Nachdem er gelandet war, meinte er: »Mach dir darüber keine Gedanken! Ich kümmere mich darum.«

In den folgenden Tagen nahm mein Körper kräftige rote, gelbe und blaue Farben an. In dieser Zeit lernte ich, Eier mit der linken Hand aufzuschlagen, ohne den Dotter zu zerbrechen. Nun sollten die Fäden gezogen werden. Aber noch immer trieben Eisplatten auf dem See. Doch wie hatte der »chopper-pilot« Steve gesagt? »I'll take care of it!«

Mitternacht. Nur ein leichter Hauch von Dämmerung hatte sich über die Wildnis gelegt. Die Schallwelle brach wie plötzlicher Donner über die Blockhütte von Bert. Das grelle Auge eines Scheinwerfers tanzte dem Hubschrauber voraus und mit zischenden, pfeifenden Rotoren setzte er sanft auf. Mit dem Piloten stieg eine Frau aus. Steve stellte sie mir vor. Beruf: Krankenschwester. Sie betrachtete die Wunden, war zufrieden mit der Heilung und entfernte die Fäden. Unterdessen trank Steve einen Tee, grinste und meinte: »Zufällig musste ich in der Nähe vorbei und meine Freundin wollte schon immer einmal mit dem Hubschrauber fliegen.« Kosten? Absolut nichts!

*

Zehn Jahre danach. Wenn ich in unserem Blockhaus an meinem Schreibtisch saß, blickte ich auf den See hinaus. Neben dem Fenster ist an der Wand das Funktelefon befestigt, angeschlossen an eine Zwölf-Volt-Autobatterie.

Das Funkgerät war unsere Lebenslinie zur Außenwelt. Zum Glück waren Notfälle selten, und wir benutzten es für Gespräche, die uns das Leben erleichterten. Wir gaben Bestellungen in Mayo oder Whitehorse auf, vereinbaren Termine bei Arzt oder Zahnarzt. Verwandte, Freunde und Bekannte wussten, wann wir das Gerät eingeschaltet hatten und normalerweise zu erreichen waren.

Das Yukon-Telefon ist etwas Besonderes. Alle Nachbarn in der unmittelbaren Nähe benutzen den gleichen Kanal. Von Mayo bis Keno ist das der Kanal »Elsa«. Die Geräte sind hauptsächlich in den Abendstunden eingeschaltet. Es ist die Zeit zum Abendessen, bevor man wieder hinausgeht, um die langen Sonnentage auszunutzen. Während man in der Küche hantiert, ist es wie ein Plausch mit einem Nachbarn. Zwar sollte man nicht mithören, sondern bei einem Gespräch die Lautstärke zurückstellen, doch das Gegenteil ist der Fall. Es ist nur immer eine Seite der Unterhaltung zu hören – auf der anderen Leitung ertönt nur ein durchdringendes, dumpfes, abgehacktes Brummen – aber es reicht, um Neuigkeiten zu erfahren. Wer benötigt Ersatzteile für eine Maschine, wo werden sie bestellt, wann können sie geliefert werden, wer trifft eine Verabredung, privat oder geschäftlich?

Unsere Bekannte Margrit lebt und arbeitet in Mayo, während ihr Mann in den Sommermonaten im Busch arbeitet. Die Stimme erkannten wir sofort, wussten auch die Rufnummer. Doch viele Neuigkeiten gab es bei keinem der Gespräche. Ein »Yes«, dann ein »No«, selten einmal mehrere zusammenhängende Worte. Als ich Margrit einmal darauf ansprach, lachte sie laut: »Wieso soll ich viel erzählen? Ich weiß doch genau, dass alle zuhören!«

Durch atmosphärische Störungen oder technische Probleme bei den Relaisstationen – besonders im Winter und Frühjahr – konnte es schon einmal passieren, dass für Stunden oder Tage keine Verbindung möglich war. Doch solange nichts Ernsthaftes passierte, brachte es uns wenig aus der Ruhe. Wir probierten es später, oder am nächsten Tag, noch einmal.

Zu besonderen Anlässen riefen wir auch schon einmal in die »alte Heimat« an. Oft war die Verbindung so klar und deutlich, als wären wir im gleichen Ort – und nicht mit einer Autobatterie über mehrere tausend Kilometer miteinander verbunden.

Die Zeiten des Yukon-Telefons sind nun vorbei. Dieser Service wurde eingestellt. Die Technik übernimmt mit dem Satellitentelefon. Wir werden die Gespräche der Nachbarn vermissen.

Ein anderer, einseitiger Kontakt zur Welt draußen war unser Radio. In unserem ersten Winter waren wir noch zu sehr im Bann der ungewohnten Stille und wir drehten es nur an, um den Wetterbericht zu hören. Erst als wir abgeschieden in der Wildnis lebten, veränderten wir unsere Hörgewohnheit. Wir lauschten nun auch mit Interesse den Nachrichten.

Mit einem kleinen Weltempfänger holen wir uns die Welt in die Wildnis. Manchmal empfingen wir die Deutsche Welle, doch auch Sender aus Moskau, Tokio, den USA, Afrika und Neuseeland. Der Empfang war nie besonders gut. War der Sender einmal für eine Stunde klar und deutlich, dann trieb er davon, wurde schwächer und war für einige Tage nicht mehr zu bekommen. Mehr und mehr stellten wir uns auf die »lokalen« Stationen ein. Manchmal auf die Sender aus Anchorage und Fairbanks in Alaska, doch hauptsächlich auf den Sender aus Whitehorse.

Wir wurden nicht von Massenmedien überflutet, hatten keinen Fernseher und im Sommer erhielten wir nur selten eine Tages- oder Wochenzeitung. Die wenigen Informationen gewannen dadurch an Tiefe: Krieg in Russland, Erdbeben in Japan, Überschwemmung in Europa, Aufstände in Afrika. Das Radio drehten wir an, um zu wissen, was in der Welt vor sich ging. Eine zweck- und sinnlose Geste. Denn wir erfuhren nur mehr und mehr von den menschengeschaffenen Krisenherden der Welt. Wir merkten: Nichts berührte uns wirklich – das war nicht die Welt, in der wir lebten.

21. First Nation

Der Indianer trug ein großkariertes schwarzrotes Hemd, das über seinen verdreckten Jeans hing. Er war unsicher, versuchte, den direkten Blickkontakt zu vermeiden. Die halblangen blauschwarzen Haare waren ungepflegt. »I'm nobody«, wiederholte er. »I'm Indian.« (Ich bin niemand – ich bin Indianer.)

Wir standen vor dem einzigen Lebensmittelladen in Mayo. Als ich einen schweren Karton auf meinen Pick-up-Truck laden wollte, hatte mir der Mann ohne Aufforderung geholfen. Nachdem ich mich bedankte, wollte ich seinen Namen wissen. Nun hatte ich seine Antwort: Er bezeichnete sich als ein Niemand. Mit einem Blick, aus dem Hoffnungslosigkeit und Verzweiflung zu sprechen schienen, wandte er sich ab. Mit unsicheren Schritten ging er dem breiten Damm entgegen, hinter dem sich der große Stewart Fluss befindet. Eine Gruppe von weiteren Indianern lungerten auf dem vertrockneten Rasen eines kleines Parks herum. Nur unzureichend verbargen sie die Flaschen, die sie sich herumreichten. Schmutzige, verkommene Gestalten, mit weit über den Schultern hängenden Haaren. Ich empfand eine tiefe Beklommenheit, als ich in den Pick-up stieg, den Blick von der Gruppe nahm und davonfuhr.

»There is no Indian heritage!« – Es gibt keine indianische Tradition! Die Worte eines »Sub-Chiefs«, eines Unterhäuptlings aus Mayo, fielen mir ein. In vielen Städten und Ortschaften des Nordens kann man Indianer sehen, die mit haltlosem Blick durch die Straßen ziehen, der staatlichen Unterstützung und dem Alkohol verfallen.

Was mochte dazu geführt haben, ein großes Volk an den Rand des

Untergangs, des körperlichen wie seelischen Verfalls, zu führen? War es wirklich nur die Schuld der Weißen? Oder war es auch die tiefverwurzelte Mentalität der Indianer, die diese Entwicklung mitbestimmte?

Noch vor etwas mehr als einhundert Jahren war das weite Land so gut wie leer. Die Indianer waren nicht viel anders als heute. Aber sie lebten in Familien, in kleinen Jagdgesellschaften, waren ein Nomadenvolk. Sie zogen dorthin, wo es genug Wild und Fisch gab. Die Hälfte ihres Lebens hungerten sie. Manchmal waren sie gezwungen, die Bespannung ihrer Schneeschuhe oder ihre Lederstiefel zu essen. Es war ein miserables Leben. Aber etwas trieb sie an, hielt sie am Leben. Es war ihr Glaube. Sie waren wie die Wölfe, mit denen sie die Wildnis teilten. Auch ein Wolf kann halb verhungert sein, seine Rippen stoßen fast durch die Haut – aber er hat den gleichen Glauben. Er geht nicht unter, er jagt weiter, weiß, dass er wieder Erfolg hat. Ähnlich war es mit den Indianern. Sie hatten ihren starken Glauben, den Glauben des Jägers.

Was hat nun all dies mit Glaube zu tun? Alles! Glaube gibt dem Menschen Kraft, Hoffnung und Stärke – kann Berge versetzen. Heute habe ich Hunger – aber morgen treffe ich auf ein fettes Karibu und die Töpfe sind gefüllt. Etwas wird auftauchen – es war schon immer so. Doch dann geschah etwas Neues: Der weiße Mann tauchte auf.

Er baute Häuser, größer als jedes Wigwam. Und Lebensmittel! Alles war vorhanden: in Säcken, Dosen, Kisten. Die Indianer fragten: Wie kann ich all diese feinen Dinge auch haben? Die Lebensmittel, die Metalltöpfe, die Stahlnadeln. Und er erhielt die Antwort: Gegen Pelze! Alle Arten – Luchs, Wolf, Bär, Marder, Rot-, Schwarz- und Kreuzfuchs. Und besonders den Biber. Wir nehmen alles.

Der große Goldrausch kam und schwemmte die Weißen zu Tausenden heran. Zuerst waren die Indianer erfreut. Auf dem Chilkoot Trail verdienten sie Geld, indem sie das Gepäck der Goldsüchtigen schleppten. Die Indianer waren stark. Die letzten steilen Meter zum Pass stiegen sie hinauf mit 40 bis 50 Kilogramm auf dem Rücken. Die Indianer waren stolz. Sie erzählten den Weißen, was sie dafür haben wollten. Die menschlichen Packesel erhielten bis zu einem Dollar für jedes getragene Pfund. Als die Schaufelraddampfer den Yukon Fluss hochkamen, arbeiteten sie an den Uferbänken, schlugen Feuerholz für die gefräßigen Öfen der gewaltigen Flussboote.

Das Leben wurde für den Indianer einfacher. Er hörte auf, für sein Essen zu jagen, denn das konnte er bei den Weißen viel leichter erhalten. Er verdiente sich Äxte, Decken, Kleidung, Mehl und Tee, Stahlfallen und vielleicht auch ein Gewehr.

Dann versuchte der Weiße, die Indianer mehr und mehr für Geld nach seinen Vorstellungen arbeiten zu lassen. Zwei unterschiedliche Welten prallten aufeinander. Das konnte nicht gut gehen.

Die einstigen Nomaden hörten auf zu wandern. Sie ließen sich dort nieder, wo der weiße Mann war – oder wo der sie haben wollte. Die Welt entwickelte sich zu einer der Weißen – und das wurde das Problem. Die Schwierigkeiten der Indianer begannen damit, dass sie dies nicht verstanden.

Der Indianer hatte sich selbst gefangen. Er war in eine ungewollte Abhängigkeit geraten. Er hatte sich an Mehl und Zucker gewöhnt, war weich geworden, hatte das Wandern verlernt – oder wollte es einfach nicht mehr. Ohne die kostbaren Errungenschaften der Weißen kam er nicht mehr zurecht. Aber tief in seinem Inneren war er noch der Jäger, der Nomade. Für den geplanten Arbeitstag der Weißen hatte er kein Verständnis. Man bezeichnete ihn als faul und träge.

Den Indianern wurde das Land, in dem sie seit unzähligen Generationen lebten, stillschweigend genommen. Missionare brachten ihnen den wahren Glauben. Sie hörten von Jesus – er musste ein wahrhaft großer Gott sein. Hatte er nicht den Weißen all die wunderbaren Dinge gegeben? Aber diese Boten der Kirche nahmen ihnen, mit Unterstützung der Regierung, die Kinder weg. Sie mussten in die Schulen gehen, durften ihre eigene Sprachen nicht mehr sprechen. Eltern und Kinder entfremdeten sich.

Der Indianer stand unter Schock. Er wurde schwächer, war anfällig für die Krankheiten der Weißen. Tuberkulose und Masern rafften ganze Siedlungen dahin. Aus einem Gefühl der Schuld heraus erhielten die Indianer großzügige Kredite. Sie konnten, bis zu einer gewissen Summe, in den wenigen Läden frei einkaufen. Aber sie waren bisher immer selbstständig und unabhängig gewesen – dieses System verstanden sie nicht. Das Einzige, was ihn sein Leiden vergessen ließ, war der Alkohol. So trank er, so viel er auch immer bekommen konnte. Er wurde schwächer, anfälliger und krank. Nur eines blieb ihm: der Glaube. Irgendwie wird es schon gehen, irgendwas wird passieren, sich ändern. Aber diesmal scheint es keinen Ausweg zu geben.

Ungefähr fünf- bis siebentausend Indianer leben heute im Yukon. Die Stewart-River-Indianer sprechen Tutchone, eine Athapasken-Sprache. Andere sprechen Loucheux oder Slavey. Früher konnten die Stämme aus dem McKenzie-Gebiet die Gruppen am Stewart Fluss kaum verstehen. Heute werden Versuche unternommen, die begangenen Fehler zu berichtigen. Die Schulen sind nicht mehr nach »Rot« und »Weiß« getrennt. Aber was hat es nun für einen Sinn, wenn alle Kinder einen Indianerdialekt lernen sollen, der schon in der nächsten Siedlung nicht mehr gesprochen oder verstanden wird?

Ein Umbruch ist im Gange. Indianer besinnen sich auf ihre traditionelle Lebensweise. Verhandlungen mit der Regierung sollen ihnen etwa acht Prozent des Yukon zurückgeben. Das sind rund 40 000 Quadratkilometer. Aber der Regierungsapparat ist gewaltig und langsam. Jahrelang dauerten die Gespräche, bis einige der Stämme eine Selbstverwaltung zugesprochen bekamen und einen Teil von dem Land ihrer Vorfahren zurückerhielten.

Reinrassige Indianer gibt es nur noch wenige. Im Laufe der Jahre haben sie sich mehr und mehr mit der weißen Bevölkerung vermischt. Im Sinne einer neu entwickelten Identität nennen sie sich: First Nation – erstes Volk.

*

Es war einer dieser trostlosen grauen Septembertage, an denen man sich nur im warmen Haus wohlfühlen konnte. Dunstschwaden hingen in den Hügeln und Wolkenfetzen verharrten dicht über dem See. Auffrischender Wind brachte mehr graue Wolken herbei und bald fegten die ersten Schneeschauer heran. Die Sicht ging auf wenige hundert Meter zurück und die Hügel waren nach wenigen Minuten nicht mehr zu erkennen. Aus Wolkenfetzen und Schneegestöber tuckerte ein kleines Aluminiumboot hervor. Wenig später knirschte der Bootsrumpf an das Ufer und Dennis begrüßte uns.

Dennis ist Halbindianer. Seine Wangenknochen sind hoch angesetzt, und die dunkle Haut verrät nichts über seine gemischte Herkunft. Von seiner indianischen Mutter erhielt er sein dunkelschwarzes glattes Haar. Wir kannten uns schon über zehn Jahre, doch es hatte lange gedauert, bis er seine scheue Zurückhaltung etwas ablegte. Heute war er alleine unterwegs, um einen Elch zu jagen. Bei diesem Wetter waren ihm ein heißer Tee und ein trockenes Plätzchen willkommen. Erst als die Wolken sich zum Mittag auflockerten, die Sonne hervorbrach und der See wieder friedlich und glatt ruhte, fuhr er wieder davon.

Wir waren beim Abendessen. Es war sieben Uhr, und den tuckernden Außenbordmotor hatten wir erst spät gehört. Kaum war ich in die Stiefel gestiegen und hatte die Haustür hinter mir geschlossen, kam Dennis den Pfad vom See herauf.

»Ich habe einen Elch geschossen. Aber es ist schon spät und in zwei Stunden wird es dunkel sein. Kannst du mir etwas bei der Arbeit helfen?« Mit wenigen Worten erklärte er mir, wo er den Bullen erlegt hatte, dann war er schon wieder weg.

Wenige Minuten später hatte ich die notwendigen Dinge zusammengepackt und war fertig. Ich überprüfte noch einmal den Benzintank. In einem kleinen Rucksack befanden sich Taschenlampe, Jagdmesser, Regenanzug und Schleifstein. Meinen Karabiner stellte ich vor mir schräg gegen die Bootswand und fuhr los. Wie immer wusste Gaby, dass ich rechtzeitig zurück sein würde. Eine Uhr hatte ich nie dabei. Wann immer ich wiederkehrte – es war pünktlich auf die Minute.

Zehn Kilometer später legte ich neben einem aufgetürmten Berg Treibholz an. Mit dem Rucksack in der Hand sprang ich aus dem Boot, zog es etwas auf das Ufer und wickelte das Halteseil um ein Wurzelstück. Dennis schaute kaum auf. Seine Hände waren dunkel vom Blut.

Der Elch war von zwei tödlichen Schüssen getroffen worden. Wahrscheinlich hätte auch einer der hervorragenden Treffer genügt. Er konnte nur noch wenige Augenblicke gelebt haben, bevor er nach drei, vier Schritten zusammengebrochen war. Das mächtige Tier lag auf einem breiten Gürtel aus sperrigem Treibholz und wir sahen keine Möglichkeiten, es von dort zu dem flachen Strand zu bewegen. Wir mussten es in dieser ungünstigen Lage bearbeiten.

Mit einem weit umfassenden Schnitt hatte der Indianer bereits das

Geschlechtsteil herausgeschnitten, Harnröhre und Samenstrang mit einer Schnur abgebunden, bevor er alles mit einem Schnitt abtrennte. Bei einem Bullen in der Brunft ist das besonders wichtig. Nichts davon sollte je mit dem Fleisch in Berührung kommen.

Mit hoch aufgekrempelten Hemdsärmeln packte ich die ausladenden Schaufeln, zog sie mit aller Kraft nach vorne, wobei ich den Kopf gleichzeitig mit meinem ganzen Gewicht herabdrückte. Dennis ließ die scharfe Axt nur knapp neben mir herabsausen. Mit mehreren kraftvollen Schlägen trennte er das Haupt ab. Knochen und blutige Fleischfetzen ragten aus dem durchtrennten Nacken. Gemeinsam wuchteten wir den schweren Kopf hoch und legten ihn am Ufer ab.

Dann trennten wir die linke Schulter heraus. Dazu bewegten wir das Bein kreisförmig, tasteten es mit den Händen am Ansatz ab, wobei es leicht zu fühlen ist, wo man den Schnitt ansetzen muss, ohne zu viel Fleisch zu zerschneiden. Mit einem scharfen Messer und etwas Gefühl ist es einfach, das Gelenk zu lösen. Als die Schulter abgetrennt war, schlugen wir mit der Axt das Bein unterhalb des Kniegelenks durch.

Während Dennis nun das Fell von der Schulter trennte, machte ich mich an das Hinterviertel. Einmal abgetrennt, konnten wir es nur zu zweit anheben, legten es auf ein ausgebleichtes Stück Treibholz. So lag es nicht im feinen Sand und die Schnittstelle verdreckte nicht zu stark. Unvermeidbare Haarbüschel und Sandkörner an der weißlichen Haut konnten später leicht entfernt werden. Mit dem abgezogenen Fell erschienen diese Teile wie übergroße, menschliche Gliedmaßen: längliche Muskelfasern, Sehnen, Bänder, etwas gelblich weißes Fett.

Vorsichtig zerteilte ich das Fleisch um den After, ängstlich darauf bedacht, die Blase nicht zu beschädigen. Mit einer kleinen Knochensäge und der Axt legte ich diese und den Darm frei. Dann erst öffnete ich die Bauchdecke. Das Messer führte ich an der Innenseite entlang, die Klinge nach außen gedreht, wobei ich gleichzeitig mit den Fingern die Organe wegdrückte, um sie nicht zu beschädigen. Tief griff ich in den Bauchraum. Das Herz war groß und warm. Meine Arme steckten bis über die Ellbogen im klebrigen Blut. Zum Glück gab es nur wenige herumschwirrende Mücken.

Die Speiseröhre ließ sich leicht aus dem Hals ziehen. Dann fielen die Innereien fast von alleine aus der Bauchhöhle. Bis auf Herz und Leber würden wir sie für Kolkraben, Füchse, Bär oder Wolf liegen lassen. Die vorwitzigen Whiskey Jacks saßen jetzt schon auf dem Treibholz und warteten. In einigen Tagen sollte von den Abfällen nichts mehr zu finden sein. Ich stellte mir vor, wie es sein würde, wenn jeder sein eigenes Tier töten und das noch warme Fleisch selbst bearbeiten müsste. Die Vorstellung belustigte mich. Es würde dann bestimmt mehr Vegetarier geben.

Mit einer Schulter und einem Hinterviertel bereits abgetrennt, ließ es sich nun leichter arbeiten. Die schweren Rippenbögen und den Rücken hackten wir einfach durch, um die Teile leichter tragen zu können.

Endlich lag das zerteilte Fleisch locker auf Holzstücken ausgebreitet. Die Dämmerung senkte sich bereits herab. Die Luft war frisch geworden. Für mich wurde es Zeit, die Rückfahrt anzutreten. Dennis wollte die Nacht in einer kleinen nahe gelegenen Trapperhütte verbringen. Um das Fleisch vor der Feuchtigkeit, dem Morgentau und den umherflatternden Hähern zu schützen, deckten wir es mit einer Plastikplane ab. Diese breiteten wir über aufgerichteten Stöcken aus, damit das Fleisch luftig lagerte und auskühlen konnte.

Am nächsten Morgen war ich wieder zurück, und wir packten das Fleisch in unsere Boote. Beide waren schwer beladen, als wir über den See steuerten. Bei unserer nächsten Fahrt nach Mayo erhielten wir genug davon – bereits angeräuchert –, um über den langen Winter zu kommen.

*

Es war ein schriller, heulender Pfeifton, den wir schon lange hörten, bevor wir auf der gegenüberliegenden Seite des gefrorenen Sees einen schwarzen Punkt vorbeisausen sahen. Wer konnte das nur sein, der im Schatten der Hügel mit dem Motorschlitten über das weiche Eis raste? Ein Fremder bestimmt nicht. Aber für jemand, der sich auskannte, war es nicht die schlechteste Zeit. Denn die letzten Schneehügel waren verschwunden, die Eisfläche glatt.

Eine Stunde später wussten wir es. Dennis hielt mit seinem Yamaha-Motorschlitten am Ufer. Über den schwarzen Kunststoffsitz der neuen Maschine waren breite Haltegurte gespannt, an denen auf jeder Seite ein Gewehr in einer Schutzhülle befestigt war. Eine Schrotflinte und eine Kleinkaliberwaffe, erklärte unser Besucher, während er seine großkalibrige Büchse vom Rücken nahm.

»Und«, fragte ich, »hast du im letzten Jahr noch einen Elch geschossen?« Worauf Dennis mit seiner ruhigen, leisen Stimme antwortete: »Drei. Sowie sechs Karibus am Dempster Highway.« Erstaunt meinte ich: »Das Jagen am Dempster ist doch verboten. Wenigstens in der Nähe der Straße.« – »Ich bin ein Indianer«, lautete seine erklärende Antwort. »Außerdem habe ich eine große Familie.«

Für einen Augenblick hatte ich nicht daran gedacht. Für einen Indianer gibt es keine Jagdbestimmungen. Sie brauchen sich nicht an die Jagdzeiten zu halten, können einen Elchbullen und auch eine Elchkuh erlegen. Sogar Netze für den Lachsfang können sie verwenden, was nur wenigen Weißen mit einer besonderen Lizenz erlaubt ist.

»Wie sieht es am Ende des Nelson aus?«, wollte ich wissen, während wir bei einem heißen Tee saßen, ich meine Pfeife stopfte und Dennis eine Zigarette rauchte. »Ziemlich offen«, erwiderte der Gast. »Es sind schon viele Enten da und bestimmt 40, 50 Gänse. Die Gänse haben sich schon früh erhoben und kreisten über mir. Aber eine Ente habe ich geschossen. Wenn du sie haben willst …?« Und während er seine Tasse mit einem letzten Schluck leerte: »Nun muss ich aber aufbrechen. Will noch in Mayo einkaufen und in zwei Stunden machen die Geschäfte zu.«

Gaby und ich begleiteten den ersten Besucher seit fast sieben Monaten zum See. Der schnittige Motorschlitten funkelte im Sonnenlicht. Die Maschine kostete ungefähr sieben- bis achttausend Dollar. »Mir wäre es zu gefährlich«, meinte ich, »bei dem mürben, weichen Eis zu fahren. Hast du keine Bedenken?« Dennis lächelte. »Mir macht das nichts aus. Du darfst nur unterwegs nicht anhalten.«

»Schaffst du es noch zum Einkaufen?«, wollte ich wissen, denn mir schien die Zeit recht knapp bemessen zu sein. »Leicht«, erwiderte er und griff nach seinem schwarzen Sturzhelm. »Wie schnell fährst du mit der Yamaha?«, stellte ich meine letzte Frage, während er sich schon auf den Sitz schwang. »Bei dem Eis vielleicht 140!«

Zwei Minuten später war nur noch das sich entfernende Jaulen der Rennmaschine zu hören.

*

Das weite Land ist im Winter ziemlich unzugänglich. Der Motorschlitten bringt eine einschneidende Veränderung. Manchmal empfinde ich eine tiefe Abneigung gegen diese technische Errungenschaft, denn es scheint, als würde sie den Untergang der abgelegenen Plätze beschleunigen, die sonst nicht erreicht werden können.

Mit Flugzeugen oder einem Hubschrauber dringt man noch tiefer in die Wildnis ein. Irgendwann hört man das Brummen einer kleinen Maschine oder der Kondensstreifen eines Jets ist wie eine unangenehme Erinnerung, dass es keine wahrhaft unberührte Natur mehr gibt. Das Land wird zu einem zweiten Europa in meinen eigenen Lebensjahren. Zu oft trifft man Menschen, kann man Motoren hören – ich empfinde eine tiefe Hoffnungslosigkeit. Der kleinste Geruch von finanziellem Gewinn lässt Geschäftemacher die letzten schönen Landstriche ausweiden. Sentimentalität ist für viele ein Wort ohne Bedeutung – und Aluminiumvorkommen werden ausgebeutet, nur um in Form von Getränkedosen wieder am Straßenrand aufzutauchen.

Flugzeuge und Hubschrauber bringen Besucher zu den landschaftlichen Schönheiten, eine Angelegenheit von Minuten, da der Mensch keine Zeit mehr zu haben scheint, um mit einem stunden- oder tagelangen Fußmarsch sein Ziel zu erreichen. Vielleicht ist so etwas auch nur zu anstrengend.

Der Motorschlitten ist für einen Trapper zu einem wichtigen Werkzeug geworden, das ihm bei seiner schweren Arbeit vieles erleichtert. Doch für viele ist diese Maschine nur ein Spaß, die es ermöglicht, Füchse, Wölfe, ja sogar Elche zu Tode zu hetzen. Im Frühjahr und im Herbst strömen sogenannte Jäger aus Europa herbei, um einen Grizzly, einen Schwarzbären, einen Elch, ein Karibu oder einen Wolf zu erlegen. Ein Jäger schoss einen Grizzly mit seinem hochpräzisen Jagdgewehr, ausgerüstet mit einem Zielfernrohr, während das Tier schlief. Das Magnum-Geschoss zerriss im Bruchteil einer Sekunde das Fell, die lebenswichtigen Organe. Ein Büschel Haare flog vielleicht noch auf. Das Tier hatte keine Chance.

Wenn die Indianer töten, so tun sie es nicht, um eine Trophäe zu erhalten. Sie töten für das Fleisch. Für sie gibt es keine Romantik in der Wildnis, und nur ein Narr besteht auf dieser Ansicht. Wer nicht übereinstimmt, der lasse sich mit dem Flugzeug in den moskitoverseuchten Ebenen des Nordwest-Territoriums absetzen. Dort kann er seine Romantik erleben. Natur ist Weiterentwicklung, Wechsel. Was jedoch fortschreitet, ist Zerstörung.

Der große Indianer-Chief, Dan George, sagte einmal: »The great Spirit gave you those animals to be your brothers, to feed you when you are hungry. You must respect them. You must not kill them just for the fun of it.«
(Der große Geist gab euch jene Tiere als Brüder, die euch ernähren, wenn ihr hungrig seid. Ihr müsst sie respektieren. Ihr sollt sie nicht zum Spaß töten.)

22. Buschfeuer

Bäume explodierten. In Sekunden entzündeten sich gewaltige Fackeln, von deren Spitzen Feuerblitze schossen. Orangerote Zungen wirbelten auf, griffen zu der mächtigen Rauchsäule, die sich dunkel und drohend für Hunderte von Metern streckte, bevor sie sich wie der Hut eines Pilzes ausbreitete. Ein erschreckender und gleichzeitig faszinierender Anblick.

Ob im Yukon, in British Columbia oder in Alaska, im Sommer ist irgendwo immer ein Feuer zu sehen. Sie werden durch Blitzschlag und unvorsichtige Menschen verursacht. Feuerstürme brechen aus wie Vulkane. Besonders große Feuer schaffen sich eigene Regeln, sogar ihr eigenes Wetter. Das komplexe Umweltsystem baut auf solche natürliche Katastrophen, um Leben zu verbessern und zu erneuern.

In früheren Jahren war es die Regel für die Forstbehörden, jedes Feuer zu bekämpfen, es einzudämmen, zu löschen. Heute lässt man die Brände wüten, wenn keine Gefahr für eine Siedlung oder ein größeres Anwesen besteht – mit der Hoffnung, dass es für die gesunde Entwicklung der Wälder nützlich ist.

Der Blitz zuckte auf und riss den blaugrauen Himmel über dem See auseinander. Der krachende Donner ließ die Erde erbeben. Aus dunklen, aufgetürmten Wolken strömten Regenfahnen. Am Abend meinte ich, zwischen den aufgequollenen Kumuluswolken im Südosten, Rauchfahnen zu entdecken. Der folgende Morgen hüllte sich in zarten, nebligen Dunst: Rauch! Irgendwo wütete ein Buschfeuer.

Der August begann so heiß wie der Juli geendet hatte. Für Tage lastete der Rauch auf der Wildnis, packte die Hügel ein und wir konnten die andere Seite des Sees nicht erkennen. Die Sonne sah aus wie eine Orange, und manchmal erkannten wir Wolkenfetzen, die vor dem glühenden Ball vorüberzogen. Irgendwo, weit, weit oben, musste ein Sonnentag herrschen, mit klarem blauem Himmel – doch davon sahen wir nichts.

Wir angelten und konnten nicht erkennen, wo der ausgeworfene Blinker aufklatschte. Schwefelgelbes Licht streckte sich über den leicht gerippten See. Die kleinen Wellen funkelten, glimmerten und leuchteten wie Katzengold, ein sich verändernder Spiegel aus Punkten und Streifen, ein Lichtertanz aus goldenen und rotgoldenen Bändern. Der Rauch verdichtete sich und auf den Wellen schienen dunkelrote, zuckende Flammen zu hüpfen – bis der Qualm sämtliche Farben schluckte. Wir spürten den rauchigen, faden Geschmack auf der Zunge.

Am Ende der ersten Augustwoche stieg das Thermometer auf 30 Grad im Schatten. Mit Begeisterung gingen wir nun täglich im See baden, auch wenn die Wassertemperatur nie über 19 Grad reichte. Wir plantschten wie ausgelassene Kinder umher. Mit Tara schwamm ich hinaus, dann ließen wir uns von der Sonne auf unserem kleinen Strand trocknen. Die Wasserfläche begann sich mit Asche zu bedecken.

Die langen, hellen Tage waren vergangen wie der Sommer, der halbe August vorbei. Im Südosten wölbte sich Hügel nach Hügel, bis zum fernen Kamm. Sternenlicht sprenkelte die nächtliche Himmelskuppe und das fahle Licht des Sonnenuntergangs färbte sich rot. Sonnenuntergang im Südosten? Fackeln flackerten am Horizont: Wir sahen das Feuer!

Die heißen Tage stritten sich mit den kühlen Nächten. Als die Temperatur auf vier Grad fiel, begann Gaby, die Tomaten zu ernten. Sie pflückte die prächtigen, roten Früchte, zusammen mit den gelben, die noch nachreifen würden. Auch die kleinen und winzigen Knöllchen sammelte sie gewissenhaft, machte zwei große Gläser davon ein. Wir ernteten über 320 Tomaten.

Täglich schauten wir zum Feuer hinüber, das sich langsam näherte. Tag um Tag verschlangen die Flammen wieder einen Hügel, ein kleines Tal, eine Ebene. Es regnete Asche. Dicker schwarzer Staub und vollkommen verkohlte Fichtennadeln legten sich um das Haus, senkten sich zu einer flockigen Schicht auf die grüne Dachpappe. Ein kleiner Funke, über den See getragen, würde genügen, um auf unserer Seite eine Feuerhölle zu entfachen.

Ein roter leuchtender Ring entstand um die glutrote Scheibe der Sonne – sie sah aus, als wäre sie mit Blut gefüllt. Der Busch hüllte sich in ein leuchtendes orangenes Gewand, ein pulsierender Nebel, aus dem ein alles verschlingendes Brüllen drang. Die gewaltige Rauchsäule dehnte und streckte sich, schien zu kochen und griff ärgerlich zum Himmel.

Niedergeschlagen und hilflos standen wir da. Auf dem letzten Hügelkamm sprang eine Flammenwand von 30 oder mehr Metern auf, rückte voran. Die unheilvolle, vernichtende Kraft formte einen eigenen Sturm, jagte den schwarzen Qualm über die höchsten Gipfel.

Ein feuerspeiender Drache wälzte sich in unsere Richtung. Die Hitze fauchte uns über den See an. Keine menschliche Anstrengung konnte dieses Inferno noch löschen.

Das Boot war fertig zur Abfahrt. Der Benzintank gefüllt.
»Ich packe! Wenigstens die wichtigen Dinge und unsere Papiere. Nur zur Vorsicht, falls wir schnell hier wegmüssen«.

»Ich bleibe«, erwiderte Gaby. »Das ist unser Heim, unser Haus, unser Traum. Hier bekommt mich niemand weg!«

Wir blieben und beobachteten, wie sich die Flammen von selbst verzehrten. Über allem lastete der Geruch von Vernichtung: von Bäumen, Büschen, Sträuchern, verkohlter Erde.

Die knisternde, prasselnde Wand schob sich noch bis auf 100 Meter an den See heran. Der September brachte Regen. Wir waren von einer Last befreit. In der Dunkelheit sahen wir noch rotes Fackellicht aufflammen, doch das Feuer hatte für uns seine Bedrohung verloren.

Eine goldgelbe Birkengruppe leuchtete gegen den vernichteten schwarzen leblosen Busch. Der erste Nachtfrost kam und nasser Schnee senkte sich schwer vom Himmel. Rauchsäulen, wie Signalfeuer der Indianer, blieben. Immer wieder loderten Flammen auf. Am 29. September sah Gaby das Feuer noch einmal in einer Baumgruppe aufflackern. Dann legte sich der weiße Winter über das Land.

23. Ein anderes Leben – und Abschied nehmen

Wir hatten nicht nur ein Blockhaus in der Wildnis gebaut. Für uns war es mehr. Wir gestalteten unser Leben neu und – nach unserer Meinung – hatten es zum Positiven verändert. Am Mayo River steht unsere kleine Hütte, die wir als angenehme Zwischenstation von der Zivilisation zur Wildnis betrachten. Dann den See überqueren und wir sind am Blockhaus.

Das Haus ist eine trockene Unterkunft, und mehrere Winter darin haben uns gezeigt, dass es auch angenehm warm ist – wir sind sehr zufrieden damit. An einigen Stellen ist die Dachpappe etwas wellig. Es war schon zu kalt gewesen, nur einige Grad über null, als ich sie annagelte. Sie war widerspenstig, hart durch die Temperatur und auch das Anwärmen im Haus half nur wenig.

Uns ging es wie vielen, die einmal gebaut haben. Nach einiger Überlegung stellt man fest, was man hätte besser planen, anders machen können. Einige Dinge hat mir niemand erklärt, und als wir den richtigen Weg herausfanden, war es schon zu spät. Wirklich falsch gemacht habe ich nur wenig und wenn, dann ist es ohne große Bedeutung.

Die Ausmaße des Hauses sind beachtlich. Bestimmt hätte es uns weniger Arbeit und Material gekostet, wären wir bescheiden geblieben und lebten in einer kleinen Blockhütte im Trapper-Stil. Doch die Winter sind sehr lang, und es erfüllte uns mit Wohlbehagen, wenn wir gerade dann durch mehrere Räume gehen konnten. Das war wichtig, und wir hatten nicht das Gefühl, zwischen vier Wänden eingekerkert zu sein.

Seit wir in der Wildnis lebten, wurden wir immer wieder gefragt:

Warum lebt ihr da draußen? Eine natürliche, einfache Frage, die nicht leicht zu beantworten war und ist. Oft folgte die Bemerkung: Ich könnte nie die Stadt – oder meinen Heimatort – verlassen. Die Annehmlichkeiten meiner Wohnung würden mir fehlen. Habt ihr denn Fernsehen? Und wie ist es mit Strom, elektrischem Licht oder fließendem Wasser?

Von anderen war ein begeisterter Ausruf zu hören: Es muss doch herrlich sein, in der Wildnis zu leben! Nach unseren bisherigen Erfahrungen können wir vielen mit Sicherheit antworten: »Träumt schön weiter und macht euch nichts daraus, ihr würdet euch niemals daran gewöhnen.«

Wir hatten Freunde und Familie zurückgelassen, die Hetze des Alltags, Menschen, die im Grunde keine Zeit mehr füreinander haben. Und sonst: Lärm, Verkehrschaos, Umweltverschmutzung und -zerstörung.

Wenn wir für acht Monate des Jahres alleine in der Wildnis lebten, verschlossen wir uns nicht gegenüber den Menschen? Wir denken nicht. Unsere Abgeschiedenheit ergab sich aus der Lage unseres Anwesens. Und das Alleinsein? In den Städten leben Menschen Tür an Tür miteinander, sehen sich kaum und erfahren erst nach Jahren, welcher Nachbar nun neben ihnen lebt oder gestorben ist. Diese Leute sind inmitten der Menschenmassen bestimmt einsamer, als wir es je hier draußen sein können.

Einige Leute vermuteten, dass wir keine Menschen leiden können. Darum lebt ihr in der Wildnis, meinten sie. Doch gerade das ist weit von der Wahrheit entfernt. In der Wildnis ist das Zusammentreffen mit anderen Menschen immer wieder eine Erfahrung, ein Stück Lehrgeschichte der Menschheit. Wir beurteilen einen Menschen nicht nach seinem Äußeren, seiner Kleidung, seiner Frisur oder sonstigen sichtbaren Merkmalen, sondern nur nach seinem Selbst.

Die Gastfreundschaft in der Wildnis erlaubt einem Fremden, bei seiner Ankunft willkommen geheißen zu werden. Er wird zu einem Kaffee oder Tee eingeladen, mag erzählen, sich erfrischen, bevor er weiterzieht. Natürlich sind auch hier nicht alle Menschen gastfreundlich. Einige Einsiedler gibt es bestimmt, die einen Fremden mit rohen Worten von seinem Anwesen treiben, da sie vor den Menschen geflohen sind. Und in den kleinen Orten, wo jeder jeden kennt, herrscht nicht nur Freundlichkeit und Zufriedenheit. Aber die unschönen Begegnungen sind die Ausnahmen. Sogar wir werden noch manchmal von der lockeren, heiteren Art vieler Yukoner überrascht.

Wollten wir für immer im Busch leben? Diese Frage erübrigte sich. Wir waren keine Kanadier, besaßen nicht die Staatsbürgerschaft dieses Landes und erhielten nur befristete Arbeits- und Aufenthaltsgenehmigungen, für Jahre gültig, aber nicht für eine unbestimmte Zeit. Die Anzahl der Winter, die wir noch in unserem Blockhaus verbringen konnten, war eine Entscheidung, die nicht nur von uns alleine abhing.

Der Yukon war für uns zu einer Wahlheimat geworden. Wir hatten Freunde und gute Bekannte in einem Land gefunden, das trotz seiner Größe die Ausstrahlung einer kleinen Gemeinschaft besitzt.

Unser Leben war reicher geworden, auch wenn wir weniger besaßen. Es ist eine wahre Freude, aus dem Fenster zu sehen, während ein Fuchs durch den dichten Schnee zieht, direkt vor unserem Haus. Für mich waren es die Tiere, nicht die Menschen, die mich in die Wildnis getrieben haben. Natürlich war es auch meine Umwelt, doch ich habe schon immer eine besondere Liebe und Begeisterung für die Kreaturen der Wildnis empfunden – auch wenn ich auf die Jagd gehe, so widersprüchlich das auch erscheinen mag. Ich fotografiere gern, studiere die Natur und habe vieles von dieser gelernt – manchmal mehr, als ich von Mitmenschen hätte lernen können.

In der »alten Heimat« leben die Menschen in ihrer heilen Welt. Sie leben in einer trügerischen Sicherheit und scheinen nicht zu merken, wie abhängig sie voneinander sind.

Wir lebten ohne jede Sicherheit, konnten uns nur auf uns selbst verlassen. Gegen Unfall und Krankheit waren wir nicht geschützt und es war nicht immer möglich, Hilfe herbeizurufen. Doch das wussten wir, bevor wir in den Busch zogen. Mit dieser Gewissheit konnten wir leben, ohne uns Sorgen zu machen.

Jedoch unabhängig von anderen Leuten sein, das ist in der heutigen Zeit unmöglich geworden. Das Leben in der Wildnis wäre für uns ohne die vielen Menschen »draußen« nicht möglich gewesen. Wir benötigten Grundnahrungsmittel, Benzin, Werkzeuge. Und einen langen, eiskalten Winter, ohne etwas Musik oder die vielen Bücher, können wir uns auch heute noch nicht vorstellen. Wir versuchten, diese Abhängigkeit so gering wie möglich zu halten.

Aber wir hatten genug zu essen, sauberes Wasser zum Trinken (brauchen kein Mineralwasser zu kaufen, weil aus der Leitung nur eine untrinkbare Flüssigkeit herauskommt), und in einem großen Maße schuldeten wir dafür niemandem etwas.

Unser Nachbar hat in seinem Trailer eine Waschmaschine, einen Wäschetrockner, eine Toilette mit Wasserspülung. Der Kühlschrank und der Herd mit Backofen werden mit Propangas betrieben. Neben dem Trailer lärmt ein dieselverschlingender Generator für den Strom – warum im Sommer nicht einmal den elektrischen Grill benutzen? Das alles in der Wildnis. Auch wir hätten es so haben können. Gaslicht wäre angenehmer, das Kochen leichter. Sogar Heizgeräte mit Gasanschluss könnte man einbauen und so hätte ich nicht die schwere Arbeit machen und selbst Holz schlagen müssen.

Viele Leute verstehen nicht, dass es mir Spaß und Freude macht, im kühlen Frühjahr oder Herbst abgestorbene Bäume zu fällen, Stämme zu zersägen, dicke Klötze zu spalten, mich körperlich zu betätigen. Gleichzeitig machen sie sich nicht die geringsten Gedanken darüber, dass wir für jede Annehmlichkeit, jede so genannte Erleichterung, alle diese notwendigen Dinge über den See bringen müssen, sie transportieren, tragen und schleppen.

Zugeständnisse hatten auch wir gemacht. Einmal ist es ein kleiner Zweiflammenkocher, der mit Propangas betrieben wird und den wir an den heißen Sommertagen benutzten. Wir wollten das Haus nicht noch zusätzlich durch den Backofen aufheizen. Dann ist es ein Kühlschrank. Die Aufbewahrung und Haltbarkeit der Lebensmittel ist zu wichtig und dafür nahmen wir die Arbeit gerne auf uns, zwei mittelschwere Gasflaschen im Jahr zu transportieren. Wir haben noch nicht herausgefunden, wie wir ihn ersetzen könnten. Unser Außenbordmotor und die Motorsäge verbrauchen schon genug Öl und Benzin, unsere Lampen genug Brennstoff, so dass wir den Energieverbrauch nicht noch durch einen diesel- oder benzinfressenden Generator erhöhen wollten.

Einen bescheidenen Anfang mit alternativer Energie hatten wir mit der Nutzung der Sonne gemacht. Zuerst war es nur eine kleine Taschenlampe, die von der Sonne aufgeladen wird. Es funktionierte gut und es gefiel uns. Es folgten drei Sonnenkollektoren. Wir legten uns einen kleinen elektrischen Bohrer zu, einen Staubsauger und eine Zwölf-Volt-

Lampe. Natürlich benötigten wir im Sommer keine Lampe und im Winter war die Sonne nicht kräftig genug, um unsere Batterien aufzuladen. Aber im Frühjahr und im Herbst war es eine unweltfreundliche und billige Ergänzung.

Wir lebten einfach. Generationen haben so gelebt, bevor es Strom gab, und auch wir waren damit zufrieden. Es war eine Menge Holz, das wir benötigten, aber in den Wäldern stehen Hunderte von abgestorbenen Bäumen, die Seeufer sind gesäumt davon und das Treibholz türmt sich an einigen Stellen zu regelrechten Wänden auf.

Zwei Fragen, die wir immer wieder hörten: Was macht ihr den ganzen Tag? Wird es euch denn nicht zu langweilig?

Darüber konnten wir nur lächeln. Sie kann nur von Leuten kommen, die als Unterhaltung nur ihr Berufsleben oder das Fernsehen kennen. Und was die Freizeit angeht – oft genug wünschten wir uns mehr Zeit zu haben, um all die Dinge zu tun, die wir erledigen wollten oder mussten.

Viele von denen, die nach einem alternativen Lebensstil suchen, stellen sich das Leben in der nordischen Wildnis als romantisch und abenteuerlich vor. Sie vergessen, dass es auch den Verzicht auf viele Annehmlichkeiten bedeutet, die man gewohnt ist. Nicht viele werden sich ändern und anpassen können. Das Leben in der Wildnis des Yukon besteht nicht nur aus blauem Himmel und wehendem Nordlicht. Nicht immer ist es angenehm. Die Winter sind manchmal ausgesprochen hart, eine Zeit, in der man nicht nur gegen die Temperaturen kämpfen muss.

Mein Traum von einem Blockhaus in der Wildnis des Yukon war am Mayo Lake Wirklichkeit geworden. Zusammen hatten wir es uns mit harter Arbeit und mit wenig Geld erkämpft. Unser neues Heim war

Mein Traum wurde wahr. Mit Gaby und den Hunden 10 Jahre in der Wildnis.

ein erstrebenswertes Ziel. Es gibt uns mit jedem Tag mehr, als wir je gehofft hatten.

Als ich mein Studium 1978 beendete, hatte ich einen Traum. Einmal im Leben nach Kanada. Den hatte ich verwirklicht. Mit dem Blockhaus in der Wildnis sogar mehr, als ich mir je vorgestellt hatte. Das machte mich zufrieden.

Zehn Jahre waren vergangen. Ein Jahr vor der Jahrtausendwende. Wir wussten, dass wir keine begrenzte Aufenthalts- und Arbeitsgenehmigung mehr bekommen würden. Nicht für weitere drei Jahre. Damit hätten wir die Einreisebestimmungen umgangen, hatten uns die Behörden wissen lassen. Tief in unserem Inneren war uns klar, dass wir auch nicht mehr wollten. Die Flüge, hin und zurück, nirgendwo richtig daheim.

Die Kleinigkeiten des Alltags wurden zum Abschied. Jeder Baum, jeder Strauch, alles war uns vertraut und ein Teil unserer neuen Heimat. Ging ich zum See, um Wasser zu holen, kam ich an dem dicken Baumstumpf vorbei, auf dem nun ein Vogelhaus ruhte. In den umliegenden Bäumen waren ein halbes Dutzend Häuschen für die verschiedenen Arten von Schwalben aufgehängt.

Das Rauschen des Sees, an dem schmalen, sandigen Uferstreifen, war Abschied. Wie oft hatten wir dort gestanden und geangelt oder waren mit Odo und Tara herumgetollt.

Zwei kleine Birken wuchsen dort, wo wir unser erstes kleines Gärtchen anlegen wollten. Sollten wir die Stämmchen, nicht dicker als Weidenzweige, entfernen? Wir ließen sie stehen und pflanzten daneben Schnittlauch. Nun sind die Birken mehr als drei Meter hoch und der Schnittlauch wächst jedes Jahr wieder.

In unserem ersten Winter wollte ich zum Jahreswechsel nicht vor der Tür anstoßen. Zu kalt. Nun muss ich darüber lächeln. Als Gaby mich einmal fragte, ob ich etwas aus dem Kühlschrank holen könnte, antwortete ich: Sofort!

Wieder im Haus, zog ich meine Gesichtsmaske ab, streifte die Stiefel ab und meinte: »Es ist frisch.« Gaby sah mich ungläubig an. »Warst du so draußen?« – »Klar«, antwortete ich – im T-Shirt, bei minus 35 Grad.

Als ich an der kleinen Senke neben dem Haus vorbeiging, fiel mir Tara ein. Sie war verletzt (hatte einen Zeh gebrochen) und doch war sie plötzlich auf drei Beinen davongesprungen und hatte einen Marder geschnappt.

Das Haus war solide auf seine zwölf Betonsockel gestellt. Es hatte seinen ersten Test bei einem Erdbeben der Stärke 4,9 bewiesen. Im Oktober 1996 saßen wir im Wohnzimmer und uns war, als ob die ganze Konstruktion wie eine Welle des Sees auf uns zukam. Beim zweiten Beben waren wir nicht mehr überrascht, als das Blockhaus zitterte. Aber wir waren schon etwas stolz, wie wir es gebaut hatten.

Einige Erinnerungen waren nicht so angenehm. Zum Beispiel als ich mit starken Rückenschmerzen im Bett lag und mich nicht mehr bewegen konnte. Es war Gaby nichts anderes übrig geblieben, als mir eine Spritze zu geben. Vorher probierte sie das Einstechen der Nadel an einer Apfelsine aus.

Nun war es so weit. Abschied nehmen, und den letzten Schluck Whisky würden wir uns mit Eis genehmigen und ihn genießen.

Jahre zuvor hatten wir unseren ersten langen Winter im Blockhaus verbracht. Die Sonne schien schon lange und ich rief Ralph in Mayo an. Eigentlich wollten wir nur wissen, was er im Frühjahr vorhatte. Konnte er bei einem seiner Übungsflüge vielleicht eine Flasche Whisky vorbeibringen?

Ralph sah das nicht als Scherz an. Er flog wenige Tage später so dicht über das Eis des Sees, dass wir auf das Flugzeug hinabsehen konnten. Dann sauste etwas Braunes aus dem Fenster, verschwand im Schnee. An der Einschlagstelle begann ich zu graben, buddelte mich zwei Meter durch den Schnee, bis ich die Flasche Whisky in der braunen Papiertüte fand.

Einen Whisky mit Eis am Abend. Der Kühlschrank war schon an, also kein Problem mit dem Eis. Doch am Abend waren die Würfel noch nicht durchgefroren. Aber das Eis klimperte gegen das Glas, umgeben von der goldgelben Flüssigkeit. Lange hatten wir darauf verzichten müssen.

Dann sah Gaby mich ungläubig und leicht verwundert an und lachte laut.
»Du hast das Wasser vom See geholt, um Eiswürfel zu machen?«
Plötzlich verstand ich. Die Macht der Gewohnheit, der Zivilisation. Noch immer musste ich lachen, als ich mit dem Eimer zum See ging und mit der Axt dicke Brocken Eis losschlug, die ich in den Eimer füllte.

Wir ließen alles im Haus. Lebensmittel, Bücher, die ganze Einrichtung. Nur einige Taschen packten wir. Die Fenster nagelten wir zu. Als ich den Kühlschrank abstellte, die Gasflasche in den Schuppen trug, musste ich wieder grinsen. Wie unerfahren waren wir doch, als wir in die Wildnis gezogen waren. Doch wie schwer war es gewesen, die Gewohnheiten der Zivilisation aus unseren Köpfen zu verbannen.

Nun verließen wir die Wildnis, doch es war kein Gedanke, der uns Freude machte. Wir wussten nicht, was uns in der Zivilisation erwarten würde. Wir ließen alles zurück, ohne sicher zu sein, ob wir noch einmal hierher zurückkehren konnten. Es war, als würde etwas in uns zerrissen. Wir hatten nicht entschieden. Es musste sein.

Wir brachten Odo und Tara zu Rea. Bei ihr würden es die Hunde gut haben. Der Abschied war nicht leicht. Gaby und Tara sollten sich nie wieder sehen.

Wir flogen nach Deutschland zurück.

Epilog

Nur das Notwendigste hatten wir vom Mayo Lake mitgenommen. Wieder in Deutschland, nahm ich mir zuerst das Auto von meinem Bruder und fuhr in das nahe Städtchen, um notwendige Sachen einzukaufen. Es schien sich wenig verändert zu haben. Erfreulich war, dass es keine Parkuhren mehr gab. So brauchte ich nicht lange einen Parkplatz zu suchen. Es gab keinen Strafzettel – wir hatten Glück. Doch woher sollten wir wissen, dass es Parkautomaten gab und man die Parkzettel in das Auto legen sollte? Es hatte uns niemand gesagt.

Wir suchten und fanden Wohnung und Arbeit. Doch konnten wir hier leben? Wir waren Fremde im eigenen Land. Noch einen Versuch wollten wir machen und beantragten bei der kanadischen Botschaft die Einwanderung.

Rea war nach Dawson City gezogen, schrieb sie uns. Tara war krank. Einige Monate später rief sie an. Nur Odo ging es gut. Die Krankheit von Tara hatte sich verschlimmert. Es gab keine Heilung mehr. Eine schlimme Nachricht. Was tun? Sie war mein Mädchen, hatte mich als Wollknäuel ausgesucht und so konnte und wollte ich sie nicht alleine lassen. Wir waren erst ein Jahr in Deutschland. Ohne lange zu überlegen, flog ich nach Whitehorse. Von dort fuhr ich nach Dawson City und holte Tara ab. Es wurde eine lange Fahrt zum Mayo Lake. Am nächsten Tag kam der bestellte Hubschrauber. Ich trug Tara in die Maschine und wir flogen über den noch gefrorenen See zu unserem Haus. Zusammen verbrachten wir herrliche und gleichzeitig schmerzliche Tage. Am 07. Juni 2000 starb Tara am feinen Sandstrand, den sie so geliebt hatte. An der Uferböschung, wo man einen wunderbaren Blick über den See hat, begrub ich sie.

George war mit seinem Hund noch einmal am See gewesen. Auf der Rückfahrt nach Mayo hockte Susi im Pick-up-Truck auf dem Beifahrersitz. Sie schien unruhig, und George wusste, dass sie einmal hinauswollte. Es war nicht mehr einfach für Susi, die Stufe hinabzuspringen. Sie war nun 14 Jahre alt. George half ihr auf den Boden. Sie drehte sich noch einmal um, sah ihn an und verschwand im Busch. George wartete lange. Vergebens. Er konnte sie nicht mehr finden. Rufen schien sinnlos. Nach über einer Stunde fuhr er alleine weiter nach Mayo.
»Sie muss gespürt haben«, erzählte er mir später, »dass ihr Ende nahe war. So entschied sie sich, alleine in der Wildnis zu sterben.«

George war noch einige Winter auf seiner Trapline unterwegs. Er starb in Mayo im Dezember 2003 an Krebs.

Unsere Trauzeugin und beste Freundin Holly war nach Whitehorse gezogen. Ihren Bekannten erzählte sie oft von ihren »Kindern« im Busch. Wir besuchten sie immer, wenn wir in Whitehorse waren. Für sie war das selbstverständlich – wir mussten bei ihr übernachten. Sie räumte ihr Schlafzimmer für uns und schlief auf einer Couch.

Als wir den Yukon verließen und nicht wussten, wann – und ob – wir zurückkommen würden, schickten wir uns E-Mails und telefonierten. Bis sie keine Tastatur mehr bedienen konnte. Von einer Freundin erhielten wir dann die Nachricht, dass sie an Krebs erkrankt war. Als wir sie noch einmal im Jahre 2002 besuchten, hatten wir ein langes Gespräch. Der Abschied war für immer. Doch sie sollte noch erfahren, dass wir unsere Einwanderungspapiere erhalten hatten.

Wie? Die Bedingungen, die noch vor einigen Jahren gültig – oder erforderlich – waren, haben sich vielleicht schon wieder verändert. Doch bei uns? Für den Antrag war bestimmt von Vorteil, dass wir schon zehn Jahre im Yukon gelebt hatten – wir in Mayo heirateten – wir keine Fremde mehr in dem Land waren – wir genug Geld hatten, um dem Staat nicht zur Last zu fallen – wir nicht mit einem Dolmetscher in der kanadischen Botschaft erschienen – wir genaue Vorstellungen hatten, was wir tun wollten. Das spielte bestimmt eine Rolle – vielleicht auch alle diese Fakten zusammen, mit erfüllten Kriterien, über die wir nichts wissen.

Der 28. Februar 2003. Einfachticket, kein Rückflug. Der freundliche Einwanderungsbeamte reichte uns die Papiere und lächelte: »Welcome to Canada!«

In Whitehorse mieteten wir uns eine Wohnung, fanden Arbeit. Es war ein neuer Anfang, doch unter anderen Bedingungen. Wir konnten Arbeit suchen, wo wir wollten, wohnen, wo wir wollten, brauchten das Land nicht mehr zu verlassen. Nun war der Yukon unsere Heimat und das erfüllte uns mit Freude.

Im Sommer holten wir von einer Freundin die Urne mit der Asche von Holly. Wir nahmen sie mit auf unserer Fahrt zum Mayo Lake, überquerten den See. An einem schönen Tag stellten wir die Urne in unser Boot und fuhren zu der Hütte, in der Holly einen Winter mit Garry verbrachte. Es war die schönste Zeit ihres Lebens gewesen, hatte sie uns einmal gesagt.

Entsprechend ihrem Wunsch hatten wir eine Flasche Wodka dabei, leider jedoch die Gläser vergessen. Aber wir wussten, das würde sie nicht stören. Ich öffnete die Urne, nahm einen Schluck aus der Flasche und reichte sie an Gaby weiter. Dann gluckerte ich einen kräftigen Schwall auf ihre Überreste, verstreute die Asche so, wie sie es sich gewünscht hatte. Wir wussten, dass sie irgendwo war und lachte.

Unsere neuen Hunde heißen Ringo und Kira. Mit ihnen fuhren wir schon mehrmals zu unserem Blockhaus am Mayo Lake. Noch haben wir das Grundstück. Zu viele Erinnerungen sind an dieses Stück Land geknüpft. Was wir damit eines Tages machen, wissen wir noch nicht. Es ist unser »Wochenendhaus« geworden und wir fahren immer wieder gerne hin. Aber einen Winter werden wir dort nicht mehr verbringen.

Das Minengelände am Ledge Creek ist der Wildnis überlassen. Ralph ist fort und es gibt keine neuen Pächter mehr. Nur noch der Trailer von Bert steht alleine in der Nähe von dem Bach und Bert wohnt nur noch für Wochen in den Sommermonaten dort.

Odo ist noch immer bei Rea in Dawson City. In der ersten Zeit in Whitehorse lebten wir in Mietswohnungen und Tiere waren nicht erlaubt. Danach wollten wir ihn nicht mehr aus seiner gewohnten Umgebung herausreißen. In den letzten Jahren arbeitete ich bei verschiedenen Tourismusunternehmen. Immer wenn ich nach Dawson City kam, besuchte ich ihn.

Nun leben wir am Klondike Highway, rund 60 Kilometer nördlich von Whitehorse. Nach einigen Jahren haben wir endlich den richtigen Platz gefunden. Es lag schon Schnee, als wir 2007 in unser neues Heim zogen. Wir waren noch nicht an das Telefonnetz angeschlossen, hatten auch noch keinen Strom. Das alte Blockhaus steht am Rande der Wildnis. Schneeschuhhasen leben auf unserem Land, hoppeln ungestört umher. Oft sehen und hören wir Kojoten. Elche und Bären sind nicht weit. Wir haben 22 500 Quadratmeter Land, das wir unser Eigen nennen können. Uneingeschränkt können wir auf eine Reihe von kleineren Bergen sehen. Dazwischen gibt es kein Gebäude, kein Haus und unsere Nachbarn können wir auch nicht sehen. Am Rande von unserem Land fließt ein klarer Bach, in dem es Hechte und Äschen gibt. Der 20 Kilometer lange Fox Lake ist nicht weit. Manchmal vermissen wir das Rauschen der Wellen vom See.

Aber auch jetzt sind wir fasziniert, wenn wir das Feuer im Ofen knistern hören. Wenn es dunkel wird, legen wir in unserem Heim einen Schalter um und es wird hell. Bei minus 30 Grad haben wir ohne Mühe heißes Wasser und können duschen. Wir haben einen Kühlschrank, einen Gefrierschrank, fließendes Wasser in Küche und Bad. Wir vergraben uns nicht mehr in der Wildnis, sind nicht mehr für viele Monate des Jahres von unseren Mitmenschen abgeschnitten. Neben dem Telefon haben wir einen Computer und Anschluss an das Internet.

*

Der Autor arbeitet seit einigen Jahren in der Tourismusbranche. Als Guide ist er immer wieder auf Flüssen im Yukon unterwegs, fährt Gäste mit dem Auto durch den Yukon oder führt Touren nach Alaska. Neben seiner Arbeit schreibt er einen kostenlosen Yukon-Newsletter. Dort erzählt er (ungefähr einmal im Monat) unterhaltsame Geschichten und berichtet von Ereignissen, die man sonst vielleicht nicht erfährt.

Zitat: »Vor vielen Jahren wäre ich froh gewesen, wenn ich die Möglichkeit gehabt hätte, Informationen dieser Art über den Yukon zu erhalten. Es ist eine gute Möglichkeit, das Land besser kennen zu lernen, das nun unsere Heimat geworden ist.«
Neben dem Yukon-Newsletter führt er einen Blog. Kleine Geschichten ergänzen die Bilder, die mehr vom Yukon und dem neuen Heim erzählen